PIERRE MARTIN

Madame le Commissaire

und der Tod des Polizeichefs

KRIMINALROMAN

KNAUR

Besuchen Sie uns im Internet:
www.knaur.de

FSC
www.fsc.org
MIX
Papier aus verantwortungsvollen Quellen
FSC® C083411

Originalausgabe Mai 2016
Knaur Taschenbuch

Ein Imprint der Verlagsgruppe
Droemer Knaur GmbH & Co. KG, München

Redaktion: Dr. Gisela Menza
Umschlaggestaltung: ZERO Werbeagentur GmbH, München
Umschlagabbildung: FinePic®, München
Satz: Wilhelm Vornehm, München
Druck und Bindung: CPI Books GmbH, Leck
ISBN 978-3-426-51872-4

11 13 15 14 12

1

Der Friedhof hätte nicht schöner liegen können. Von La Seyne reichte der Blick über die Meeresbucht nach Toulon und den dahinter liegenden *monts toulonnais,* den Hausbergen der Hafenstadt mit dem markanten Gipfel des Mont Faron. Aber heute interessierte sich kein Mensch für das eindrucksvolle Panorama. Auch Isabelle nicht, die das baldige Ende der Trauerfeier herbeisehnte. Sie hasste Beerdigungen – und fragte sich, warum sie überhaupt hier war. Allenfalls aus Pflichtbewusstsein, vielleicht aus Betroffenheit, aber ganz bestimmt nicht aus Sympathie für den Verstorbenen. Eine uniformierte Kapelle spielte einen Trauermarsch von Frédéric Chopin. Isabelle hatte sich hinter einer dunklen Sonnenbrille versteckt. Sie schaute auf die Begräbnisstätte mit den vielen Kränzen und Blumenbouquets. Eine unübersehbare Schar von ergriffen dreinblickenden Menschen drängte sich zwischen den Grabsteinen. Draußen vor dem *cimetière* waren alle Gassen und Bürgersteige mit Autos zugeparkt. Aber es würde keine Strafzettel geben, denn die meisten Fahrzeuge waren weißblau lackiert und trugen die Aufschrift *Police*. Dazwischen dunkle Limousinen mit getönten Scheiben. Sogar der Bürgermeister von Toulon war gekommen. Commandant Bastian von der *Police nationale* wäre zufrieden und geschmeichelt. Aber er hatte nichts mehr davon. Er war tot!

Isabelle Bonnet konnte nicht anders, sie musste an die vielen Streite denken, die sie als Madame le Commissaire mit dem verstorbenen Polizeichef von Toulon ausgefochten hatte. Schon bei ihrer ersten Begegnung waren die Fetzen geflogen. Bastian, der für das gesamte Département Var zuständig war, hatte geglaubt, er wäre ihr disziplinarisch vorgesetzt und könnte sie von ihrem Fall abziehen. Als sie ihm kalt lächelnd Kontra gab, hatte er zunächst mit ihrer Entlassung aus dem Staatsdienst gedroht, dann sogar versucht, ihr Handschellen anlegen zu lassen. Das hatte sie amüsiert. Sie mochte es, wenn großtuerische Machos in verblendeter Selbstüberschätzung über das Ziel hinausschossen – und voll gegen eine imaginäre Wand rannten. Es hatte eines einzigen Anrufs bedurft, bei Balancourt in Paris, und Bastian musste sich mit eingezogenem Schwanz und rotem Kopf davonschleichen. Natürlich hatte er ihr das nie verziehen. Fortan hatte er keine Gelegenheit ausgelassen, ihr Knüppel zwischen die Beine zu werfen. Aber sie war nie ins Stolpern geraten, geschweige denn zu Fall gekommen. Ihr kleines Kommissariat mit Sitz in Fragolin, im Hinterland der Côte d'Azur gelegen und für besondere Fälle zuständig, hatte sich allen Anfeindungen zum Trotz behauptet.

Isabelle schluckte. Ihr wurde bewusst, dass ihr Bastian dennoch fehlen würde. Kein empörter Anruf mehr aus Toulon und keine Wutausbrüche mit Schnappatmung.

Schade. Das Leben in der Provence würde zukünftig langweiliger werden, es würde gewissermaßen an Würze fehlen. Sie gestand sich ein, dass sie so was wie Mitleid empfand. Selbst ihren ärgsten Rivalen wünschte sie nichts wirklich Böses – sie sollten sie nur in Ruhe lassen. Dass der einflussreiche Polizeichef von Toulon, der von Sanary-sur-Mer über Saint-Tropez bis Fréjus das Sagen hatte, freiwillig aus dem Leben geschieden war, hatte allgemein große Bestürzung ausgelöst. Alles hätte man von ihm erwartet, aber keinen Selbstmord. Selbst ihr wundersamer Assistent Apollinaire, der seinem früheren Chef in tiefer Abneigung zugetan war, hatte eine Träne verdrückt. Er habe Bastian zwar die Pest an den Hals gewünscht, aber deshalb hätte er sich doch nicht umbringen müssen.

Isabelle warf einen Blick zu Sous-Brigadier Apollinaire, der regungslos dastand, wie so oft in seltsamer Schräglage, aber mit korrekt geknöpfter Uniformjacke und vorschriftsmäßig sitzendem Krawattenknoten. Das durfte man als späte Respektsbezeugung interpretieren.

Das Polizeiorchester beendete den Trauermarsch. Jetzt trat der Bürgermeister von Toulon ans Grab, um Worte der Anteilnahme zu sprechen und das Leben des Verstorbenen zu würdigen. Das würde dauern. Isabelle hielt den Moment für geeignet, ihren Rückzug einzuleiten. Dafür, dass sie mit Trauerfeiern nicht klarkam und sich fast immer vor ihnen drückte, hatte sie es erstaunlich lange ausgehalten. Apollinaire erkannte ihre Absicht. Er nickte ihr kurz zu, er würde bleiben und die Stellung halten.

Isabelle gelang es, sich ohne größeres Aufsehen zu entfernen. Das war nicht schwer, denn unter den Trauergästen gab es nur wenige, die sie kannten. Durch ein schmiedeeisernes Seitentor verließ sie das Friedhofsgelände. Ihr Auto parkte an der Place du Souvenir Français direkt unter einem Halteverbotsschild. Sie atmete tief durch. Geschafft. Sie hatte dem Commandant ihre Referenz erwiesen. Das gehörte sich so. So viel Anstand musste sein. Aber jetzt musste sie weg – weg von den vielen Grabsteinen, von den Gebeinen, die darunter vermoderten, weg von der Totenglocke und der *chapelle*, in der Kerzen brannten und es nach Weihrauch roch. All das weckte Erinnerungen in ihr, schlimme Erinnerungen, mit denen sie nur schwer fertig wurde. Auch nach so vielen Jahren. Aber das war eine andere Geschichte – sie wollte jetzt nicht daran denken.

2

Im *Café des Arts* war wenig los. Auch sonst machte Fragolin zu dieser nachmittäglichen Stunde einen verschlafenen Eindruck. Isabelle saß im Schatten unter einer Markise, legte den Kopf zur Seite und betrachtete ihr Glas mit *menthe à l'eau.* Vielleicht hätte sie statt des verdünnten Pfefferminzsirups doch besser einen Wein bestellt? Ein kleiner Stimmungsaufheller würde ihr guttun. Die Trauerfeier steckte ihr noch in den Knochen, da hatte auch die kalte Dusche nichts geholfen.
Sie trug Bermudas, ausgetretene Espadrilles an den Füßen und eine luftige weiße Bluse. Damit entsprach sie kaum dem Bild einer Madame le Commissaire – während der Dienstzeit. Das war das Schöne an ihrer Tätigkeit. Kein Hahn krähte danach, wie sie sich kleidete, niemand wunderte sich, dass ihr Kommissariat im Rathaus gerade geschlossen war. Es kam sowieso niemand vorbei. Für alle kriminellen Belange des Alltags war die Gendarmerie zuständig. Wo die Verantwortlichkeiten ihres Büros lagen, wusste kaum einer so richtig. Um ehrlich zu sein, war es ihr selber nicht immer klar. Aber das machte nichts. Hauptsache, ihre kleine Außenstelle der *Police nationale* wurde nicht geschlossen. Was aktuell nicht zu befürchten war, denn das Kommissariat war extra für sie gegründet worden, von keinem Geringeren als von Maurice Balancourt im *Ministère de l'intérieur,* sozusagen ihr oberster Dienstherr in Paris und zudem so etwas wie ein väter-

licher Freund. Er fand, dass die *Police nationale* ihr diesen Gefallen schuldig war, nach allem, was sie in der Vergangenheit geleistet und durchlitten hatte. Außerdem hatte sie in ihrer neuen Funktion bereits spektakuläre Erfolge vorzuweisen. Sie hatte in relativ kurzer Zeit gleich mehrere Morde aufgeklärt, darunter einen, der über zehn Jahre zurücklag, hatte die Täter hinter Schloss und Riegel gebracht – und fast nebenher einem Kronzeugen der Staatsanwaltschaft den Hintern gerettet. Isabelle lächelte. Nicht schlecht für eine Aussteigerin, die der großen Karriere in Paris *adieu* gesagt hatte, die sich freiwillig zu einer kleinen Kommissarin hatte degradieren lassen, um sich in ihrem provenzalischen Geburtsort von den Blessuren ihrer früheren Tätigkeit zu erholen. Verletzungen, die sie als hochdekorierte Kommandeurin einer Spezialeinheit an Leib und Seele erfahren hatte. Stattdessen wollte sie den Duft von Lavendel atmen, dem Zirpen der Zikaden lauschen und gelegentlich hinunter ans Meer fahren, um den Sand an den nackten Füßen zu spüren und nach dem Schwimmen das Salz auf den Lippen.

In der Theorie hatte das gut geklappt, in der Praxis war sie von der Realität eingeholt worden. Sie hatte sich in Kriminalfälle verstrickt, die ihren vollen Einsatz forderten. Sollte sie sich beklagen? Nein, natürlich nicht. Die Ablenkung hatte ihr gutgetan, es ging ihr heute entschieden besser als zuvor. Es kam wohl auf die richtige Balance an: Spannung und Entspannung. Wie bei Yin und Yang. Momentan war Entspannung angesagt. Sie hatte nichts zu tun. Das wurde fast schon langweilig. Zu viel dunkles Yin machte müde.

»Hallo, Isabelle. Ich dachte, du bist auf der Beerdigung in Toulon?«

Sie hatte Clodine nicht kommen sehen. Ihre Freundin aus Kindertagen setzte sich an ihren Tisch.

»Die Trauerfeier war schon heute Morgen. Ich bin nicht bis zum Schluss geblieben und gleich zurückgefahren.«

Clodine gab dem Ober ein Zeichen und bestellte zwei Gläser Rosé.

»Vom Pfefferminzwasser bekommt man Magenflöhe«, stellte sie mit Blick auf Isabelles Glas fest.

»Was ist mit deinem Laden? Hast du zugesperrt?«

Clodine, die gleich um die Ecke ein Geschäft hatte, in dem sie feine Seifen verkaufte und allerlei Schnickschnack für Touristen, nickte.

»Ich gönne mir eine Pause, kommt eh keiner. Solche Tage gibt es.«

»Morgen wünsche ich dir einen Reisebus mit Japanern.«

»O ja, das wäre toll. Japaner lieben meine Seifen, vor allem die herzförmigen *cœurs* mit Lavendelduft.« Clodine musterte Isabelle. »Du siehst erschöpft aus, oder täuscht der Eindruck?«

Isabelle zuckte mit den Schultern. »Erschöpft bin ich nicht, wovon auch? Aber die Trauerfeier hat mich mitgenommen. Ich hätte nicht hingehen sollen.«

»Hab mich auch gewundert. Du gehst doch grundsätzlich auf keine Beerdigungen. Stimmt doch, oder?«

»Ja, seit dem Tod meiner Eltern. Damals war ich noch ein Kind. Als später meine Großmutter gestorben ist, war ich gerade auf einer Fortbildung in Amerika. Das war's dann. Du hast recht, Beerdigungen sind nichts für mich. Heute Morgen musste ich prompt an meine verstorbenen Eltern denken und an meine toten Kollegen, die …« Isabelle brach mitten im Satz ab. Sie holte tief Luft, ihr Blick ging ins Leere, sie strich sich über die Narbe an ihrer Stirn.

Clodine nahm ihre Hand. »Tut mir leid.«
»Ist schon gut. Auf der Beerdigung meiner Kollegen war ich auch nicht, da lag ich auf der Intensivstation.« Isabelle rang sich ein Lächeln ab und versuchte es mit einem Scherz: »Also tu mir einen Gefallen und bleib möglichst lange am Leben, am besten länger als ich. Dann muss ich nie mehr zu einer Trauerfeier.«
Clodine nahm ihr Glas und stieß mit Isabelle an. »Ich versuche mein Bestes.«
»Sehr schön, mehr kann ich nicht erwarten.«
»Trotzdem interessiert mich, warum du gerade bei dem Ekel Bastian eine Ausnahme gemacht hast? Du hast ihn nicht gemocht.«
»Vor allem hat er mich nicht gemocht. Aber das ist kein hinreichender Grund, ihm die letzte Ehre zu verweigern. Na ja, ich hab auch keine wirkliche Erklärung. Vielleicht hat er mir leidgetan? Ein kraftstrotzender Typ wie Bastian wird mit einer Krebsdiagnose konfrontiert und stürzt sich aus dem zwölften Stock eines Apartmenthauses. Das ist schon ziemlich tragisch.«
»Aber zu verstehen. Gerade solche Männer haben eine Heidenangst davor, zum Pflegefall zu werden. Da bringen sie sich lieber um.«
»Ist wohl so.«
Isabelle machte Clodine auf eine Familie aufmerksam, die am Café vorbeischlenderte. »Meinst du nicht, du solltest deinen Laden möglichst rasch wieder aufsperren?«
Clodine drehte sich um, nahm noch einen schnellen Schluck vom Wein und sprang auf. »Unbedingt. Für die Mutter hätte ich ein Shampoo mit Rosenduft, für den Vater ein *Eau de Vie de Provence* und für die Kinder Kappen mit Asterix und Obelix.«

»Lauf schon, ich übernehme die Rechnung.«
»Du bist ein Schatz.«
Isabelle sah Clodine erleichtert hinterher. Die Familie war gerade zur rechten Zeit gekommen. Sie hatte schon überlegt, wie sie das Thema wechseln könnte, denn sie hatte keine Lust, sich weiter über ihre Beerdigungsphobie zu unterhalten, über den verblichenen Commandant Bastian und über seinen Suizid. Der Tag war so schon unerfreulich genug. Nun ja, Clodine hatte es nur gut gemeint. Und die Idee mit dem Wein war nicht schlecht. Das immerhin. Jetzt musste sie nur noch an was Schönes denken. Aber das sagte sich so leicht.

3

Den nächsten Morgen begann sie mit Croissant, *café au lait* und der aktuellen Ausgabe des *Var-Matin*. Auf der Titelseite der lokalen Tageszeitung gab es einen enthusiastischen Bericht über ein Jazz-Konzert im Belle-Époque-Casino von Beaulieu-sur-Mer. Darunter stand ein Kommentar zur Entwicklung der Fremdenverkehrszahlen an der Côte d'Azur. Und schon auf Seite zwei gleich mehrere Fotos von Bastians Beerdigung in La Seyne. Als ob es kein wichtigeres Thema gäbe als die Trauerfeier für einen cholerischen Polizeichef. Isabelle tunkte ein Croissant in den Milchkaffee – und entschuldigte sich für diesen Gedanken. Natürlich war das für die Region von Interesse. Nicht zuletzt boten die vielen Polizeiautos vor dem malerisch gelegenen Friedhof ein eindrucksvolles Bild. Doch, das ging in Ordnung. Aber nun war es auch gut.

Eine Stunde später öffnete sie die Tür zu ihrem Kommissariat im Rathaus von Fragolin. Apollinaire war schon da. Er befand sich in einer lebensbedrohlichen Situation. Auf einem Drehstuhl stehend, mit einem Fuß auf der Lehne, versuchte er ein Bild mit dem Konterfei von Charles de Gaulle aufzuhängen. Das Ganze machte einen ausgesprochen instabilen Eindruck. Es war den hohen Räumen im alten *hôtel de ville* geschuldet, dass ihr Assistent überhaupt eine Aufstiegshilfe benötigte, denn er war ebenso klapperdürr wie himmellang.

»Der General hatte Staub angesetzt«, gab Apollinaire eine kurzatmige Erklärung. »Jetzt glänzt er wieder, aber er will nicht mehr an seinen angestammten Platz zurück.«
Isabelle eilte zum Drehstuhl, der schon bedrohlich hin und her schlingerte, und hielt ihn fest.
»*Merci,* Madame. Jetzt schaff ich es.«
Es war Apollinaires Idee gewesen, in ihrem Büro den ersten Staatspräsidenten der Fünften Republik aufzuhängen. Der sei wesentlich respekteinflößender als der aktuelle Präsident – und habe eine längere Halbwertszeit.
Isabelle hatte Apollinaires Socken in Augenhöhe und stellte beruhigt fest, dass ihr Assistent nur bei der Trauerfeier eine Ausnahme gemacht hatte. Heute trug er wieder verschiedenfarbige Modelle, links rot-weiß gestreift und rechts marineblau. Für seine Verhältnisse fast schon konservativ.
»*Attention,* ich komme.«
Er stützte sich auf ihre Schulter und wagte den Absprung.
»Sie hätten sich den Hals brechen können. Gibt es im Haus keine Leiter?«
»Es ging auch so, dank Ihrer Hilfe. Ich bin ein großer Freund der konstruktiven Zweckentfremdung.« Er betrachtete den General, nahm Haltung an und salutierte. »Übrigens hat er eine Form der Gelbsucht«, stellte er mit Bedauern fest.
Isabelle runzelte die Stirn. »De Gaulle? Er ist 1970 gestorben, soviel ich weiß, an den Folgen eines Aorta-Risses.«
»*Bien sûr,* genauer gesagt am 9. November in Colombey-les-Deux-Églises, wo er auch begraben ist.«
»Aber Sie erwähnten doch gerade seine Gelbsucht?«
Apollinaire schüttelte den Kopf und deutete über die Schulter. »Ich sprach natürlich nicht von ihm, sondern von unserem Kaktus.«

»Aber warum schauen Sie dann das Bild vom General an, wenn Sie vom Kaktus auf dem Fensterbrett sprechen?«
»Madame, verzeihen Sie, ich gebe zu, das war verwirrend. Meine Gedanken sind meinem Blick vorausgeeilt.«
»Und warum Gelbsucht? Unser Kaktus ist doch kein Mensch. Außerdem macht er einen gesunden Eindruck.«
»O ja, dafür, dass er von seinen früheren Besitzern sträflich missachtet wurde, hat er sich glänzend gehalten. Jede andere Pflanze wäre jämmerlich eingegangen. Unser *Pilosocereus chrysostele* hat einen bemerkenswerten Überlebenswillen.«
Isabelle ging zum Fenster und nahm den Kaktus genauer in Augenschein.
»Meinen Sie die gelben Stellen?«
»Ganz genau. Erst dachte ich an eine Wurzelfäule und hatte den Schadpilz *Phytophthora* in Verdacht.«
Isabelle, die es gewohnt war, dass Apollinaire auf den unglaublichsten Gebieten Bescheid wusste, je abwegiger, desto genauer, war jetzt doch verblüfft.
»Ich wusste gar nicht, dass Sie sich so gut mit Kakteen auskennen?«
»Nicht wirklich, Madame, aber es gebietet der Respekt gegenüber unserem einzigen Bürogenossen, sich mit ihm eingehend zu beschäftigen. Und jetzt weiß ich, dass er wohl nur unter Eisenmangel leidet und unter einem zu hohen pH-Wert. Ich denke, wir sollten ihn umtopfen.«
Isabelle lachte. »Dann tun Sie das. Ich bewillige hiermit den Kauf eines neuen Topfes.«
»Und Blumenerde.«
»Selbstverständlich, die Investition kann ich verantworten.«
»*Merci.* Ich hoffe, Sie hatten eine gute Rückfahrt.«
»Gestern? Aber ja, kein Problem. Und Sie?«

»Ich habe noch mit einigen ehemaligen Kollegen ein Glas getrunken und über frühere Zeiten geredet. Aber dann hatte ich auch genug. *Qu'il repose en paix!*«
»Möge er in Frieden ruhen! So soll es sein.«

Sie deutete auf eine abgegriffene Akte, die auf ihrem Schreibtisch lag. »Wir sollten uns zur Abwechslung mal wieder einen Fall vornehmen.«
»Einen aus der Kiste mit den verstaubten, unaufgeklärten Fällen? Eine wunderbare Idee. Haben Sie einen Vorschlag?«
»Ich habe noch mal über den Überfall auf das Juweliergeschäft in Cannes nachgedacht, bei dem nicht nur die Frau des Inhabers erschossen wurde, sondern auch eine prominente Kundin aus dem Filmgeschäft.«
»Ich erinnere mich. Auch daran, dass Sie gesagt haben, dass alles für einen bandenmäßigen Überfall spreche und dass solche Gangs leider zur Côte d'Azur gehörten wie die Palmen zur Croisette. Ich glaube, das waren Ihre Worte.«
»So habe ich das gesagt? Nun, da hatte ich leider recht, aber wohl auch mit der Annahme, dass die Ganoven nach über sechs Jahren sicherlich längst über alle Berge sind, nicht mehr am Leben oder wegen eines anderen Delikts im Gefängnis.«
»Weshalb es wenig Sinn mache, den Fall wieder aufzurollen. Das war Ihre Schlussfolgerung.«
»Ich hab mir die Akte erneut angeschaut. Es gibt da einige Ungereimtheiten. Angenommen, es war kein bandenmäßiger Überfall, sondern man hat sich nur der bekannten Muster bedient, um eine falsche Spur zu legen, dann würde es vielleicht doch Sinn machen, mal genauer nachzuforschen. Einen Versuch wäre es wert.«

Apollinaire rieb sich erfreut die Hände. »Absolut. Wo fangen wir an?«
»Zunächst kaufen Sie einen Blumentopf und Kaktuserde, dann sehen wir weiter.«
»Blumentopf, Kaktuserde«, wiederholte Apollinaire, »und dann kommen die Juwelen.«
Isabelle nickte. »Ganz genau, und zwar in dieser Reihenfolge.«

Wenig später war sie alleine im Kommissariat, sie hatte die Füße auf einen Hocker gelegt und dachte nach. Sie griff zum Telefon, zögerte, zog die Hand wieder zurück und biss sich auf die Unterlippe. Nein, den Gefallen würde sie ihm nicht tun. Thierry Blès, die untreue Seele. Wirft einfach seine vielgepriesenen Prinzipien über Bord und lässt sich für ein politisches Amt nach Paris locken. Von wegen *savoir-vivre* und die genussvollen Freuden eines entspannten Lebens in der Provence. Alles blödes Gerede. Offenbar waren die Verlockungen einer Politkarriere größer. Sein Schreibtisch im Bürgermeisterbüro, nur ein Stock über ihrem, war verwaist. Offiziell übte er das Amt noch aus, bis zur vorgezogenen nächsten Wahl. Er hatte versucht, ihr seine Entscheidung zu erklären, dass es nämlich eine Chance sei, den oft missachteten Interessen der Region in Paris eine Stimme zu geben. Er mochte ja recht haben, aber es war trotzdem ein Bruch mit seiner Lebensphilosophie. Gleichzeitig setzte er ihre Beziehung aufs Spiel, auch das. Sie stand auf und ging im Zimmer auf und ab. Ihre Beziehung? Nun, sie hatten nicht zusammengelebt, aber sie waren gut befreundet gewesen, sehr gut sogar – auch in den Stunden zwischen den Tagen.
Sie blieb erschrocken stehen. Hatte sie in ihren Gedanken gerade die Vergangenheitsform gewählt? Waren befreun-

det gewesen … Thierry glaubte, sie würden es schaffen. Er komme so oft nach Fragolin, wie es nur gehe. Mit dem Hochgeschwindigkeitszug TGV sei das kein Problem. Paris liege doch nicht auf einem anderen Stern. Natürlich lag Paris auf einem anderen Stern. Wenn das jemand wusste, dann sie. Deshalb hatte sie ja die Galaxie gewechselt und lebte jetzt hier. Ob das gutgehen würde? Ob ihre Beziehung eine Perspektive hatte? Möglich war es – aber sie spürte, dass es nicht einfach werden würde.

Zögerlich näherte sie sich erneut dem Telefon. Sollte sie oder sollte sie nicht? Oder lag es nicht vielmehr an ihm, zum Hörer zu greifen?

Sie zuckte zusammen, als just in diesem Augenblick das Telefon klingelte. Gedankenübertragung? Gab es das? In fester Erwartung, dass Thierry am Apparat war, hob sie ab.

»Hallo, *chérie*«, wurde sie von einer sonoren Stimme begrüßt.

Nein, das war nicht Thierry. Aber das Gespräch kam aus Paris, das schon, und zwar aus dem Innenministerium. Maurice Balancourt war nicht nur ihr oberster Chef, sondern der Einzige, der sich die Freiheit nahm, sie *chérie* zu nennen. Er durfte das. Balancourt durfte fast alles, er schwebte gewissermaßen über den Dingen.

»Hallo, Maurice«, antwortete sie, »schön, dich zu hören.«

»Das Pläsier ist ganz auf meiner Seite. Wie geht es meiner kleinen Isabelle?«

Sie lächelte. Meiner kleinen Isabelle? Balancourt durfte auch das. Er war schon im Seniorenalter.

»*Tout va bien,* mir geht es gut. Die Sonne scheint, es riecht nach Lavendel.«

»Nach Lavendel? In deinem Büro? Du willst mich wohl veralbern. Nur weil du weißt, dass vor meinem Fenster die

Autos im Stau stehen und die Luft verpesten. Aber ich liebe das. Das ist Paris, hier pulst das Leben, das hält mich jung.«
Unpassenderweise musste er gerade jetzt heftig husten. Isabelle verkniff sich einen Kommentar. Balancourt war ein großer Zigarrenraucher, da kam es auf die Abgase auch nicht mehr an.
Schließlich fuhr er fort: »Wie war es auf der Trauerfeier in La Seyne?«
»Du weißt, dass ich dort war?«
Balancourt ließ ein heiseres Lachen vernehmen. »Du kennst mich doch, ich weiß alles. Auch, dass du frühzeitig gegangen bist. Aber ich fand's gut, dass du überhaupt dort warst.«
»Ist mir nicht leichtgefallen.«
»Hast du gerade viel zu arbeiten?«, wechselte Balancourt das Thema.
Sie warf einen Blick auf die Mappe mit dem Bericht zum Überfall auf das Juweliergeschäft. Es wäre verfrüht, davon zu sprechen.
»Eine ehrliche Antwort? Nein, habe ich nicht.«
»Lust auf etwas Abwechslung?«, fragte Balancourt.
Isabelle schwante Schlimmes. »Nicht schon wieder. Ich hasse deine kreativen Einfälle.«
»*C'est pas vrai,* in Wahrheit liebst du meine Einfälle, gib es zu.«
»Das letzte Mal hast du mir einen Kronzeugen untergejubelt, hinter dem bezahlte Killer her waren. Das war nicht nett.«
»Ihr hattet doch eine schöne Zeit miteinander. Na egal, was ich dir heute anbiete, ist völlig harmlos.«
»Das sagst du immer.«
»Doch, doch, völlig ungefährlich, nur etwas delikat, aber ganz bestimmt kurzweilig. Außerdem würdest du mir einen großen Gefallen tun.«

Isabelle lachte. »Jetzt hast du mich wieder am Haken. Wie kann ich dir einen Gefallen abschlagen?«

»Ich würde es akzeptieren, schweren Herzens, aber ich würde.«

»Also, schieß schon los! Worum geht es?«

»Nun, wo soll ich anfangen? Machen wir es kurz: Es geht um Commandant Bastian. Ich möchte dich als Sonderermittlerin einsetzen.«

»Wie bitte?«

»Du hast schon richtig verstanden. Sozusagen eine Madame le Commissaire mit besonderen Befugnissen.«

»Was hat das mit Bastian zu tun?«

»Ich möchte, dass du seinen Selbstmord untersuchst. Ich will wissen, weshalb er sich umgebracht hat.«

»Es gibt einen Abschiedsbrief«, stellte sie fest. »Er hatte Krebs.«

»Tja, das wird wohl der Grund gewesen sein. Ich sagte ja, der Auftrag ist völlig harmlos.«

»Die Kollegen in Toulon haben die näheren Umstände seines Suizids gewiss untersucht. Das ist Routine, erst recht im Fall ihres Chefs.«

»Natürlich haben sie das, der Bericht liegt auf meinem Schreibtisch. Aber sagen wir mal so: Er stellt mich nicht zufrieden. Deshalb würde ich dich bitten, die Begleitumstände seines bedauerlichen Ablebens etwas genauer unter die Lupe zu nehmen. *C'est tout.*«

Isabelle versuchte sich vorzustellen, wie das ablaufen könnte. »Die Kollegen in Toulon werden nicht begeistert sein«, stellte sie fest.

Balancourt hüstelte. »Ich sagte ja, der Auftrag ist etwas delikat, das muss ich zugeben. Freunde wirst du dir keine machen.«

»Ich brauche keine Freunde, ich hab ja dich.«

»*Chérie,* ich küsse dich.«
»Danke, grüß deine Frau von mir.«
»Das mache ich. Um auf deinen Auftrag zurückzukommen: Ich will sicherstellen, dass es keine anderen Gründe für seinen Selbstmord gibt, vielleicht interne Gründe, die von seinen Mitarbeitern vertuscht werden.«
»Hoppla, gibt's dafür Anhaltspunkte?«
»Nein, mir sind keine bekannt. Aber bei dem Selbstmord eines Commandant gehen bei mir die Warnlampen an. Ist alles schon da gewesen.«
»Das kann ich nachvollziehen«, sagte sie, »wobei Bastians Krebserkrankung als Motiv schon ziemlich überzeugend ist. Aber ich kann mich ja mal umhören.«
»Bravo, wir sind uns also einig. Dein neuer Dienstausweis ist bereits in der Post. Das Protokoll zu Bastians Selbstmord ist auch unterwegs. Gleich im Anschluss geht eine Nachricht an die Präfektur in Toulon, die dich als Sonderermittlerin der *Police nationale* legitimiert und mit allen Vollmachten ausstattet.«
»Du sagtest, der Dienstausweis sei schon in der Post? Was, wenn ich abgelehnt hätte?«
Balancourt lachte. »Isabelle, ich kenne dich, wahrscheinlich sogar besser als du dich selbst. Warum solltest du ablehnen?«
»Da gäbe es viele Gründe.«
»Dennoch hast du meinen Auftrag angenommen.«
»Das stimmt, aber nur, weil du es bist.«
»Sehr schön. Hoffen wir, dass nichts dabei herauskommt. Das wäre mir am liebsten.«
»Mir auch.«
»*Au revoir, chérie!*«
»*Adieu,* du alter Verführer.«
»Na, na, so alt bin ich nun auch wieder nicht.«

4

Apollinaire sah sie ungläubig an. »Ist das wahr? Wir sollen unseren Kollegen ins Handwerk pfuschen und Bastians Selbstmord untersuchen? Das gibt böses Blut.«
Obwohl Isabelle seine Befürchtungen teilte, wiegelte sie ab. »Für böses Blut gibt's keinen Grund. Ich gehe davon aus, dass es nichts zu verbergen gibt. Also führe ich ein paar höfliche Gespräche und schreibe einen abschließenden Bericht. Das war's dann.«
Apollinaire griff sich in den Hemdkragen und zog daran. Dabei riss der oberste Knopf ab, was er nicht zu bemerken schien.
»In Toulon mögen die uns eh nicht, und jetzt kommen wir daher und schauen ihnen auf die Finger. Ich bleib dabei, das gibt Ärger.«
Isabelle sah ihn herausfordernd an. »Und wenn schon, damit kommen wir klar.«
»Ich hoffe, Sie haben recht. Immerhin kann uns Bastian nicht mehr in die Parade fahren, das ist schon mal ein Vorteil. Aber sein Nachfolger ist nicht viel besser. Capitaine Richeloin ist ein Abziehbild vom Alten, nur hat er mehr Haare auf dem Kopf.«
»Und genauso viele Haare auf den Zähnen, ich weiß. Capitaine Richeloin und ich hatten bereits das zweifelhafte Vergnügen. Er war dabei, als mich Bastian von meinem ersten Fall abziehen wollte. Er und ein gewisser Lieutenant Parpin.«

Apollinaire nickte. »René Parpin ist ganz okay, aber er hat nicht viel zu sagen.«
Isabelle überlegte und kam zu einer Entscheidung. »Machen Sie sich keine Sorgen«, sagte sie, »ich nehme Sie aus der Schusslinie. Ich kann Sie ja verstehen, das sind Ihre ehemaligen Kollegen, mit denen Sie schon mal einen trinken gehen, so wie nach Bastians Beerdigung. Wir machen es so: Sie bleiben im Hintergrund und helfen mir bei der Recherche. Offiziell treten Sie nicht in Erscheinung. Als Erstes können Sie mir mal alles ausdrucken, was Sie im Internet, in den Medien und im Polizeicomputer zu Bastians Selbstmord finden. Auch wenn es irgendwelche Berichte aus der Vergangenheit zu seiner Person geben sollte. Einfach alles, und sei es noch so belanglos. Dann haben wir schon mal ein eigenes Dossier, das ist ein Anfang. Ansonsten können Sie sich mit dem Überfall auf das Juweliergeschäft befassen.«
Ihrem Assistenten war die Erleichterung anzusehen. »Das ist ein großartiger Vorschlag. Ich werde Sie nicht enttäuschen.«
»Davon bin ich überzeugt.«
Isabelle deutete unter seinen Schreibtisch. »Da unten müsste irgendwo ihr Kragenknopf sein. Ihre Freundin Shayana kann ihn ja wieder annähen.«
Er sah sie empört an. »Einen Knopf annähen? Das kann ich natürlich selbst, so was lernt man auf der Polizeischule in der ersten Woche. Wo, sagten Sie gleich, wäre der Knopf?«

Später, als sie sich auf den Weg nach Hause machte, am verwaisten Bouleplatz vorbei und nur kurz an die zurückliegenden Partien mit Thierry denkend, realisierte sie langsam, worauf sie sich eingelassen hatte. Noch heute Morgen hatte sie gehofft, dass das Kapitel Bastian endgültig der Vergangenheit angehörte, und jetzt wurde einfach eine neue Seite aufgeschlagen. Der Mann verfolgte sie über den Tod hinaus. Und sie war so blöd, sich darauf einzulassen. Selber schuld. Sie hatte kein Mitleid verdient. Commandant Bastian, dessen Nachname auch als Vorname taugte. Bastian hieß einfach Bastian. Obwohl Enzo nicht schlecht war. Enzo Bastian, das hatte Ausdruck, das passte zu seinem forschen Auftreten. Man konnte dem Commandant viel nachsagen, aber er war kein Weichei. Eben deshalb kam sein Selbstmord so überraschend. Was vielleicht ein Trugschluss war. Wie viel Mut brauchte es, um sich aus dem zwölften Stock eines Apartmenthauses zu stürzen? Sie hatte noch nie darüber nachgedacht, ob ein konsequent vollzogener Selbstmord eher etwas für Feiglinge war oder ganz im Gegenteil viel Mut und Entschlossenheit voraussetzte.

Sie dachte an Maurice Balancourt, der sie wieder mal auf dem falschen Fuß erwischt hatte. Oder auf dem richtigen, das würde sich noch zeigen. In der Vergangenheit hatten sich seine vermeintlich »harmlosen« Aufträge zwar immer als ziemlich aufregend erwiesen, aber sie hatte sie regelmäßig erfolgreich zum Abschluss gebracht und war so auf andere Gedanken gekommen. Genau das lag vielleicht in Balancourts Absicht. Das war seine Form von Therapie. Nach dem Anschlag vom *Arc de Triomphe,* der schon eine Weile zurücklag, ihr aber oft wie gestern vorkam, hatten Psychologen bei ihr eine posttraumatische Belastungsstörung diagnostiziert – und einiges mehr. Ganz abgesehen von den lebensgefährlichen Verletzungen durch die gezündete Bombe. Alle gutgemeinten psychologischen Therapien hatte sie schnell abgebrochen. Das war nichts für sie.

Stattdessen hatte sie sich nach Südfrankreich abgesetzt, um hier Abstand zu gewinnen. Abstand von ihrem früheren Job als Kommandeurin einer geheimen Spezialeinheit der *Police nationale,* Abstand von der Detonation, bei der einige ihrer besten Jungs gestorben waren – Abstand von ihrem vorigen Leben, das sie noch in Albträumen verfolgte, aber erfreulicherweise immer weniger. Balancourt war das krasse Gegenteil eines Seelendoktors, aber seine »Behandlungsstrategie« hatte Erfolg, vielleicht gerade deshalb.

Isabelle machte einen Bogen um Clodines Laden. Sie hatte gerade keinen Sinn für ihr fröhliches Gerede. Sie setzte ihre Gedanken mit der Frage fort, ob Balancourts aktueller Vorstoß unter therapeutischen Gesichtspunkten vielversprechend war. Nein, das ganz bestimmt nicht. Ein Polizeichef, der seine Mitarbeiter schikanierte und zu cholerischen Anfällen neigte, war an sich schon kein Lustbringer und weckte auch nach seinem Tod keine positiven Gedanken. Dazu das Schicksal einer Krebserkrankung und sein Sturz, der in einer großen Blutlache endete, auch das war kaum erheiternd. Ob sein Nachfolger Richeloin wirklich so kratzbürstig war, wie von Apollinaire befürchtet, würde sich noch zeigen. Leider sprach viel dafür – vor allem, falls sie irgendwas herausfinden sollte. Was könnte das sein? Dass nicht nur sein Krebs für den Suizid verantwortlich gewesen war, sondern irgendeine schmutzige Intrige? Eine Verstrickung in illegale Machenschaften? Irgendein Komplott, das noch schlimmer war als der Tumor und ihn deshalb in den Tod getrieben hat?

Isabelle kam an der *Boulangerie-Pâtisserie* vorbei und kaufte provenzalisches Olivenbrot. Tapenade zum Bestreichen hatte sie noch daheim. Sie stieg die steile Treppe hinauf zu ihrer Dachwohnung. In der Küche bereitete sie ein Tablett mit einem Imbiss vor, dazu eine Karaffe Eiswasser. Dann balancierte sie alles auf ihre kleine Terrasse. Sie setzte sich unter ihren Sonnenschirm, den ihr Thierry Blès geschenkt hatte. Der Stoff war gelb und blau und mit dem Schriftzug einer Spirituosenfirma aus Marseille bedruckt. Nicht besonders schön, aber er war stabil und hatte sogar den letzten Mistral überstanden. Kein Grund, mit übermäßiger Dankbarkeit an Thierry zu denken. Hoffentlich regnete es in Paris und der Kaffee in seinem Büro schmeckte nach Pappe.

Sie steckte sich eine Olive in den Mund und versuchte sich auf ihre neue Mission zu konzentrieren. Sie war neugierig auf den angekündigten Untersuchungsbericht. Was hatte Maurice daran missfallen? Was hatte seinen Argwohn geweckt? Hatten sich die Kollegen nicht viel Mühe gegeben, weil sowieso alles klar schien? Ja, das könnte sein, wäre sogar zu verstehen. Auch wäre nachzuvollziehen, wenn Bastians Mannschaft Skrupel hatte, ihrem verstorbenen Chef hinterherzuschnüffeln. Vor allem, wenn es keinen Grund dafür gab. Warum sollten sie also? Es sei denn …

Isabelle lehnte sich zurück, verschränkte die Hände hinter dem Kopf und schloss die Augen. Es sei denn … Nun, man würde sehen.

5

Toulon war eine Stadt, deren Charme sich erst auf den zweiten Blick erschloss. Die tristen Betonbauten in der Peripherie wirkten als Willkommensgruß wenig einladend. Der Boulevard de Strasbourg bot ein solches Verkehrsdesaster, dass man die alten Häuserfassaden kaum wertschätzen konnte. Als einer der wichtigsten Militärhäfen Frankreichs hatte Toulon alles zu bieten, was Marinesoldaten so schätzten – weshalb manche Kneipen und Bars kaum dem entsprachen, was sich Feriengäste so erwarteten. Aber ein Spaziergang durch die Altstadt lohnte sich dennoch, man hatte in der letzten Zeit viel getan, um sie zu verschönern. Etwas abseits der Fußgängerzone zwischen der Place Victor Hugo mit dem Opernhaus und der Avenue de la République am Hafen gab es malerische Gassen und verschwiegene Plätze zu entdecken. Im östlich angrenzenden Stadtviertel Mourillon waren aufgeschüttete Strände und sogar Beachrestaurants zu finden.

Aber Isabelle war nicht gekommen, um nach den versteckten Reizen Toulons zu suchen. Wie sie überhaupt hoffte, sich möglichst schnell wieder auf den Heimweg machen zu können. Sie wollte keine Minute länger als nötig hierbleiben.

Auf direktem Weg erreichte sie das Hauptkommissariat der *Police nationale* in der Avenue Jean Moulin. Das festungsähnliche Gebäude war an Hässlichkeit kaum zu überbieten. Sie fuhr in eine Seitenstraße und parkte, wo es nur für Polizeifahrzeuge erlaubt war. Nachdem sie ausge-

stiegen war, sah sie, dass die Straße nach einem Commissaire Morandin benannt war. Ob Bastian bald seine eigene Straße bekommen würde? *Rue du Commandant Bastian* vielleicht? Aber dann hätte er wohl im Polizeieinsatz erschossen werden müssen, mindestens. Ein Sprung von der Terrasse machte sich weniger gut.
Vor dem Haupteingang, über dem auf den blau-weiß-roten Nationalfarben *Hôtel de Police* stand, holte sie tief Luft. Dann ging sie die Stufen hinauf, zeigte ihren Ausweis und machte sich auf den Weg zum Büro des Capitaine Richeloin, der jetzt hier das Sagen hatte. Sie kam an der Zimmertür von Commandant Bastian vorbei, an dem ein großes Foto mit Trauerschleife hing. Wieder beschlichen sie Zweifel an der Sinnhaftigkeit ihrer Mission. Warum musste man die Motive seines Selbstmordes näher erforschen? Er hatte eine Entscheidung getroffen, und die galt es zu respektieren. Eine Auffassung, die natürlicherweise auch Richeloin vertreten würde. Entsprechend wenig Verständnis würde er aufbringen, dass Nachforschungen angestellt werden sollten. Und noch weniger würde er verstehen, dass gerade sie mit dieser Aufgabe betraut wurde, eine kleine Kommissarin aus dem Provinzkaff Fragolin. Isabelle straffte den Rücken. Nun, dass ihre Position nicht ganz so einfach zu definieren war, hatte auch er schon leidvoll erfahren müssen, wobei er nicht wissen konnte, warum und wieso. Aber dass sie Rückendeckung von ganz oben hatte und ihre Weisungen direkt aus Paris erhielt, das dürfte sich bei ihm eingebrannt haben.
Sie stand vor seiner Tür und klopfte an.
»Entrez!«
Capitaine Richeloin verzog das Gesicht und erhob sich von seinem Schreibtischstuhl. Ob er sich überwinden

musste, war nicht zu erkennen, aber er reichte ihr zur Begrüßung die Hand.
»Bonjour, Madame Bonnet«, sagte er mit bittersaurer Miene. »Wie Sie wissen, habe ich wenig Zeit. Aber bitte nehmen Sie Platz.«
Sie dachte, dass er im Irrtum war. Er würde sich genau die Zeit nehmen müssen, die sie brauchte. Allerdings wollte sie heute nur einen Höflichkeitsbesuch abstatten. Deshalb widerstand sie der Versuchung, ihn gleich in seine Schranken zu weisen. Dann hätte sie sich die Fahrt nach Toulon auch sparen können. Sie war um Schönwetter bemüht.
»Mon Capitaine, Sie wissen, warum ich hier bin?«
Richeloin ließ sich stöhnend auf seinen Stuhl sinken.
»Ich weiß es, aber ich verstehe es nicht.«
Isabelle setzte sich ihm gegenüber und versuchte zu lächeln.
»Da geht es mir kaum anders. Ich möchte Ihnen sagen, dass mir diese Aufgabe überhaupt nicht gefällt. Ich finde, man sollte Bastians tragischen Selbstmord und seine Privatsphäre respektieren. Außerdem sollten mögliche Nachforschungen ausschließlich in den Verantwortungsbereich Ihres Kommissariats hier in Toulon fallen.«
Er schlug mit der flachen Hand auf den Tisch. »Genauso ist es. Haben Sie das den Sesselfurzern in Paris so erklärt?«
»Ja, das habe ich. Wobei ich unsere obersten Vorgesetzten nicht so bezeichnen würde.«
»Oh, da fällt mir noch viel mehr ein. Aber Sie sind eine Frau, ich möchte nicht Ihr Schamgefühl verletzen.«
»Machen Sie sich keine Sorgen um mein Schamgefühl. Doch gebe ich zu bedenken, dass diese ›Sesselfurzer‹ Sie gerade zum Leiter des größten Kommissariats im Département Var befördert haben.«

»Na ja, das schon. Aber warum sollen jetzt Nachforschungen zu Bastians Selbstmord angestellt werden? Das ist doch völliger Schwachsinn. Und warum hat man gerade Sie damit beauftragt?«
Isabelle beherrschte sich. Sie zuckte mit den Schultern. »Wir beide können es nicht ändern. Also sollten wir versuchen, ganz entspannt zusammenzuarbeiten. Umso schneller haben wir diesen blöden Job vom Tisch.«
Er sah sie zweifelnd an. »Haben Sie so was schon mal gemacht?«
»Ich habe schon sehr viel gemacht«, antwortete sie mit einem vieldeutigen Lächeln.
»Warum weiß ich davon nichts? Ist das Geheimsache oder was?«
»Ganz genau, das ist es.«
»Ich hasse das. Ich weiß gerne, mit wem ich es zu tun habe.«
»Deshalb bin ich hier, damit wir uns besser kennenlernen. Außerdem möchte ich mit Ihnen die weitere Vorgehensweise absprechen, um etwaige Irritationen von vornherein zu vermeiden.«
»Irritiert bin ich schon jetzt, das dürfen Sie mir glauben.«
»Das Protokoll zu Commandant Bastians Selbstmord habe ich gelesen.«
»Und?«
»Ich finde, da steht alles drin«, log sie. Tatsächlich wies es große Lücken auf.
»Ganz genau, da steht alles drin.«
»Dennoch muss ich einige Gespräche führen, ob ich will oder nicht.«
»Mit wem wollen Sie reden?«
»Ich weiß noch nicht. Mit Bastians Witwe zum Beispiel, um mehr über den Gemütszustand ihres Mannes zu erfah-

ren, und mit seinem Arzt. Mit Freunden von ihm, mit Kollegen, die ihn besser kannten, also unter anderem auch mit Ihnen, aber nicht heute, ein anderes Mal, wenn Sie mehr Zeit haben. Ich will wissen, an welchen Fällen er aktuell gearbeitet hat. Dann schreibe ich einen Abschlussbericht, und das wär's dann.«

»Da haben Sie ja einiges vor. Muss das sein?«

»Ich habe meine Anweisungen. Wenn ich es nicht mache, dann schicken die einen anderen.« Wieder versuchte Isabelle zu lächeln. »Und der ist dann vielleicht nicht so nett wie ich.«

Richeloin runzelte die Stirn. »Sie sind nett? Das ist mir bisher entgangen.«

»Doch, doch, ich bin sogar sehr nett. Solange man mich nicht ärgert. Dann kann ich auch anders. Aber so weit wollen wir es doch nicht kommen lassen, oder?«

Richeloin sah demonstrativ auf die Uhr und stand auf. »Man wird sehen. Ich kann auch ganz anders, das dürfen Sie mir glauben. Aber jetzt habe ich leider wirklich einen Besprechungstermin.«

Zum Abschied verzichtete sie darauf, ihm die Hand zu geben.

»Vielen Dank für die Zeit, die Sie sich genommen haben«, sagte sie mit leicht spöttischem Unterton.

»Immer gerne.«

»Sie sind ja ein Charmeur …«

Er verzog keine Miene.

»… aber ein schlechter Lügner«, fügte sie hinzu.

6

Natürlich hätte sie gleich mit den Gesprächen beginnen können, nun, da sie schon mal in Toulon war. Aber sie wollte sich noch etwas Zeit gönnen und erst mal ihre »Hausaufgaben« machen, also das ganze Material studieren, das Apollinaire zusammengetragen hatte, all die Zeitungsberichte über Bastians Suizid, vor allem aber die alten Artikel, die zum Teil viele Jahre zurücklagen und über seine Arbeit informierten, ihn auf Pressekonferenzen zeigten oder als obersten Repräsentanten der Polizei bei irgendwelchen Veranstaltungen. Kein Zweifel, der Commandant war ein bekannter Mann gewesen. Und wenn sie die Fotos richtig interpretierte, war er auch eitel.

Isabelle wollte erst eine genauere Vorstellung von Bastian haben, bevor sie sich mit Menschen aus seinem Umfeld unterhielt. Da würden ihr Ungereimtheiten eher auffallen – oder auch nicht, das würde sich zeigen. Und sie wollte sich darüber klarwerden, welche Fragen sie überhaupt stellen wollte. Aus der Hüfte schießen war ja kein Fehler, aber man traf besser, wenn man ein Ziel im Auge hatte.

Also fuhr Isabelle zurück nach Fragolin. Mit einem Abstecher zu ihrem versteckten Lieblingsstrand, der über steile Stufen durch einen kleinen Pinienwald zu erreichen war. Dort ging sie schwimmen und legte sich auf die mitgebrachte Strohmatte. Ihr Polizeiwagen war der einzige im Département, der immer eine Badetasche im Kofferraum hatte.

Am nächsten Morgen saß sie am Schreibtisch und dachte nach. Sie sah hinüber zu Apollinaire, der eine große Tafel aufgebaut hatte und einer seiner Leidenschaften frönte: Er klebte Bilder auf, verband sie mit Linien, malte Pfeile, die ins Nichts führten … Oben stand in großer Schrift: *Vol de bijoux,* Juwelenraub. Ihr Assistent war also dabei, sich bei »seinem« Fall einen ersten Überblick zu verschaffen. Wie immer war die Transformation seiner Gedankenspiele in eine Grafik so rätselhaft, dass nur er sie verstehen konnte. Und das war erst der Anfang.
Isabelle nahm den Abschiedsbrief zur Hand, den Bastian hinterlassen hatte. Sie las ihn zum wiederholten Mal. Erneut beschlich sie dabei ein flaues Gefühl. Was war in Bastians Kopf vorgegangen? War sein Selbstmord von ihm schon länger geplant gewesen oder hatte er sich sozusagen im Affekt dazu entschlossen? Seine letzten Worte gaben keinen wirklichen Aufschluss. Es war ja auch kein Abschiedsbrief im klassischen Sinne. Bastian hatte sich wenige Minuten vor seinem Suizid an sein Notebook gesetzt, eine knappe E-Mail geschrieben und an ihm nahestehende Menschen verschickt.

»Liebe Estelle, liebe Familie, liebe Freunde. Ich will mich nur kurz von Euch verabschieden. Ich wäre gern noch etwas geblieben, aber ich habe Krebs. Die Krankheit wird mich nicht besiegen, da mach ich lieber selber den Schalter aus! Bitte habt Verständnis dafür. Ich umarme Euch. Adieu! Euer Enzo«

Kurz und knapp, ohne Gefühlsduselei. Das passte zu ihm. Für seine Frau Estelle hatte er einen Ausdruck neben sein Notebook gelegt und mit einem Glas beschwert. Dann war er auf die Terrasse gegangen, war auf das Geländer geklet-

tert, hatte vielleicht noch kurz hinaus auf das Meer geblickt – dann war er gesprungen.
»Da mach ich lieber selber den Schalter aus!« Genau das hatte er getan. Gleichwohl war er einem Irrtum unterlegen. Natürlich hatte ihn der Krebs besiegt, denn ohne Krankheit wäre er nicht gesprungen.
Warum sollte es einen anderen Grund für seinen Selbstmord geben? Alles war stimmig. Wieso wollte Balancourt eine Untersuchung? Hatte er eine Information, die er ihr vorenthielt? Es wäre nicht das erste Mal.
Isabelle legte den Abschiedsbrief zurück in die Mappe. Sie würde ihn nicht mehr lesen müssen, sie kannte ihn längst auswendig.

Sie holte sich eine Tasse Kaffee und ging zu Apollinaire und seinem Chart. Ihm standen die Haare wirr zu Berge. Das war normal und kein Ausdruck seiner Gemüts- oder Geistesverfassung.
Nachdenklich strich er sich mit dem Zeigefinger über die Lippen. Er deutete auf einen roten Pfeil.
»Ich glaube, der ist falsch«, sagte er.
»Aber als Hypothese können Sie ihn mal stehen lassen«, erwiderte sie, ohne den blassesten Schimmer, was er bedeuten sollte.
»Richtig, der Pfeil ist eine vage Spekulation, die wir nicht gänzlich außer Acht lassen sollten.«
Sie konnte sich ein Lächeln kaum verkneifen. »Bis zum Beweis des Gegenteils«, sagte sie.
»Ganz genau, aber es gibt keinen Grund für die rote Farbe, da ist mir ein Fehler unterlaufen.«
»Wollen wir einen Ausflug machen?«, fragte sie, einer spontanen Idee folgend.

»Einen Ausflug? Wie darf ich das verstehen?«
»Das Juweliergeschäft liegt in Cannes. Das Apartmenthaus, aus dem sich Bastian gestürzt hat, befindet sich ein Stück weiter kurz hinter Antibes. Ich würde die beiden Schauplätze gerne mal in Augenschein nehmen.«
»In Augenschein nehmen, natürlich, ich verstehe.« Er räusperte sich. »Das heißt, ich verstehe es nicht, also nicht wirklich. In den Untersuchungsprotokollen gibt es gutes Bildmaterial. Und Spuren der Tat werden wir nicht mehr finden. Was versprechen Sie sich also davon?«
Sie lachte. »Ich verspreche mir nichts davon, gar nichts. Das ist ja das Schöne dran. Wollen wir fahren?«
»Gleich?«
»Warum nicht? Nehmen Sie die Protokolle mit, wegen der Adressen und so.«

Sie fuhren über kurvige Bergstraßen des *Massif des Maures* zur Autobahn A8, die von Aix-en-Provence kommend an Fréjus und St-Raphaël vorbei Richtung Nizza führte. Isabelle ließ ihren Assistenten fahren, der das mit immer größerer Routine bewerkstelligte. Mittlerweile konnte er sogar ohne Anstrengung gleichzeitig ein Gespräch führen.
»Wussten Sie während Ihrer aktiven Zeit in Toulon, dass Bastian bei Cagnes eine Ferienwohnung hatte?«, fragte sie.
»In der *Marina Baie des Anges*. Ja, das war im Kommissariat allgemein bekannt. In Notfällen brauchte er entsprechend länger, bis er im Büro sein konnte.«
»Ich kenn die Pyramiden nur vom Vorbeifahren.«
»Amiral, Baronnet, Commodore und Ducal.«
»Wie bitte?«
»So heißen die vier Hochhäuser, das ist ihr Name. Entwor-

fen wurden sie von dem Architekten André Minangoy, aber der war schon tot, als sie 1993 fertig wurden.«

»Muss man das wissen?«

»Nein, aber ich hab's gestern nachgelesen.«

»Und dass er ein Boot hatte, das war auch bekannt?«

»Na klar. In seinem Büro hing sogar ein Bild von seinem Schiff. Eine Motoryacht mit dem ironischen Namen *La vie est dure*.«

»Das Leben ist hart? Bastian hatte ja Sinn für Humor, das hätte ich nicht gedacht.«

»Davon hat man sonst auch nichts bemerkt«, stellte Apollinaire lakonisch fest.

»Ganz sicher nicht«, sagte sie, an ihre Begegnungen denkend. »Es überrascht mich, dass er sich eine Ferienwohnung in der *Marina Baie des Anges* und eine Motoryacht leisten konnte«, fuhr sie fort. »Ein Commandant bei der *Police nationale* verdient zwar nicht schlecht«, räumte sie ein, »aber eine Wohnung in einer noblen Ferienanlage und eine eigene Motoryacht sind trotzdem erstaunlich.«

»Da vorne ist ein Stau. Soll ich das Blaulicht anmachen und mich vorbeidrängen?«

Isabelle kannte Apollinaires Leidenschaft, da war er wie ein kleines Kind.

»Wir haben es nicht eilig.«

»Wirklich nicht? Wie schade. Was war noch mal die Frage? Ob er sich das leisten konnte? Na ja, ganz offensichtlich konnte er. Kommt Ihnen das verdächtig vor?«

Isabelle dachte nach. »Nein, natürlich nicht. Trotzdem möchte ich gerne wissen, was der Spaß gekostet hat. Nur so, aus reiner Neugier.«

»Ich mach mich schlau.«

»Tun Sie das.«

Es dauerte, bis sie Antibes erreichten und die Abzweigung, die hinunter ans Meer führte. Die Hochhäuser waren von weitem zu sehen. Sie standen an exponierter Lage an der *Baie des Anges* zwischen Cap d'Antibes und Cagnes-sur-Mer. Ein Schild wies auf die Gemeinde Villeneuve-Loubet-Plage hin, zu der die Ferienanlage gehörte.

Einen *rond-point* musste Apollinaire gleich zweimal umrunden, bis er die richtige Ausfahrt fand. Er habe gelesen, sagte er, dass es in keinem anderen Land der Welt so viele Kreisverkehre gebe. Er drehte mit dem Finger einige Kreisel in die Luft. Kein Wunder, dass viele Franzosen so durchgedreht seien.

Isabelle enthielt sich eines Kommentars.

Die Einfahrt ging unter einer der Pyramiden durch, dann waren sie innerhalb der Anlage am Hafen. Apollinaire parkte das Auto an der Uferpromenade vor einer Brasserie. Bastians Frau war nicht zugegen, das wussten sie. Isabelle hatte für den morgigen Tag einen Termin mit Estelle in Toulon vereinbart. Also konnten sie nur etwas herumlaufen und sich umsehen. Die geschwungenen Hochhäuser umschlossen eine Anlage, zu der Restaurants, Einkaufsmöglichkeiten, Tennisplätze und ein Schwimmbad zählten. Hier hatte es sich Bastian also gutgehen lassen, wenn er freihatte – und nicht damit beschäftigt war, seine Mitarbeiter zu schikanieren.

»Nicht schlecht«, sagte Apollinaire, »aber mein Geschmack wäre es nicht. Ich finde Fragolin schöner.«

»Kann man wohl schwer miteinander vergleichen«, räumte Isabelle ein, »aber ich sitze auch lieber auf meiner winzigen Dachterrasse als hier in einem Penthouse.«

Apollinaire schaute auf ein Foto aus dem Untersuchungsprotokoll in seiner Mappe. Dann musterte er die Häuserfassaden, kniff ein Auge zu und drehte den Kopf hin und her. Schließlich schien er sich sicher. Er deutete in eine bestimmte Richtung.

»Da vorne muss es passiert sein«, stellte er fest und marschierte los. Isabelle folgte ihm gemächlichen Schrittes. Dabei zählte sie die Stockwerke nach oben. Zwölfte Etage. Hier hatte Bastian also gewohnt, in einem dieser Apartments mit Terrasse und Meerblick.

Sie kamen an ein Tor, das wohl eher zufällig offen stand, denn auf einem Schild war zu lesen: *Propriété privée!* Zutritt nur für Residenten! Sie gingen einen Weg entlang, der von gepflegten Büschen und Rasenflächen gesäumt war. Apollinaire blieb vor einem großen Fleck auf dem Boden stehen.

Man hatte versucht, den Asphalt zu reinigen, aber die Spuren waren unübersehbar.

»Ich weiß nicht, ob das ein schöner Tod war«, murmelte er. Isabelle sagte nichts, dachte aber, dass ein selbst herbeigeführter Tod wohl selten schön war. Vor allem hatte sich Bastian einen schnellen Tod gewünscht. Gemäß den Worten in seinem Abschiedsbrief: »Die Krankheit wird mich nicht besiegen, da mach ich lieber selber den Schalter aus!« Nun, genau das hatte er hier getan.

Von Isabelle unbemerkt, hatte sich ihnen eine alte Frau genähert.

»O ja, hier ist es geschehen«, sagte sie mit zittriger Stimme. »*Quelle tragédie,* was für ein schreckliches Unglück.« Sie hielt sich gebeugt an ihrem Rollator fest und wackelte mit dem Kopf. »Ich hab das entsetzliche Geräusch immer noch in den Ohren. Ich dachte erst, da wäre irgendwo ein Reifen geplatzt, dann habe ihn da liegen sehen. *Quelle tragédie,* der arme Mann.«

Apollinaire sah sie interessiert an. »Sie haben gesehen, wie der Mann von seiner Terrasse gesprungen ist?«

»Junger Mann«, antwortete sie, »das habe ich natürlich nicht gesehen. Schauen Sie mich an, ich habe eine starke Verkrümmung der Wirbelsäule und kann nicht nach oben gucken. Das ist sehr unangenehm, das dürfen Sie mir glauben.«

»Tut mir leid. Aber Sie waren zugegen, als er auf dem Boden aufgeschlagen ist?«

Die alte Dame warf Isabelle einen verzweifelten Blick zu. Dann wies sie Apollinaire zurecht: »Junger Mann, Sie sind wohl etwas begriffsstutzig. Ich sagte doch eingangs, dass ich das Geräusch des Aufschlags gehört und den Mann hier habe liegen sehen. Das bedingt wohl, dass ich zugegen war.«

Isabelle musste lächeln. Die Frau hatte körperliche Gebrechen, aber geistig schien sie voll auf der Höhe.

»Da haben Sie, da haben Sie, ich meine, da haben Sie wohl recht«, stotterte Apollinaire.

Jetzt hatte ihn die alte Frau doch wirklich aus der Fassung gebracht.

»Seit dieser Tragödie habe ich kein Auge mehr zugetan. Ich hatte schon vorher Schlafstörungen, aber jetzt geht gar nichts mehr. Ich muss mir stärkere Tabletten verschreiben lassen. Und wenn ich mir vorstelle, dass alles noch viel schlimmer hätte ausgehen können. *Mon Dieu*, wie schrecklich.«

Apollinaire sah sie verständnislos an. »Der Mann ist bei dem Sturz zu Tode gekommen. Toter als tot geht nicht.«

Die alte Dame wandte sich jetzt direkt an Isabelle. »Mit dem jungen Mann rede ich nicht mehr, dafür ist mir meine Zeit zu schade. Aber Sie verstehen, was ich meine, habe ich recht?«

»Das alles hätte viel schlimmer ausgehen können? Doch, das habe ich verstanden. Darf ich fragen, wie Sie das meinen?«
Die alte Dame ruckelte an ihrem Rollator. »Genau hier, da, wo ich jetzt stehe, na ja, vielleicht ein paar Meter weiter, aber nicht viel, jedenfalls ganz nah. Ich darf mir das gar nicht vorstellen.«
Isabelle hatte keine Ahnung, nickte aber verständnisvoll. »O ja, das wäre schlimm gewesen.«
»Schlimm, schlimm, schlimm. Die beiden jungen Mütter, die sich hier unterhalten haben, hatten ihre Kinderwagen dabei. Ein Junge, gerade sechs Monate, und ein Mädchen, kaum älter.«
»Die Mütter und die Kinder wären fast erschlagen worden?«, fragte Apollinaire.
»Na bitte, jetzt haben sogar Sie es verstanden. Jetzt werden Sie mir wohl zustimmen, dass alles noch viel schlimmer hätte ausgehen können.«
»Definitiv.«
»Papperlapapp, *definitiv* ist so ein Modewort. Sie meinen wohl eher fraglos oder unstreitig. Jedenfalls haben die jungen Frauen mit ihren *bébés* unstreitig großes Glück gehabt. Aber ich würde mich nicht wundern, wenn sie jetzt auch Schlafstörungen haben, so wie ich.«
»Madame, ich vermute, Sie wohnen hier«, sagte Isabelle.
»Schon seit dreizehn Jahren.« Die alte Dame warf einen schelmischen Blick zu Apollinaire, der in seinen Unterlagen blätterte. »Und ich bin *definitiv* zufrieden«, sagte sie.
Isabelle lächelte. Der alten Dame saß der Schalk im steifen Nacken.
»Davon steht nichts im Protokoll«, murmelte Apollinaire. »Ich meine, die gefährdeten Mütter werden mit keinem Wort erwähnt.«

Die Greisin nahm seine Äußerung nicht zur Kenntnis. Vielleicht war sie ein bisschen schwerhörig, jedenfalls, wenn Apollinaire was sagte.
»Kannten Sie die beiden Mütter?«, fragte Isabelle.
»Die eine kannte ich, die kenne ich sogar noch immer, ich hab ja kein Alzheimer. Das war Joseline. Wenn sie nicht gerade schwanger ist, arbeitet sie bei Pierre im Frisiersalon.«
»Ich habe mich noch gar nicht vorgestellt«, sagte Isabelle und reichte ihr die Hand. »Mein Name ist Bonnet, ich bin bei der Kriminalpolizei.«
»Das habe ich mir schon gedacht, obwohl Sie Zivil tragen. Übrigens hat Ihr Kollege seine Jacke falsch zugeknöpft, und er hat zwei verschiedenfarbige Socken an. So was sehe ich, denn ich schau immer nach unten, geht ja nicht anders. Mein Name ist Adelaine Aubespine, ich wohne im Haus Baronnet. War nett, sie kennengelernt und mit Ihnen geplaudert zu haben. Aber ich muss jetzt weiter, ich habe einen Termin bei meinem Akupunkteur.«
»*Au revoir,* Madame. Ich hoffe, dass Sie bald wieder besser schlafen können.«
»Das hoffe ich auch. Ich besorge mir stärkere Tabletten. *Quelle tragédie,* was für ein Unglück. Aber es hätte noch viel schlimmer kommen können.«
Isabelle und Apollinaire sahen der alten Dame hinterher, die mit gesenktem Kopf, aber erstaunlichem Tempo ihren Rollator vor sich herschob.
»Ob das alles stimmt, was sie uns erzählt hat?«, fragte Apollinaire.
»Nun, mit den verschiedenfarbigen Socken hatte sie schon mal recht, übrigens auch mit den Knöpfen an Ihrer Jacke. Warum sollte also der Rest nicht stimmen?«

Apollinaire schaute an sich hinunter und knöpfte seine Jacke neu.
»Weil von den Müttern und ihren Kinderwagen nichts im Protokoll steht«, sagte er.
»Die Kollegen haben das wahrscheinlich für irrelevant gehalten. Ist ja nichts passiert.«
»Aber fast. Man stelle sich vor, Bastian hätte die beiden Mütter und ihre Kinder mit seinem Körper erschlagen. Dann hätte er sich *post mortem* einer fahrlässigen Tötung schuldig gemacht. Und das als Polizeichef.«
»Die Schlagzeilen kann man sich vorstellen. Apollinaire, lassen Sie uns zum Hafen gehen. Ich würde gerne sein Boot sehen.«
Apollinaire nickte. Er blätterte in den Unterlagen. »Hier steht die Nummer des Stegs und der Liegeplatz. Sollte nicht schwierig sein, die *La vie est dure* zu finden.«
Zielstrebig übernahm er erneut die Führung. Isabelle war es recht. So musste sie nur hinter ihm herschlendern, konnte sich dabei umsehen und ihren Gedanken nachhängen. Das Gespräch mit der alten Dame Aubespine ging ihr durch den Kopf. Und die Szene mit den jungen Müttern. Dann versuchte sie sich vorzustellen, wie Bastian hier seine Freizeit verbracht hatte. Komisch, sie hätte ihn nie in einer solchen Umgebung vermutet. So gediegen. Auch ein bisschen chic, aber nicht allzu sehr. Was die Frage aufwarf, was für ein Mensch der cholerische Polizeichef wirklich war. Ob es unter seiner harten Schale einen anderen Bastian gab? Einen, der vielleicht schon länger schwermütige Gedanken hatte und der nur eines letzten Anstoßes bedurft hatte, um sich umzubringen. Oder einen Bastian, der es im Leben gewohnt war, alle Situationen zu meistern, der keinen Widerspruch duldete – und gerade

deshalb mit der Diagnose einer Krebserkrankung nicht klarkommen konnte. Der Körper hörte nicht auf seine Befehle. Der Tumor wagte es, sich seiner Autorität zu widersetzen. Man konnte eine bösartige Geschwulst nicht fristlos feuern.

Oder sollte es noch einen ganz anderen Bastian gegeben haben? Nämlich einen, der seine Geheimnisse hatte, der vielleicht die falschen Freunde hatte – und Einnahmequellen, die schlecht zu einem Polizeichef passten. Vieles war möglich. Insofern entbehrte ihr Auftrag nicht einer gewissen Pikanterie. Wohl oder übel musste sie einen Mann besser kennenlernen, von dem sie zu Lebzeiten möglichst wenig wissen wollte. Bastian würde sich im Grabe umdrehen, wenn er davon erführe. Gerade sie, diese aufmüpfige Kommissarin, die ihm keinen Respekt zollte. Diese Madame le Commissaire, die zudem eine Frau war, wagte es, sein Innerstes auszuforschen. Nein, er würde sich nicht im Grabe umdrehen, er würde von den Toten auferstehen und sie bei nächster Gelegenheit als Zombie heimsuchen …

»Da ist sie ja. Die *La vie est dure* ist größer, als ich dachte«, unterbrach Apollinaire ihre zunehmend konfusen Gedanken.

»Ja, nicht schlecht«, bestätigte sie. »Das Leben ist hart.«

Es handelte sich um eine Motoryacht, die zum Fischen geeignet war, mit großem Cockpit und Halterungen für die Angeln. Oben mit einer Flybridge, von der das Boot bei schönem Wetter gesteuert wurde.

Isabelle wusste nicht, ab welcher Größe man von einer Yacht sprechen durfte, aber das hier war wohl eine. Thierrys geliebter Fischkutter jedenfalls war keine. Alles klar.

Am Heck entdeckte sie das Wappen der *Police nationale*. Es war von beträchtlicher Größe und machte Eindruck. Sie glaubte nicht, dass es statthaft war, eine Privatyacht mit diesem Hoheitszeichen zu versehen. Aber Bastian war so was egal gewesen. Und es gab niemanden, der sich getraut hätte, etwas dagegen zu sagen.

Sie sah über den Yachthafen aufs Meer und hinauf zum Himmel, über den einige Schleierwolken zogen. Dann drehte sie sich um und blickte vom Bootssteg zurück zu den hohen Apartmenthäusern, die von hier aus wie große steinerne Wellen wirkten, die das maritime Areal zum Land abschirmten. Das also war Bastians Rückzugsort gewesen. Und von hier hatte er sich dann auch endgültig von allem zurückgezogen und aus dem Leben verabschiedet.

Rein ermittlungstechnisch hatte der Besuch der *Marina Baie des Anges* keine Fortschritte gebracht, das hatte sie auch nicht erwartet. Aber sie hatte das Gefühl, dass sie den Menschen Enzo Bastian ein kleines bisschen besser kennengelernt hatte. Vielleicht, vielleicht aber auch nicht. *La vie est dure* – und die menschliche Seele ein tiefer Ozean voller Geheimnisse.

7

Die französische Riviera wird gerne mit Glanz und Glitzer in Verbindung gebracht – was Juwelenräuber zu Höchstleistungen anspornt. Bei Alfred Hitchcock turnte Cary Grant als geläuteter Juwelendieb John Robie über die Dächer von Nizza. Dass seine Filmpartnerin Grace Kelly wenig später dem Charme des monegassischen Fürsten Rainier III. erlag und sich in Gracia Patrizia von Monaco verwandelte, hatte mit Juwelen nicht direkt was zu tun, aber sie standen der Eheschließung wohl auch nicht im Wege.
Die Realität steht den filmischen Inszenierungen nicht nach. Immer wieder sorgen an der Côte d'Azur spektakuläre Juwelendiebstähle für Aufsehen. Besonders beliebt scheint Cannes, wo mal im noblen Carlton eine Ausstellung mit wertvollen Diamanten geplündert wurde. Wenige Monate zuvor wurden während des Filmfestivals Schmuckstücke eines Juweliers aus einem Hotelsafe gestohlen. Dann wieder bemächtigten sich Diebe im nahe gelegenen Cap d'Antibes eines millionenschweren Diamantcolliers. Und schließlich musste ein Geschäft des Luxusjuweliers Cartier dran glauben, erneut an der Croisette, direkt neben dem Carlton. John Robie lässt grüßen – allerdings würde er die heutigen Methoden nicht billigen, sie wären ihm zu brutal. Maschinenpistolen zählten nicht zu seinem Handwerkszeug.

Während Apollinaire die palmengesäumte Croisette entlangfuhr und wie ein Tourist ganz brav nach einem regulären Parkplatz suchte, was ein schwieriges bis aussichtsloses Unterfangen darstellte, erzählte er von einer europaweit agierenden Diebesbande, die von Scotland Yard nach einer Kriminalkomödie von Blake Edwards den Namen Pink Panther bekommen hatte. Isabelle hörte nur mit halbem Ohr zu. Sie wusste einiges über deren Überfälle. Auch teilte sie die Einschätzung der Kollegen, die vor rund sechs Jahren in jenem Fall, den sie jetzt erneut aufrollen wollten, ermittelt hatten. Sie waren zur Überzeugung gelangt, dass besagter Überfall auf ein Juweliergeschäft nicht auf das Konto der rosaroten Raubkatze ging, zu unterschiedlich war die Vorgehensweise. Außerdem hatten die Täter akzentfrei Französisch gesprochen, die kamen nicht aus dem Ausland.

»Warum fährt der Idiot so langsam?«, empörte sich Apollinaire über den Wagen vor ihnen.

Isabelle lächelte. »Weil er unseren Polizeiwagen im Rückspiegel sieht. Da traut er sich nicht schneller.«

»Feigling. Wehe, er schnappt uns den einzigen freien Parkplatz weg, dann zeige ich ihn an, wegen vorsätzlicher Behinderung kriminalpolizeilicher Ermittlungsarbeit.«

Sie kamen an den berühmten Luxusherbergen vorbei, Martinez, Miramar, Carlton. Am Palais des Festivals drehte Apollinaire schließlich um.

»Hässlicher Bunker«, stellte er fest.

»Sind Sie heute schlecht drauf?«, fragte Isabelle. »Vielleicht, weil Sie von der alten Dame in der Marina nicht ernst genommen wurden?«

Er sah sie empört an. »Da steh ich natürlich drüber. Ich billige älteren Menschen eine gewisse Narrenfreiheit zu. Aber die Parkplatzsuche nervt.«

»Dann schlage ich vor, Sie fahren da vorne rechts ran und halten einfach dort, wo es nicht erlaubt ist.«
»*Dieu merci*, auf diesen Vorschlag habe ich gewartet.«

Sie mussten nur wenige hundert Meter den Boulevard de la Croisette entlangspazieren, dann standen sie auf der Höhe des Juwelierladens. Hinter ihnen der Strand und das Meer, einige Skater und Flaneure, ein alter Mann mit Strohhut auf einer weißen Parkbank, über ihnen die Kronen der Palmen.
»Den offenen Ferrari sehe ich jetzt schon das dritte Mal«, sagte Apollinaire. »Der Typ mit der Irokesenfrisur fährt hier wohl so lange spazieren, bis ihn jeder gesehen hat.«
»Oder er sucht wie wir einen Parkplatz.«
»Glaube ich nicht. Der Fahrer ist ein Exhibitionist, doch, doch, ganz ohne Zweifel.«
»Dann hat er Pech, die jungen Damen vor dem Schaufenster unseres Juweliers drehen ihm den Rücken zu.«
»Das geschieht ihm recht. Was machen wir jetzt? Wollen wir reingehen?«
»Nein, jedenfalls nicht sofort«, antwortete sie nach kurzem Zögern. Sie deutete zu einem Bistro an der nächsten Ecke. »Wir setzen uns erst mal hin und trinken was. Außerdem habe ich Hunger.«

Nach *croque monsieur*, überbackenem Toast mit Schinken und Käse, einer *carafe d'eau* und zwei *cafés noirs* war Apollinaire wieder besserer Laune – und Isabelle hatte ihren Kopf neu programmiert. Es fiel ihr nicht leicht, von Bastians Selbstmord auf den Überfall in Cannes umzuschalten. Kurzfristig hatte sie sogar überlegt, den Fall vorläufig zurückzustellen. Schnell hatte sie den Gedanken aber wieder verworfen, denn der Suizid des Polizeichefs war genau genommen kein richtiger Fall, wohl eher eine Motivforschung, wenn auch eine von der unangenehmen Art. Warum also sollten sie sich nicht parallel mit einem klassischen Verbrechen beschäftigen? Ein Fall, auf den sie schon zu Beginn ihrer Tätigkeit in Fragolin gestoßen war. Auf den ersten Blick schienen die Chancen gering, dass man ihn nach all den Jahren aufklären könnte. Auf den zweiten Blick waren die Chancen sogar gleich null. Und auf den dritten Blick? Da war es gerade deshalb einen Versuch wert. Außerdem hätte Apollinaire was zu tun.

»Resümieren wir«, sagte sie nach einem letzten Schluck Kaffee. »Was ist an jenem Tag vor sechs Jahren passiert? Der Juwelier Gilbert Rousseff hat seine Frau Camille verabschiedet, weil sie einen Zahnarzttermin hatte. Normalerweise stand sie hinter der Ladentheke, während Rousseff in einem Hinterzimmer an Schmuckstücken arbeitete und nur bei besonderen Kunden nach vorne kam. Weil eine Mitarbeiterin im Urlaub war, musste er während ihrer Abwesenheit selbst nach vorne in den Laden. Er war alleine. Stellte sich die Frage, ob die Täter das wussten. Oder war das ein glücklicher Zufall? Es hat geläutet, und Rousseff hat die Tür elektrisch entriegelt. Laut seiner Zeugenaussage war er arglos gewesen und hatte zuvor keinen Blick nach draußen geworfen. Zwei Männer betraten den Laden, in Freizeitkleidung, mit Sportkappen und großen Sonnenbrillen. Auf dem miserablen Video der Überwachungskamera sind ihre Gesichter nicht zu erkennen. Sie richteten ihre Pistolen auf Rousseff, der erschrocken die Hände hob. Er stand zu weit vom Alarmknopf entfernt, und außerdem hatte er Angst. Sie hatten Rucksäcke dabei. Sie zogen Handschuhe an. Der eine begann sofort die Auslagen abzuräumen. Der andere riss alle Schubladen auf und schüttete den Inhalt in seinen Rucksack. Dann forderten sie Rousseff auf, die Kasse zu öffnen, was er nach kurzem Protest auch tat. Bis zu diesem Moment waren weniger als zwei Minuten vergangen. Sie packten Rousseff und schleppten ihn ins Hinterzimmer. Dort sammelten sie die Schmuckstücke ein, an denen er gerade arbeitete. Sie setzten ihm die Pistole an den Kopf und fragten nach dem Code für den Wandsafe. Nach Rousseffs Zeugenaussage weigerte er sich zunächst.«

»Im Hinterzimmer gab es keine Überwachungskamera«, ergänzte Apollinaire.

»Richtig, aber ist auch egal. Ein Held war er sowieso nicht. Das ist in solchen Situationen allerdings kein Fehler.«

»Abgesehen vom materiellen Verlust hätte alles gut ausgehen können. Schmuck und Edelsteine weg, aber keine Verletzten, schon gar keine keine Toten.«

»So war es wohl geplant«, bestätigte Isabelle, »aber das Leben lässt sich nicht immer planen, erst recht kein Überfall.«

»Planen schon, aber dann kommt es anders.«

»Auf dem Weg zum Zahnarzt hat Camille auf der Straße diese Schauspielerin getroffen. Wie hieß sie doch gleich?«

»Lola Massarin. Sie hat ein Jahr zuvor bei den Filmfestspielen den *Prix d'interprétation féminine* für die beste Darstellerin gewonnen.«

»Hab ihren Namen trotzdem nicht präsent. Ist nicht meine Welt. Jedenfalls ist diese ›beste Darstellerin‹ bei ihrem allerletzten Auftritt auf der Croisette der Juweliersgattin Camille Rousseff in die Arme gelaufen. Die beiden kannten sich. Lola Massarin hatte ein Armband zurücklegen lassen. Sie haben sich auf der Straße kurz unterhalten, dann hat Camille kehrtgemacht und ist mit Lola zum Laden zu-

rückgegangen, nicht ahnend, dass dort gerade ein Überfall ablief. Ohne die Glocke zu betätigen, gab sie den Nummerncode an der Tür ein. Offenbar war sie so ins Gespräch mit ihrer prominenten Kundin vertieft, dass sie das ausgeräumte Schaufenster übersehen hat.«
»Auf dem Video sieht man, wie die beiden den Laden betreten«, sagte Apollinaire.
»Ja, ich hab mir das Video angeschaut. Die Qualität ist wirklich lausig. Aber man erkennt, wie Camille angesichts des Chaos im Laden erst starr vor Schreck stehen blieb, dann aber schnell reagierte, zur Theke eilte und den Alarmknopf betätigte. Aus dem Hinterzimmer kam einer der beiden Kappenmänner. Camille langte unter den Tisch und hatte plötzlich eine Pistole in der Hand.«
»Mutige Frau.«
»Aber dumm. Es kam zu einem Schusswechsel. Die Schauspielerin wollte fliehen und rannte zur Tür. Der zweite Mann kam aus dem Hinterzimmer. Lola Massarin wurde getroffen und stürzte zu Boden.«
»Camille Rousseff erhielt einen Kopfschuss, sie war sofort tot. Lola Massarin starb auf dem Weg ins Krankenhaus. Der Juwelier blieb unverletzt.«
»Das war's. Die von Camille Rousseff alarmierte Polizei kam schnell, aber nicht schnell genug. Die Kappenmänner waren ihnen knapp entwischt. Draußen vor dem Laden hatten sie sich getrennt, einer ist nach rechts, der andere nach links, dann beide in verschiedene Seitenstraßen. Sie wurden noch von einigen Überwachungskameras erfasst, aber dann verliert sich die Spur.«
Apollinaire schlug die Mappe mit dem Protokoll auf.
»Offenbar ist einer durch die Galerie Gray d'Albian getürmt, vorne rein und hinten raus. Aber genau weiß man es

nicht. Es gibt Zeugen, die glauben gesehen zu haben, dass einer der beiden durch die Rue Macé ins Parkhaus am Bahnhof geflüchtet ist. Jedenfalls scheinen sich die Diebe gut ausgekannt zu haben. Die kriminaltechnische Untersuchung hat auch nichts ergeben. Die eingesetzte Sonderkommission hat ihre Ermittlungen nach einem Jahr eingestellt. Eigentlich können wir uns die Arbeit sparen.«
Isabelle schüttelte den Kopf. »Warum so pessimistisch? Wir hatten doch schon mal bei einem Fall Erfolg, der mindestens genauso hoffnungslos aussah. Warum also nicht wieder?«
»Weil es keine Spur gibt.«
»Es gibt immer eine Spur, auch Jahre später. Wir müssen sie nur finden.«
Apollinaire raufte sich die Haare. »Ich erinnere mich, dass Sie mir das schon mal erklärt haben. Und Sie hatten recht. Bitte entschuldigen Sie meine Zweifel und meinen Kleinmut. Wir werden reüssieren, doch, ich glaube fest daran.«
»Sie fallen von einem Extrem ins andere. Ob wir Erfolg haben werden, weiß ich doch auch nicht. Wie heißt es so schön: Es gibt keine Chance, also nutzen wir sie.«
»Wir sollten mit Gilbert Rousseff sprechen. Nach dem Überfall war sein Schmuckgeschäft ein halbes Jahr geschlossen. Im Untersuchungsprotokoll steht, dass er schlimme Depressionen hatte und kaum über den Tod seiner Frau hinweggekommen ist. Aber dann hat er es doch irgendwie geschafft und wieder angefangen zu arbeiten.«
»Ich hab kürzlich in der Zeitung von ihm gelesen«, sagte Isabelle. »Ein Sänger einer Popgruppe hat bei ihm einen hochkarätigen Verlobungsring für seine Angebetete gekauft. Er scheint bei den Prominenten wieder gut im Geschäft zu sein.«

»Also dann, gehen wir rüber und reden mit ihm. Vielleicht gibt's doch noch einen Hinweis.«

»Kein Grund zur Eile.« Isabelle stand auf. »Sie bleiben sitzen und bezahlen die Rechnung. Ich geh alleine in das Juweliergeschäft und tu so, als ob ich eine normale Kundin wäre.«

Apollinaire sah sie zweifelnd an. »Sie tragen überhaupt keinen Schmuck«, stellte er fest.

Sie lächelte. »Das muss ja nicht so bleiben.«

Beim Blick in das Schaufenster musste Isabelle ihrem Assistenten recht geben. Sie trug fast nie Schmuck, und wenn ja, dann bevorzugte sie große, massive Ringe mit irgendwelchen Halbedelsteinen. Oder Armreifen, die kaum leichter waren als Handschellen. Jedenfalls ganz bestimmt nicht solch kunstvoll filigranes Geschmeide wie in Rousseffs Auslage. Groß daran waren nur die Brillanten. Vorsichtshalber standen keine Preise dabei. Hier war sie wirklich fehl am Platz. Dann entdeckte sie eine Vitrine mit Armbanduhren für Herren. Na also, dafür könnte sie sich schon eher erwärmen. Aber nicht als Geschenk, sondern für sich selbst. Entschlossen drückte sie die Klingel.

Ein Wachmann öffnete. Die meisten Nobelläden hatten heute entsprechendes Personal. Einen Überfall wie damals könnte es heute nicht mehr geben. So nicht, aber anders.

»Madame Rousseff kommt gleich«, sagte der Wachmann zu ihr.

Unwillkürlich zuckte Isabelle zusammen. Madame Rousseff war doch tot? Erschossen, irgendwo hier. Dann wurde ihr bewusst, dass sechs Jahre eine lange Zeit waren, auch für einen trauernden Witwer. Offenbar hatte er wieder geheiratet.

Sie sah sich um, die Fotos vom Tatort in Erinnerung. Der Laden war komplett neu gestaltet und ausgestattet worden. Gleich mehrere Überwachungskameras, die bestimmt bessere Bilder als früher lieferten. Die Schaukästen aus gepanzertem Glas und mit Sicherheitsschlössern. Die Tür zum Hinterzimmer im Look eines überdimensionalen Tresors. Darüber an der Decke eine weitere Kamera. Leise Musik wie beim Chillen am Strand. Designersessel zum Entspannen. Eine verchromte Espressomaschine. Sphärisches Licht …

Der »Tresor« öffnete sich, und eine Dame kam mit charmantem Lächeln auf sie zu.

»*Bonjour,* Madame, was kann ich für Sie tun?«, fragte sie.

Gilbert Rousseff hatte keine erwachsene Tochter, das wusste sie. Aber die neue Frau Rousseff war kaum älter.

»Ich bin nicht der Schmucktyp«, sagte Isabelle.

»Natürlich sind Sie das. Wir haben hier einige Stücke, die würden ganz fantastisch zu Ihnen passen. Woran dachten Sie im Speziellen? Eine Halskette, ein Armreif …«

»Sie haben sehr schöne Herrenuhren«, sagte Isabelle. »Vor allem die Taucheruhren gefallen mir, diese mit dem Bügel über der Krone.«

Sie erinnerte sich, dass sie so ein Modell schon mal gesehen hatte, und zwar bei dem verschwundenen Engländer in ihrem ersten Fall an der Côte d'Azur.

»Sie suchen ein Geschenk für Ihren Liebsten?«

Isabelle dachte, dass ihr »Liebster« derzeit kein Geschenk verdiente. Thierry Blès durfte von ihr allenfalls einen Tritt in den Hintern erwarten.

»Nein, für mich selbst.«

»Ganz wunderbar. Große Männeruhren sind bei schicken Frauen absolut im Trend. Und diese Marke besonders. Sie haben einen vorzüglichen Geschmack.«

Madame Rousseff führte sie zu einer Glasvitrine, entriegelte sie, zog sich weiße Handschuhe an und entnahm ihr einige Exponate, die sie vorsichtig auf ein mit Filz bezogenes Tablett legte.
Isabelle fand das widersinnig. Taucheruhren, die so empfindlich waren, dass man sie mit Samthandschuhen anfassen musste, hatten ihre Bestimmung verfehlt. Oder sollte das die besondere Wertschätzung betonen, die den beachtlichen Preis rechtfertigte? Gleichwohl, die Uhren gefielen ihr, das musste sie zugeben. Für einen Moment vergaß sie, warum sie hier war. Sie ließ sich die technischen Besonderheiten erklären. Auch dass einige Uhren bis zweihundert Meter Wassertiefe dicht waren, nahm sie amüsiert zur Kenntnis. Das war beruhigend und ausgesprochen praxisnah.
Sie sei früher schon mal hier gewesen, log Isabelle. Wann sie denn den Laden umgestaltet hätten? Das neue Design gefalle ihr gut. *Mes compliments.*
Madame Rousseff fühlte sich geschmeichelt. Das sei ihr Werk, erklärte sie. Erst im letzten Jahr sei alles fertig geworden. Ihr Mann fände es auch sehr schön. Übrigens sei er gerade in Paris auf einer Schmuckmesse, er bekomme dort einen Preis überreicht.
C'est la vie, dachte Isabelle. Noch kannte sie diesen Gilbert Rousseff nicht. Aber wahrscheinlich hatte er es nach dem Überfall und dem Tod seiner Frau genau richtig gemacht. Bei einem traumatischen Erlebnis gab es nach einer anfänglichen Schockphase nur zwei Möglichkeiten, entweder aufgeben oder einen Neuanfang wagen. Die zweite Option war deutlich besser. Natürlich war ihr persönliches Schicksal nicht vergleichbar, aber auch sie hatte sich für den Neuanfang entschieden. Allerdings noch radi-

kaler, nämlich an einem neuen Ort und mit einer neuen Tätigkeit.

Isabelle ließ sich einen Katalog geben und die Uhr ankreuzen, die ihr am besten gefiel. Der Preis war so utopisch, dass sie den Prospekt in den nächsten Abfalleimer werfen würde. Na ja, oder auch nicht.

8

Spätabends, sie war gerade bei einem Glas Wein auf ihrer Terrasse eingenickt, bekam sie einen Anruf aus Paris. Thierry Blès war dran, der untreue Bürgermeister von Fragolin. Er erzählte von seiner Arbeit und den vielen Terminen und dass er schon jetzt seine Entscheidung bereue. Es sei alles anders als gedacht, viel aufreibender.
Sie dachte, dass er sich das hätte vorher denken können.
Gerade noch rechtzeitig, kurz bevor sie einhängen wollte, erwähnte er, dass er insbesondere ihre Gesellschaft sehr vermisse. Immerhin. Aber Gesellschaft? Was war denn das für eine Formulierung? Hatte er einen Vogel?
Er fragte, ob sie am nächsten Wochenende zu ihm nach Paris kommen wolle. Sie könnten sich zwei schöne Tage machen. Er habe an der Seine ein neues Lokal entdeckt, da könnten sie bei Kerzenschein romantisch zu Abend essen.
Das hörte sich jetzt schon etwas besser an, nicht ganz so unpersönlich. Dennoch gab sie ihm einen Korb. Sie habe lange genug in Paris gelebt, erklärte sie, und der Stadt aus Gründen, die er kenne, den Rücken gekehrt. Sie sei nach Südfrankreich gegangen, um Distanz zu bekommen. Wenn er sie am Wochenende sehen wolle, müsse er sich schon nach Fragolin bemühen.
Thierry sagte, dass das schwierig sei, weil er gleich am Montag früh eine Ausschusssitzung leiten müsse. Außerdem habe er am Freitagnachmittag einen Termin, bei dem es um Zuschüsse für die Fremdenverkehrswerbung in der

Region Provence-Alpes-Côte d'Azur gehe. Das sei immens wichtig.
Davon sei sie überzeugt, erwiderte sie. Er könne es sich ja noch mal überlegen. Er wisse ja, wo sie zu finden sei.
Er versuche es, versicherte er, aber wie gesagt …
»*Bonne nuit,* Thierry«, unterbrach sie ihn. »*Dors bien,* schlaf gut!«
Dann legte sie auf. Sie nahm einen Schluck aus dem Weinglas, sah hinauf zum Sternenhimmel – und dachte, dass jeder selbst wissen müsse, was er tat oder zu tun beabsichtigte.

Die folgende Nacht schlief sie erstaunlich gut, jedenfalls die ersten Stunden. Am frühen Morgen jedoch begann sie sich herumzuwälzen. In ihrem Kopf geisterten Träume umher, die sehr realitätsnah waren und doch völlig absurd und bizarr. Sie glaubte zu sehen, wie Enzo Bastian auf das Geländer der Aussichtsplattform des *Arc de Triomphe* kletterte, dort salutierte und feierlich die ersten Zeilen der Marseillaise sang: *Allons enfants de la Patrie, le jour de gloire est arrivé!* Auf, Kinder des Vaterlands, der Tag des Ruhmes ist gekommen! Unten stand eine alte Frau mit Rollator, die ihn aufforderte, endlich zu springen. Dann stürzte er sich in die Tiefe, flatterte mit den Armen wie ein Vogel, um zwei Müttern mit ihren Kinderwagen auszuweichen. Er landete sanft und lachte. Zwei Männer mit riesigen Schirmmützen sahen ihn und rannten schreiend davon. Aus ihren Rucksäcken fielen lauter Diamanten, die sich herbeieilende Kinder wie Bonbons in den Mund steckten. Schon wurde vor dem Triumphbogen ein roter Teppich ausgerollt. Eine mit Schmuck behangene Filmdiva nahm ein Bad im Blitzlichtgewitter der Fotografen.

Thierry Blès überreichte ihr einen Pokal und küsste sie inniglich auf den Mund. Plötzlich fielen Schüsse. Die Schauspielerin verdrehte die Augen und sank blutüberströmt zu Boden. Dann gab es eine mächtige Explosion. Menschen wurden durch die Luft geschleudert. Abgerissene Arme und Beine. Sie sah sich selbst, wie sie von der Druckwelle erfasst und auf den Boden geschleudert wurde …

Isabelle schreckte auf. Zitternd und schweißüberströmt saß sie im Bett. Sie brauchte einige Sekunden, um in die Wirklichkeit zurückzufinden und sich zu beruhigen. Das gelang ihr relativ schnell, denn Albträume waren ihr ständiger Begleiter – seit jenem schicksalhaften Tag am *Arc de Triomphe* und jener Bombe, die sie fast das Leben gekostet hatte. Die Häufigkeit dieser nächtlichen Angstattacken hatte in den letzten Monaten erfreulicherweise abgenommen, auch die Dramatik. Für Isabelle ein Zeichen, dass es ihr zunehmend besser ging. Aber dieser Traum soeben, an der Grenze zwischen Nacht und Tag, war wieder einer von der schlimmeren Sorte. Sie versuchte sich zu erinnern. Angefangen hatte er noch recht lustig, Bastian und die Marseillaise, dann wurde alles durcheinandergewirbelt, was ihr momentan so durch den Kopf ging. Und am Schluss wurde sie von ihrer eigenen Vergangenheit eingeholt. Wie ein Dämon lauerten die traumatischen Erinnerungen irgendwo in ihrem Gehirn, in geheimen Verstecken, um dann plötzlich wieder über sie herzufallen.
Isabelle stand auf, ging ins Bad und nahm eine kalte Dusche. Danach ging es ihr besser. Sie machte die Fensterläden auf und ließ die provenzalische Morgenluft in ihr Zimmer strömen. Vögel zwitscherten und am Himmel war

in weiter Ferne der Kondensstreifen eines Jets zu sehen – die Realität hatte sie wieder.

In ihrer kleinen Küche bereitete sie sich einen Kaffee zu, auf die Art, wie sie es am liebsten mochte, in einer gläsernen *cafetière à piston,* bei der der Kaffee mit einem Stempel nach unten gepresst wurde. Der Duft der frisch gemahlenen Bohnen durchströmte ihre Wohnung und weckte ihre Sinne. Isabelle machte Dehnübungen. Schließlich war sie so weit, dass sie über den kommenden Tag nachdenken konnte. Sie würde nach Toulon fahren und einige Gespräche führen. Und wenn es ganz gut ging, würde sie die Akte bald schließen können. Nun, ganz so schnell würde es nicht gehen, denn Balancourt erwartete eine sorgfältige Recherche. Sie musste sicherstellen, dass es für Bastians Selbstmord kein Motiv gab, von dem man bisher nichts wusste.

Und der andere Fall? Apollinaire würde sich in den Juwelenraub verbeißen und sein Flipchart mit weiteren obskuren Pfeilen versehen, die ins Nirgendwo führten. Er hatte recht, sie hatten keine Spur. Sie erinnerte sich an ihre Behauptung, dass es immer eine gebe, man müsse sie nur finden. Das mochte so sein, war aber eher als Ansporn gemeint, denn natürlich gab es Verbrechen, die keine Spuren hinterließen – und deshalb unaufgeklärt blieben. Keine Spuren? Das genau war das Merkwürdige an dem tödlichen Überfall auf das Juweliergeschäft. Denn ebenso wie sich die Täter in Luft aufgelöst hatten, trotz der vielen Überwachungskameras und der schnell eingeleiteten Verfolgung, blieb auch der gestohlene Schmuck verschwunden. Die Stücke waren zum Teil nicht nur sehr wertvoll, sondern dank der vielfach ausgezeichneten Goldschmiedekunst des Juweliers Gilbert Rousseff auch sehr eigenständig, sprich unverwechselbar. Aber bislang war keine einzige Preziose wieder aufgetaucht, nicht in den Katalogen von Sotheby's oder von Christie's oder bei irgendeiner Schmuckauktion von London bis Los Angeles oder bei einem Hehler, der das Diebesgut weiterverhökerte. Es gab Listen, auf denen der Schmuck aufgeführt und abgebildet war. Apollinaire würde erneut nachforschen, vielleicht hatte die allgemeine Aufmerksamkeit in den letzten Jahren nachgelassen und ein Stück war durchgeschlüpft. Dann könnte man versuchen, den Weg zurückzuverfolgen. Dann hätte man tatsächlich so etwas wie eine Spur. Sie sollten mit Gilbert Rousseff sprechen, vielleicht hatte er eine Idee, auf welchem Schwarzmarkt seine Schmuckstücke zu Geld gemacht wurden. Oder lagen sie immer noch in einem Versteck? Das war die unwahrscheinlichste Variante. Allgemein wurden gestohlene Juwelen schnell zu Geld gemacht. Isabelle beschloss, an den Überfall auf den Juwelier für den heutigen Tag keinen Gedanken mehr zu verschwenden, sonst ging es ihr noch wie in ihrem Traum, und sie brachte alles durcheinander. Die nächsten Stunden gehörten ausschließlich dem Commandant Bastian – und jenen Menschen, die etwas von ihm erzählen konnten.

9

Es ergab sich, dass ihr erster Termin in Toulon jener bei Capitaine Richeloin war, der als Leiter des Kommissariats die Nachfolge von Bastian angetreten hatte. Schon bei ihrem ersten »Kontaktgespräch« vor einigen Tagen hatte er sein völliges Unverständnis zum Ausdruck gebracht, was die angeordnete Untersuchung betraf. Natürlich hatte sich an dieser Einstellung nichts geändert. Mit entsprechend misslaunigem Gesicht saß er ihr gegenüber. Einige Schritte neben ihm stand Lieutenant Parpin, der einen viel entspannteren Eindruck machte. Auch ihn kannte Isabelle von früher. Apollinaire hatte gesagt, dass der Mann ganz in Ordnung sei, aber nichts zu sagen habe.

»Ich habe mir zwar Zeit genommen, aber sie ist sehr begrenzt, wie übrigens auch meine Geduld«, sagte Richeloin gleich zum Auftakt.

»Haben Sie das von Bastian gelernt?«, fragte Isabelle leise lächelnd. »Ich meine, diese freundliche Art, ein Gespräch zu eröffnen. Das schafft gleich eine gute Stimmung.«

»Kann schon sein. Von unserem Commandant konnte man viel lernen, auch, dass eine gute Stimmung so überflüssig ist wie ein Pickel am Arsch.«

»Bastian hatte eine nette Art, sich auszudrücken, ich weiß. Darf ich daraus schließen, dass es mit dem Arbeitsklima im hiesigen Kommissariat nicht zum Besten bestellt war?«

Richeloin kniff die Augen zusammen. »Was soll das jetzt? Ist das für Ihren Bericht?«

»Falls es mir wesentlich erscheint, dann schon, sonst nicht.«
»Sagen wir so, unser Commandant hatte seine Leute fest im Griff, er hat großen Wert auf Disziplin gelegt und maximale Leistung gefordert. Ich beabsichtige, diese Tradition fortzusetzen.«
»Ich wünsche Ihnen viel Erfolg. Kommen wir zum Grund unseres Treffens. Haben Sie sich Gedanken gemacht?«
Er sah sie ratlos an. »Gedanken? In welcher Hinsicht?«
»Ob es vielleicht andere Gründe für Bastians Selbstmord gegeben haben könnte, nicht nur seine Krebserkrankung?«
»Da muss ich mir keine Gedanken machen. Welche Motive könnte es denn sonst geben?«
»Sie sind doch ein erfahrener Polizeibeamter, da muss ich Ihnen doch wohl kaum auf die Sprünge helfen. Es kann Gründe im beruflichen Umfeld geben. Er könnte rein hypothetisch in irgendwelche illegale Machenschaften verwickelt gewesen sein, dadurch wurde er erpressbar …«
»Sind Sie verrückt?« Er warf einen Blick zum Lieutenant. »Parpin, haben Sie das gehört? Machen Sie eine Aktennotiz!«
»Ich sagte ›rein hypothetisch‹. Ich glaub es ja auch nicht. Alternativ könnte es private Gründe geben. Vielleicht hatte er sich hoch verschuldet oder er hatte Depressionen oder ein Alkohol- oder Drogenproblem? Das alles müssen wir überprüfen, dann können wir die Akte schließen.«
»Das können Sie gleich machen, nämlich die Akte schließen, denn das alles ist natürlich totaler Quatsch. Bastian war vielleicht ein schwieriger Charakter, das will ich sogar zugeben, aber er war durch und durch integer, das können Sie mir glauben.«

Isabelle nickte. »Das glaube ich Ihnen, aber von mir wird Gewissheit erwartet. Deshalb bitte ich Sie, mir seinen Computer auszuhändigen und sein mobiles Telefon.«

»Kommt nicht in Frage, dazu sind Sie nicht befugt!«, empörte er sich.

»Wenn es um die interne Ermittlung zu Bastians Selbstmord geht, bin zu allem befugt, schon vergessen?«

Er schluckte. »Na meinetwegen. Sie werden nichts darauf finden.«

»Gab es aktuelle Fälle, um die sich der Commandant persönlich gekümmert hat oder die ihm besonders wichtig waren?«

»Natürlich gab es die, aber deshalb hat er sich nicht umgebracht. Was ist denn das für eine Logik?«

»Beantworten Sie doch einfach meine Frage!«

»Am Hafen ist vor einigen Monaten ein Drogenkurier erschossen worden. Unsere Ermittlungen lassen darauf schließen, dass sich in Toulon derzeitig zwei Kartelle das Geschäft streitig machen. Bastian wollte die Hintermänner rankriegen und verhindern, dass Toulon zum zweiten Marseille wird.«

»Das ist kein Grund, sich umzubringen, da stimme ich Ihnen zu. Gab es noch was?«

»Parpin, gab es noch was?«, gab er die Frage weiter.

Der Lieutenant räusperte sich. »Eigentlich nicht, höchstens die russischen Prostituierten …«

»Ach ja, richtig. Die Nutten wollte er zurück nach Moskau schicken oder besser gleich nach Sibirien.«

»Das war ihm persönlich wichtig?«

»Ja, vor allem deshalb, weil die russischen Schlampen den französischen Damen das Geschäft versauen.«

»Bastian war Patriot?«

Jetzt musste sogar Richeloin grinsen. »*Oui*, das war er, durch und durch.«

»Kann ich bitte Kopien der beiden Ermittlungsakten haben, jene mit den Drogen und die andere mit den russischen Prostituierten?«

Richeloin verzog das Gesicht und nickte. »Meinetwegen. Ich will mir nicht noch mal anhören, dass Sie zu allem befugt sind.«

»Was ist eigentlich mit dem Notebook, von dem Bastian seinen Abschiedsbrief verschickt hat?«

»Keine Ahnung, das war sein privates Gerät. Da müssen Sie seine Frau fragen.«

»Das mach ich. Eine ganz andere Frage: Haben Sie bei Bastian in den letzten Wochen oder Monaten eine Gemütsveränderung beobachtet, war er zum Beispiel gereizter als sonst oder hat er Anzeichen einer Depression gezeigt?«

»Gereizter als sonst? Gereizter als gereizt geht wohl kaum. Anzeichen einer Depression? Nein, er war wie immer.«

»Das würde dafür sprechen«, sagte Isabelle, »dass er den Entschluss spontan gefasst hat.«

»Passt doch zu seinem Abschiedsbrief. Er hat von seiner Erkrankung erfahren und beschlossen, dem Krebs die rote Karte zu zeigen.«

»Wird wohl so gewesen sein. Können Sie bitte veranlassen, dass für mich ein Karton fertig gemacht wird mit seinem Computer, seinem Handy und den beiden Ermittlungsakten. Ach so, und bitte auch mit seinem Terminkalender. Hole ich dann am Nachmittag an der Pforte ab.«

Richeloin verdrehte die Augen. »Parpin wird das erledigen. Noch einen Wunsch?«

»Ja, schreiben Sie mir bitte die Namen jener Kollegen auf, mit denen Bastian privat befreundet war.«

»Das kann ich mir sparen. Bastian hatte unter Kollegen keine privaten Freunde.«
Sie lächelte. »Hätte ich mir denken können. Beim Rausgehen möchte ich noch einen Blick in sein Büro werfen.«
»Tun Sie sich keinen Zwang an. Ist gleich nebenan und nicht abgesperrt. Parpin zeigt Ihnen den Weg.«
»Die Tür nebenan finde ich von selbst.«
Der Capitaine stand auf. »Dann wünsche ich Ihnen noch einen guten Tag. *Bonne chance!*«

Das Zimmer des Polizeichefs wirkte, als ob er es vor kurzem verlassen hätte und gleich wiederkommen würde. Sie zog die Tür hinter sich zu und sah sich um. Das Büro war zwar größer als jenes von Richeloin, aber nicht übermäßig. Der Schreibtisch war eindrucksvoll, ein schweres Möbel, das wie eine wuchtige Barriere mitten im Raum stand. Sie konnte sich Bastian gut vorstellen, wie er sich dahinter in Position brachte und seine Besucher auf Abstand hielt. Neben seinem Ledersessel hing an der Wand die französische Nationalflagge. *Le tricolore* unterstrich seine uneingeschränkte Autorität. Gleich daneben hatte er Rahmen mit seinen Auszeichnungen und Orden aufgehängt. Sie trat näher, um sie sich genauer anzusehen. Für einen Polizeichef in der Provinz war das nicht schlecht. Provinz? Isabelle erteilte sich eine Rüge. Toulon und das Département Var waren nur aus Pariser Sicht ferne Provinz. Genau diese Arroganz hoffte sie mit ihrem Umzug in die Provence abgelegt zu haben. Wie auch immer, einige Auszeichnungen kannte sie sehr gut – weil sie sie selber auch mal bekommen hatte. Allerdings würde sie nie auf die Idee kommen, sie zur Schau zu stellen. Sie waren ganz unten in irgendwelchen Umzugskartons versteckt. Dort, wo sie auch das *Grand-croix de la Légion d'Honneur* verstaut hatte, das Großkreuz der Ehrenlegion, das ihr der Präsident persönlich verliehen hatte.

Ein Büro, selbst ein so nüchternes wie dieses, verriet einiges über den Menschen, der darin arbeitete. Im Falle Bastians, dass er auf das Erreichte stolz war und so eitel, dass er es zur Schau stellen musste. Dazu passten auch die Fotos, die an einer anderen Wand hingen. Bilder von Bastian mit prominenten Würdenträgern, zum Beispiel mit dem Bürgermeister von Toulon oder mit einem früheren Innenminister, der wohl mal zu Besuch war. Sogar ein Foto war zu sehen, das ihn zusammen mit Gérard Depardieu anlässlich der Filmfestspiele zeigte. Und ein anderes mit Catherine Deneuve – das war natürlich ganz großes Theater und nicht zu übertreffen.

Gab es was Privates in diesem Raum? Er hatte auf dem Schreibtisch kein Bild seiner Frau stehen. Womöglich aus Kalkül, denn das würde eine sentimentale Seite seiner Persönlichkeit zeigen, die er im Beruf für fehl am Platz hielt. Einzig das Bild seiner Motoryacht, das an der Wand gegenüber hing, hatte privaten Charakter. Aber es transportierte eben auch eine Botschaft: Seht her, das kann ich mir leisten. Ich bin ein Macho, habe viele Pferdestärken und fahre hinaus aufs Meer und mache Jagd auf große Fische. Das bin ich, Bastian, *le Commandant!*

Sie setzte sich in seinen Schreibtischsessel. Er war sehr hoch eingestellt, wohingegen die Stühle für die Besucher auf der anderen Seite des monströsen Tisches niedrig waren. Wahrscheinlich hatte er die Beine kürzen lassen. Isabelle lächelte. Das war ein Trick aus der untersten Psycho-Schublade: Zu Bastian musste jeder aufschauen.

Isabelle betrachtete den Computer auf seinem Tisch und nahm anschließend einen Karton in Augenschein, in dem man einige persönliche Dinge von ihm verstaut hatte – sein Smartphone, seinen Dienstausweis, seinen Geldbeutel, seine Dienstwaffe, ohne Magazin und Munition, einen Schlüsselbund, einen in Leder gebundenen kleinen Notizblock ... Alles unbeschädigt, also hatte er es bei seinem Sturz in den Tod wohl nicht am Körper getragen.

Auf dem Schreibtisch lag sein Terminkalender. Isabelle blätterte in ihm herum. Bastian hatte ihn sehr nüchtern geführt und wirklich ausschließlich Termine eingetragen, nur selten mit kurzen Kommentaren versehen und ohne private Verabredungen nach Dienstschluss. Keine Notizen. Hoffentlich war sein Computer aufschlussreicher.

Sie dachte nach und kam zu dem Schluss, dass es dumm wäre, Computer und Smartphone länger hierzulassen als unbedingt nötig. Am Ende manipulierte noch einer dran herum. Dafür gab es zwar keinen Grund, aber wenn sie ihren Auftrag ernst nahm, musste sie alle Eventualitäten in Betracht ziehen.

Sie öffnete die Schubladen, fand aber nichts, was sie interessierte, nur eine leere Aktentasche, in die sie den Inhalt aus dem Karton verstaute. Dann kroch sie unter den Tisch, befreite den PC von seinen Kabeln und zog ihn heraus. Das Gerät war nicht schwer. Isabelle trug alles hinaus auf den Flur und klopfte bei Richeloin.

Sie steckte nur den Kopf in sein Zimmer. »Ich will Sie nicht stören«, sagte sie, »nur informieren, dass ich Bastians Computer, Smartphone und Terminkalender gleich mitnehme. Dann haben Sie damit keine Arbeit. Ich brauch nur noch die beiden Polizeiprotokolle zu der Rauschgift-

geschichte und den russischen Nutten, aber die können Sie mir auch mailen.«
Richeloin pumpte sich auf. »So einfach geht das nicht. Ich muss mir erst alles anschauen, wir müssen die Dinge auflisten, und Sie müssen unterschreiben, dass das jetzt in Ihrem Gewahrsam ist.«
»Anschauen müssen Sie nichts, und den Rest erledige ich unten an der Pforte, streng nach Dienstvorschrift. Sie wissen nicht zufällig Bastians Codes für sein Smartphone und den PC?«
Richeloin grinste hämisch. »Nein, weiß ich nicht, und wenn doch, wären sie mir gerade entfallen. Viel Spaß damit.«
Isabelle dachte an Apollinaire, der daran seine Freude haben würde, denn er liebte es, Codes zu knacken.
»*Mon Capitaine*, Ihre Hilfsbereitschaft rührt mich zu Tränen. *Un grand merci et au revoir!*«

10

Sie verstaute die Aktentasche und den PC in ihrem Auto. Die Formalitäten an der Pforte hatten über eine Stunde gedauert. Wahrscheinlich hatte Richeloin unten angerufen und die Anweisung gegeben, sich möglichst blöd und umständlich anzustellen.
Sie schaute, dass sie schnell wegkam. Eigentlich hatte sie zum Hafen laufen wollen, um dort in einer Brasserie am Quai Cronstadt Mittag zu essen, aber jetzt war keine Zeit mehr. Bastians Witwe wartete bereits, ein Termin, dem sie mit gemischten Gefühlen entgegensah. Die Machtspielchen mit Capitaine Richeloin waren Kinderkram, die regten sie nicht weiter auf, trugen sogar zu ihrem Amüsement bei. Doch mit einer Frau zu sprechen, die gerade ihren Mann verloren hatte, war kein Vergnügen, vor allem, weil sie ihr einige Fragen stellen musste, auch solche, die in ihrer jetzigen Situation nicht angebracht waren.

Bastians Wohnung befand sich in der Altstadt, nicht weit von hier. Sie hätte zu Fuß hingehen können, aber sie zog es vor, ihr Auto vom Kommissariat in der Avenue Jean Moulin zu entfernen und woanders zu parken.
Estelle Bastian bat sie in den Salon, der gediegen eingerichtet war, mit alten Möbeln, aber mit modernen Lampen und einem riesigen Flachbildschirm an der Wand. Sie hatte eine schwarze Leinenhose an, trug Mokassins und eine graue Bluse. Die Haare hatte sie hochgesteckt. Isabelle

fand, dass sie hübsch aussah, woran auch ihr ernster Gesichtsausdruck nichts änderte. Sie war überraschend zart, mit einer sanften Art zu sprechen. Der totale Kontrast zum Brachialmenschen Bastian. Vielleicht konnte es nur eine solche Frau an seiner Seite aushalten?
Isabelle brachte zunächst ihr Mitgefühl zum Ausdruck. Auf der Trauerfeier in La Seyne habe sie keine Gelegenheit gehabt, ihr zu kondolieren. Sie sei weit hinten gestanden, und außerdem habe man sich ja nicht persönlich gekannt.
Estelle nickte. Es seien viele Leute da gewesen, die sie nicht gekannt habe. Aber das habe sie nicht gestört, in solchen Momenten sei man ja doch irgendwie ganz mit sich alleine – und Enzo hätte sich über die große Trauergemeinde gefreut.
Isabelle wusste nicht so recht, wie und wo sie anfangen sollte. Jede Frage, die sie stellen musste, schien ihr deplaziert.
»Ich möchte, dass Sie sich keine Gedanken machen«, sagte Isabelle. »Wenn ein Polizeioffizier im Rang Ihres Mannes auf so tragische Weise freiwillig aus dem Leben scheidet, ist es Routine, die Gründe für seinen Selbstmord zu untersuchen. Man will sicherstellen, dass die Motive nicht in seiner Arbeit lagen, Sie verstehen?«
Estelle Bastian sah sie unschlüssig an. »Wenn das so ist, dann muss es wohl so sein. Aber im Fall meines Mannes ist sein Beweggrund doch offensichtlich, er hat ihn ja in seinem Abschiedsbrief klar benannt. Enzo hatte Prostatakrebs. Mit dieser Krankheit wollte er sich nicht auseinandersetzen, deshalb hat er sich umgebracht. Es gab keine beruflichen Motive.«
»Hat Ihr Mann mit Ihnen über seine Krankheit gesprochen?«

»Wenig, es blieb ja keine Zeit, die Diagnose ist ja erst kurz zuvor gestellt worden. Enzo hatte nicht mit Krebs gerechnet. Er dachte, dass seine Beschwerden auf eine gutartige Prostatavergrößerung zurückzuführen sind.«

»War er verzweifelt?«

»So verzweifelt, dass er sich umbringen würde? Offensichtlich schon, aber um ehrlich zu sein, ich habe es nicht bemerkt, sonst hätte ich ihn davon abgehalten.«

»Erlauben Sie mir eine Frage: Soweit ich weiß, kann Prostatakrebs heute gut operiert werden.«

»Hängt davon ab, wie weit der Krebs fortgeschritten ist. Enzo hatte einen guten Freund, bei dem vor zwei Jahren auch eine bösartige Erkrankung der Prostata diagnostiziert wurde. Er hatte bereits Metastasen in den Lymphknoten, in den Knochen und in der Lunge. Trotz Operation, Bestrahlung und Chemo ist er sehr schnell und vor allem leidvoll gestorben. Das Schicksal seines Freundes hatte mein Mann wahrscheinlich vor Augen, so wollte er nicht enden.«

»War es denn bei ihm auch so schlimm?«, fragte Isabelle.

Estelle Bastian fuhr sich mit der Hand über die Stirn. »Ich weiß es nicht. Mir gegenüber hat er die Erkrankung runtergespielt. Er hat gesagt, das sei mit einer Operation ruckzuck erledigt.« Sie machte eine Pause, dann fuhr sie fort: »Sie müssen wissen, Enzo hat nicht gerne über seine Probleme gesprochen, mit niemandem, nicht einmal mit mir. Er hat alles in sich reingefressen, wahrscheinlich hat er deshalb Krebs bekommen.«

»Ich kannte Ihren Mann, er hat auf mich einen sehr tatkräftigen Eindruck gemacht. Ich hätte nie gedacht, dass er sich so einfach aufgibt.«

Estelle Bastian zog ein Taschentuch aus dem Ärmel und schneuzte sich. »Ich auch nicht. Deshalb mache ich mir ja

Vorwürfe. Ich hätte merken müssen, wie verzweifelt er war. Dann hätte ich ihm helfen können. Aber ich habe ihn im Stich gelassen.«

»Das haben Sie nicht«, sagte Isabelle beruhigend. »Ich denke, er hat es nicht anders gewollt. Vielleicht wollte er Ihnen ersparen, sich um einen kranken Mann kümmern zu müssen.«

Estelle sah sie mit großen Augen an. »Ja, vielleicht. Aber ich hätte alles für ihn getan.«

»Haben Sie eigentlich mit seinem Arzt gesprochen?«, fragte Isabelle.

»Nein, das wollte er nicht. Er war bei einem Urologen, einem anerkannten Spezialisten.«

»Hätten Sie was dagegen, wenn ich mit dem Arzt rede?«

»Nein, natürlich nicht. Aber ich denke, er wird Ihnen keine Auskunft geben. Sein Name ist Romain, Docteur Romain. Seine Praxis ist in der Rue de l'Étoile.«

»Vielen Dank. Ich werde ihn kontaktieren.«

Estelle zögerte. »Falls Sie etwas erfahren sollten, wären Sie so freundlich, mich anzurufen?«

»Natürlich, mach ich.«

»Ist nicht so, dass es was ändern würde. Jetzt, da mein Mann tot ist.«

Isabelle dachte nach. Dann beschloss sie, ihre Befragung fortzusetzen. Hoffentlich blieb Estelle so kooperativ wie bisher.

»Tut mir leid, aber ich muss Sie fragen, ob Ihr Mann in den letzten Monaten und Wochen, also noch vor der Krebsdiagnose, irgendwie verändert schien. War er überarbeitet, hat er schlecht geschlafen? Oder hat er vielleicht Zeichen einer Depression erkennen lassen?«

»Nein, nein, er war wie immer. Enzo war kein Typ, der Depressionen hatte, im Gegenteil.«

»Wie meinen Sie das?«
»Nun, er hatte für Menschen mit Depressionen kein Verständnis, er hielt sie für Psychos und Weicheier.«
Isabelle sah Estelle forschend an. »Könnte es sein, dass Sie aus persönlicher Erfahrung sprechen?«, fragte sie vorsichtig.
Estelle zupfte verlegen am Ärmel ihrer Bluse.
»Ja, könnte sein«, antwortete sie schließlich. »Doch das tut nun wirklich nichts zur Sache.«
»Nein, das tut es nicht. Aber wenn Sie mit jemandem darüber sprechen wollen, wenn Sie Hilfe brauchen, gerade in Ihrer jetzigen Situation, dann bin ich für Sie da.«
»Das ist sehr freundlich. Aber ich habe meinen Bruder, der hilft mir.«
Isabelle gab Estelle ihre Visitenkarte. »Trotzdem, da ist meine mobile Nummer drauf, Sie können mich jederzeit erreichen. Die *Police nationale* hat gute Psychologen, wir helfen unseren Leuten, auch ihren Familien. Ich kann das organisieren.«
Estelle zeigte den Anflug eines Lächelns. »Da geht's mir wie Enzo, ich mag keine Psychologen. Aber mit Ihnen würde ich vielleicht reden, von Frau zu Frau. Ich habe den Eindruck, Sie würden mich verstehen.«
Isabelle nickte. »Ja, tun Sie das. Wie gesagt, jederzeit. Darf ich Sie noch kurz zu Ihrer Ferienwohnung in der *Marina Baie des Anges* befragen? Ich glaube, Ihr Mann hat sich dort sehr wohl gefühlt, oder?«
»Ja, das hat er. Wir sind immer gerne dort gewesen, an den Wochenenden und in den Ferien. Oft ist er auch für ein oder zwei Tage alleine hingefahren, um Akten durchzuarbeiten oder nach seinem Boot zu schauen.«
»La vie est dure.«

»Genau, er fand den Namen lustig.«
»Ist er ja auch. Das Leben ist hart. Leider hat sich das Leben für Ihren Mann dann wirklich von seiner harten Seite gezeigt.«
»Stimmt, ist mir noch gar nicht aufgefallen. Jetzt bekommt der Bootsname einen anderen Sinn, fast schon makaber.«
»Schön, dass Sie sich das Apartment und das Boot leisten konnten«, sagte Isabelle so leichthin wie möglich, damit Estelle nicht misstrauisch wurde.
»Das haben wir zum Teil meinem Bruder zu verdanken«, erklärte sie bereitwillig. »Die Wohnung gehört Eric, er hat sie uns kostenlos zur Verfügung gestellt.« Estelle überlegte, dann fuhr sie fort: »Sie haben recht, schön, dass wir uns das leisten konnten. Wenn man tot ist, bleiben nur noch die Erinnerungen.«
»Darf ich fragen, was Ihr Bruder beruflich macht?«
»Er hat eine Sicherheitsfirma, Moreau Securities. Die läuft sehr gut.«
»Kein Wunder, bei den vielen Einbrüchen, die wir hier haben. Ich würde sagen, er hat sich eine krisensichere Branche ausgesucht.«
»O ja, das hat er.«
Ihr lagen weitere Fragen auf der Zunge, aber sie dachte, dass es nun gut sei.
»Madame Bastian, ich darf mich verabschieden. Vielen Dank, dass Sie sich die Zeit genommen haben. Ich wünsche Ihnen für diese schwere Zeit alles Gute.«
»Danke.«
Isabelle stand auf. »Wissen Sie in der Nähe eine gute Brasserie? Ich hab noch nichts gegessen.«
»Ja, bei Yves, gleich zwei Straßen weiter.«

Isabelle sah Estelle fragend an. »Was ist? Wollen Sie mitkommen? Etwas Abwechslung würde Ihnen guttun. Ich stelle bestimmt keine Fragen mehr.«

Estelle überlegte, dann gab sie sich einen Ruck. »Vielleicht haben Sie recht, etwas Abwechslung würde mir guttun. Außerdem kann ich mich nicht erinnern, wann ich das letzte Mal was gegessen habe. Einverstanden, ich komme mit.«

11

B*onjour,* Madame!« Apollinaires Stimme klang gequetscht, was darauf zurückzuführen war, dass er bei Isabelles Eintreffen im Büro gerade einen Kopfstand machte. Sie schmunzelte und stellte fest, dass sie diese artistische Einlage ihres Assistenten fast schon vermisst hatte. Apollinaires Kopfstände waren eine Besonderheit. Nicht nur, dass die Hosen an seinen langen, hageren Beinen so runterrutschten, dass man die unterschiedlich farbigen Strümpfe in ihrer ganzen Pracht bewundern konnte. Heute kombinierte er ein strahlendes Gelb mit rot-blau gestreift. Vor allem aber trotzte er den Gesetzen der Schwerkraft. Sein Kopfstand war so schief, dass er jeden Moment hätte umfallen müssen. Aber Apollinaire verharrte in der absurden Schräglage völlig stabil. Er pflegte dies mit der Blutzirkulation im Kopf zu begründen, die den Schwerpunkt zum Boden verlagere und wie ein Kreisel stabilisierend wirke. Außerdem habe er dünne Waden, die das Newtonsche Gravitationsgesetz außer Kraft setzten.

»Guten Morgen, Apollinaire. Ich sehe, es geht Ihnen gut.«

»Definitiv. Ich sehe dem heutigen Tag voller Elan entgegen.« Er machte keine Anstalten, seinen Kopfstand zu beenden. »Ich hoffe, Sie hatten gestern eine erfolgreiche Reise?«, fuhr er fort.

Isabelle stellte den mitgebrachten PC aus Bastians Büro ab und legte die Aktentasche auf den Tisch.

»Ob erfolgreich, wird sich noch rausstellen, aber es hat alles geklappt.«

»Capitaine Richeloin ist ein Idiot, stimmt's?«

»Jedenfalls benimmt er sich idiotisch, das ganz sicher, aber letztlich hat er doch gemacht, was ich wollte.«

»Dann ist er ein kluger Idiot«, stellte Apollinaire fest. »Vermute ich richtig, dass Sie Bastians Computer mitgebracht haben?«, fragte er. Dabei versuchte er, mit einer Hand, die er aus der Verschränkung hinter dem Kopf löste, in Richtung des Geräts zu deuten. Das war nun doch zu viel. Newton und sein Gravitationsgesetz zeigten Wirkung. Apollinaire begann zu schwanken, ein Hosenbein rutschte noch weiter nach unten, dann fiel er um. Normalerweise pflegte er seinen Kopfstand mit einer relativ eleganten Rolle zu beenden, diesmal krachte er mit voller Wucht auf den harten Parkettboden. *»Merde«*, entfuhr es ihm. Er setzte sich auf und rieb sich mit schmerzverzerrtem Gesicht seinen Knöchel.

Isabelle versagte ihm jegliches Mitleid. »Das war kein Arbeitsunfall«, stellte sie lakonisch fest.

»Doch, das war es«, widersprach er. »Die negative Aura von Bastians Computer hat mich zu Fall gebracht. Der Commandant triezt mich über seinen Tod hinaus.«

»Sie können sich an ihm rächen und seinen Computer ausforschen.«

»*Mais oui*, das mache ich gerne.«

»Vor allem interessieren mich seine E-Mails. Sie müssen aber erst sein Passwort knacken.«

»La vie est dure«, sagte Apollinaire wie aus der Pistole geschossen.

Isabelle lächelte. »Gute Idee, könnte gut sein. Außerdem habe ich noch sein Smartphone mitgebracht, da müssen wir auch rein. Mit wem hat er in den letzten Wochen so telefoniert? Gibt's verfängliche Kurznachrichten?«

»Uups, das klingt nach Arbeit.« Apollinaire stand auf, zog die Hosenbeine nach unten und fuhr sich durch die Haare. »*Pas de problème,* ich fang gleich an.«

Während er Bastians PC an seinen Bildschirm und die Tastatur anschloss und die Maus installierte, gab sie ihm einen kurzen Bericht.

»Der Widerling hatte eine nette Frau?«, wunderte sich Apollinaire.

»Wir sollten uns darauf einigen, dass wir trotz unserer gemeinsam empfundenen Antipathie über Bastian respektvoller reden.«

»Sie meinen wegen der Pietät? Ich werde mich bessern.«

»Anderes Thema: Was machen Ihre Recherchen zum Überfall auf das Schmuckgeschäft?«

»Nichts Neues, ich hab in allen möglichen Dateien geforscht, aber wie es scheint, ist aus dem Raub tatsächlich kein Schmuckstück je wieder aufgetaucht. Für Montag habe ich um elf Uhr einen Termin bei Rousseff vereinbart, passt das?«

»Ich denke schon. Haben Sie ihm gesagt, worum es geht?«

»Nein, ich habe nur gesagt, eine Madame le Commissaire möchte ihn sprechen.«

»Gut so. Dann machen wir uns an die eigentliche Arbeit. Ich werde mir mal Bastians Terminkalender genauer anschauen. Die Protokolle zu den beiden Fällen, mit denen er sich aktuell beschäftigt hat, müssten schon in der Mailbox sein. Und ich rufe seinen Arzt an.«

Mittags traf sich Isabelle im Bistro *Chez Jacques* mit ihrer Freundin Clodine. Die hatte wie immer viel zu erzählen. Isabelle konnte sich zurücklehnen, mit halbem Ohr zuhören und entspannen. Sie erfuhr, dass Clodine in ihrem Sortiment ein neues Olivenöl hatte, aus dem *Vallée des Baux*, ausgezeichnet beim *Concours Général Agricole* mit einer Silbermedaille. Deshalb sei es auch etwas teurer. Außerdem habe sie provenzalische Biskuits in einer herrlichen Dose wie vor hundert Jahren. Ganz wunderbar auch die dunkle Schokolade …

Isabelle sah auf die Schiefertafel mit den Tagesgerichten: *Moules marinières*, frische Muscheln in Weißwein-Safran-Sud, *Salade chèvre chaud*, Salat mit gebackenem Ziegenkäse, *Carré d'agneau*, kleine Lammkarrees, und zum Dessert *Crème caramel*.

Sie unterbrach Clodines Redefluss, die mittlerweile bei einem Rockkonzert in Cavalaire angekommen war. Sie entschieden sich für den Salat mit gebackenem Ziegenkäse und bestellten eine *petite carafe* mit Rosé.

Isabelle fiel auf, dass Clodine heute außergewöhnlich fröhlich war. Nach ihrer Einschätzung konnte es dafür nur einen Grund geben.

»Was macht die Liebe?«, fragte sie spontan.

Clodines Wangen röteten sich. »Die Liebe? Was soll mit ihr sein?«

»Die Enttäuschung mit Leclerc hast du offenbar verwunden, das freut mich«, sagte Isabelle, auf eine Liebelei ihrer Freundin anspielend, die nicht lange zurücklag und von vornherein zum Scheitern verurteilt gewesen war. Leclerc war bei Isabelle im Zeugenschutzprogramm gewesen, ihm war in Fragolin langweilig geworden, und er hatte mit Clodine herumgeturtelt. Er hatte es auch bei Isabelle versucht, aber bloß die kalte Schulter zu sehen bekommen. Dumm war nur, dass Leclerc ganz anders hieß, nämlich Rouven Mardrinac, und in Wahrheit ein schwerreicher Industrie-

erbe und Bonvivant war. Also keiner, der sich nach Beendigung des Zeugenschutzprogramms noch für Clodine interessieren würde.
»Leclerc?«, sagte Clodine. »Ich weiß schon gar nicht mehr, wer das ist.«
Isabelle glaubte ihr kein Wort. Aber sie fand es gut, dass ihre Freundin Enttäuschungen wegstecken und sich nach vorne orientieren konnte.
»Er heißt Antoine, richtig?«
»Warum fragst du, wenn du es sowieso weißt?«
»Ich hab geraten. Ich hab dich vor kurzem mit ihm gesehen. Du hattest dein ›männermordendes Aufreißerkleid‹ an, so hast du es doch mal genannt, richtig?«
»Verdammt, du kennst mich einfach zu gut.« Clodine lachte frech. »Aber das Kleid hat gewirkt«, fuhr sie fort. »Antoine war hin und weg.«
»Das Kleid alleine wird's nicht gewesen sein.«
Clodine beugte sich nach vorne und flüsterte verschwörerisch: »Das Beste daran ist, ich kann den Fetzen unheimlich toll ausziehen.«
Isabelle lächelte. »So genau wollte ich es nicht wissen.«
»Antoine ist der neue Hotelmanager in der Auberge des Maures«, erklärte Clodine. »Er ist total nett. Aus uns könnte was werden.«
»Das wünsche ich dir.«
»Doch, doch, ich hab ein gutes Gefühl.«

Nach dem Mittagessen ging Isabelle heim, legte sich auf ihrer Dachterrasse in den Schatten und machte ein kurzes Nickerchen. *La sieste de l'après-midi*, auch das hatte sie erst in der Provence gelernt. In Paris wäre so etwas undenkbar gewesen.

Eine Stunde später kam sie erholt zurück ins Kommissariat. Apollinaire hatte offenbar durchgemacht. Er wechselte gerade die Kartusche im Drucker. Auf ihrem Tisch lagen einige Blätter mit Listen.

»*La vie est dure?* Sagen Sie bloß, das war wirklich sein Kennwort?«

Apollinaire grinste triumphierend. »Ja, war es wirklich. Nur nicht bei seinem Smartphone, da wäre es zu lang.«

»Und?«

»Eine vierstellige Ziffernfolge. Dafür gibt es Programme. Hat gerade acht Minuten gedauert, dann war ich auch in seinem *portable* drin.«

»Hab ich nicht anders erwartet.«

»War kein Kunststück. Diese PCs und Smartphones sind genauso blöd wie ihre Programmierer. Ich hasse sie.«

Isabelle amüsierte sich. Apollinaire wollte erklärtermaßen von Computern nichts wissen, war ihnen aber in Wahrheit verfallen. Er würde es allerdings nie zugeben.

»Die Telefonnummern in der Anrufliste seines Smartphones waren gelöscht«, berichtete er. »Sieht so aus, als ob er das routinemäßig selber gemacht hätte. Das letzte Mal wenige Stunden vor seinem Tod.«

»Schade.«

Er deutete zu ihrem Schreibtisch. »Ich habe die letzten zwei Wochen ausgedruckt«, sagte er wie nebenbei.

»Wie bitte? Sie sagten doch gerade …«

»Dass die Anrufliste gelöscht ist, ich weiß. Was aber nicht heißt, dass sie im Nirwana verschwunden wäre. Diese hinterhältigen Geräte tun nur so, als ob sie etwas löschen würden. In Wahrheit haben sie es irgendwo verkramt, und da kann man es wieder hervorholen.«

»Sie sind ein Computergenie.«

»Wollen Sie mich beleidigen?«
Isabelle setzte sich hin und ging die abgegangenen Telefonate durch. Sie waren mit Datum versehen, mit Uhrzeit und Gesprächsdauer. Sofern die Teilnehmer in Bastians Adressverzeichnis gelistet waren, stand gleich ihr Name dabei. Wie bei seiner Frau Estelle, die er regelmäßig gegen Mittag angerufen hatte. Oder bei seinem Urologen, Docteur Romain, mit dem er zwar nur wenige Male telefoniert hatte, dafür immer recht lang, zuletzt vier Tage vor seinem Selbstmord. Dann gab es eine riesige Menge Telefonate, bei denen nur die Nummern zu sehen waren. Zum Teil fanden sie sich auch in der Liste der angenommenen Telefonate wieder. Offenbar hatte Bastian gerne telefoniert – und zwar am liebsten nicht vom Festnetz, sondern mit seinem *portable*. Das war einerseits gut so und ermöglichte ihnen, den Telefonaten nachzugehen, andererseits erdrückte die schiere Menge seiner Gespräche.
Isabelle fuhr die Telefonnummern mit dem Finger entlang. Sie stutzte, blätterte vor und zurück. Eine Nummer kam immer wieder, und zwar zu merkwürdigen Zeiten, oft spät am Abend, mal tief in der Nacht. Oft nur ganz kurz, dann wieder ungewöhnlich lang.
Warum war die Nummer anonym und nicht im Adressverzeichnis? Offenbar kannte Bastian sie auswendig.
»Apollinaire, können Sie bitte mal überprüfen, wem folgende Telefonnummer gehört?«
»*Bien sûr*, schießen Sie los!«
Sie nannte ihm die Nummer.
Es dauerte nicht lang, dann hatte er den Namen herausgefunden.
»Ist eine Frau. Lily Larouche, wohnhaft in Le Pradet, das ist ein Vorort von Toulon.«

Sie wollte schon zum Hörer greifen, überlegte es sich dann aber anders.
»Können Sie versuchen, über die Frau Näheres in Erfahrung zu bringen? Alter, Beruf, Familienstand et cetera?«
»Bin schon dabei.«
Sie suchte die Telefonnummer von Docteur Romain und rief in seiner Praxis an.
»Er verabschiedet gerade einen Patienten, wenn Sie bitte einen Moment warten«, beschied ihr die Sprechstundenhilfe.
Isabelle goss sich ein Glas Wasser ein. Apollinaire summte vor sich hin, traktierte dabei seine Tastatur und kroch mit dem Kopf fast in seinen Bildschirm. Ob er eine Brille brauchte?
»Romain. Was kann ich für Sie tun?«, meldete sich der Urologe.
»*Bonjour, Monsieur le Docteur*. Ich bin Commissaire Bonnet von der *Police nationale*. Wie ich bereits Ihrer Sprechstundenhilfe sagte, bin ich als Sonderermittlerin mit dem Selbstmord von Enzo Bastian befasst. Wie ich weiß, war er Patient bei Ihnen, richtig?«
»Das ist korrekt«, bestätigte Romain, »aber sehr viel mehr werden Sie von mir nicht erfahren, schon gar nicht am Telefon.«
Nicht am Telefon? Isabelle nahm den versteckten Hinweis auf.
»Deshalb würde ich Sie gerne besuchen, damit wir uns unter vier Augen unterhalten können.«
»Die ärztliche Schweigepflicht geht über den Tod eines Patienten hinaus. Das wissen Sie, wie ich annehme?«
»Natürlich, allerdings kenne ich auch die Ausnahmeregeln. Was ich Sie fragen will, ist aber gar nicht dramatisch. Ich

denke, da können wir uns leicht verständigen. Ich will Ihnen keine Geheimnisse entlocken, nur ein bisschen besser verstehen, warum sich Bastian umgebracht hat.«
»Morgen um zehn Uhr. Aber erwarten Sie sich nicht zu viel von unserem Gespräch.«
»Morgen ist Samstag.«
»Genau, deshalb habe ich ja Zeit. Sie haben die Adresse meiner Praxis?«
»Ja, habe ich.«
»Und bringen Sie Ihren Dienstausweis mit. Bis morgen, *adieu.*«

Isabelles Reaktion auf das Telefonat war zwiespältig. Einerseits fand sie es erfreulich, dass der Arzt nicht auf stur geschaltet und ihr stattdessen einen Gesprächstermin eingeräumt hatte. Andererseits ärgerte sie sich, dass sie morgen schon wieder nach Toulon fahren musste. Das mit dem Samstag störte sie weniger. Falls Thierry doch noch kommen würde, woran sie nicht glaubte, geschah es ihm recht, wenn sie keine Zeit hatte.
Apollinaire schnalzte mit der Zunge.
»Wenn Sie mal zu mir kommen, kann ich Ihnen einige pikante Fotos von besagter Lily Larouche zeigen.«
Sie stand auf, ging hinüber und sah ihm über die Schulter. Auf seinem Bildschirm rekelte sich eine nackte Schönheit in obszönen Posen.
»Die Bilder sind über zehn Jahre alt«, sagte Apollinaire. »Damals hat die werte Dame als Pornodarstellerin gearbeitet. Es gibt ganz viele Fotos von ihr, auch ein paar Videos.« Er klickte weiter durch die Bilddatei. »Ich finde, diese Lily hat Talent«, stellte er fest.
»Wie meinen Sie das?«

Er hüstelte verlegen. »Nun, man kann nicht leugnen, dass sie über eine gewisse körperliche Ausdruckskraft verfügt.«

»Mein lieber Apollinaire, die Aufnahmen sind ordinär, das ist Ihnen schon klar, oder?«

»Natürlich, das ist offensichtlich. Moralisch sind solche Fotos auch völlig indiskutabel. Dennoch muss ich einräumen, dass diese Lily …«

Isabelle lachte. »Ich glaube, es ist besser, Sie reden nicht weiter. Sie sagten, diese Bilder sind schon älter?«

»Ja, wie es scheint, übt sie diesen Beruf nicht mehr aus. Aber wie ich schon vorhin andeutete, sind die Möglichkeiten des Löschens in unserer virtuellen Welt begrenzt. Das gilt insbesondere für das Internet, das World Wide Web vergisst nichts.«

Isabelle sah nachdenklich auf das letzte angeklickte Foto. Dass die Frau einen makellosen Körper hatte und die erotischen Fantasien eines Mannes antörnen konnte, stand außer Zweifel. Vermutlich hatte sie es auch zehn Jahre später noch drauf. Blieb die Frage, warum sie von Bastian so häufig und zu so ungewöhnlichen Zeiten angerufen wurde. Nun, die Frage stellte sich nicht wirklich. Der Schluss lag nahe, dass Enzo Bastian zwar eine feine und sanftmütige Ehefrau hatte, aber auch eine feurige Geliebte – aus sehr zweifelhaftem Milieu. Wenn sich das bestätigen sollte, dann wäre der Commandant der *Police nationale* ein großes Risiko eingegangen. Mit Lily als Freundin wäre er erpressbar geworden. Mal unterstellt, dass sich die Dame in der Zwischenzeit nicht eine neue, seriöse Identität aufgebaut hätte – und selbst dann. Ausgehend von dieser Überlegung waren viele Szenarien denkbar, die seinen Selbstmord in ein neues Licht rücken könnten.

»Wollen Sie sich auch die Videos anschauen?«, fragte Apollinaire.
»Nein danke, kein Bedarf. Doch wenn Sie Lust darauf haben, können Sie das gerne machen.« Sie lächelte. »Aber bitte nach Dienstschluss.«
»Madame, was denken Sie von mir?«, empörte sich Apollinaire. »Ich bin doch nicht pervers.«
»Haben wir ihre Adresse in Le Pradet?«
»Na klar, kann ich Ihnen aufschreiben.«
»Dann fahr ich morgen bei ihr vorbei, nach meinem Besuch bei Romain. Vielleicht habe ich Glück und treffe sie an.«
»Wollen Sie nicht sicherheitshalber vorher anrufen?«
Isabelle schüttelte den Kopf. »In solchen Fällen bevorzuge ich die Überrumpelungstaktik. Falls Sie noch herausfinden sollten, was die Dame heute so treibt, geben Sie mir bitte Bescheid. Ich geh jetzt was zum Essen kaufen und dann nach Hause. Wir sehen uns am Montag, um gemeinsam nach Cannes zu fahren und den Juwelier Rousseff zu besuchen. Alles klar?«
Apollinaire machte im Spaß einen linkischen Versuch, auf seinem Drehstuhl zu salutieren.
»À vos ordres, Madame le Commissaire!«

12

Der Wecker am nächsten Morgen war so penetrant, dass sie ihn am liebsten mit dem Hammer erschlagen hätte. Oder mit der leeren Weinflasche, die neben ihrem Bett am Boden stand. Isabelle tastete herum und fand die Stopptaste. Dann blickte sie mit halb geöffneten Augen erneut auf die Flasche. Hatte sie diese gestern Abend etwa alleine ausgetrunken? *Côtes de Provence. Château de la …* Na egal. Sie fasste sich an den Kopf. Er war nur etwas dumpf, sonst fehlte ihm nichts. Vielleicht war die Flasche nicht voll gewesen? Auf der Fensterbank entdeckte sie einen Calvados. Das war nicht wahr, oder?

Sie machte die Augen wieder zu und versuchte sich zu erinnern. Auf dem Weg vom Rathaus nach Hause hatte sie Clodine und ihren neuen Freund Antoine getroffen. Im *Café des Arts* hatte sie mit dem jungen Glück anstoßen müssen. Dann hatte sie in der neu eröffneten *boutique de fruits et légumes* frisches Obst und Gemüse gekauft, war dort ihrer betagten Nachbarin Marie-Claire begegnet, die sie zu einer *petite liquorelle* überredete, einem Likörchen, das sei aus ärztlicher Sicht nicht nur völlig unbedenklich, sondern im Gegenteil sogar als Medizin einzustufen.

Später hatte sie sich daheim ein leichtes Abendessen zubereitet und es sich auf ihrer Terrasse gemütlich gemacht. Von Apollinaire hatte sie eine Textnachricht erhalten, in der er mitteilte, dass die ehemalige Pornodarstellerin Lily Larouche heute Inhaberin eines Escortservices war. Nicht

gerade eine ideale Beschäftigung für die mutmaßliche Geliebte eines Polizeichefs.
Was war dann passiert? Nicht viel, abgesehen davon, dass Thierry aus Paris angerufen hatte. Er hatte ihr die frohe Botschaft mitgeteilt, dass dank seines Engagements die Zuschüsse für die Fremdenverkehrswerbung der Region Provence-Alpes-Côte d'Azur erhöht würden. Isabelle hatte ihm gratuliert – und gedacht, dass sie das überhaupt nicht interessierte. Dann hatte er von der Ausschusssitzung am kommenden Montag berichtet, auf die er sich über das Wochenende vorbereiten müsse, weshalb er bei aller Liebe nicht nach Fragolin komme könne. Bei aller Liebe? Es klang wie eine Floskel. Wo war der Thierry Blès geblieben, zu dem sie sich hingezogen fühlte? Thierry, der die südfranzösische Nonchalance verkörperte wie kein anderer in Fragolin. Der jeden Tag mit einer lässigen Unbekümmertheit anging und trotzdem erfolgreich war. Der ihr dieses Lebensgefühl näherbringen wollte. Und der jetzt in Paris saß und sich über das Wochenende auf eine Sitzung vorbereiten musste. Sie glaubte ihm das sogar. Derweil schaukelte sein Kutter vereinsamt am Steg. Nicht nur der Kutter – auch sie fühlte sich vereinsamt. Und verschaukelt. Was natürlich im Umkehrschluss bedeutete, dass ihr Thierry nicht egal war. Oder egal gewesen war?
Nach dieser Erkenntnis und dem beendeten Telefonat hatte sie die Flasche Wein aus dem Kühlschrank geholt. An den Calvados konnte sie sich beim besten Willen nicht mehr erinnern. Oder wie Thierry sagen würde: bei aller Liebe! Isabelle setzte sich im Bett auf und streckte sich. In einer Schulter knackte das Gelenk, und ein kurzer Schmerz schoss ihr in den Arm wie ein Stromstoß. Gut so, solange etwas wehtat, war man nicht tot!

Eine halbe Stunde später saß Isabelle am Steuer auf dem Weg nach Toulon, frisch geduscht, die Haare noch nass, mit einem bröselnden Croissant in der Hand und einer Papptasse mit Kaffee auf dem Armaturenbrett. *Coffee to go? Café à emporter* … Auch nicht gerade das, was man unter südfranzösischer Lebensart verstand. Aber in ihrem Fall war es zu verzeihen, immerhin kam sie aus Paris – und die Stadt an der Seine wurde New York in vielerlei Hinsicht immer näher. Erstaunlich nur, dass es in Fragolin so etwas wie einen Kaffee zum Mitnehmen überhaupt gab.

Die Fahrt verlief ohne größeren Stau. Isabelle hörte Musik auf *Bleu Provence* und versuchte, an nichts zu denken. Was erfahrungsgemäß schwierig war, aber Thierry hatte ihr mal erklärt, das wäre reine Trainingssache. Thierry? Warum fiel ihr schon wieder dieser Dödel ein.

Kurz vor Toulon klingelte ihr *portable*, ein denkbar schlechter Moment, denn gerade hier hatte sie sich beim letzten Mal verfahren.

»Hallo, *chérie*«, bellte Balancourt.

»*Bonjour,* mein Gebieter«, gab sie den Gruß zurück. »Was verschafft mir die Ehre deines Anrufs?«

»Damit das gleich klar ist, mich interessiert nicht, wie das Wetter in der Provence ist, ich will es keinesfalls wissen, hast du mich verstanden. *Pas du tout.*«

»Demzufolge regnet es in Paris, und du bist frustriert.«

»Ich bin nie frustriert. Aber Giselle ist beim Einkaufen, und der Golfplatz steht unter Wasser.«

»Maurice, du tust mir leid, von ganzem Herzen.«

»Du wenigstens verstehst mich. *Chérie,* im nächsten Leben mache ich dir einen Heiratsantrag.«

»Du müsstest nur etwas jünger auf die Welt kommen«, spielte sie auf ihren Altersunterschied an.

»Kein Problem, das lässt sich arrangieren. Aber was mach ich mit meiner Frau? Ich will Giselle nicht alleine lassen. Na meinetwegen, lassen wir alles so, wie es ist. Du bist im Auto?«

»Ja, ich komme gerade in Toulon an. Ich habe einen Termin bei Bastians Urologen. Ich will wissen, wie schlimm sein Krebs war.«

»Das ist eine hervorragende Frage, meine liebe Isabelle. Gibt's sonst schon irgendwelche Erkenntnisse?«

»Verdammt noch mal, da hätte ich abbiegen müssen.«

»Diese Art von Erkenntnis habe ich nicht gemeint.«

Isabelle fuhr rechts ran und hielt an einer Bushaltestelle.

»Nein, es gibt noch keine Hinweise, die Bastians Selbstmord in ein anderes Licht rücken würden. Doch ich lerne ihn langsam, aber sicher immer besser kennen. Du weißt ja, die Persönlichkeit eines Menschen ist wie ein Puzzle. Noch habe ich nicht alle Teile beieinander. Ich brauch noch einige Tage.«

»Wir haben keine Eile. Bist du eigentlich schon auf Bastians Freundin gestoßen?«

Isabelle war froh, dass sie ihr Auto geparkt hatte, sonst hätte sie bei dieser Frage womöglich einen Unfall verursacht.

»Seine Freundin? Du weißt von Lily?«

»Lily heißt sie also. Was für ein entzückender Name.«

»Du bist ein Halunke. Warum hast du mir nicht gesagt, dass Bastian eine Freundin hatte?«

Balancourt hustete. »Ähm, ja, weil ich es nicht sicher wusste. Uns ist nur ein Gerücht zu Ohren gekommen. Aber wir konnten die Quelle nicht zurückverfolgen.«

»Warum auch? Eine außereheliche Beziehung haben viele. Kann es sein, dass du mir nicht alles erzählst?«

Sein erneutes Husten zog sich in die Länge.
»Du solltest mit den Zigarren aufhören«, sagte Isabelle.
»Jetzt fängst du auch damit an. Zigarren und Rotwein sind die einzigen Freuden in meinem trostlosen Leben.«
»Mir kommen gleich die Tränen. Jetzt sag schon, was verheimlichst du mir?«
»*Chérie,* ich würde dir nie etwas verheimlichen, das weißt du doch. Aber du musst nicht immer alles wissen, vor allem dann nicht, wenn es womöglich nicht stimmt. Verstehst du, was ich meine?«
»Ist schwer zu verstehen, klingt irgendwie widersprüchlich.«
»Nun, sagen wir so: Eine interne Ermittlung ist eine heikle Angelegenheit und der Objektivität verpflichtet. Gerüchte jeglicher Natur stellen eine Einflussnahme dar und vernebeln die Sinne. Im Extremfall kommt es zu einer selbsterfüllenden Prophezeiung, bei der eine bestimmte Erwartung gerade dazu führt, dass sie vermeintlich bestätigt wird. Genau das möchte ich verhindern. Ich möchte, dass du Bastians Selbstmord so unbefangen und objektiv wie möglich untersuchst. Ob sich dabei Gerüchte bestätigen oder ob sie widerlegt werden, wissen wir hinterher.«
»Die Freundin hast du trotzdem erwähnt«, sagte Isabelle.
Balancourt lachte. »Das war ein Schuss ins Blaue. Ich wollte wissen, wie weit du schon vorangekommen bist. Du sagst ja auch nicht alles.«
»Natürlich sag ich alles, aber erst, wenn ich Gewissheit habe.«
»Gewissheit? Isabelle, das ist genau, worauf ich Wert lege. Du bist der richtige Mann am richtigen Ort zur richtigen Zeit.«
»Ich bin eine Frau«, korrigierte sie.

»Natürlich, *chérie,* sonst könnte ich dir im nächsten Leben ja keinen Heiratsantrag machen. Aber wie du weißt, bist du mein bester Mann und der einzige, dem ich vorbehaltlos vertraue.«
»Hör auf damit, sonst werde ich noch sentimental.«

Zwanzig Minuten später stand sie fast pünktlich in der Rue de l'Étoile vor dem Praxiseingang des Urologen Romain. Der Docteur machte ihr persönlich auf. Er war groß, trug Jeans und Sweatshirt. Er musterte sie über den Rand seiner Lesebrille, nicht unfreundlich, aber zurückhaltend.
»So sieht also eine Sonderermittlerin aus«, sagte er nach einem Blick auf ihren Dienstausweis. »Ich habe Sie mir anders vorgestellt.«
»Wie sieht denn eine Sonderermittlerin nach Ihrer Vorstellung aus?«
Er zuckte mit den Schultern. »Keine Ahnung, auf jeden Fall anders.«
»Darf ich reinkommen?«
»Ach so, natürlich. Bitte folgen Sie mir. Am Samstagvormittag mache ich immer den Verwaltungskram, da stört mich keiner. Wollen Sie einen Espresso?«
»Gerne.«
Er ging in den Warteraum, wo eine dieser modernen Kapselmaschinen stand.
»Sie wollen sich mit mir über Enzo Bastian unterhalten, haben Sie gesagt. Warum interessieren Sie sich für seinen Selbstmord?«
»Es kommt nicht alle Tage vor, dass sich ein hoher Polizeibeamter das Leben nimmt. So ein Fall wird routinemäßig genauer untersucht.«

Romain setzte sich entspannt auf die Armlehne eines Stuhles.

»Routinemäßig, soso.«

Isabelle nippte am Espresso und trank ihn dann in einem Zug aus.

»Ich bin Monsieur Bastian einige Male begegnet«, sagte sie. »Wir haben uns regelmäßig gestritten, bis aufs Messer.«

»Im übertragenen Sinne?«

Isabelle lächelte. »Es hat nicht viel gefehlt. Ich erwähne das nur deshalb, weil ich Enzo Bastian als resoluten und streitbaren Mann in Erinnerung habe, als jemanden, der sich nicht so leicht einschüchtern lässt und der ganz bestimmt nicht schnell aufgibt. Wie hat er auf Sie gewirkt?«

Romain nahm die Lesebrille ab und rotierte sie zwischen den Fingern.

»Natürlich habe ich ihn anders wahrgenommen, was an der speziellen Situation in einer Arztpraxis liegt. Die Machtverhältnisse werden quasi umgekehrt. Patienten werden in eine komplementäre Rolle gedrängt, erst recht, wenn sie ernsthaft erkrankt sind. Da werden die Töne leiser. Aber ich würde Ihrer Charakterisierung dennoch zustimmen. Monsieur Bastian hatte eine starke Persönlichkeit. Meine Sprechstundenhilfen würden das weniger freundlich formulieren. Er hat sie regelmäßig zur Schnecke gemacht, etwa wenn er nicht sofort einen Termin bekommen hat oder länger als eine Minute warten musste.«

»Das kann ich mir lebhaft vorstellen. Wenn wir also in seiner Personenbeschreibung ziemlich übereinstimmen, dann passt sein Selbstmord für mich nicht ins Bild. Es sei denn, die Krebsdiagnose war absolut niederschmetternd und hat ihn jeglicher Hoffnung beraubt.«

Romain setzte die Lesebrille wieder auf, rückte sie nach vorn auf die Nasenspitze und sah Isabelle über den Rand nachdenklich an.
»Jetzt haben wir ein Problem«, stellte er fest.
»Die ärztliche Schweigepflicht? Ich will ja gar nicht, dass Sie mir Einblick in seine Krankenakte gewähren. Ich will nur wissen, ob Ihre Diagnose so schlimm war, dass ein Mann wie Bastian aufgibt und seinem Leben ein Ende setzt. Nur das will ich wissen.«
»Machen Sie ein Gesprächsprotokoll?«
»Nein, da kann ich Sie beruhigen. Wenn Sie wollen, schreibe ich in den Untersuchungsbericht, dass ich von Ihnen nichts erfahren habe.«
»Nun gut, dann sage ich Ihnen jetzt, was Sie von mir nicht erfahren werden. Und zwar aus einem einfachen Grund: Ich versteh auch nicht, warum er sich umgebracht hat. Ich war fassungslos und bin es ehrlich gesagt noch immer. Wenn ich mich nicht ganz genau an unsere Gespräche erinnern würde, müsste ich mir ernsthafte Vorwürfe machen. Aber Monsieur Bastian war überhaupt nicht geknickt, nur stinkesauer, weil er gerade überhaupt keine Zeit für so einen Mist habe. Sein Prostatakarzinom befand sich in einem frühen Stadium und war lokal begrenzt, ohne Metastasierung, weder in die Lymphknoten noch in das Skelett. Die Prognose war also ausgesprochen günstig. Wir haben die verschiedenen Optionen der Therapie besprochen und die Vor- und Nachteile erörtert. Wir haben uns für die Operation entschieden.«
»Seine Lebenserwartung wäre also kaum eingeschränkt gewesen?«
»Überhaupt nicht. Wie ich schon sagte, haben wir seinen Prostatakrebs im Frühstadium entdeckt. In diesem

Fall ist die Erkrankung durch eine Operation absolut heilbar.«

»Wie steht es mit der Lebensqualität?«

»Wenn alles glatt läuft, gibt's auch da keine Einschränkungen. Theoretisch kann es nach einer Operation zu Erektionsstörungen und zu Harninkontinenz kommen, aber nur, wenn Nerven verletzt werden. Ich kenne einen sehr guten Operateur, die Angst konnte ich ihm nehmen.«

»Warum hat er sich dann umgebracht und als Grund in seinem Abschiedsbrief den Krebs genannt?«

»Das möchte ich auch gerne wissen. Das macht überhaupt keinen Sinn. Deshalb bin ich ja aus allen Wolken gefallen. Das ist auch der Grund, warum ich Ihrem Besuch zugestimmt habe und mit Ihnen so offen darüber spreche.«

Isabelle sah Romain grüblerisch an. »Wir sind uns also dahingehend einig, dass der Krebs nicht der wahre Grund für seinen Suizid war, nur ein vorgeschobener.«

Der Arzt nickte. »Davon würde ich ausgehen. Jener Monsieur Bastian, den ich aus den Gesprächen kenne, hätte sich wegen dieses Karzinoms nicht umgebracht, nie und nimmer.«

»Jetzt hab *ich* ein Problem«, stellte sie fest.

»Jetzt müssen Sie herausfinden, was die wahren Beweggründe für seinen Suizid waren, richtig?«

»Ganz genau. Jedenfalls danke ich Ihnen für unser Gespräch.«

»Das so nicht stattgefunden hat.«

»Natürlich nicht.«

»Was machen Sie jetzt?«, fragte er. »Es ist Samstag, und die Sonne scheint.«

Sie lächelte. »Mal sehen. Aber ich weiß, was Sie jetzt machen.«

Er sah sie erwartungsvoll an. »Das wäre?«
»Nämlich Ihren ungeliebten Verwaltungskram.«
»Sie sind herzlos.«
Sie zog amüsiert eine Augenbraue nach oben.
»Nein, aber ich sehe den Tatsachen ins Auge.«

13

Es gab niemanden, der sie drängte. Es war Samstag. Dass sie Lily Larouche zu Hause antreffen würde, war ungewiss – jetzt oder später machte also keinen Unterschied. Sie wollte zunächst die neuen Informationen verarbeiten und ihre Gedanken sortieren. Erst Balancourts Anruf und dann der Besuch bei Romain. Das war die volle Dosis. Der eine wusste was, was er nicht sagte, der andere sagte, was er nicht sagen wollte, aber wusste – und am Ende erschien vieles in einem anderen Licht.

Sie bummelte durch Toulons Altstadt, die ihr besser gefiel als erwartet. Es stimmte nicht, dass es hier nur Marinesoldaten gab. Hier lebten auch ganz »normale« Menschen. Und gegen die jungen, trainierten Männer, die beim Landgang keine Uniform tragen mussten, war aus fraulicher Sicht nichts zu sagen. Sie stellte sich bei einem *glacier* an und gönnte sich Vanilleeis mit Cassis, das sie im Weitergehen schleckte. Sie dachte an das gerade geführte Gespräch mit dem Urologen, der sich eindeutig festgelegt hatte. Für Bastian gab es nach seiner Aussage keinen Grund, sich wegen seiner Krebserkrankung umzubringen! Warum hatte er aber genau das in seinem »Abschiedsbrief« behauptet? Sie erinnerte sich an den exakten Wortlaut: »Ich wäre gern noch etwas geblieben, aber ich habe Krebs. Die Krankheit wird mich nicht besiegen, da mach ich lieber selber den Schalter aus …« Das ging völlig an der Realität vorbei. Bastian wusste, dass ihn der Krebs nicht »besiegen«

würde. Also hatte er in Wahrheit einen anderen Grund, einen sehr viel ernsteren, der ihm keinen anderen Ausweg ließ. Weil er aber nicht wollte, dass darüber spekuliert wurde, schob er seine Krebserkrankung vor. Was absolut glaubwürdig war. Selbst Menschen, die ihn nicht gemocht hatten, sie selbst gehörte dazu, waren voller Anteilnahme und Mitgefühl.

Sie kam an der *Cathédrale Notre-Dame-de-la-Seds* vorbei, überquerte die vielbefahrene Avenue de la République, um schließlich über den Quai Cronstadt am Hafen entlangzuschlendern. Vorne lagen Fischerboote und Yachten, weiter hinten ein gewaltiges Kreuzfahrtschiff, eine Fähre und die für Toulon unvermeidlichen Kriegsschiffe der französischen Marine.

Ihre Gedanken kreisten weiter um Bastian, der in Toulon geboren und aufgewachsen und nach seiner Ausbildung und einigen Stationen in anderen Städten hierher zurückgekehrt war. Er hatte es bis zum Commandant gebracht und war als Polizeichef für das gesamte Département zuständig. Eine steile Karriere. Wofür hatte er sie aufs Spiel gesetzt? Hatte er geheime Leidenschaften, die bekannt zu werden drohten? Hatte ihn seine mutmaßliche Freundin Lily Larouche in kriminelle Machenschaften verstrickt? Oder hatte sein Suizid etwas mit den aktuellen Fällen zu tun, für die er sich laut Richeloin besonders interessierte, also mit dem Drogenhandel oder den russischen Prostituierten? Gab es Verbindungen zu Lilys Escortdamen? Hatte er finanzielle Probleme? Fragen über Fragen. Sie machte die Erfahrung nicht zum ersten Mal. Sobald man sich mit einem Thema intensiver beschäftigte, multiplizierten sich zunächst die Fragen, nicht wie gehofft die Antworten. Die Herausforderung bestand darin, den Überblick zu behalten und schrittweise alle falschen Lösungen auszusortieren – bis nur noch eine Antwort übrig blieb. Sie hatte das ungute Gefühl, dass sich das hinziehen könnte.

Bei einem Café setzte sie sich unter die Markise. Sie bestellte einen frisch ausgepressten Orangensaft und zum *jus d'orange* einen *café noir*. Langsam kamen ihre Gedanken in geordnete Bahnen. Ihr fiel Bastians depressive Ehefrau Estelle ein, die über das Wochenende in ihr Apartment an die *Baie des Anges* gefahren war. Sie hatte Isabelle gefragt, ob sie morgen vorbeikommen wolle. Sie könnten ihre Unterhaltung fortsetzen. Auch könnte sie Bastians privates Notebook abholen, auf dem er seinen »Abschiedsbrief« geschrieben hatte. Isabelle überlegte, dass der Vorschlag nicht so schlecht war. Sie hatte morgen noch nichts vor.

Geistesabwesend rührte sie mit dem Strohhalm im Orangensaft, drückte die Eiswürfel nach unten, nahm dann wieder einen Schluck. Plötzlich erkannte sie unter den Passanten ein bekanntes Gesicht. Ohne Dienstkleidung und in ungewohnter Umgebung brauchte sie eine Sekunde, bis sie realisierte, dass es sich um Parpin handelte. Er hatte lässige Freizeitklamotten an und eine attraktive Frau untergehakt. Parpin erkannte sie, ließ seine Begleitung kurz alleine und kam an ihren Tisch.

»*Salut,* Madame le Commissaire. Was treibt Sie an einem so schönen Samstag von Fragolin nach Toulon?«, fragte er.

»Ich hatte einen Termin«, sagte sie bewusst unpräzise, »und später habe ich noch einen. Er könnte wichtig sein. In der Zwischenzeit lerne ich Toulon besser kennen. Ist viel schöner, als ich dachte.«

»Ja, man muss sich nur ein bisschen auskennen.« Er sah sie neugierig an. »Hat Ihr bevorstehender Termin etwas mit Ihrem Auftrag zu tun?«

Sie lächelte vieldeutig. »Der Schluss liegt nahe.«
»Wenn ich Ihnen irgendwie behilflich sein kann, lassen Sie es mich wissen.«
»Das wäre Ihrem Capitaine Richeloin aber gar nicht recht, ich meine, dass Sie mir freiwillig Ihre Hilfe anbieten.«
Parpin grinste. »Das muss er erstens nicht wissen, und zweitens ist er nicht so hart, wie er sich gibt. Er eifert Bastian nach, aber das muss einem in die Wiege gelegt sein.«
»Jedenfalls danke, aber ich komme momentan alleine klar.« Und mit Blick auf den Gehsteig. »Lassen Sie Ihre hübsche Freundin nicht so lange warten!«
»Sie ist meine Verlobte«, sagte er nicht ohne Stolz. »Ich wünsche Ihnen noch einen schönen Tag und einen erfolgreichen Termin, was immer Sie auch vorhaben. *Bonne chance!*«
»Au revoir!«
Isabelle sah den beiden hinterher und dachte, dass man in der Beurteilung von Menschen nicht immer dem ersten Eindruck Glauben schenken durfte. Dieser Parpin war viel netter und lockerer als gedacht, was ja bereits Apollinaire angedeutet hatte. Und er hatte eine Verlobte, die man ihm nicht zugetraut hätte.

Eine Stunde später saß Isabelle am Steuer ihres Polizeiwagens und versuchte zum Spaß, ohne Navi aus Toulon hinauszufinden. Fast wäre sie spontan einem Hinweisschild zum Mont Faron gefolgt, dem Hausberg von Toulon, auf den man mit einer Seilbahn gelangen konnte oder auf einer engen Serpentinenstraße. Apollinaire hatte ihr vom grandiosen Blick vorgeschwärmt, der über ganz Toulon reiche, hinunter auf die Hafenbucht und landeinwärts in die Tiefen des Départements. Von dort oben relativiere sich die Ödnis des Faktischen, und das menschliche Leid verliere sich in der Weite des Nichts. So oder so ähnlich hatte er sich ausgedrückt. Gelegentlich offenbarte Apollinaire einen bedenklichen Hang ins Philosophische. Wie auch immer, sie zog den direkten Weg nach Le Pradet vor. Es war nicht weit. Bald stand sie vor bunt gestrichenen Häusern, die fast wie Reihenhäuser aussahen, aber voneinander getrennt standen. Jenes von Lily Larouche war ockergelb und hatte blaue Fensterläden. Es sah fröhlich aus und bürgerlich, ganz und gar nicht wie die Behausung eines ehemaligen Pornostars. Isabelle kontrollierte die Adresse. Sie stimmte.

Auf dem Messingschild über dem Klingelknopf stand kein Name, es waren nur die verschlungenen Initialen L und L eingraviert. Immerhin passte der Türklopfer zu ihr, denn er hatte die Form eines nackten Frauenkörpers.

Isabelle läutete und wartete. Keine Reaktion, es tat sich nichts. Sie trat zurück und stellte fest, dass die Vorhänge nicht zugezogen und im ersten Stock einige Fenster gekippt waren. Der Briefkasten war geleert. Lily war also nicht auf Reisen, aber offenbar für den Moment ausgeflogen. Eine Vespa fuhr vorbei, verminderte das Tempo, gab wieder Gas. Ein Junge näherte sich auf einem Skateboard. Er bremste, indem er es trickreich hochstellte, und deutete auf den Polizeiwagen.

»Sind Sie von der Polizei?«, fragte er.

»Nein, von der Müllabfuhr«, rutschte es ihr heraus.

»Die Frage war blöd, ich hab's kapiert. Suchen Sie die rote Lily?«

»Hat Madame Larouche rote Haare?«

»Na klar. Und einen geilen … Entschuldigung.«

»Ich würde gerne mit ihr sprechen. Weißt du, ob sie länger weg ist?«

»Bestimmt ein paar Stunden, sie hat ihre Badesachen mitgenommen.«
»Du bist ja ein ganz genauer Beobachter. War sie alleine?«
»Ja, ich wär gerne mitgefahren, aber sie hat mich nicht gefragt.«
»Bist du nicht noch ein bisschen zu jung für die rote Lily?«
»Nö, bin ich nicht. Sie mag mich, sie streicht mir immer durch die Haare und hat mich schon mal auf die Stirn geküsst.«
»Weißt du zufällig, wo sie zum Baden hinfährt? Hat sie einen festen Platz?«
»Klar weiß ich das. An die *plage girafe,* dort liegt sie immer ganz links, hinter den ersten Felsen.«
Isabelle schmunzelte. »Das also weißt du? Weil du sie dort heimlich beobachtest, richtig?«
Der Junge wurde rot und stotterte. »Nein, nicht heimlich, also, irgendwie, halt ein bisschen. Ist doch nicht strafbar, oder?«
»Kommt darauf an.«
»Ich mach es eh nicht mehr. Ihr Freund hat mich mal gesehen, vor ihm hab ich Schiss.«
»Ihr Freund?«
»Ja, so ein großer Kerl mit einem kahlgeschorenen Kopf. Er fährt ein schweres Motorrad. Meistens kommt er nachts nur für ein paar Stunden, aber er ist auch schon mal zum Baden mit, da hat er sich eine Wollmütze aufgesetzt. Mitten im Sommer. Ich glaub, die Lily hat sich von ihm getrennt.«
»Wie kommst du da drauf?«
»Weil ich ihn schon seit ein oder zwei Wochen nicht mehr gesehen hab. Oder er ist im Urlaub, das kann auch sein.«
»Weißt du schon, was du von Beruf werden willst?«

Er zuckte mit den Schultern. »Keine Ahnung. Vielleicht Profi-Skateboarder?«

»Wenn das nicht klappen sollte, kannst du dich ja bei der Polizei bewerben. Du bist wirklich ein guter Beobachter.«

Er straffte stolz den Rücken. »Wirklich?«

»Wie heißt du?«

»Meine Freunde nennen mich Yoyo.«

»Okay, Yoyo, jetzt verrate mir nur noch, wo ich diesen Strand finde.«

Isabelle parkte unter einer Pinie und zog sich im Auto um. Sie hatte auf dem Heimweg sowieso baden wollen, warum also nicht hier? Es amüsierte sie, dass es sich nun als nützlich erwies, dass sie immer alles für den Strand dabeihatte. Aus Erfahrung klug geworden, sondierte sie die Lage. Zwar konnte sie niemand mehr bei Bastian anschwärzen, aber es mochte schon irritierend wirken, wenn aus einem offiziellen Polizeiwagen der *Police nationale* eine leicht bekleidete Frau schlüpfte, mit Badehandtuch und eingerollter Strohmatte, um barfuß an den Strand zu laufen.

Die *plage girafe* war gut besucht. Kein Wunder, es war Samstag, und das Wetter könnte nicht schöner sein. Sie wandte sich nach links zu den angrenzenden Felsen, mit den Füßen bis zu den Knöcheln im Wasser und mit dunkler Sonnenbrille.

Na bitte, da lag sie schon, die rote Lily. An ihrer Identität gab es kaum einen Zweifel. Der Platz deckte sich mit Yoyos Beschreibung, die langen Haare waren feuerrot, sie hatte nur ein knappes Höschen an – und sie sah exakt so aus, wie sich das manche Männer erträumten, vom kleinen Yoyo bis zum großen Bastian. Sah man mal von dem Sonnenbrand an den Schultern ab und der beginnenden Cellulitis

an den Oberschenkeln. Auch war die mit einer weißen Paste eingecremte Nase der Schönheit etwas abträglich.
»Lily Larouche?«, fragte Isabelle.
Sie schlug die Augen auf und hielt eine Hand vor die Sonne.
»Kennen wir uns?«
»Noch nicht. Ich heiße Isabelle Bonnet. Darf ich mich kurz zu Ihnen setzen?«
»Warum?«
»Ich will mit Ihnen reden.« Sie machte eine Pause. »Aber ich hab auch nichts dagegen, mich vorher in die Sonne zu legen.«
»Das ist gut. Wenn du was von meiner Creme willst, kannst du dich bedienen.«
Isabelle rollte die Strohmatte aus und legte sich hin.
»Woher weißt du, wer ich bin?«, fragte Lily nach einer Weile mit schläfriger Stimme und ohne erneut die Augen zu öffnen. »Und wo du mich findest?«
»Yoyo hat mir deinen Lieblingsplatz am Strand verraten«, antwortete Isabelle, die keine Probleme hatte, vom Sie auf du umzuschalten.
Lily kicherte. »Der Lauser, der ist auch schon mal aufs Garagendach geklettert, um mir beim Duschen zuzusehen. Bei ihm müssen wir uns keine Sorgen machen, dass er mal schwul werden könnte.«
»Wäre auch in Ordnung, aber er wird's wohl nicht werden.«
»Jetzt weiß ich immer noch nicht, was du von mir willst, Schätzchen?«
Isabelle zögerte. »Ich will mit dir über Enzo reden«, sagte sie schließlich, »über Enzo Bastian.«
Lily richtete sich abrupt auf und starrte Isabelle erschrocken an.

»Ich kenne keinen Enzo Bastian«, stammelte sie, »ich weiß von nichts, und ich sag nichts.«
»Ich wollte dich nicht erschrecken, nur etwas plaudern.« Lily nahm aus ihrer Strandtasche einen bunten Pareo, legte das Tuch routiniert über die Schultern und verknotete es an den Hüften.
»Sag mir erst, wer du bist.«
»Ich bin Kommissarin bei der *Police nationale*.«
Lily schaute sie ungläubig an. »Machst du Scherze?«
»Ich sehe vielleicht gerade nicht so aus, aber es stimmt. Mach dir keine Sorgen, es geht nicht um dich. Ich untersuche Bastians Selbstmord. Ich weiß, dass ihr ein Verhältnis hattet.«
»Kein Verhältnis«, korrigierte Lily, »sondern eine Liebesbeziehung. Aber woher weißt du das? Wir haben es geheim gehalten.«
»Es ist mein Job, Dinge zu wissen, die eigentlich geheim bleiben sollen. Wegen mir kann es auch so bleiben, mich interessiert nur, warum sich Bastian umgebracht hat. Ich glaub nicht, dass es wegen seiner Erkrankung war.«
»Das ganz sicher nicht«, sagte Lily so leise, dass sie Isabelle kaum verstehen konnte.
»Kennst du den wahren Grund?«
Lily kniff misstrauisch die Augen zusammen. »Woher weiß ich, dass du wirklich eine Kommissarin bist? Hättest deinen Dienstausweis mitnehmen sollen.«
»Hab ich doch.« Lächelnd zog sie ihn aus der Bikinihose. Ungeachtet der Anspannung fand Lily das lustig. »Wo hättest du deinen Ausweis am Nacktbadestrand?«, fragte sie, ohne eine Antwort zu erwarten.
»Kennst du den wahren Grund für seinen Selbstmord?«, wiederholte Isabelle ihre soeben gestellte Frage.

»Nein, den kenne ich nicht«, sagte Lily und gab ihr den Ausweis zurück. »Ich kapiere es immer noch nicht, dass er sich umgebracht hat, aber ganz bestimmt nicht wegen der Prostata. Wir hatten viel Spaß miteinander, und den hätten wir auch nach seiner Operation gehabt, ganz sicher sogar. Dafür hätte ich gesorgt.«

»Hat er vielleicht Drogen genommen? Oder …«

»Spinnst du? Der Enzo doch nicht, nie im Leben hätte er Drogen genommen.«

»Versteh mich nicht falsch, aber ich muss das fragen: Könnte es sein, dass er dir mit deinen Escortdamen …?«

»Nein, hat er nicht«, ließ sie Isabelle nicht ausreden. »Außerdem ist bei mir alles legal, und zwar hundertprozentig.«

»Okay, war ja nur eine Frage. Aber du willst doch sicher auch wissen, warum er Selbstmord begangen hat, oder?«

»Natürlich möchte ich es wissen. Schon deshalb, weil es einfach nicht in meinen Kopf reinwill.« Sie machte eine Pause. »Du wirst es mir nicht glauben«, fuhr sie fort, »aber ich vermisse ihn. Eine geheime Beziehung mit einem verheirateten Mann ist scheiße, erst recht mit einem Polizeichef. Ich hab einen Menschen verloren, und du kannst mit niemandem darüber reden. Das ist doch megascheiße.«

»Mit mir kannst du reden, ist gut aufgehoben bei mir.«

»Ich kenn dich doch gar nicht.«

»Vielleicht gerade deshalb. Ich hatte auch mal eine Affäre mit einem verheirateten Mann«, sagte Isabelle, »in Paris, mit einem prominenten Staatssekretär. Hinterher habe ich mir geschworen, nie wieder.«

»Ich war auf seiner Beerdigung, verkleidet wie ein Idiot, damit mich keiner erkennt. Mein Gott, wie war das unwürdig. Mir hat keiner kondoliert, nur seiner Frau.«

Isabelle dachte, dass Lily für Bastian wohl wirklich einiges empfunden hatte. Aber warum sollte ein ehemaliger Pornostar kein Herz haben? Ein größeres Rätsel war, wie man einen Menschen wie Bastian lieben konnte. Aber diese Frage musste sie gottlob nicht beantworten.
»Hat er mit dir über seine Arbeit gesprochen?«, fragte Isabelle.
Lily bohrte mit ihren langen rotlackierten Fingernägeln Löcher in den Sand.
»Ja, ab und zu.«
»Weißt du von irgendwelchen beruflichen Problemen, die ihn aktuell beschäftigt haben?«
Lily sah Isabelle nachdenklich an.
»Wo kommt die Narbe an deiner Stirn her?«, fragte sie, und auf Isabelles Bein deutend: »Da hat's dich auch erwischt.«
»Und noch woanders. Das Leben ist nicht immer lustig.«
»Verdammt noch mal, nein, das ist es wirklich nicht. Ob ich was von beruflichen Problemen weiß? Ich glaube, da gab es keine besonderen, er hatte nur den ganz normalen Stress.«
Isabelle dachte nach. »Wann hast du ihn das letzte Mal gesehen?«, fragte sie.
»Am Abend vor seinem Tod«, antwortete sie mit belegter Stimme, »auch noch in der folgenden Nacht und sogar am Morgen, aber da war ich noch nicht richtig wach.«
Isabelle schaute sie konsterniert an. »Ist nicht wahr?«
»Doch, deshalb bin ich mir ja so sicher, dass er keine Selbstmordabsichten hatte. Das hätte ich doch merken müssen. Außerdem hätte er sich dann anders von mir verabschiedet. Wäre ja für immer gewesen. Du verstehst?«
Isabelle nickte. Ihr hatte es für den Moment die Sprache verschlagen. Bastian war noch in der Nacht vor seinem

Tod mit seiner Freundin zusammen gewesen? Mit allem hatte sie gerechnet, aber nicht damit.

Lily zog ihr Strandtuch enger, ganz so, als ob sie plötzlich frösteln würde. »Er muss die wahnsinnige Idee, sich umzubringen, völlig überstürzt getroffen haben«, stellte sie fest. »Vielleicht hat irgendwas in seinem Kopf ausgesetzt. Er muss verrückt geworden sein, von einem Moment auf den anderen.«

»Wo habt ihr euch getroffen? Bei dir zu Hause?«

Lily schüttelte langsam den Kopf. »Nein, woanders«, sagte sie. Und nach einer Pause: »Schade, dass der Abend ein so blödes Ende genommen hat.«

»Warum? Habt ihr euch gestritten?«

»Quatsch, natürlich nicht. Wir waren beim Abendessen, und auf dem Rückweg …«

Lily sprach nicht weiter.

»Auf dem Rückweg?«

Lily zögerte. »Wir haben per Zufall was beobachtet, das heißt, Enzo hat jemanden gesehen, den er dort nicht erwartet hatte. Also, ich meine …«

Wieder brach sie mitten im Satz ab.

Isabelle zügelte nur mit Mühe ihre Neugier.

»Enzo hat mich gepackt«, fuhr Lily schließlich fort, »und wir haben uns schnell verdrückt. Später, auf dem Zimmer, hat er einen Wutanfall bekommen. In der Nacht hat er so gut wie nicht geschlafen, auch nicht mit mir. Die Lust war ihm vergangen.«

»Auf welchem Zimmer?«

»Ist doch egal. Dieser Mist hat uns unsere letzte Nacht versaut. Am nächsten Morgen ist er früh raus, da war ich noch gar nicht richtig wach. Er hat mir einen Kuss gegeben und ist mit dem Motorrad zu seiner Ferienwohnung gefahren.

Einige Stunden später hat er sich das Leben genommen, in einem Anfall von Wahnsinn. Ich kann es immer noch nicht begreifen.«

»Das ist heftig«, sagte Isabelle, der nichts Klügeres einfiel.

Lily schüttelte verzweifelt den Kopf. »Bringt sich einfach um, dieser Idiot.«

»Entschuldige, dass ich nachhake, aber ich muss unbedingt wissen, wen oder was ihr an jenem letzten Abend beobachtet habt.«

»Warum? Das spielt doch keine Rolle.« Lily sah sie zögerlich an. »Außerdem geht mir das jetzt alles viel zu schnell. Ich hab schon viel zu viel erzählt.«

»Nur noch das eine, dann lass ich dich in Ruhe.«

»Ich habe gelernt, vorsichtig zu sein und den Mund zu halten.«

Isabelle überlegte, ob es Sinn machte, Druck auszuüben. Sie könnte versuchen, Lily einzuschüchtern, und auf ihre Aussagepflicht pochen, aber sie spürte, dass sie damit nur das Gegenteil erreichen würde. Lily würde dann gar nichts preisgeben.

»Komm mich am Montagnachmittag besuchen«, sagte Lily, »aber ich kann dir nicht versprechen, dass ich was sage. Vielleicht, vielleicht auch nicht. Ich muss darüber schlafen.«

»Soll ich vorher anrufen?«

»Nein, kein Telefon.«

Lily ist wirklich vorsichtig, übervorsichtig, dachte Isabelle.

»Wieso willst du bis Montag warten? Ich kann auch morgen kommen.«

»Morgen kann ich nicht. Es bleibt bei Montagnachmittag, sagen wir um vier Uhr. Passt das?«

»Klar passt das. Aber mach dir bitte nicht zu viele Gedanken. Geheimnisse sind bei mir gut aufgehoben.«

»Aber du bist bei der Polizei. Du wirst der Sache nachgehen, ist doch logisch.«
»Wenn ja, dann diskret und ohne deinen Namen ins Spiel zu bringen, das kann ich dir versprechen.«
»Du weißt, wo ich wohne?«
»Weiß ich. Ich hab doch Yoyo vor deinem Haus getroffen.«
»Stimmt. Ich geh jetzt schwimmen. Kommst du mit?«
»Gute Idee.«
Lily legte den Pareo ab, stopfte ihn in die Badetasche und stand auf.
Isabelle überlegte, was sie in der Zwischenzeit mit ihrem Polizeiausweis und dem Autoschlüssel machen sollte. Sie sah sich um. Niemand schien von ihr Notiz zu nehmen. Sie vergrub Ausweis und Schlüssel schnell im Sand, legte die Strohmatte darüber, sprang auf und lief Lily hinterher, die schon im Wasser war. Dabei ging ihr die Kuriosität durch den Kopf, dass sie im Begriff war, zu Bastians beiden Frauen eine Vertrauensbeziehung aufzubauen, zu Estelle und zu seiner Geliebten Lily. Und sie dachte, dass sie lieber jetzt gleich wissen wollte, worüber sich Bastian so aufregen musste, und vor allem, wen oder was er in Lilys Begleitung gesehen hatte. Aber sie würde sich bis Montag gedulden müssen.

14

Sie hatte in Jacques' Bistro ihren Lieblingsplatz ergattert, nämlich einen kleinen runden Tisch im Eck, dort, wo nicht andauernd jemand vorbeikam, den sie grüßen musste. Denn so weit hatte sie es in Fragolin schon gebracht: Es gab wohl niemanden im Ort, der sie nicht wenigstens vom Sehen kannte und wusste, was sie tat. Das war einerseits schön, weil es zeigte, dass sie hier nach Jahrzehnten der Abwesenheit wirklich angekommen war und Wurzeln schlug. Andererseits war das für sie eine völlig neue Erfahrung. Sie war die Anonymität einer Großstadt gewohnt, wo sie sich abseits ihrer wenigen Stammplätze völlig ungestört bewegen konnte. In Paris nahm keiner von ihr Kenntnis, kein Mensch grüßte sie, niemand wollte mit ihr ein Schwätzchen halten. Die meisten Pariser hatten sich ohnehin eine Art Tunnelblick angewöhnt. So kam es vor, dass selbst beste Freunde auf der Champs-Élysées achtlos aneinander vorbeispazierten – mit dem Smartphone in der Hand, um sich womöglich gerade eine Textnachricht zu schicken.

Isabelle lächelte in sich hinein. Das könnte in Fragolin nicht passieren. Die Kehrseite der Medaille war, dass man selbst für eine kurze Wegstrecke oft die doppelte bis dreifache Zeit brauchte. Kurze Wegstrecke? Als ob es in Fragolin eine lange gäbe.

Während sie auf ihr Essen wartete, las sie auf ihrem Tablet-Computer Beiträge zum Thema Suizid. Zunächst lernte sie, dass es viel mehr Selbsttötungen gab, als sie gedacht hatte. So starben in vielen Ländern weitaus mehr Menschen durch Suizid als durch Verkehrsunfälle. Weltweit schied alle vierzig Sekunden jemand freiwillig aus dem Leben. Statistisch brachten sich mehr Männer um als Frauen. Allerdings versuchten es Frauen häufiger, aber es klappte nicht immer. Bei den Methoden rangierten Erhängen und Ersticken an erster Stelle, gefolgt vom Sturz in die Tiefe – wie von Bastian praktiziert. Damit entsprach er dem »männlichen« Muster, denn Frauen tendierten eher zu »sanften« Methoden wie etwa der Vergiftung mit einer Überdosis von Medikamenten. Recht häufig war bei Männern auch der gezielte Schuss in den Kopf, vor allem dann, wenn sie eine Waffe besaßen. Bastian hatte eine. Warum hatte er sich nicht erschossen? Sie las, dass dem Suizid häufig eine psychische Erkrankung wie eine Depression zugrunde lag. Nun, laut Estelle war das bei Bastian so gut wie ausgeschlossen. Er nahm nicht mal die Depression seiner Frau ernst. Auslösende Faktoren könnten darüber hinaus Suchterkrankungen, Versagensängste oder der bevorstehende finanzielle Ruin sein. Nach allem, was sie wusste, kam nichts davon in Frage. Natürlich wurden in den Artikeln auch unheilbare Krankheiten als Auslöser genannt. Aber auch das war ganz offensichtlich bei Bastian nicht der Fall – nur von ihm im Abschiedsbrief behauptet. Romain hatte sich da ganz klar festgelegt. Und Lily hatte nichts anderes gesagt.

»*Voilà, côtelettes d'agneau*, Lammkoteletts mit Kartoffeln aus dem Ofen. Lass es dir schmecken. Ein Glas Wein?«

Sie winkte ab. »*Non, merci.*«

Jacques schüttelte missbilligend den Kopf. »Doch, doch, ein Glas Wein. Zu Lammkoteletts kann man kein Wasser trinken. So was darfst du dir gar nicht erst angewöhnen.«

Isabelle gab nach. In Fragolin wurde man gelegentlich zum Glück gezwungen. In ihrer momentanen Verfassung war das kein Fehler. Die Lektüre konnte einem auf den Magen schlagen.

Eine halbe Stunde später grübelte sie erneut über den Beiträgen zum Suizid. Das Thema war wirklich kein Stimmungsaufheller. Von vorangegangenen Hilferufen war die Rede, die nicht erhört wurden. Von Resignation und Hoffnungslosigkeit, von aufgestauten und unterdrückten Aggressionen. Traf irgendwas auf Bastian zu? Nach ihrem Kenntnisstand nichts davon, absolut nichts. Die »aufgestauten und unterdrückten« Aggressionen waren geradezu ein Witz. Bastian war das personifizierte Gegenteil, er lebte seine Aggressionen mit Leidenschaft aus. Er trieb eher andere Menschen in den Selbstmord, als dass er selber einen psychischen Schaden davontrug.
Isabelle probierte vom Zitronensorbet, das ihr Jacques ungefragt hingestellt hatte. Sie dachte an Lily und daran, dass sich Bastian am Abend vor seinem Selbstmord fürchterlich aufgeregt hatte. Wen oder was hatte er gesehen? War es eine einzelne Person, über die er sich so echauffiert hatte, oder gab es mehrere Beteiligte, oder war es die Situation an sich? War es dabei zu irgendeiner strafbaren Handlung gekommen?
Welchen Zusammenhang könnte es geben? War es denkbar, dass ihn diese Beobachtung in den Selbstmord getrieben hatte? Isabelle hielt sich für ausgesprochen fantasiebegabt, aber sie hatte nicht den Schimmer einer Idee.
Sie spielte mit der Serviette. Jacques brachte ihr die Rechnung. Wenn nur schon Montagnachmittag wäre. Sie ärgerte sich, dass sie Lily diese Zeit eingeräumt hatte. Hof-

fentlich brach sie ihr Schweigen. Und wenn nicht? Das war keine Option. In diesem Fall würde sie etwas tun, was sie lieber vermeiden wollte: Sie würde Druck ausüben, und zwar so lange, bis Lily auspackte. Wahrscheinlich war sie anschließend enttäuscht, weil es keinen Sinn machte, was Lily zu erzählen hatte, weil es belanglos war und nicht erklärte, warum sich Bastian kurz entschlossen von der Terrasse gestürzt hatte. Aber das war momentan ihre einzige Spur.

Isabelle schloss die Augen. Nicht zum ersten Mal zuckte ein Gedanke durch ihren Kopf. Wie ein ferner Blitz, der kurz die Nacht erhellte, ohne Donner und so schwach, dass man ihn für Einbildung halten könnte. Ein absurder Gedanke, der nichts mit der Realität zu tun hatte, aber alles in ein neues Licht tauchte. Sie versuchte, sich zu konzentrieren. War das möglich? Nein, war es nicht. Oder doch? Sie gab sich einen Ruck und knüllte die Serviette zusammen. Entweder war sie jetzt verblödet oder einfach hundemüde. Sie entschied sich für die zweite Möglichkeit, stand auf, nahm den Computer und ihr *portable,* sagte Jacques, dass sie morgen zahle, und machte sich auf den Nachhauseweg. Der war nicht weit, es ging nur um zwei Ecken. Fragolin war nicht Paris. Gott sei Dank, denn in der *métro* würde sie jetzt einschlafen – und idiotisches Zeug träumen.

Am nächsten Morgen wurde sie von der Kirchenglocke geweckt. Sie drehte sich auf den Bauch und zog sich das Kopfkissen über den Kopf. Verdammt, es war Sonntag. Konnte man sie nicht in Ruhe ausschlafen lassen? Ihr fiel ein, dass sie in Fragolin noch keinen einzigen Gottesdienst besucht hatte. Ob die Dorfgemeinschaft ihr das übelnahm? Wahrscheinlich hielt man sie für eine ungläubige Hexe. Sie strampelte mit den Füßen. Das ging leicht, denn sie hasste die in Frankreich weitverbreitete Angewohnheit, die Zudecke an den Rändern ins Bett zu stopfen. Das widersprach ihrem Streben nach Freiheit.

Was stand heute auf der Tagesordnung? Thierry jedenfalls nicht, der bereitete in Paris seine Ausschusssitzung vor. Selber schuld. Sie hätte für ihn Zeit gehabt. Sie setzte sich auf und rieb sich die Augen. Dabei erinnerte sie sich an Estelles Einladung, sie in der *Marina Baie des Anges* zu besuchen. Doch, das wäre eine Möglichkeit. Jedenfalls besser, als den ganzen Tag Gedanken zu wälzen. Freilich war auch die frisch verwitwete Estelle keine leichte Kost, sie war depressiv und noch immer in der Schockphase, in der sie erst mal begreifen musste, dass ihr Mann nicht wiederkommen würde. So gesehen wäre es sogar eine gute Tat, sie zu besuchen. Sie könnte ihr wie versprochen vom Gespräch mit dem Urologen Romain berichten. Außerdem bot sich die Gelegenheit, Bastians Wochenenddomizil genauer in Augenschein zu nehmen. Und Apollinaire bekäme morgen mit der Auswertung von Bastians Notebook wieder was zu tun.

Isabelle sah auf die Uhr, nahm ihr Telefon und rief bei Estelle an. Sie verabredeten, dass sie kurz nach Mittag bei ihr eintreffe. Estelle schien sich wirklich zu freuen. Das war fast irritierend. Hatte sie keine Freunde, die ihr in diesen schweren Stunden zur Seite standen?

Isabelle öffnete die Fensterläden und begann mit ihrer Morgengymnastik. Nach dem Stretching lief sie eine Weile auf der Stelle und atmete dabei tief ein und aus, dann rotierte sie mit den Armen, machte Liegestützen und Kniebeugen, nahm schließlich zwei Hanteln und machte Übungen, um ihre Muskeln zu stärken. Zwar gelang nicht

alles schmerzfrei, auch knackte und knirschte es gelegentlich in den Gelenken, aber von Tag zu Tag ging es besser. Wenn sie sich daran erinnerte, in welcher desolaten Verfassung sie vor nicht allzu ferner Zeit in Fragolin angekommen war, durfte sie sich zu ihrer provenzalischen Reha beglückwünschen. Auch wenn ihr gerade langsam die Luft ausging. Sie stellte die Hanteln auf den Boden und stützte sich schwer atmend aufs Fensterbrett. Über die Gasse winkte ihr aus der gegenüberliegenden Wohnung Marie-Claire zu. Die alte Dame wünschte ihr einen schönen Sonntag und meinte, dass sie es mit der Morgengymnastik nicht übertreiben solle. Mindestens genauso wichtig seien frischer Kaffee und Croissants, zur Feier des Tages auch ein Stückchen Brioche mit Marmelade.
Isabelle winkte zurück und dachte, dass sie recht hatte. Aber zuerst brauchte sie eine kalte Dusche.

Einige Stunden später fuhr Isabelle mit ihrem privaten Renault auf den Besucherparkplatz der *Marina Baie des Anges.* Auf der Fahrt hatte sie ihren Entschluss fast bereut. Sie würde nie verstehen, warum es auf den Straßen entlang der Côte d'Azur immer so viele Staus gab. Oft gleichzeitig in beide Richtungen und ebenso auf den Autobahnen wie auf den Landstraßen.
Auf dem Weg durch die Anlage hielt sie unbewusst nach der alten Dame mit dem Rollator Ausschau. Sie kam am Blutfleck vorbei, der langsam verblasste, blieb stehen und sah nach oben. Dann suchte sie den Hauseingang und fuhr mit dem Lift in die zwölfte Etage.
Wie bei ihrer ersten Begegnung war Estelle ungeschminkt, hatte die Haare hochgesteckt, war barfuß und trug eine Art Kimono, der sie noch zarter wirken ließ, als sie es ohnehin

schon war. Isabelle konnte nicht anders: Unwillkürlich verglich sie Estelle mit Lily. Der Kontrast könnte kaum größer sein. Hier ein fast schon ätherisches Geschöpf, mit feinen Gesichtszügen und offenbar aus gutem Hause. Dort eine leicht verwelkte Pornoqueen, die Bastian auf erotischem Gebiet sicherlich einiges bieten konnte, die berufsbedingt einen Hang zum Ordinären hatte, dabei aber nicht unsympathisch wirkte, sogar im Gegenteil auf Isabelle einen netten Eindruck machte. Von Lily konnte man nicht erwarten, dass sie Schuldgefühle hatte, weil Bastian mit ihr seine Frau betrog. Schlimmer noch, wie es schien, hatte sie Bastian geliebt. Und wenn es Isabelle recht bedachte, dann passte Lily viel besser zu ihm als Estelle. Sie hatte dem Brachialmenschen Bastian gewiss Kontra gegeben, ihn im Zweifelsfall aufs Bett geworfen und mit ihm Dinge angestellt, die Estelle die Schamesröte ins Gesicht treiben würden. Dennoch war sich Isabelle fast sicher, dass Bastian auch seine Frau geliebt hatte, mit der er schon lange verheiratet war, allerdings keine Kinder hatte. Sie konnte sich vorstellen, dass er Estelles feine Art, die ihm abging, geschätzt und bewundert hatte. Sie gab ihm die Klasse, die ihm fehlte. Wahrscheinlich hatte er schon in jungen Jahren eine Beschützerrolle übernommen und versucht, von ihr alles Böse fernzuhalten. Weshalb es fast logisch war, dass er mit ihr nicht über seine Arbeit gesprochen hatte, weil diese um die Schattenseiten des Lebens kreiste. Dagegen musste er bei Lily keine Rücksicht üben, die Frau hatte viel erlebt und war hart im Nehmen. Wenn also eine seiner Frauen etwas von ihm erfahren hatte, dann eben nicht Estelle, sondern Lily. Was natürlich fatal war, denn für einen Polizeichef war Lily hundertprozentig der falsche Umgang – und ganz sicher niemand, dem er etwas anvertrauen sollte.

Estelle zeigte Isabelle die Wohnung, die größer war als gedacht und einen fantastischen Blick aufs Meer eröffnete. Sie war modern eingerichtet und ganz anders als ihr Zuhause in Toulon.
Sie traten hinaus auf die Terrasse. Isabelle stellte fest, dass der linke Teil kaum einsehbar war. Deshalb konnte es auch keine Zeugen geben, die Bastian beobachtet hätten, wie er auf das Geländer kletterte, um zu springen. So war es auch im polizeilichen Protokoll vermerkt.
Estelle holte einen Krug mit Eiswasser, dann setzten sie sich in den Schatten unter die Markise. Isabelle erkundigte sich nach ihrem Befinden. Eine blöde Frage, natürlich ging es ihr nicht gut. Sie sprachen über die große Leere, mit der sich Estelle konfrontiert sah, aber auch über all die Dinge, die nach dem plötzlichen Tod des Ehegatten zu erledigen waren. Estelle hatte das Glück, dass ihr Bruder Eric dabei half. Isabelle berichtete von ihrem Gespräch mit Bastians Urologen Romain. Sie formulierte bewusst vorsichtig. Dennoch wollte sie ihr die Information nicht vorenthalten, dass die Prostata mit einer sehr guten Prognose hätte operiert werden können. So sei es geplant gewesen. Ihr Mann habe seinem Arzt in keiner Sekunde den Eindruck vermittelt, dass er besonders verzweifelt gewesen sei. Weshalb Romain auch nicht glauben wolle, dass sich Bastian wegen der Krebserkrankung das Leben genommen habe. Die Begründung im Abschiedsbrief könne er nicht nachvollziehen.
Estelle hörte ihr mit großen Augen zu. Auch sie habe ihrem Mann die Verzweiflung nicht angemerkt, sagte sie. Was sie besser verstünde, wenn er gar nicht verzweifelt gewesen sei. Aber warum habe er dann im Abschiedsbrief geschwindelt? Sie fasste sich an die Stirn. Schlimm genug, dass er sich umgebracht habe, jetzt wisse sie nicht einmal, warum.

Isabelle nahm Estelle in den Arm und versuchte sie zu beruhigen. Sie bekam ein schlechtes Gewissen. Das hätte sie ihr nicht erzählen sollen. Es war klar, dass es für Estelle dadurch noch schwerer wurde. Jedenfalls nahm sich Isabelle vor, alles zu tun, damit Estelle nie was von Lilys Existenz erfuhr. Wie es schien, hatte sie nicht den Schimmer eines Verdachts. Zu hören, dass ihr Mann schon seit längerem eine leidenschaftliche Affäre hatte, würde sie wohl endgültig zusammenbrechen lassen.
Behutsam versuchte Isabelle das Gespräch auf andere Themen zu lenken, auf solche, die nichts mit Bastian und seinem Tod zu tun hatten. Sie versuchte es mit der Promenade des Anglais in Nizza, in deren Verschönerung viel Geld investiert wurde, sie erinnerte sich an einen Bericht in der Zeitung über ein Jazzkonzert im Belle-Époque-Casino von Beaulieu-sur-Mer, und bei einer Modenschau in Cannes an der *Plage du Martinez* hatte es einen Skandal gegeben – aber Estelle war nicht bei der Sache. Und Isabelle interessierte sich sowieso nicht dafür, auch wenn sie gerade so tat.
Isabelle machte den Vorschlag, in der Marina spazieren zu gehen. Bei der Gelegenheit dürfe sie sich vielleicht ihr Schiff anschauen.
Die *La vie est dure* sei ausschließlich Enzos Boot gewesen, berichtete Estelle. Sie selbst sei nur an Tagen mit absolut glatter See mitgefahren, weil sie leicht seekrank werde. Aber Enzo habe sein Schiff geliebt. Oft sei ihr Bruder mit an Bord gewesen oder Männerfreunde aus der Marina. Sie hätten dann draußen gefischt und abends gemeinsam gefeiert.
Sie ging zu einem Schrank, holte einen kleinen Karton, an dem noch Reste eines Klebebands der *Police nationale* zu sehen waren, und stellte ihn auf den Esstisch.

»Da sind die Dinge drin, die Enzo bei seinem Sturz bei sich hatte«, sagte sie schniefend. »Der Ehering, seine Uhr …« Sie begann jämmerlich zu weinen, und Isabelle nahm sie erneut in die Arme.

Nach einer Weile sagte Estelle, dass da auch die Bootsschlüssel drin seien, die habe Enzo in der Hosentasche gehabt. Sie deutete hilflos auf den Karton. Isabelle dachte, dass der gutgemeinte Vorschlag mit dem Boot, der eigentlich der Ablenkung dienen sollte, gehörig schiefgegangen war. Sie öffnete den Karton. Die Bootsschlüssel – es waren zwei, einer wohl für die Kajüte, der andere für die Zündung – hingen an einer roten Boje. Isabelle erinnerte sich, dass auch Thierry den Schlüssel für seinen Kutter an einem schwimmfähigen Anhänger befestigt hatte, bei ihm war es ein kleiner Fender. Das machte Sinn. Fiel der Schlüssel ins Wasser, war er nicht weg. So klein war Enzos Boje allerdings nicht, er hatte wohl große Hosentaschen. Isabelle entdeckte in einer Klarsichthülle eine schwere Halskette mit Kreuz. In einer weiteren Hülle befand sich der Ehering. Estelle, die ihr zitternd über die Schulter sah, flüsterte, dass sie den Ring enger machen müsse, dann werde sie ihn zusammen mit ihrem am Finger tragen.

Isabelle nahm Enzos Armbanduhr in die Hand. Sie war schwarz und ziemlich groß – wie es zur Persönlichkeit eines Commandant passte. Sie musste unwillkürlich an die Uhren in Rousseffs Laden denken. Jene von Enzo war ganz sicher nicht so teuer, jedoch bestimmt genauso wasserdicht. Aber für einen Aufprall auf hartem Asphalt nach einem Sturz aus dem zwölften Stockwerk war sie nicht gemacht. Das Glas war gesplittert. Und sie war stehengeblieben. Damit dokumentierte sie auf makabre Weise Enzos Todeszeitpunkt. Mit Datum und auf die Sekunde genau –

denn wie Isabelle feststellte, handelte es sich um eine Funkuhr. Isabelle nahm ihr Smartphone und machte einige Aufnahmen von der Uhr. Dann nahm sie die Boje mit den Bootsschlüsseln.
Sie deutete zum Schrank. »Soll ich?«
Estelle nickte. »Ja, bitte. Ich brauch noch einige Tage, bis ich so weit bin.«
Isabelle verstaute den Karton, dann gingen sie auf die Terrasse und sahen schweigend hinaus in die Ferne, dorthin, wo sich im Dunst des Horizonts das Blau des Meeres mit dem Himmel vereinte. Wie ein Gemälde. Estelle bot ihr eine Zigarette an. Isabelle rauchte nur selten, aber in Augenblicken wie diesen sagte sie nicht nein.
Wortlos standen sie da. Estelle in respektvollem Abstand vom Geländer. Isabelle konnte nicht anders, sie trat dorthin, wo sie Enzos Absprungstelle vermutete. Sie beugte sich über das Geländer und sah hinunter. Von hier sah es viel höher aus. Irgendwo da unten war der Fleck. Zum Zeitpunkt seines Sprungs hatten dort die beiden Mütter mit ihren Kinderwagen gestanden. Isabelle wollte sich nicht ausmalen, was noch hätte passieren können.
»Enzo hat mal davon gesprochen, wie er sich umbringen würde«, sagte Estelle mit gedämpfter Stimme.
»Darüber hat er gesprochen?«
»Nein, nicht wirklich. Aber wenn man so lange Zeit zusammenlebt, redet man irgendwann mal über alles. Enzo hat gesagt, er würde ins Meer gehen und immer weiter rausschwimmen, bis die Kräfte nachlassen. Dann würde er einfach untergehen.«
»Das hat er gesagt?«
»Ja, das hat er gesagt, sogar mehrfach. Er würde das so machen wie Le Corbusier, hat er gesagt.«

»Ich dachte, Corbusier hat beim Tauchen einen Herzschlag erlitten und ist deshalb ertrunken?«

Estelle nickte. »Wird wohl auch so gewesen sein. Aber Enzo meinte, dass Corbusier immer weiter rausgeschwommen sei, in der Absicht, sich das Leben zu nehmen. So würde er es auch machen.«

»Stattdessen ist er von hier in die Tiefe gesprungen«, sagte Isabelle.

»Ist einfacher und geht schneller«, merkte Estelle erstaunlich nüchtern an. »Kommen Sie, lassen Sie uns gehen.«

Sie verließen die Wohnung. Isabelle dachte daran, die Boje mit den Schlüsseln mitzunehmen. Sie fuhren mit dem Lift nach unten. Dort stießen sie fast mit einem Mann zusammen, den Isabelle schon auf der Trauerfeier in La Seyne gesehen hatte. Estelle fiel ihm um den Hals. Dann stellte sie ihn vor. Es war ihr Bruder Eric.

»Sie sind also die nette Kommissarin«, sagte er. »Estelle hat mir schon von Ihnen erzählt.«

Isabelle fasste sich an die Brust. »Ich und nett? Ihr verstorbener Schwager war eindeutig anderer Ansicht.«

Eric lächelte. »Ich weiß. Aber ich fand's toll, dass dem Enzo mal jemand Paroli geboten hat. Noch dazu eine Frau. Allerdings, wenn ich Sie so sehe, kann ich mir das überhaupt nicht vorstellen.«

»Im Nachhinein tut's mir fast leid.«

»Aber nur fast, richtig? Sie müssen wissen, ich hab mich mit meinem Schwager supergut verstanden, wir haben uns sehr gemocht, aber als Chef oder Kollegen hätte ich ihn nicht haben wollen. Da wären auch zwischen uns die Fetzen geflogen.«

Estelle deutete in Richtung Marina. »Wir wollten gerade nach Enzos Boot schauen. Kommst du mit?«

»Na klar.«
»Übrigens müssen wir uns überlegen, was wir mit dem Schiff machen«, sagte sie.
Er winkte ab. »Das hat Zeit.«
»Willst du es haben?«
Er schüttelte den Kopf. »Nein, ganz bestimmt nicht. Ich bin zwar immer gerne mitgefahren, das Schiff ist wunderschön, aber haben möchte ich es nicht.«
»Also verkaufen?«
Er nahm seine Schwester in den Arm. »Das ist doch jetzt so was von unwichtig. Schau erst mal, dass du wieder auf die Beine kommst. Dann können wir in aller Ruhe eine Entscheidung treffen.«
Sie setzten ihr Gespräch im Gehen fort.
»Sie betreiben eine Sicherheitsfirma?«, fragte Isabelle.
»Ja, die Moreau Securities. Wir passen vor allem auf Villen auf, deren Besitzer so reich sind, dass sie es sich leisten können, nur selten da zu sein. Von denen gibt es zwischen Monte Carlo und Toulon mehr, als man denken sollte.«
»Da haben Sie eine krisensichere Branche gewählt.«
Er lachte. »Ja, ich kann nicht klagen. Aber um auf Sie zurückzukommen, Estelle hat mir erzählt, dass Sie Enzos Selbstmord untersuchen. Darf ich fragen, warum?«
»Wenn jemand von der Position Ihres Schwagers zu Tode kommt, wird automatisch eine Untersuchung angeordnet. Das ist ein Routinevorgang und hat nichts zu bedeuten.«
»Es hat mich dennoch überrascht«, sagte Eric. »Aber ich find's gut. Auch wenn bei Enzo klar sein dürfte, warum er sich umgebracht hat.«
»So klar ist es nicht«, entgegnete Estelle leise. »Enzos Arzt meint, dass der Krebs leicht zu operieren und relativ harm-

los gewesen sei. Enzo habe keinen Grund gehabt, sich deshalb umzubringen.«

Eric sah sie zweifelnd an. »Wirklich? Das kann ich nicht glauben.«

»Haben Sie mit ihm über seinen Krebs geredet?«, fragte Isabelle.

Eric nickte. »Ja, das habe ich. Besser gesagt umgekehrt. Er hat mit mir über seinen Krebs geredet und über die verdammte Prostata, von Mann zu Mann. Da hatte ich übrigens schon den Eindruck, dass er ausgesprochen beunruhigt war, sogar fast panisch.«

»Könnte es sein, dass Sie vor dem entscheidenden Arztgespräch mit ihm geredet haben?«, fragte Isabelle. »Zu dem Zeitpunkt wusste er noch nichts von der guten Prognose.«

Eric dachte nach. »Glaube ich zwar nicht, aber könnte natürlich sein. Wir haben das letzte Mal einige Tage vor seinem Selbstmord telefoniert. Wie gesagt, da war er ziemlich beschissen drauf.«

Isabelle fragte: »Warum ist er eigentlich alleine hierhergefahren?«

»Das hat er häufig gemacht«, antwortete Eric. »Oft hat er Akten mitgenommen und gearbeitet.«

»Außerdem hatte ich Besuch von einer Cousine«, erklärte Estelle.

»Na ja, wahrscheinlich wollte er nachdenken. So eine Diagnose muss man ja erst mal verkraften.«

Am Steg angekommen, blieben sie vor Bastians Motoryacht stehen. Isabelle reichte Eric die Bootsschlüssel. Er sprang an Bord, löste die Gangway aus der Halterung und schwenkte sie auf den Steg.

»Bei den größeren Booten geht das elektrisch und mit Fernsteuerung«, erklärte Eric. »Aber diese Technik hat den Vorteil, dass sie immer funktioniert.«
Während sich Estelle im geräumigen Cockpit an den Bootstisch aus Teakholz setzte und sich erneut eine Zigarette anzündete, ließ sich Isabelle von Enzos Schwager das Schiff zeigen. Es war sehr gepflegt und aufgeräumt. Besonders beeindruckend war die Elektronik – Autopilot, Radar, Kartenplotter, Fishfinder. Laut Eric hatte Enzo an nichts gespart. Er sei ein Technikfreak gewesen.
Aus dem Kühlschrank nahm er sich eine Flasche Bier. Zu seiner Freude wollte auch Isabelle eine und brauchte wie er kein Glas. Estelle genügte ihre Zigarette. Eric erzählte von Abenteuern, die er mit Enzo auf dem Schiff erlebt hatte. Einmal habe sich eine Angelleine in der Schiffsschraube verfangen, eine besonders starke und reißfeste – der kapitale Fisch, den sie am Haken hatten, sei entkommen. Er habe gegen Enzo beim Knobeln verloren und mit dem Messer zwischen den Zähnen tauchen müssen, um das Schiff wieder flottzubekommen. Das war nur eine von vielen Geschichten. Estelle schien alle zu kennen und langweilte sich.
Eine halbe Stunde und ein Bier später wollte sich Isabelle verabschieden. Weil sie aber noch Enzos Notebook mitnehmen wollte, gingen sie zusammen zurück ins Apartment. Eric fragte, was sie mit dem Rechner zu tun beabsichtige.
»Keine Ahnung. Mein Assistent meint, ich hätte im Beruf eine fast schon pathologische Sammelleidenschaft. Außerdem würde ich mich notorisch für Belanglosigkeiten interessieren – je unwichtiger, desto lieber.« Isabelle lächelte. »Aber ich darf Sie beruhigen, erstens vergesse ich alles wie-

der sehr schnell, zweitens gebe ich alles brav zurück, und drittens macht es meistens keinen Sinn.«

Aber manches Mal eben doch. Das dachte sie nur und sprach es nicht aus. Tatsächlich hatte sie keine Ahnung, warum sie das Notebook mitnehmen wollte, auf dem Enzo kurz vor seinem Tod seinen Abschiedsbrief geschrieben hatte. Vielleicht hatte Apollinaire recht und sie war ein wenig gestört? Hatte er das eigentlich je gesagt? Nein, natürlich nicht, das würde er nicht wagen.

15

Am Montag war sie so frühzeitig im Kommissariat, dass noch nicht mal Apollinaire seinen Dienst angetreten hatte. Sie legte ihm Enzos Notebook auf seinen Arbeitstisch und nahm die alte Mappe mit den Protokollen zum Überfall auf Rousseffs Juwelierladen. Sie las noch mal alles durch, stellte aber fest, dass sie über keine neuen Hinweise stolperte. Was nicht weiter verwunderte, denn sie hatte längst alle Fakten im Kopf. Allerdings erwies sich auch die vage Hoffnung, dass sie einen plötzlichen Geistesblitz haben könnte, als trügerisch. Womöglich lag es daran, dass sie mit ihren Gedanken immer wieder abschweifte. Zum einen ging ihr das gestrige Treffen mit Estelle in der *Marina Baie des Anges* durch den Kopf. Zum anderen eilte sie der Zeit voraus und dachte an ihren bevorstehenden Termin bei Lily Larouche. Um vier Uhr würde sie dort sein – sie konnte es kaum erwarten. Sie glaubte fest daran, dass sie von Enzos Freundin den entscheidenden Hinweis bekommen würde, der sie weiterbrachte. Denn von einem war sie mittlerweile überzeugt: Enzo Bastian hatte sich ganz sicher nicht wegen seiner Krebserkrankung umgebracht. Es musste einen anderen Grund geben.

Sie nahm ihr Smartphone und las erneut die Nachricht, die ihr Lily gestern Nacht geschickt hatte. »*Salut*, Isabelle. Hab nachgedacht und vertraue dir. Ich werde dir was erzählen. *À bientôt!*«

Eigentlich musste sie froh sein, dass sie am Vormittag einen Termin in Cannes hatte. Das lenkte sie ab.

Zwei Stunden später parkten sie mit dem Polizeiwagen vor Rousseffs Schmuckladen auf der *Promenade de la Croisette*. Apollinaire war nervös, denn Isabelle hatte es ihm übertragen, die Fragen zu stellen. Das sei sein Fall, sie wolle sich möglichst zurückhalten.
Empfangen wurden sie von Rousseffs neuer Ehefrau, die in Isabelle sogleich die »Kundin« wiedererkannte, die sich für die großen Armbanduhren mit dem Bügel über der Krone interessiert hatte.
»Sie haben mich angeschwindelt«, sagte sie mit einem süffisanten Lächeln. »Sie wollten gar keine Uhr, sondern sich nur umsehen. Warum haben Sie nicht gesagt, dass Sie von der Polizei sind?«
»Mir war nicht danach«, antwortete Isabelle, die keine Lust hatte, eine vernünftige Antwort zu geben. Außerdem fiel ihr gerade keine ein. »Aber den Prospekt habe ich noch.«
Madame Rousseff führte die beiden durch die mächtige Tresortür, die aber nur so aussah und wohl eher aus Sperrholz war, in die hinteren Arbeitsräume des Juweliers. Gilbert Rousseff, der eine Samtweste trug und eine altmodische rote Fliege, sah seine Besucher über den Rand seiner Lupenbrille an. Er bat sie, Platz zu nehmen, und brachte seine Verwunderung zum Ausdruck, dass sich die Polizei nach so vielen Jahren wieder für den Überfall interessiere. Was er natürlich sehr begrüße, wie er sogleich hinzufügte.
Obwohl sich Apollinaire im Auto extra gekämmt hatte, standen seine Haare schon wieder wirr in die Gegend, als

ob ihn ein Stromstoß ereilt hätte. Aber er war konzentriert bei der Sache. In der für ihn typischen etwas verqueren Sprechweise erklärte er dem Juwelier, dass Madame le Commissaire Bonnet eine Sonderkommission leite, der auch er in seiner Person angehöre und die routinemäßig alte, nicht aufgeklärte Kriminalfälle erneut einer Prüfung unterzöge. Dabei konzentriere man sich dezidiert auf Delikte mit Todesfolge, wie das bei Monsieur Rousseff höchst bedauerlicherweise und in doppelter Hinsicht der Fall sei. Apollinaire versicherte ihm sein tief empfundenes Mitgefühl, realisierte dann aber, dass das nach sechs Jahren und erneuter Verehelichung nicht mehr so angebracht schien.

Rousseff sagte, dass er dem Sous-Brigadier und der verehrten Kommissarin leider nichts sagen könne, was er nicht schon damals zu Protokoll gegeben habe. Im Gegenteil sei seine Erinnerung schon etwas verblasst, wofür er in gewisser Weise dankbar sei, aber deshalb habe er auch nicht mehr alle Details präsent. Dabei sei es sein innigster Herzenswunsch, den Tod seiner Frau aufgeklärt zu wissen und die feigen Mörder hinter Gitter zu sehen.

»Uns erstaunt«, sagte Apollinaire, »dass bis heute keine der gestohlenen Schmuckstücke wieder aufgetaucht sind. Oder verfügen Sie über andere Erkenntnisse?«

Rousseff nahm seine Lupenbrille ab. »Nein, das ist tatsächlich so. Ich wundere mich auch.«

Isabelle lehnte mit verschränkten Armen an der Wand und dachte, dass ihr Assistent langsam auf den Punkt kam.

»Das ist doch höchst merkwürdig«, stellte Apollinaire fest. »Die Diebe müssen doch irgendwann versuchen, den gestohlenen Schmuck in monetäres Kapital zu transformieren.«

Rousseff runzelte die Stirn. »Wie meinen? Ach so, ich verstehe, ja, da stimme ich Ihnen zu.«

»Es macht ja wenig Sinn, den Schmuck in einem Safe aufzubewahren, davon kann man sich nichts kaufen. Oder das Geschmeide wurde im Auftrag einer schönen Frau geklaut. Die würde es aber nicht nur in den eigenen vier Wänden tragen wollen, doch auf dem gesellschaftlichen Parkett wäre es zu riskant. Ergo wäre die Veräußerung des Schmucks über einen Hehler das logische Szenario. In diesem Fall müssten aber die wertvollsten Stücke mal auftauchen, tun sie aber nicht.«

»Ich habe auch keine Erklärung. Es ist mir auch fast egal. Wen interessiert der finanzielle Verlust, wenn zwei Menschen sterben?«

»Gewiss, das empfinden wir genauso.« Apollinaire machte eine dramaturgische Pause, um dann zu sagen: »Außerdem waren Sie versichert.«

Das saß. Isabelle schmunzelte. Apollinaire kam langsam in Schwung. Wenn man Rousseff irgendeine Information entlocken wollte, die weiterhelfen könnte, brachte es nichts, nur zu plaudern und sein Mitgefühl zum Ausdruck zu bringen. Auch wenn er selbst das Opfer und der Leidtragende war, dem man mit dem gebotenen Respekt begegnen musste, war er gleichzeitig auch der einzige lebende Zeuge der Tat und zudem der beste Experte, was den Verbleib seines Schmucks betraf. Man musste etwas sticheln, damit er aus sich herausging.

Rousseff nickte. »Ja, natürlich war ich versichert, aber nicht in voller Schadenshöhe.«

»Könnte es sein«, setzte Apollinaire seine Spekulationen fort, »dass der gestohlene Schmuck einfach eingeschmolzen wurde und die großen, auffälligen Diamanten einen

neuen Schliff bekommen haben? Das wäre doch eine Erklärung für das spurlose Verschwinden?«
Gute Frage, das hatte sich Isabelle auch schon überlegt.
Rousseff sah Apollinaire entsetzt an. »Das ist doch wohl nicht Ihr Ernst? Meine Goldschmiedekunst würde ja auf diese Weise unwiederbringlich vernichtet. Es käme doch auch niemand auf die Idee, Fabergé-Eier einzuschmelzen. Aber natürlich wissen Sie nicht, wovon ich spreche, das kann man Ihnen nicht verübeln.«
»Die Fabergé-Eier wurden über Jahrzehnte bis 1917 im Auftrag des Zaren in Sankt Petersburg hergestellt«, sagte Apollinaire wie aus der Pistole geschossen, »jeweils zu Ostern. Sie sind heute unbezahlbar.«
Rousseff sah ihn mit offenem Mund an. Isabelle unterdrückte ein Lachen. Der Juwelier konnte nicht ahnen, dass Apollinaire die ausgefallensten Dinge wusste – aber möglicherweise nicht, welcher Wochentag gerade war.
»Ich korrigiere mich, es müssten zwei Zaren gewesen sein«, fuhr Apollinaire fort, »Alexander III. und Nikolaus II. Wie auch immer, ich verstehe, was Sie mit dem Heranziehen der Fabergé-Eier zum Ausdruck bringen wollen. Ein Einschmelzen Ihrer Schmuckstücke erscheint also abwegig.«
»Ja, genau das wollte ich damit sagen. Wobei ich zugeben muss, dass der Vergleich etwas hochgegriffen war.«
»Kein Problem, die Übertreibung ist eine probate Methode, simple Sachverhalte zu verdeutlichen. Bleibt die Frage, was aus dem Schmuck geworden ist. Haben Sie irgendeine Idee?«
»Nein, wie ich schon sagte, nicht den geringsten Schimmer.«
»Sie kennen sich doch in der Branche aus. An welchen Hehler hätten sich die Diebe wenden können?«

Rousseff zuckte mit den Schultern. »Das ist nun wirklich nicht mein Metier. Aber lassen Sie mich überlegen. Sie könnten mal in Nizza mit dem alten Gabriele sprechen, der war früher groß im Geschäft. Er muss schon über achtzig sein und hat sich möglicherweise zur Ruhe gesetzt, aber er weiß bestimmt, wer heute die Fäden in der Hand hält. Ob er es allerdings ausplaudert, wäre die zweite Frage.«

»Wo finden wir diesen Gabriele?«

Rousseff nannte eine Adresse in der Altstadt, in der Nähe des berühmten Blumenmarkts. Er betonte, dass sie sich keinesfalls auf ihn beziehen dürften. Für einen seriösen Juwelier sei der alte Gabriele wie ein Aussätziger, zu dem man größte Distanz wahren müsse.

»Ich verstehe immer noch nicht«, fuhr Rousseff fort, »warum Sie sich so sehr für den Verbleib des Schmucks interessieren? Das ist doch eher Angelegenheit der Versicherung, oder?«

Isabelle hatte das Gefühl, dass es wenig Sinn machte, das Gespräch in die Länge zu ziehen. Von Rousseff würden sie nichts erfahren. Einfach deshalb, weil er nichts wusste.

»Sollte ein Schmuckstück auftauchen, hätten wir eine Spur«, antwortete Isabelle auf seine Frage. »Diese Spur könnten wir versuchen zurückzuverfolgen. Im Idealfall führt sie uns zu den Verbrechern und damit auch zu den Mördern Ihrer Frau und der Kundin. An die wollen wir ran, der Schmuck ist Nebensache.«

Rousseff wischte sich über die Stirn. »Die Mörder meiner Frau. Ich würde alles dafür geben, wenn Sie diese Bestien finden könnten.«

»Wir bemühen uns, aber die Chancen sind nicht gut. Wir werden mal mit dem alten Gabriele sprechen.« Isabelle

reichte ihm ihre Visitenkarte. »Wenn Ihnen noch was einfallen sollte, dann rufen Sie mich bitte an. Irgendeine Kleinigkeit, und sei sie noch so belanglos.«
Rousseff nahm die Karte entgegen. »Das mache ich, darauf können Sie sich verlassen. Ich wäre so froh, wenn ich Ihnen helfen könnte. Aber ich habe die schrecklichen Geschehnisse schon so oft vor meinem geistigen Auge ablaufen lassen und verzweifelt nach einem Anhaltspunkt gesucht, immer vergebens.«
Apollinaire fühlte sich zu einem ebenso philosophischen wie haarsträubend unsinnigen Schlusswort berufen: »Die Hoffnung ist wie ein Strohhalm, sie stirbt zuletzt.«
»L'espoir meurt en dernier«, murmelte Rousseff dessen ungeachtet.

16

Auf der Rückfahrt unterhielt sich Isabelle mit Apollinaire über das Gespräch mit dem Juwelier. Sie waren sich in der Beurteilung einig, dass von Rousseff keine weiteren Hinweise zu erwarten waren. Nicht nur, dass der Überfall einfach schon zu lange zurücklag, es war auch sehr schnell passiert und Rousseff zudem unter Schock gestanden. Die Verbrecher hatten unverfängliche Freizeitkleidung getragen, Schirmmützen ohne Aufdruck und große Sonnenbrillen. Was hätte ihm schon auffallen können? Die Spurensicherung hatte damals nicht einmal genetisches Material sicherstellen können, das den Tätern eindeutig zuzuordnen gewesen wäre. Blieb der Tipp mit dem alten Gabriele in Nizza. Isabelle meinte, dass Apollinaire ihn gerne alleine besuchen könne. Sie verspreche sich nicht viel davon, aber einen Versuch sei es wert.

In Fragolin setzte sie ihren Assistenten am Kommissariat im Rathaus ab. Sie legte noch einen Zwischenstopp in ihrer Wohnung ein, um eine Kleinigkeit zu essen. Dann machte sie sich auf den Weg zu dem Termin, dem sie regelrecht entgegenfieberte. Was würde ihr Lily Larouche erzählen? Was oder wen hatte Bastian gesehen? Und ließ sich daraus ein Motiv für seinen überstürzten Selbstmord ableiten? Ihr fiel kein mögliches Szenario ein. Und dennoch war es möglich. Mehr noch, sie hoffte es geradezu. Nach dem Gespräch mit Lily würde sie Genaueres wissen.

Isabelle kam zwanzig Minuten vor der verabredeten Zeit in Le Pradet an. Sie parkte vor Lilys ockergelbem Haus und stieg aus. Irgendwie hatte sie erwartet, dass gleich Yoyo auf seinem Skateboard angesaust kam. Aber die Straße blieb verwaist. Sie sah hinauf zu den blauen Fensterläden im ersten Stock, von denen einige offen, andere geschlossen waren. Warum sollte sie bis Schlag vier Uhr warten? Ihre Ungeduld war zu groß. Isabelle ging zum Haus und klingelte. Weil sich nichts rührte, trat sie an die Eingangstür und betätigte den Klopfer. Der Frauenkörper aus Bronze lag gut in der Hand. Keine Reaktion. Sie sah auf die Uhr. Offenbar war Lily noch nicht da.

Isabelle setzte sich ins Auto, fuhr ein Stück zurück, bis sie im Schatten einer Platane stand, drehte die Scheiben herunter und wartete. Mehrfach schaute sie auf ihr Smartphone, aber von Lily gab es keine aktuelle Textnachricht, nur jene von gestern Nacht: »… Ich werde dir was erzählen. *À bientôt!*« Im Handschuhfach kramte sie nach den Zigaretten. Sie zündete sich eine an und dachte darüber nach, dass sie sich zwar für eine Nichtraucherin hielt, sich aber in letzter Zeit immer häufiger eine ansteckte. Das beruhigte die Nerven. Immerhin versuchte sie, nicht zu inhalieren. Sie stieg aus und ging erneut zum Haus, um wieder zu läuten. Vielleicht machte Lily ein Nickerchen? Vergebens. Eine Frau kam vorbeigeradelt. Aus dem Korb am Lenker kläffte sie ein kleiner Hund an.

Isabelle setzte sich wieder ins Auto und steckte sich eine weitere Zigarette an. Sie machte sich klar, dass es nichts zu bedeuten hatte, wenn jemand einen Termin platzenließ oder viel zu spät kam. Ihr gefiel es trotzdem nicht. Eine Viertelstunde später versuchte sie Lily anzurufen. Sie erreichte nur ihre Voicemail. *Merde,* langsam wurde es ihr zu dumm. Sie erinnerte sich, wie Lily von Yoyo erzählt hatte, der schon mal aufs Garagendach kletterte, um ihr beim Duschen zuzusehen. Was der Lauser konnte, das konnte sie auch.

Isabelle stieg aus, verriegelte das Auto und ging zur Garage. Daneben befand sich eine Box für Gartengeräte. Es war tatsächlich ein Kinderspiel, von dort aufs Garagendach zu turnen. Dort angekommen, blickte sie sich erst mal um. In den Nachbarhäusern schien von ihr niemand Kenntnis zu nehmen. Sie hörte gedämpftes Kindergeschrei. In einem Garten hängte eine Frau Wäsche auf die Leine. Sie hatte Kopfhörer auf und keinen Blick für ihre Umgebung.

Isabelle nahm Lilys Haus in Augenschein. Zum nächstgelegenen Fenster waren es nur wenige Meter. Dazwischen befand sich eine mit wildem Wein bewachsene Pergola, darunter ein Gartentisch und Korbstühle. Die Läden am Fenster waren geöffnet, aber sie konnte nicht hineinsehen. Allerdings stellte sie fest, dass das Fenster nur angelehnt war. In ihrem Kopf kreisten die Gedanken. Gab es irgendeinen vernünftigen Grund, in Lilys Haus einzusteigen? Dass sie dazu nicht befugt war, stand außer Frage. Und wie würde sie reagieren, wenn ihr im Haus plötzlich Lily gegenüberstehen sollte, deren gutes Recht es war, ihr nicht aufzumachen? Vielleicht hatte sie es sich anders überlegt und entschieden, nichts zu erzählen. Es sprach also nichts dafür, in Lilys Haus einzusteigen. Im Gegenteil, es kam überhaupt nicht in Frage. *Pas du tout!*

Isabelle setzte einen Fuß nach vorne und prüfte, ob die Pergola ihr Gewicht aushielt. Das Holzgestell wackelte, auch war der Stand aufgrund der rankenden Pflanzen unsicher. Aber Isabelle hatte beschlossen, den Kopf auszu-

schalten. Mit kurzen schnellen Schritten und ausgestreckten Armen balancierte sie über die Pergola, erreichte das Fenster, schob es auf und kletterte über die Fensterbank ins Haus. Es handelte sich um das Bad. Es stimmte also, dass Yoyo das Objekt seiner jugendlichen Begierde vom Garagendach hatte beim Duschen beobachten können.
Isabelle öffnete leise die Badezimmertür, hielt die Luft an und lauschte. Nichts zu hören. Sie bekam Gewissensbisse. Was tat sie hier? War sie von allen guten Geistern verlassen? Aber umdrehen und durchs Fenster wieder abhauen machte jetzt auch keinen Sinn mehr. Sie entschied sich für die Offensive.
»Nicht erschrecken, ich bin es«, rief sie laut, »Isabelle Bonnet, die Kommissarin von der *Police nationale*. Sind Sie da?« Ihr fiel ein, dass sie sich am Strand geduzt hatten. »Lily, alles okay bei dir?«
Sie schaute ins nächste Zimmer, eine Art begehbarer Kleiderschrank, mit offenen Regalen voller Klamotten und Schuhen, außerdem frei hängende Stangen mit Gewändern, die einer gut sortierten Boutique alle Ehre gemacht hätten. Der Traum einer jeden modebewussten Frau. Anschließend suchte sie den Weg zur Treppe, um hinunter ins Erdgeschoss zu gelangen. Dabei kam sie an Lilys Schlafzimmer vorbei, dessen Tür weit offen stand.
Isabelle war niemand, der sich leicht erschreckte, auch hatte sie im Leben schon so viel gesehen, dass sie sich für abgebrüht hielt – aber jetzt stockte ihr der Atem.
Sie stand eine ganze Weile einfach nur da und starrte auf das große Bett. Die tote Lily lag rücklings darauf, nackt und mit einer roten Kordel um den Hals. Die Hände waren mit Lederriemen an die Bettpfosten gefesselt, ebenso ihre weit gespreizten Beine.

Isabelle trat näher, achtete aber darauf, nichts zu berühren. Die Haut an den Fesseln war blutverkrustet. Ganz offensichtlich hatte sie daran gerissen und versucht, sich zu befreien. Was war das hier? Das Sexspiel einer ehemaligen Pornoqueen, die sich hatte hart rannehmen und fesseln lassen, die es mochte, gewürgt zu werden, weil die Unterbindung der Sauerstoffzufuhr zum Gehirn die Lust steigerte? Dann waren die sadomasochistischen Praktiken außer Kontrolle geraten – und der geilen Lily irgendwann die Luft ausgegangen?
Kein Zweifel, so sah es aus. Oder sollte es nur so aussehen? Isabelle konnte es sich nicht erklären, aber ihr kam das alles ausgesprochen seltsam und irgendwie unglaubwürdig vor. Fast wie inszeniert. Die Lily, die sie am Strand kennengelernt hatte, war anders drauf gewesen. Erstens hatte Lily nicht den Eindruck gemacht, dass sie in ihrer momentanen Situation nach dem Selbstmord ihres Freundes auf Sexabenteuer aus war. Zweitens war Lily schon aufgrund ihrer Profession nicht diejenige, die sich quälen ließ, um zum Höhepunkt zu kommen. Wenn überhaupt, dann würde sie umgekehrt die Männer fesseln und, falls gewünscht, auch ein bisschen würgen. Das hier war genau verkehrt herum, zumindest schien es ihr so. Die Kollegen würden das natürlich anders sehen, und natürlich auch die Presse. Sie konnte sich die Überschriften schon vorstellen – und sie gefielen ihr nicht.
Ihr fiel ein, dass Lily davon gesprochen hatte, dass sie am Sonntag nicht könne, weshalb sie sich erst für heute verabredet hatten. Nun, das wäre eine Erklärung. Sie konnte nicht, weil sie ein Date mit einem perversen Liebhaber hatte? Isabelle glaubte nicht daran. Nein, irgendwas stimmte hier nicht. Was hatte sie ihr erzählen wollen? Was

hatte sie gesehen? Immer wieder dieselben Fragen – auf die es keine Antworten mehr geben würde. War das Zufall? Ihr Tod kam gerade noch rechtzeitig, um sie am Reden zu hindern. Zufall? Isabelle glaubte nicht an Zufälle. Lily war so lange im Geschäft, dass sie sich niemals so hätte fesseln lassen, dass es für sie keine Möglichkeit der Befreiung gab. So naiv war sie nicht. Und noch mal: Sie war ganz bestimmt nicht in der Stimmung gewesen.

Merde, merde, merde … Isabelle wollte den Gedanken nicht zulassen, aber wenn es ganz dumm gelaufen war, dann war sie an Lilys Tod nicht unschuldig. Sie griff sich an die Schläfen. Mal unterstellt, dass das hier eine Inszenierung war und in Wahrheit ein eiskalt ausgeführter Mord, dann hatte Lily vielleicht jemandem erzählt, dass sie mit der Polizei reden wollte. Daraufhin wurde sie mundtot gemacht.

Isabelle betrachtete erneut das Bett und die nackte Lily, die noch im Tod einen aufregenden Körper hatte. Sie konnte sich die geilen Blicke ihrer männlichen Kollegen vorstellen. Am liebsten hätte sie eine Decke über Lilys Leichnam gelegt. Aber das ging natürlich nicht.

Doch vielleicht täuschte sie sich auch. Was wusste sie schon von Lily? Womöglich war das hier genau das, wonach es aussah. Dann wäre das tatsächlich nur ein dummer Zufall, ein tödlicher Zufall, ein ganz schrecklicher und grausamer Zufall.

Isabelle nahm ihr *portable,* um in Toulon anzurufen und sich zu Capitaine Richeloin durchstellen zu lassen, da läutete es an der Haustür. Schlechtes Timing. Sie ging ins Bad und sah aus dem Fenster. Vor dem Eingang standen zwei Polizeimotorräder. Das konnte heiter werden.

Sie ging die Treppe hinunter, überlegte kurz, dann nahm sie ein Taschentuch und öffnete mit ihm die Haustür. Dabei registrierte sie, dass die Tür nicht abgeschlossen war.
Zwei uniformierte Beamte der *Police municipale* standen vor ihr. Der eine hatte seine Hand am Halfter mit der Pistole. Der andere hatte sie vorsichtshalber schon gezogen, aber nicht entsichert, wie sie mit schnellem Blick feststellte.
»Sind Sie Madame Larouche? Wir sind verständigt worden, dass jemand über die Garage ins Haus eingestiegen ist. Waren Sie das? Können Sie sich ausweisen?«
Die Jungs hatten offenbar nicht gelernt, dass es keinen Sinn machte, gleichzeitig drei Fragen zu stellen.
»Ich bin Isabelle Bonnet, Kommissarin der *Police nationale* und Sonderermittlerin des Innenministeriums.« Um die beiden nicht zu erschrecken, hob sie ganz langsam ihren Dienstausweis in die Höhe. »Draußen steht mein Einsatzfahrzeug, wie Sie bestimmt gesehen haben.«
»Der Ausweis sieht echt aus«, sagte der eine nach genauem Blick darauf.
Oh, da war sie an zwei ganz Gescheite geraten. Sie könnte sich entweder auf lange Diskussionen und Kompetenzgerangel einlassen oder eine klare Ansage machen, das würde viel Zeit sparen.
»Natürlich ist er echt, Sie Witzbold«, entfuhr es ihr. »Mein Auto habe ich auch nicht selber lackiert. Sie tun jetzt genau, was ich sage ...«
»Wir sind von der *Police municipale* und unterstehen dem Bürgermeister. Sie haben uns überhaupt nichts zu sagen.«
»Dem Bürgermeister? Ich bin beeindruckt. Ich unterstehe dem Innenminister der Republik. Deshalb tun Sie jetzt, wozu ich Sie auffordere. Sie sichern dieses Haus und verhindern, dass es von unbefugten Personen betreten wird.«

»Es ist ja weit und breit niemand da.«
Sie deutete auf die andere Straßenseite. »Die ersten Neugierigen finden sich gerade ein. Aber ich kann Ihnen versichern, dass hier in wenigen Minuten die Hölle los ist.«
»Warum? Was ist passiert?«
Sie nahm ihr *portable*. »Damit ich es nicht zweimal erklären muss, hören Sie am besten zu, was ich Capitaine Richeloin zu sagen habe. Richeloin ist ...«
»Wir kennen ihn.«
»Umso besser.«
Sie hatte Glück, er war gleich selber am Apparat.
»Bonnet hier, hallo, *mon Capitaine*«, begrüßte sie ihn, um gleich fortzufahren: »Ich möchte Ihnen eine Leiche melden. Der Name des Opfers lautet Lily Larouche, wohnhaft in Le Pradet. Dort habe ich sie in ihrem Haus gefunden. Die Umstände sind delikat und nichts für junge, unerfahrene Männer. Schicken Sie Ihre besten Leute. Wir brauchen die Spurensicherung, kurzum, das volle Programm.«
Sie nannte ihm die genaue Adresse und informierte ihn, dass bereits die *Police municipale* vor Ort sei.
Richeloin reagierte mit routinierter Abgeklärtheit, ohne sie mit blöden Fragen zu nerven. Allerdings kündigte er an, dass er selber vorbeikommen werde und auf einige Erklärungen gespannt sei.
Die Motorradpolizisten wollten sich an Isabelle vorbei durch die Tür drängen.
»Haben Sie nicht gehört, was ich gesagt habe?«, herrschte sie die beiden an. »Sie verhindern, dass unbefugte Personen dieses Haus betreten. Zu diesem Personenkreis zählen auch Sie. Also draußen bleiben!«
Sie zog die Tür ins Schloss und lehnte sich von innen mit dem Rücken dagegen. Das waren die letzten ruhigen Mi-

nuten. In was für ein Schlamassel war sie da hineingeraten? Hatte das mit ihren Ermittlungen zu tun? Um das herauszufinden, bedurfte es einer superprofessionellen Spurensicherung und einer noch besseren kriminaltechnischen Untersuchung. Hoffentlich war der Rechtsmediziner keine Pfeife. Sie nahm sich vor, ihm genau auf die Finger zu sehen – und im Zweifelsfall in den Hintern zu treten.

Sie stand gerade vor Lilys Bett und machte Aufnahmen mit ihrem Smartphone, als sie eine erste sich nähernde Polizeisirene hörte. Sie ging hinunter, atmete einige Male tief durch und öffnete die Haustür. Vor ihr stand Lieutenant Parpin. Er war am schnellsten gewesen, und er war ihr für den Augenblick auch lieber als Richeloin.
»Kommen Sie herein!« Und zu den beiden Motorradpolizisten der Gemeindepolizei: »Bleiben Sie auf Ihrem Posten!«
»Eine weibliche Leiche?«, fragte Parpin, als die Tür hinter ihnen geschlossen war.
»Ja, und zwar in einer sehr speziellen Situation.«
»Wie kommt es, dass Sie die Leiche entdeckt haben?«
»Das ist eine längere Geschichte. Ich möchte erst mit Richeloin unter vier Augen sprechen, dann mache ich meine Angaben fürs Protokoll.«
»Okay.« Parpin zog sich einen weißen Overall an und streifte Schoner über die Schuhe. »Hab in der Eile meine Latexhandschuhe vergessen, aber ich berühre nichts.«
»Ich habe den Tatort schon kontaminiert«, sagte Isabelle. »Meine DNA muss die KTU halt rausfiltern.«
Isabelle ging die Treppe hinauf. Parpin folgte ihr, ohne sich groß umzusehen.

»Wir müssen nach Möglichkeit die Presse raushalten«, erklärte sie.
»Warum? Sollen die Schmierfinken doch schreiben, was sie wollen, interessiert uns nicht.«
»Ich habe meine Gründe, die ich dem Capitaine darlegen werde.«
»Verhindern lässt sich's sowieso nicht.«
»Aber wir müssen die Journalisten nicht neugieriger machen, als sie es schon sind. Richeloin wird Sie nach unserem Vieraugengespräch wohl ins Bild setzen, dann werden Sie mich verstehen.«
»Akzeptiert. Wo geht's lang?«
Weitere Polizeisirenen waren zu hören, die sich näherten. An der Schwelle zum Schlafzimmer blieb Parpin wie angewurzelt stehen.
»Ach du heilige Kacke«, sagte er. Entsetzt langte er sich an die Stirn, und die Kapuze rutschte ihm vom Kopf. »Jetzt versteh ich, warum Sie die Presse fernhalten wollen. Die Medien geilen sich an so was auf.«
»Es gibt noch einen viel triftigeren Grund«, sagte sie leise. Unten läutete es Sturm. »Ich mach auf. Sie können sich in der Zeit umsehen.«

17

In der folgenden Nacht machte Isabelle kein Auge zu. Sie lag im Bett und wälzte sich hin und her. Immer wieder ging ihr der gestrige Nachmittag durch den Kopf, mal hellwach, chronologisch und detailgetreu, dann wieder im Dämmerzustand, völlig wirr und durcheinander. Zwischendurch stand sie auf, um sich unter die Dusche zu stellen, ging anschließend in die Küche und goss sich einen Cognac ein. Sie saß auf der Terrasse und schaute hinauf in den Sternenhimmel. Dann versuchte sie es wieder im Bett. Mit Parpin hatte sie Glück gehabt, der hatte seine Leute im Griff und zog alles professionell durch. Allerdings rückte die Spurensicherung zunächst ohne Rechtsmediziner an. Der sei schon seit einigen Tagen krank und bleibe es auf unbestimmte Zeit. Sein »Ersatz« sei gerade aus Lyon eingetroffen und müsse erst sein Equipment sortieren. Er kam dann aber nach, und Isabelle war sehr angetan. Der Mann wusste, was er tat, und er schien auf dem neuesten Stand der Technik. Der von ihr erwogene Tritt in den Hintern blieb ihm jedenfalls erspart.

Später traf Capitaine Richeloin ein. Er schaute sich kopfschüttelnd den Tatort an und verstieg sich zur spontanen Einschätzung, dass sie dieses »perverse Schwein« finden würden. Unter Garantie.

Dann nahm er sie auf die Seite und verlangte eine umfassende Aufklärung. Sie lotste ihn ins Ankleidezimmer, das von der Spurensicherung bereits freigegeben war, schloss die Tür und setzte sich auf einen Wäschekorb. Richeloin befreite einen Stuhl von einem Stapel Blusen, nahm ebenfalls Platz und sah sie fragend an. Sie erzählte ihm nur das, was unbedingt nötig war. Aber dass Lily Larouche Bastians Geliebte gewesen war, mit dieser Information musste sie rausrücken. Richeloin wollte es zunächst nicht glauben. Als sie dann auch noch von Lilys schillerndem Vorleben erzählte, machte er große Augen. Schließlich begann er blöde zu grinsen. Offenbar fand er es plötzlich nicht mehr so abwegig, dass ein Mann wie Bastian seine Ehefrau mit einer ehemaligen Pornodarstellerin betrog. Was wieder einmal zeigte, dass die meisten Männer ihren Verstand in der Hose hatten.

Isabelle zog sich das Kissen über den Kopf und versuchte an etwas anderes, Schöneres zu denken. Zum Beispiel an einen kleinen Strand unter Pinien, mit feinem Sand und Meeresrauschen. Keine gute Idee, denn prompt tauchte Lily im Bild auf, die ihr eine Sonnencreme anbot. Lily, die sich durchgerungen hatte zu plaudern. Sie glaubte zu sehen, wie Lily ihre Lippen bewegte, aber sie verstand nicht, was sie sagen wollte. Kein Wort. Ihr Sprechen war stumm.
Isabelle warf das Kissen mit Schwung durch das Zimmer und setzte sich im Bett auf. So ein Mist, diese Nacht nahm kein Ende. Warum hatte sie keine Schlaftabletten in der Schublade? Die letzten hatte sie vor einigen Monaten genommen und geglaubt, es würde fortan auch ohne gehen. Gleich morgen würde sie sich welche besorgen.
Was war ihr letzter vernünftiger Gedanke gewesen? Ach ja, dass Richeloin seinen Verstand in der Hose hatte. Die Vorstellung, dass es Bastian mit dieser Frau getrieben hatte, faszinierte ihn so sehr, dass er kaum weitere Fragen stellte.

Jedenfalls sei Lily kein Grund gewesen, sich umzubringen, hatte er bemerkt, ganz im Gegenteil. Isabelle könne also getrost zur Kenntnis nehmen, dass es nichts anderes als der Krebs gewesen sei, der Bastian in den Selbstmord getrieben habe.

Isabelle stand auf, lief in die Küche und goss sich einen zweiten Cognac ein. Sie sah auf das Etikett. Der Weinbrand hatte über vierzig Prozent Alkohol, warum machte er dann nicht müde? Wie viel musste man davon trinken, bis er wirkte?

Eigentlich konnte sie froh sein, dass Richeloin keine Schwierigkeiten gemacht hatte. Er hatte nicht gefragt, auf welcher Rechtsgrundlage sie ins Haus eingestiegen war. Es hatte ihn nicht interessiert, worüber sie mit Lily bei ihrem ersten Zusammentreffen gesprochen hatte. Es war ein Leichtes gewesen, ihm Lilys Andeutungen zu verschweigen, ebenso ihre Überzeugung, dass sich Bastian keinesfalls wegen seiner Erkrankung umgebracht hatte. Der Capitaine war ganz darauf fixiert, den Mord an Lily möglichst schnell aufzuklären. Zu keiner Sekunde stellte er einen Zusammenhang mit Bastians Ableben her. In seinen Augen war es reiner Zufall, dass sich die beiden gekannt hatten. Der Polizeichef war längst tot und beerdigt. Wo sollte es also eine Verbindung geben?

Isabelle ging wieder auf ihre Terrasse, legte sich auf die Liege und starrte in den Sternenhimmel. Natürlich war sie völlig anderer Ansicht. Permanent dachte sie darüber nach, wo und wie es eine Verbindung geben könnte zwischen dem Mord an Lily und Bastians Selbsttötung. Eine gute Frage, eine schwierige Frage.

War das gerade eine Sternschnuppe? Da, noch eine! Es hieß, dass Sternschnuppen Glück brachten. Glück konnte

sie bei ihren Ermittlungen brauchen. Und man durfte sich was wünschen. Eine zündende Idee wäre nicht schlecht, die ihr half, auf die richtige Spur zu kommen.
Mit Richeloin hatte sie sehr schnell Einvernehmen erzielt, dass keinem damit gedient war, wenn herauskam, dass der Polizeichef von Toulon eine Geliebte aus der Pornoszene hatte. Die Medien würden sich draufstürzen, sein Andenken würde in den Dreck gezogen, seine Frau Estelle würde einen Nervenzusammenbruch erleiden – und dem Ruf der *Police nationale* wäre es auch nicht zuträglich. Da aus Sicht des Capitaine ohnehin kein Zusammenhang bestand, würde man Bastians Namen im Protokoll unerwähnt lassen. Nur Parpin müsse man einweihen, weil er zu viel mitbekommen habe und seine Schlussfolgerungen ziehe. Parpin sei vertrauenswürdig und verschwiegen. Isabelle hatte zugesagt, gleich morgen einen Bericht zu schreiben und diesen an Richeloin zu mailen. Und sie hatte versprochen, sich aus dem Fall Lily Larouche herauszuhalten.
Dieses Versprechen hatte sie wohl wider besseres Wissen gegeben, denn natürlich würde sie einen Teufel tun und sich aus der Sache raushalten. Aber sie hatte keine Lust gehabt, mit dem Capitaine zu diskutieren. Er würde früh genug merken, dass ihr Versprechen auf einem Missverständnis beruhte. Eigentlich hatte sie nur genickt, als er die entsprechende Anweisung gegeben hatte. Und Nicken war keine rechtsverbindliche Form der Zustimmung, allenfalls eine höfliche Absichtserklärung.
Richeloins weiteres Vorgehen war leicht vorherzusehen. Er würde den Fall Lily Larouche systematisch abarbeiten – ohne nach links oder rechts zu gucken. Richeloin dachte wie die meisten seiner Kollegen grundsätzlich monokausal, also nach dem Prinzip von Ursache und Wirkung. Nach

dem Muster: Ein Ziegel löst sich vom Dach und erschlägt einen Fußgänger. Die Ursache ist ein loser Dachziegel, die Wirkung ein toter Mensch. Klare Sache, der Fall ist abgeschlossen. Bei Lily würde er genauso verfahren. Lily ist tot, die Ursache eine Erdrosselung, der Täter logischerweise ihr Sexualpartner. Klare Sache. Und bei Bastian: Die Ursache ist eine Krebsdiagnose, die Wirkung sein Sprung von der Terrasse. Klare Sache. Fall abgeschlossen.

Isabelle dachte anders. Sie fragte sich regelmäßig, ob die Wahrnehmung nur einer konstruierten Wirklichkeit entsprach, die zwar gut passte, aber nicht stimmen musste. Sie bemühte sich, nicht eindimensional zu denken. Aber das sorgte für Unruhe im Kopf und raubte ihr den Schlaf. So wie heute Nacht. Ein drittes Glas Cognac? Nein, das kam nicht in Frage, so undiszipliniert war sie nun doch nicht.

Zurück zu Lily und Bastian. Wenn also die Wahrnehmung nicht der Wirklichkeit entsprach, was dann? Lilys Tod wäre kein wie auch immer gearteter »Unfall« beim Sexspiel, sondern ein eiskalt geplanter Mord, perfekt inszeniert, um die Ermittlungen in eine falsche Richtung zu lenken. Und was wäre die entsprechende Schlussfolgerung bei Bastian? So gedacht, würde sich gar nicht die Frage stellen, warum er sich umgebracht hat, die Suche nach dem Motiv wäre ein Irrweg. Schlicht deshalb, weil …

Sie machte einige tiefe Atemzüge.

… weil auch er ermordet wurde. Ebenfalls unglaublich perfekt inszeniert, so dass niemand auf die Idee kam, seinen Selbstmord in Frage zu stellen.

Unglaublich perfekt? Isabelle massierte sich die Schläfen. War das möglich? Eigentlich nicht. Dagegen sprach schon mal der Abschiedsbrief von seinem Notebook und einiges mehr. Eigentlich gab es am Suizid nichts zu rütteln. Wenn

aber doch, dann zeichnete sich bei Lily und Bastian so etwas wie eine gemeinsame Handschrift ab. Das spräche für ein und denselben Täter. Plötzlich würde ins Bild passen, dass Bastian und Lily etwas beobachtet hatten, was oder wen auch immer, jedenfalls was von beträchtlicher Brisanz. Daraufhin musste der Polizeichef beseitigt werden, möglichst schnell und am besten so, dass niemand Verdacht schöpfte. Weil auch seine Freundin Lily Augenzeugin war, musste auch sie weg. Warum hatte man mit ihr so lange gewartet? Man musste sie erst finden!
Die Kühnheit ihrer Gedanken nahm ihr fast die Luft. Dann machte sie sich klar, dass es spät in der Nacht war und ihr Verstand nach zwei Cognac benebelt. Wieder eine Sternschnuppe. War das ein Zeichen? Und wenn ja, wofür? Die Überlegung, dass Bastian in Wahrheit einem raffinierten Mordanschlag zum Opfer gefallen sein könnte, behielt sie mal besser für sich. Sie wollte nicht für verrückt erklärt werden. Vielleicht hatte sie morgen schon wieder alles vergessen? Oder es würde ihr bei wachem Verstand klarwerden, dass sie gesponnen hatte.

Wurde sie jetzt doch müde? Ihr waren gerade die Augen zugefallen. Sie stand langsam auf und versuchte sich wie eine Schlafwandlerin zu bewegen. Ihr Kreislauf und ihr Schlafzentrum im Kopf durften nicht merken, dass sie noch ein kleines bisschen wach war und ihr Körper den Weg zurück ins Bett suchte. Ohne Licht anzumachen, sammelte sie ihr weggeworfenes Kopfkissen ein, glitt unter die Bettdecke und versuchte es mit Autosuggestion: Ich bin müde, ich schlafe, ich bin müde, die Arme sind schwer, die Beine sind schwer, alles sinkt nach unten, der Atem geht langsam, ich bin so müde, ich schlafe …

18

Kein Wunder, dass sie nach dieser Horrornacht erst am späten Vormittag auf die Beine kam. Sie machte sich einen extrastarken Kaffee. Nach zwei großen Tassen kam sie langsam in Schwung. Auch ihr Hirn meldete sich zurück, inklusive ihrem Gedächtnis. Sie erinnerte sich an die Sternschnuppen, aber auch haarklein an die kühnen Schlussfolgerungen, die sie in den Stunden nach Mitternacht angestellt hatte. Jetzt war helllichter Tag – und wie erwartet, kam ihr nun alles ziemlich abwegig vor. Schon bei Lilys Tod hatte sie sich mit ihrer Skepsis in etwas verrannt. Und bei Bastian war sie mit ihrer Mordthese endgültig übers Ziel hinausgeschossen. Dennoch, der Keim des Zweifels blieb.

Der starke Kaffee auf nüchternen Magen rüttelte zwar ihren Kopf wach, aber jetzt wurde ihr übel. Isabelle zog sich schnell an, fuhr sich vor dem Spiegel mit einer Bürste durch die Haare, dachte, dass sie beschissen aussah, setzte sich eine Sonnenbrille auf und machte sich auf den Weg zum *Café des Arts*, um eine Kleinigkeit zu frühstücken. Nach ein oder zwei Croissants würde es ihr wieder besser gehen. Hoffentlich.

Als sie später im Kommissariat eintraf, wurde sie mit einem mächtigen Blumenstrauß auf ihrem Schreibtisch konfrontiert. Apollinaire richtete ihr herzliche Grüße von der Sekretärin des Bürgermeisters aus, die vor einer halben

Stunde hier gewesen sei. Isabelle öffnete einen beigelegten Umschlag und las auf einer Karte, dass sich Thierry tausendmal für sein Fernbleiben entschuldigte. Er sei untröstlich und hoffe, sie ganz bald wieder in seine Arme schließen zu dürfen. *Je pense à toi. Mille bises!*

Thierry dachte also an sie und hatte offensichtlich ein schlechtes Gewissen. Der Strauß war eine nette Geste. Aber noch besser hätte ihr gefallen, wenn die Handschrift auf der Karte von ihm selbst gestammt hätte und nicht von seiner Sekretärin. Deshalb war sie sehr im Zweifel, ob sie sich über den Blumenstrauß wirklich freuen sollte. Von der Sekretärin wollte sie keine tausend Küsse!

Sie blickte zu Apollinaire, der mit Bastians Notebook beschäftigt war.

»Haben Sie das Passwort geknackt?«, fragte sie, wohl wissend, dass das eine rhetorische Frage war, denn natürlich hatte er das.

»Musste ich nicht«, grummelte er. »War nicht passwortgeschützt. Aber Bastian hat wie bei seinem Büro-PC auch auf seinem Notebook Tabula rasa gemacht. Das war wohl eine Manie von ihm.«

»Sie meinen, er hat wieder alles gelöscht?«

»Ja, und diesmal komme ich nicht an die alten Dateien ran. Die sind wohl wirklich im Orkus verschwunden. Immerhin ist sein Abschiedsbrief drauf. Den hat er wenige Minuten vor seinem Sturz rausgeschickt. Den Verteiler drucke ich mal aus.« Er drehte sich auf dem Bürostuhl in ihre Richtung und sah sie erwartungsvoll an. »Wie war es gestern bei Lily Larouche?«, fragte er. »Was hat sie Ihnen erzählt?«

Isabelle realisierte, dass sie im Trubel der gestrigen Ereignisse völlig vergessen hatte, ihren Assistenten zu informieren. Er war ahnungslos.

»Nichts hat sie erzählt. Sie ist tot!«
Apollinaire fiel fast von seinem Stuhl.
»Tot? Die schöne Lily? Ich kann es nicht glauben.«
Isabelle schilderte ihm in Kurzform die Vorkommnisse. Apollinaire folgte ihren Ausführungen mit ungläubigem Gesichtsausdruck und bedrohlichen Pendelbewegungen auf seinem Drehstuhl. Schließlich weihte sie ihn in das mit Richeloin abgesprochene Vorhaben ein, Lilys Verbindung zu Bastian zu verschweigen. Jedenfalls vorläufig. Zum Schluss deutete sie noch ihre Zweifel am Tathergang an. Überraschenderweise stimmte er ihr sofort zu. Nach seinen Videorecherchen – er hüstelte verlegen – sei Lily ab und an durchaus in die Rolle einer Domina geschlüpft, aber bei den Sadomaso-Spielchen sei sie immer die dominante Person gewesen und nie umgekehrt die unterwürfige Sklavin, die sich ans Bett fesseln ließ. Das passe überhaupt nicht zum Bild ihrer Persönlichkeit.
Fast hätte Isabelle über seine unerwartete »Fachkompetenz« lächeln müssen, aber dafür war das Thema zu ernst. Außerdem war sein Hinweis nicht schlecht, jedenfalls gut genug, ihre Zweifel zu bestärken.

Die nächste Stunde war Isabelle damit beschäftigt, den versprochenen Bericht für Richeloin zu schreiben. Sie überlegte genau, was sie zu Protokoll gab – und noch viel genauer, was sie für sich behielt. Zum Beispiel alles, was mit dem Commandant Bastian zu tun hatte. Woraus sich allerdings die Frage ergab, was sie in Lilys Haus geführt hatte. Für den Leichenfund musste sie sich eine glaubhafte Begründung ausdenken, sonst würde jeder Idiot darüber stolpern. Es war ja allgemein bekannt, dass sie Bastians Freitod untersuchte.

Sie lehnte sich zurück und verschränkte die Arme über dem Kopf. »Fürs Protokoll brauch ich eine plausible Erklärung, warum ich mit Lily reden wollte«, sprach sie vor sich hin. »Ich kann ja kaum behaupten, Lily sei eine Freundin von mir gewesen.«

Apollinaire saß mit gefurchter Stirn vor dem Ausdruck mit den Namen, an die Bastian seinen Abschiedsbrief geschickt hatte.

»Behaupten Sie doch einfach, Sie hätten einen seiner beiden aktuellen Fälle recherchiert, jenen mit den russischen Nutten. Das haben Sie doch sowieso vor. Dabei seien sie eben auf Lily gestoßen.«

»Apollinaire, Sie sind genial. Lily kannte sich im Milieu aus und wollte eine Zeugenaussage machen, zu der es dann nicht mehr gekommen ist. Perfekt, so schreibe ich das.«

»Wenn ich genial wäre, würde ich diese bescheuerte Liste verstehen«, sagte Apollinaire.

»Warum? Was gibt es an ihr nicht zu verstehen?«

»Er hat sich doch in seinem Abschiedsbrief ganz dezidiert an Estelle, an seine Familie und an seine Freunde gewandt. Dann muss ich mich über den Verteiler doch sehr wundern.«

»Wieso? Weil er laut Richeloin überhaupt keine Freunde hatte?«

»Natürlich hatte er welche, selbst Bastian, zumindest gute Bekannte, aber die Putzfrau aus dem Büro zählte wohl kaum dazu, auch nicht ein Fachbetrieb, der auf Abflussreinigung spezialisiert ist, und bei einem Geschäft für Angelbedarf hätte ich auch meine Zweifel.«

»Das ist in der Tat merkwürdig«, stimmte sie zu, »aber so kurz vor seinem Selbstmord war er emotional aufs

Äußerste angespannt, da hat er einfach ein vorhandenes Adressverzeichnis kopiert und nicht mehr genau nachgesehen.«

»So wird's wohl gewesen sein. Doch verstehen tue ich es trotzdem nicht. Sie müssen wissen, Bastian war ein Pedant, der in Protokollen sogar Rechtschreibfehler korrigiert hat, der seine Sekretärin zusammengeschissen hat, wenn bei der Ablage was durcheinanderging. Beim Polizeifest hat er die Teilnehmerliste höchstpersönlich durchgearbeitet. Er konnte sich über Kleinigkeiten fürchterlich aufregen. Und dann schlampt dieser Kleingeist ausgerechnet bei der letzten Handlung in seinem Leben?«

Apollinaire zeigte ein leises Lächeln. »Das wird ihm posthum ganz schön stinken. Aber jetzt kann er es nicht mehr ändern.«

Isabelle schrieb ihren Bericht fertig, las ihn eingedenk des gerade geführten Gesprächs noch mal Korrektur und schickte ihn raus.

Apollinaire nahm sich wieder Bastians Notebook vor und summte vor sich hin.

»Was macht Ihr Fall in Cannes?«, fragte sie. »Gibt's was Neues?«

»Nein, aber wenn Sie einverstanden sind, würde ich heute Nachmittag nach Nizza fahren und den alten Gabriele aufsuchen, von dem Rousseff erzählt hat.«

»Der Hehler, der sich zur Ruhe gesetzt hat?«

»Ganz genau. Ich habe herausgefunden, dass er seine Wohnung fast nie verlässt, also habe ich eine gute Chance, ihn anzutreffen.«

»Einverstanden, machen Sie das.«

»Brauchen Sie unseren Peugeot?«

»Nein, Sie können ihn nehmen.« Sie lächelte. »Aber wie ich es sehe, gibt's keine Veranlassung für Sirene und Blaulicht.«
»Wie schade.«

Isabelle blätterte durch die Regionalzeitung *Var-Matin*. Von Lily stand noch nichts drin. Sie fürchtete, dass es die Meldung morgen auf die Titelseite schaffen würde.
Sie suchte die Visitenkarte des jungen Forensikers raus, der gestern zwar zu spät gekommen, aber einen guten Eindruck gemacht hatte. *Mathieu Marchand, Pathologiste & Médecin légiste* stand darauf, mit Adresse des Rechtsmedizinischen Instituts in Lyon. Die alte Telefonnummer war durchgestrichen und handschriftlich durch die neue ersetzt.
Sie rief an und erreichte eine Mitarbeiterin, die erklärte, dass Docteur Marchand im Labor sei, aber sie könne das Gespräch durchstellen.
Er erinnerte sich sofort an sie und schien sich sogar über ihren Anruf zu freuen. Wie sich herausstellte, war ihm mittlerweile zugetragen worden, dass sie vieles in einem war: nicht nur die Frau, die Lilys Leiche gefunden hatte, sondern auch Kommissarin in Fragolin mit diffusem Zuständigkeitsbereich, zudem Sonderermittlerin des Innenministeriums und mit dem Ableben des Touloner Polizeichefs Bastian befasst – und eine Beamtin, von der keiner wusste, was sie bei der *Police nationale* früher gemacht hatte, nur dass es geheim war und sie von höchster Stelle Rückendeckung bekam.
Marchand wusste schon erstaunlich viel von ihr. Im Gegenzug fragte sie ihn nach seiner beruflichen Vita. Was sie von ihm hörte, gefiel ihr. Er hatte bei den besten Professo-

ren studiert, dann in der Forschung gearbeitet, seine beiden Fachärzte gemacht und von Lyon aus vor allem solche Fälle bearbeitet, die als besonders heikel und anspruchsvoll galten. Sie dachte, dass der Mann zu einigen Hoffnungen berechtigte.

»Ich rufe Sie nicht wegen Lily Larouche an«, sagte Isabelle.

Marchand lachte. »Das ist gut so. Capitaine Richeloin hat mir eingeschärft, Ihnen keinesfalls irgendeine Auskunft zu geben.«

»Das sieht ihm ähnlich. Dumm nur, dass er das gar nicht zu entscheiden hat. Aber egal, ich hab eine ganz andere Bitte. Es geht um den Commandant Bastian.«

»Ich weiß, der Commandant hat sich tragischerweise umgebracht. Richeloin ist sein Nachfolger.«

»So ist es. Laut dem mir vorliegenden Bericht ist sein Leichnam gerichtsmedizinisch untersucht worden. Aber wie mir scheint, nur sehr oberflächlich, was in seiner Person und der eindeutigen Todesursache begründet liegt.«

»Und Ihre Bitte?«

»Könnten Sie sich freundlicherweise den forensischen Bericht mal genauer ansehen? Mich interessiert, ob es irgendwelche Auffälligkeiten gibt, die vielleicht übersehen wurden.«

»Mach ich gerne, aber ich kann mir nicht vorstellen, dass ich was finde. Ich kann mir den guten Mann ja nicht mehr anschauen.«

»Würden Sie das trotzdem für mich tun?«

»Aber natürlich, sehr gerne. Ich nehme mir die Unterlagen in die Mittagspause mit.«

»Das ist total nett. Ich weiß, Sie haben gerade viel zu tun.«

»Halb so wild. Mit Lily Larouche bin ich schon recht weit. Ist übrigens ziemlich interessant.«

»Jetzt machen Sie mich neugierig.«
»Kommen Sie doch am Nachmittag vorbei, dann können wir über den verblichenen Commandant Bastian reden.« Er lachte. »Falls Sie bei dieser Gelegenheit zufällig was mitbekommen, das eigentlich nicht für Ihre Augen und Ohren bestimmt ist, kann ich es nicht ändern.«
»Sie können beruhigt sein, ich habe die nötigen Befugnisse. Richeloin will es nur nicht wahrhaben.«
»Hab schon gehört, dass Sie tun und lassen können, was Sie wollen. Das haben die Kollegen nicht gerne.«
»Ganz so ist es auch nicht.«
»Ist sowieso egal, ich bin hier quasi nur auf Durchreise. In zwei Monaten trete ich meinen eigentlichen Job in Paris an. Falls mich Richeloin vorher rausschmeißt, mach ich Urlaub und geh zum Surfen nach Biarritz.«
»Ich fürchte, das mit dem Surfen wird nicht klappen.«
»So ein Pech. Passt es Ihnen um fünf Uhr?«
»Ganz wunderbar. Wir sehen uns.«
»*Au revoir,* Madame le Commissaire.«
Isabelle legte auf und dachte, dass es nicht nur Pfeifen und Quertreiber auf dieser Welt gab. Blieb zu hoffen, dass der Eindruck nicht täuschte.

19

Sie war mit ihrem privaten Renault unterwegs nach Toulon. Vielleicht lag es daran, dass sie unterwegs schwimmen wollte. Oder sie war sentimentaler, als sie dachte. Jedenfalls fuhr sie über Le Pradet hinunter ans Meer, an die *plage girafe,* wo sie Lily getroffen hatte, wo sie sich unterhalten hatten, später gemeinsam schwimmen waren und sich in der Sonne getrocknet hatten. Isabelle parkte unter derselben Pinie, zog sich im Auto um, holte aus dem Kofferraum ihr Badehandtuch und die eingerollte Strohmatte. Der Platz hinter dem Felsen war frei. Sie legte sich ein wenig in die Sonne, dann lief sie ins Wasser und schwamm mit kräftigen Zügen hinaus. Sie merkte, dass sie immer fitter wurde. Bei den Leistungstests der *Police nationale* hatte sie früher im Becken die meisten Männer hinter sich gelassen, auch jene ihrer Spezialeinheit, vor allem über längere Distanzen. Davon war sie natürlich noch weit entfernt, ihr fehlte mittlerweile auch der nötige Ehrgeiz, aber es war ein gutes Gefühl. Spielte es eine Rolle, ob man schneller oder langsamer schwamm? Nein, es war völlig egal, Hauptsache, man war am Leben – Lily war es nicht mehr.

Beim Hauptkommissariat in Toulon angekommen, fand sie den Weg in das Rechtsmedizinische Institut, ohne sich am Empfang anzumelden. Das war gut so, denn sonst wäre Richeloin wahrscheinlich noch vor ihr dort gewesen.

Marchand empfing sie ohne den üblichen weißen Kittel, stattdessen trug er Jeans, Turnschuhe und ein Polo über der Hose. Er sah tatsächlich so aus, als ob er gleich zum Surfen gehen würde. Aber am Mittelmeer gab es keine geeigneten Wellen. In Biarritz schon. In Paris würde er sich ein neues Hobby suchen müssen.

»Meine Mitarbeiter sind schon nach Hause gegangen«, sagte er, »wir sind also ungestört.«

Sie deutete zum Seziertisch. »Ist das zufällig der Leichnam von Lily Larouche?«

»Sie haben recht. Was für ein Zufall aber auch. Dummerweise darf ich Ihnen ja nichts sagen. Nur so viel: Die Umstände ihres Todes erscheinen mir mehr als suspekt.«

Isabelle zog eine Augenbraue nach oben. »Und mit dieser Andeutung wollen Sie mich jetzt im luftleeren Raum hängen lassen?«

Er grinste. »Das wäre unfair, nicht wahr?«

»Geradezu unmenschlich.«

»Das kann ich nicht verantworten. Ich denke mal laut vor mich hin. Die Routineuntersuchungen sind abgeschlossen, also Öffnung von Brust-, Bauch- und Schädelhöhle, Untersuchung der Organe, Blutanalyse und so weiter, halt das Übliche. Unser Opfer hatte Brustimplantate aus Silikon, Faltenunterspritzungen mit Botulinumtoxin, aufgespritzte Lippen, ausnahmsweise mal gut gemacht, et cetera, et cetera. Das ist aus kriminaltechnischer Sicht irrelevant, zeigt aber eine ausgeprägte Bereitschaft der Dame, in ihr äußeres Erscheinungsbild zu investieren. Kommen wir zu den Umständen ihres Todes. Unstreitig ist die Tatsache, dass Lily Larouche durch Strangulation zu Tode gekommen ist, im konkreten Fall primär durch Sauerstoffentzug und weniger durch Abschneiden der zerebralen Blutzufuhr. Der Todeszeitpunkt lässt sich aufgrund der konstanten Raumtemperatur sehr genau bestimmen. Ihr Tod ist in der Nacht vor ihrem Auffinden zwischen vier Uhr und vier Uhr dreißig eingetreten. Fakt ist ebenfalls, dass kein Vaginalverkehr stattgefunden hat, weder geschützt noch ungeschützt. Es gibt zudem keine genitalen oder extragenitalen Minimalverletzungen, die für die Situation typisch wären. Interessanterweise haben wir am Körper des Opfers keine DNA-Spuren festgestellt, die man einem möglichen Täter oder Sexualpartner zuordnen könnte. Sperma gab es in der Vagina sowieso nicht, weil ja kein Geschlechtsverkehr stattgefunden hat, aber auch sonst nirgends. Keine Blut- oder Speichelspuren, alles Fehlanzeige. Das ist bei einer Sexualstraftat schon sehr, sehr ungewöhnlich, eigentlich so gut wie ausgeschlossen.«

»Beim Anblick der Leiche hatte ich gleich ein komisches Gefühl«, sagte Isabelle. »Irgendwie kam mir die Situation wie arrangiert vor. Eine gute Inszenierung, wie für ein Foto.«

»Dann wird Sie interessieren, was jetzt kommt. Im Blut des Opfers ließen sich nämlich Spuren identifizieren, die auf eine Betäubung mit einem Narkosemittel hindeuten.«

»Ist nicht wahr!«

»Doch, ist wahr. Es handelt sich um ein modernes Anästhetikum, das nur schwer nachzuweisen ist, und außerdem ist es sehr flüchtig. Einige Stunden später wäre es weg gewesen. Sie haben die Leiche also gerade noch rechtzeitig entdeckt.«

»Glück gehabt. Wie wird das Narkosemittel verabreicht, intravenös oder über die Atemwege?«

»Gute Frage. Ganz klassisch über Inhalation. Der Bewusstseinsverlust erfolgt sehr schnell, ist bei dieser Sub-

stanz aber nur von relativ kurzer Dauer. Eine Untersuchung der Lippen, des Mundes und der oberen Atemwege hat winzige Faserspuren ergeben, die auf einen watteähnlichen Stoff hindeuten.«
»Sieht also ganz so aus«, sagte Isabelle, »dass Lily Larouche zunächst mit einem Wattebausch betäubt und dann ans Bett gefesselt wurde. Als sie wieder zu sich kam, hat sie versucht, sich zu befreien, aber die Fesseln waren zu fest.«
»Deshalb die Verletzungen an den Hand- und Fußgelenken.«
»Dann hat ihr der Mörder eine Kordel um den Hals gelegt und zugezogen. Er hat außerdem alle erdenklichen Vorsichtsmaßnahmen getroffen, um keine Spuren zu hinterlassen.«
»Das ist ihm gelungen.«
»Es bleibt also festzuhalten, dass Lily Larouche mit hoher Wahrscheinlichkeit keinem außer Kontrolle geratenen Sadomaso-Abenteuer zum Opfer gefallen ist, vielmehr haben wir es hier mit einem kaltblütig und sehr professionell ausgeführten Mord zu tun, richtig?«
Marchand fasste sich an die Brust und sah sie unschuldig an. »Ich resümiere nur die Fakten, für die Schlussfolgerungen bin ich nicht zuständig.«
Isabelle lächelte verschmitzt. »Jedenfalls danke ich Ihnen für Ihr aufschlussreiches Selbstgespräch.«
Mit gespieltem Erschrecken hielt er die Hand vor den Mund. »Habe ich was gesagt? Nein, ganz bestimmt nicht. Da müssen Sie sich täuschen. Kommen wir zum eigentlichen Grund Ihres Besuches. Sie haben mich gebeten, mir den Obduktionsbericht des Commandant Enzo Bastian anzuschauen.«

Isabelle nickte erwartungsvoll.
»Ich will ja nichts Schlechtes über meine Kollegen sagen, aber viel Mühe haben sie sich nicht gemacht. Im Untersuchungsbericht steht, was bei einem Sturz aus dieser Höhe sowieso selbstverständlich ist. Bastian hat multiple Frakturen erlitten und schwerste innere Verletzungen bis hin zu einer Ruptur der Aorta und einer kollabierten Lunge. Sein Schädel hatte komplexe Frakturen, sein Gesicht sieht aber auf den Fotos noch recht manierlich aus, weil er auf dem Rücken gelandet ist. Aber was erzähle ich Ihnen? Das haben Sie ja alles schon selber nachgelesen. Um Ihre Frage zu beantworten, die Sie mir am Telefon gestellt haben: Nein, mir ist nichts Besonderes aufgefallen. Und ob bei der Obduktion etwas übersehen wurde, was auch immer, ist bei dieser dürftigen Leichenschau nicht zu überprüfen. Es gibt noch ein paar Blutwerte, das war's. Es wurden keine mikroskopischen Untersuchungen durchgeführt, kein Medikamentenspiegel bestimmt und so weiter.«
»Ist das normal?«
Marchand zuckte mit den Schultern. »Na ja, in seinem Fall könnte man sogar verstehen, wenn es überhaupt keine Autopsie gegeben hätte. Erstens war er hier der Chef, und zweitens war die Todesursache mehr als eindeutig, da gab es für die Rechtsmedizin keine Veranlassung, sich ins Zeug zu legen.«
Isabelle musste zugeben, dass sie enttäuscht war. Marchand konnte nichts dafür.
»Nichts Auffälliges bei den Blutwerten?«, fragte sie.
»Er hatte einen erhöhten Glukosespiegel mit Verdacht auf Prädiabetes. Das ist in seinem Alter nichts Besonderes.«
»Was ist mit seiner Krebserkrankung?«

»Nun, seine Prostata hat man natürlich nicht seziert. Und die Blutwerte sind zu unspezifisch.«
Isabelle ging langsam auf und ab und massierte sich dabei die Schläfen.
»Haben Sie Kopfschmerzen?«
»Nicht mehr als sonst.«
»Ich schätze, die Narbe an Ihrer Stirn ist nicht die einzige, stimmt's?«
Sie lächelte gequält. »Ja, das stimmt. Aber ich liege Gott sei Dank nicht auf Ihrem Seziertisch.«
Marchand setzte sich auf eine Stuhllehne.
»Worüber denken Sie nach?«, fragte er.
»Ausgehend von dem begründeten Verdacht, dass Lily Larouche umgebracht wurde, frage ich mich, ob Bastian wirklich freiwillig in den Tod gesprungen ist.«
Marchand sah sie irritiert an. »Was hat die Dame Larouche mit Bastian zu tun? Da gibt's keine Verbindung, oder etwa doch?«
»Sie vergessen sofort, was ich Ihnen jetzt sage, sonst können Sie Ihr restliches Leben zum Surfen fahren.«
Er grinste. »Sie haben eine charmante Art, an meine Verschwiegenheit zu appellieren.«
»Es gibt eine Verbindung zwischen den beiden, sogar eine sehr intime, wenn Sie verstehen, was ich meine.«
»Ist nicht so schwer zu verstehen.«
»Nun geht mir durch den Kopf, dass vielleicht nicht nur Lily Larouche, sondern auch Bastian umgebracht wurde. Vielleicht ist auch sein vermeintlicher Selbstmord nur eine perfekte Inszenierung?«
»Das wäre ja ein Ding. Jetzt versteh ich, warum Sie wollten, dass ich mir den Obduktionsbericht genauer anschaue. Nur schade, dass er nichts hergibt.«

»Das Narkosemittel von Lily hätte man wohl ohnehin übersehen?«
»Ganz sicher sogar.«
Marchand stand auf und holte sich die Mappe mit dem Obduktionsbericht. Er zog die Fotos heraus, die von Bastian gemacht worden waren, und sah sie sich aufmerksam an. Er nahm eine Lupe und betrachtete das Gesicht des Toten, wie er auf dem Seziertisch lag. Anschließend schaute er sich die Fotos an, die in der Marina unmittelbar nach seinem Sturz gemacht wurden. Mit der Lupe ging er ganz nah an Bastians Gesicht ran. Dann nahm er den Bogen mit dem Blutbild zur Hand und murmelte vor sich hin. Isabelle traute sich nicht, ihn zu stören.
»Das ist kein Beweis«, sagte Marchand schließlich, »aber eine Möglichkeit.«
»Spannen Sie mich nicht länger auf die Folter.«
»Sie haben mich nach dem Narkosemittel gefragt. In gar nicht so seltenen Fällen sind bei diesem speziellen Anästhetikum allergische Reaktionen dokumentiert. Neben einer Verengung der Bronchien ist als äußeres Merkmal ein deutliches Anschwellen der Lippen charakteristisch.« Er reichte ihr die Lupe. »Hier, schauen Sie mal.«
»Stimmt, die Lippen sind geschwollen. So hat er zu Lebzeiten nicht ausgesehen. Aber kann das nicht vom Sturz herrühren?«
»Eher nicht, das würde sich anders darstellen. Bei den Aufnahmen auf dem Seziertisch war die Schwellung übrigens schon wieder abgeklungen. Im Blutbild sind die Immunglobuline leicht erhöht, das könnte ein weiterer Hinweis für eine allergische Reaktion sein.«
»Marchand, wenn Sie recht haben, kaufe ich Ihnen ein neues Surfbrett.«

»Nicht nötig, ich mache nur meinen Job.«
»Aber den machen Sie gut.« Isabelle schwieg eine Weile, dann sagte sie: »Es könnte sich also bei Bastian genauso zugetragen haben wie bei Lily. Wattebausch auf Mund und Nase, ab in die Bewusstlosigkeit, dann alles fein arrangiert und schließlich die Variante mit dem Abflug von der Terrasse. Leider passt da einiges nicht ins Bild. Zum Beispiel hat er noch einen Abschiedsbrief geschrieben.«
»Hat er das wirklich?«
»Ja, wenige Minuten vor seinem Sprung, der vielleicht keiner war.«
»Zu diesem Zeitpunkt könnte er aber bewusstlos gewesen sein.«
»Dann hätte die Mail jemand anders geschrieben. Wäre das möglich? Doch, das könnte sein.«
Marchand hob warnend die Hand. »Das mit dem Narkosemittel muss nicht stimmen. Das ist nicht mehr als eine vage Möglichkeit.«
Isabelle lächelte. »Aber eine Möglichkeit, die mir von Sekunde zu Sekunde plausibler erscheint.«
»Wenn Sie meinen.«
Sie sah ihn eindringlich an. »Der Verdacht muss unter uns bleiben, da nehme ich Sie in die Pflicht.«
Er klopfte sich lächelnd an die Stirn. »Ich habe ein miserables Kurzzeitgedächtnis, ich weiß nicht, wovon Sie sprechen.«
Zum Abschied bat er Isabelle um eine DNA-Probe. Sie seien noch damit beschäftigt, die verschiedenen Spuren nicht nur im Schlafzimmer, sondern auch sonst im Haus zu katalogisieren. Und er wolle vermeiden, sagte er grinsend, dass sie plötzlich ein Täterprofil erstellten, das dem von Madame le Commissaire aufs Haar gleiche.

20

Auf dem Rückweg war sie so damit beschäftigt, die neuen Erkenntnisse zu verarbeiten, dass sie fast die Abzweigung nach Fragolin verpasst hätte. Trotz Marchands Warnung, dass das alles keine Beweise seien, nur vage Hinweise, glaubte sie mit jedem Kilometer intensiver daran, dass es sich genau so und nicht anders zugetragen hatte: Lily Larouche war umgebracht worden, auch Enzo Bastian war einem Mordanschlag zum Opfer gefallen, und irgendwie hing beides zusammen! So unterschiedlich sich die beiden Morde auch darstellten, so waren sie sich doch ähnlich in ihrer perfekten Inszenierung. Wenn Marchand recht hatte, wurden beide Opfer mit einem Narkosemittel betäubt und anschließend auf perfide Art dem Tode zugeführt. Nun war es ihre Aufgabe, diese Theorie erstens zu untermauern und zweitens herauszufinden, was im Hintergrund abgelaufen war.

Im schlimmsten Fall stellte sich heraus, dass das alles ein Hirngespinst war. Dann könnte sie sich immer noch ärgern – und müsste wieder bei null anfangen. Solche Rückschläge gehörten zur Polizeiarbeit, wenn man sich davor fürchtete, hatte man den falschen Beruf gewählt.

Sie parkte ihr Auto auf dem Platz mit den Platanen vor der *Auberge des Maures,* überlegte, dass sie im Kommissariat zu dieser Stunde nur den stummen Kaktus antreffen würde, und entschied sich folgerichtig für ein kleines Abendessen in Jacques' Bistro. Dort angekommen, stolperte sie fast über die langen Beine von Apollinaire, der sich mit seiner tunesischen Freundin Shayana einen gemütlichen Tagesausklang gönnte. Weiter hinten winkte Clodine.

»J'arrive tout de suite«, rief sie ihr über die Tische zu. Sie zog einen Stuhl heran und setzte sich zu Apollinaire. »Ich will nicht stören. Nur ganz kurz: Wie war's in Nizza bei Gabriele?«, fragte sie. »Machen Sie einfach mit dem Daumen ein Zeichen. Nach oben oder nach unten.«

Er zog eine Grimasse. »Ein Zeichen? Madame, das ist schwierig. Die Reduktion komplexer Sachverhalte auf ein Zeichen …«

Sie schmunzelte. »Nach oben oder nach unten?«

Er kratzte sich an der Stirn und betrachtete skeptisch seinen Daumen, brachte ihn zunächst in eine waagrechte Position, um ihn dann zaudernd und schließlich doch entschieden nach unten zu drehen.

»Pas de problème«, sagte sie und klopfte ihm aufmunternd auf die Schulter. »Das haben wir ja nicht anders erwartet. Genießen Sie den Abend, der Wein geht auf meine Rechnung.«

»Vielen Dank. Shayana trinkt keinen Alkohol.«

»Trinken Sie ein Glas für sie mit.«

Shayana lächelte. »Dieser Aufforderung kommt er bestimmt gerne nach.«

»Wie war es bei Ihnen in Toulon?«, stellte Apollinaire die Gegenfrage.

Ohne lange zu zögern, hob sie den Daumen. »Könnte sein, dass wir ein gutes Stück vorangekommen sind«, sagte sie, »aber es wird nicht einfach werden.«

»Was ist schon einfach? Das Leben an sich ist kompliziert. Ausgehend von der Prämisse …«

Isabelle, die einen spontanen philosophischen Vortrag fürchtete, stand auf und wünschte den beiden einen schönen Abend.
Clodine erwartete sie schon. Sie war hibbelig und aufgeregt. Später würde Antoine kommen, ihr neuer Verehrer.
Clodine beugte sich zu ihr und sagte mit verschwörerischer Miene: »Ich glaube, er hat sich unsterblich in mich verliebt.«
Isabelle zog amüsiert eine Augenbraue nach oben. »Gleich unsterblich? Da würde mir angst und bange werden.«
»Du darfst nicht immer alles so wörtlich nehmen. Außerdem fehlt dir jeglicher Sinn für Romantik.«
»Jeglicher Sinn? Du übertreibst.« Isabelle drehte sich um und warf einen Blick auf die Schiefertafel mit der Speisekarte. »Was nimmst du? Oder wartest du auf Antoine?«
»Mit leerem Magen bin ich betrunken, bis er kommt. Ich nehme Ratatouille.«
»Gute Idee, nehme ich auch.«
»Was von Thierry gehört?«, fragte Clodine.
Isabelle goss sich aus Clodines Karaffe Wein ein.
»Falsche Frage«, sagte sie nach kurzer Bedenkzeit.
»Er ist ein Trottel«, stellte Clodine entschieden fest.
»Ein Trottel ist er nicht, aber er hat die Fähigkeit entwickelt, sich so zu benehmen.«

21

Apollinaire stand am Fensterbrett und studierte den Kaktus. Er nickte zufrieden. »Unserem *Pilosocereus chrysostele* geht es entschieden besser«, stellte er fest. »Das Umtopfen hat ihm gutgetan.«

»Da bin ich aber froh«, sagte Isabelle, die es gar nicht so spöttisch meinte, wie es klingen mochte. Der Kaktus, den sie mit den Räumen von der Forstabteilung übernommen hatten, gehörte mittlerweile zu ihrer kleinen Bürogemeinschaft. Mindestens so wie Charles de Gaulle an der Wand.

Sie warf einen Blick auf Apollinaires Tafel mit der Überschrift *Vol de bijoux*, Juwelenraub. Die Vielzahl der Pfeile, Kästchen, Fotos und Zeitungsausschnitte wurde immer verwirrender.

»Wie war der alte Gabriele?«, fragte sie. »Haben Sie ihn zu Hause angetroffen?«

»Er sitzt im Rollstuhl, und sein Haus hat keinen Lift. Ich glaube, man wird ihn dort immer antreffen, bis zu dem Tag, an dem er seine Wohnung mit den Füßen voran verlässt.«

So makaber kannte sie ihren Assistenten gar nicht. Der Besuch schien ihn frustriert zu haben.

»Aber er ist ein netter alter Mann«, fuhr Apollinaire fort, »und im Kopf noch sehr wach, also keine Demenz oder so. Er gibt natürlich nicht zu, je etwas mit dem Berufsstand der Hehlerei zu tun gehabt zu haben. Dabei musste der alte

Mann selber grinsen. Jedenfalls kann er sich noch sehr genau an den Überfall auf Rousseffs Juwelierladen erinnern, auch kann er auf Anhieb einige außergewöhnliche Schmuckstücke beschreiben, die gestohlen wurden. Und er weiß ganz genau, dass bis heute kein einziges Stück wieder aufgetaucht ist. Da ist er sich ganz sicher.«

»Hat er dafür eine Erklärung?«

»Womöglich sei die Chose nach Russland oder China verscherbelt worden. Dann sehe man womöglich nie mehr was davon.«

»Über den Schmuck kommen wir also nicht weiter, da kann man nichts machen.« Isabelle malte mit dem Zeigefinger imaginäre Kreise auf den Schreibtisch. »Ehrlich gesagt fällt es mir gerade schwer, mich auf den Rousseff-Fall zu konzentrieren«, räumte sie ein. »Bastian hat absolute Priorität. Aber eine Idee hab ich noch. Im Protokoll wird doch die Zeugenaussage eines achtjährigen Buben erwähnt, der eine verdächtige Person gesehen haben will, wie sie mit einem Eiswagen davongefahren ist.«

Apollinaire lachte. »Das war sein Lieblingseis, deshalb hat man seiner Aussage keinen Glauben geschenkt.«

»Was vielleicht ein Fehler war. Kinder sind gute Beobachter, die Erfahrung habe ich gerade wieder gemacht. Schauen Sie mal, wo der kleine Kerl abgeblieben ist. Ist zwar schon lange her, und der Junge ist kein kleiner Bub mehr, aber vielleicht erinnert er sich. Einen Versuch ist es wert.«

»Die Eisfirma gibt es noch«, sagte Apollinaire. »Mag ich auch sehr gerne, vor allem Vanille-Mango-Krokant.«

»Wirklich? Muss ich auch mal probieren. Wie auch immer, der Rousseff-Fall muss nebenher laufen, halt nur, wenn Sie mal Zeit haben. Unser Fokus ist voll auf Lily Larouche und Enzo Bastian gerichtet.«

Isabelle hatte aus dem Besprechungszimmer des Rathauses ein zusammengeklapptes Flipchart mitgebracht. Während sie es aufbaute, informierte sie Apollinaire in kurzen Worten über den aktuellen Stand der Ermittlungen. Sie wollte nicht in Konkurrenz zu Apollinaires beeindruckender Tafel treten, aber es schien ihr doch wichtig, einige Punkte festzuhalten. Ohne bunte Pfeile und kryptische Verwirrungen.
Apollinaire tat sich schwer, Isabelles Verdacht Glauben zu schenken. »Commandant Bastian ermordet? Wer traut sich denn so was?«
Sie lächelte. »Das ist die alles entscheidende Frage. Aber so weit sind wir noch nicht. Zunächst müssen wir die Mordthese verifizieren.« Sie nahm einen Filzstift und begann mit einer Skizze. »Das hier soll der Umriss von Bastians Leichnam sein«, sagte sie. »So ungefähr lag er da. Und das hier ist das Haus, von dem er sich runtergestürzt hat.« Sie trat zurück und betrachtete ihre Zeichnung. »Was fällt uns daran auf?«
»Keine Ahnung.«
»Das hat mich von Anfang an irritiert«, erklärte sie. »Die Position seines Leichnams ist nämlich völlig falsch. Stellen Sie sich vor, Sie springen von einer Terrasse …«
»Lieber nicht, mir wird leicht schwindlig.«
»… dann springen Sie höchstwahrscheinlich vorwärts und landen dementsprechend auf dem Gesicht. Aber Bastian ist auf dem Rücken aufgekommen, sein Gesicht blieb deshalb unverletzt. Was kriminaltechnisch zwar ein Vorteil war, auf diese Weise konnte Marchand die geschwollenen Lippen feststellen, aber realistisch ist es nicht.«
Apollinaire nahm vom Schreibtisch einen Schnellhefter und simulierte einen Sprung. »Vielleicht hat er sich in der Luft überschlagen?«

»Ist bei dieser Höhe unwahrscheinlich. Aber selbst wenn, dann müsste er mit dem Kopf in Richtung Haus liegen. Doch Bastian liegt parallel dazu. Wie soll das gehen?«
Apollinaire machte eine erneute Simulation mit dem Schnellhefter. »Das wäre ein Kunstsprung«, konstatierte er, »mit halber Schraube seitwärts oder so ähnlich.«
»Jetzt stellen Sie sich einen anderen Hergang vor. Bastian ist narkotisiert. Zwei Täter tragen ihn auf die Terrasse, ganz links, wo keiner hinschauen kann, einer hält ihn an den Fuß-, der andere an den Handgelenken, mit dem Hintern nach unten und dem Gesicht nach oben, das wäre normal. Anschließend heben sie ihn über das Geländer und lassen ihn fallen. Dann würde er genauso wie auf meiner Skizze aufkommen, quer zum Haus und mit dem Gesicht nach oben.«
Apollinaire brauchte keinen Schnellhefter, um ihr recht zu geben.
»Selbst bei nur einem Täter wäre das Bild stimmig. Einen ohnmächtigen Mann von der Größe Bastians kann man nur schleppen, wenn man ihn sich quer auf die Schultern wuchtet. Dann auf die Terrasse und nach vorne über das Geländer gekippt. Er würde vermutlich ähnlich aufkommen. Quer und auf dem Rücken.«
Apollinaire stellte den Schnellhefter zurück.
»Nun, das ist kein Beweis«, fuhr Isabelle fort, »aber ein Indiz.«
Sie schlug auf dem Flipchart die nächste Seite auf und notierte als Erstes die Stichwörter: »Fall statt Sprung«.
»Nächster Punkt in der Indizienkette. Bastian ist direkt neben zwei jungen Müttern mit Kinderwagen aufgeschlagen. Auch das passt nicht ins Bild. Bastian hätte nie und nimmer unschuldige Menschen gefährdet. Die Nachwelt

sollte ihn in positiver Erinnerung behalten. Er hat gewiss vorher nach unten geschaut. Ich vermute, das machen fast alle Selbstmörder vor ihrem Sprung. Bastian hätte es ganz bestimmt gemacht. Er hätte die Frauen mit den Kinderwagen gesehen und wäre nicht gesprungen, jedenfalls nicht sofort. Anders bei einem Mord. Die oder der Täter hatten andere Probleme, und außerdem wäre es ihnen egal gewesen.«
Isabelle schrieb »Fremdgefährdung« aufs Flipchart.
Als Nächstes kam sie auf Bastians geschwollene Lippen zu sprechen, die auf ein Narkosemittel hindeuten könnten. Weiter ging es mit der merkwürdigen Verteilerliste seines »Abschiedsbriefes«. Dann die übereinstimmenden Aussagen von Estelle und Lily, die einen Selbstmord wegen der Krebserkrankung für abwegig hielten. Und natürlich die Ausführungen seines Urologen Romain, der den Prostatakrebs als Motiv ausschloss. Und wieder Lily, die noch am Abend vor seinem Suizid nichts von einer Depression bemerkt hatte.
Die Liste wurde immer länger. Alles Indizien, die gegen einen Selbstmord Bastians sprachen. Bis hin zur Tatsache, dass Bastian in seiner ausgebeulten Hosentasche die Bootsschlüssel mit dem unförmigen Bojenanhänger bei sich hatte. Nicht gerade logisch, wenn man im Begriff war, sich umzubringen.
Isabelle betrachtete die vollgeschriebene Seite.
»Das war kein Selbstmord«, sagte Apollinaire, »so viele Zufälle gibt es nicht.«
»Gibt es vielleicht schon, aber die Wahrscheinlichkeit tendiert gegen null.«
»Stellt sich die Frage, wie die Täter das gemacht haben?«
»Die oder der Täter. Es könnte auch einer alleine geschafft haben. Bastian lässt seinen Besucher in die Wohnung …«
»Was schon mal interessant ist. Hat er ihn gekannt?«

»Wäre möglich. Oder das Schloss wurde professionell geöffnet. Dass bei Bastian kein Amateur am Werk war, ist offensichtlich, genauso wie bei Lily. Also, Bastian wird überrumpelt und bekommt einen Wattebausch mit dem Narkosemittel auf Mund und Nase gedrückt.«

»Ist keine neue Idee, das gab es schon bei Georges Simenon und seinem Kommissar Maigret.«

»Die alten Ideen sind oft die besten. Bastian liegt bewusstlos auf dem Boden, der Täter öffnet sein Notebook und schreibt den vorbereiteten Abschiedsbrief, greift auf einen existierenden Verteiler zurück, den er in der Eile nicht überprüfen kann, drückt auf Senden, schleppt Bastian auf die Terrasse, entweder alleine oder mit einem Komplizen, und schmeißt ihn runter.«

»Was wäre, wenn das Notebook doch einen Passwortschutz gehabt hätte?«

Isabelle zuckte mit den Schultern. »Marchand meinte, dass die Wirkung des Narkosemittels nicht lange anhält. Dann hätte Bastian beim Aufwachen halt eine Pistole an die Schläfe bekommen und das Passwort ausgeplaudert.«

»Als Dankeschön hätte es wieder den Wattebausch auf die Nase gegeben, und dann gute Nacht.«

»So oder so ähnlich könnte es sich zugetragen haben. Machbar wäre es jedenfalls. Obwohl eine Reihe von Fragen offenbleibt …«

»Zum Beispiel, woher der Täter von Bastians Krebs Kenntnis hatte?«

»Gute Frage. Auch woher der Täter wusste, dass Bastian am Wochenende alleine in seine Ferienwohnung fahren würde. Und einiges mehr.«

Isabelle atmete tief durch. Sie fand, dass sie ein gutes Stück vorangekommen waren. Die systematische Auflistung all

dieser Punkte bestärkte sie in der Überzeugung, dass sie es mit einem veritablen Mordfall zu tun hatte. Genau genommen mit zwei Mordfällen, denn Lilys Tod hing mit Bastian zusammen, das stand für sie außer Frage.
Sie war also ein großes Stück vorangekommen. Dennoch stand sie erst am Anfang. Wenn alles anders war, als es zunächst geschienen hatte, wenn es sich also wirklich um vorsätzliche Tötungsdelikte handelte, dann begann jetzt erst die Suche nach dem oder den Tätern, nach dem Motiv und nach der Antwort auf die Frage, warum nach Bastian auch Lily hatte sterben müssen. Der Schlüssel könnte in dem liegen, was Bastian am Abend vor seinem Tod in Lilys Begleitung gesehen hatte. Aber Lily hatte diesen »Schlüssel« mit in den Tod genommen. Sie würde ihn also selber finden müssen. Es gab nicht viele Anhaltspunkte.

Während sich Apollinaire an seinen Schreibtisch setzte, um erneut in die Tiefen von Bastians Notebook vorzudringen, dachte sie nach. Nicht viele Anhaltspunkte? Irgendeinen Anknüpfungspunkt musste es doch geben. Sie nahm die Anrufliste von Bastians *portable* zur Hand. Bastian war an einem Sonntag zu Tode gekommen. Laut Lily muss er am Samstagabend mit ihr zusammen gewesen sein. Mit wem hatte er da telefoniert? Sie stellte fest, dass der Commandant an diesem Abend weitgehende Funkstille hatte. Er hatte was Besseres zu tun gehabt, als zu telefonieren. Logischerweise hatte er auch Lily nicht angerufen. Das war schon mal richtig, das würde ja keinen Sinn machen, wenn er sowieso mit ihr zusammen war. Eine Ausnahme gab es doch, einen Anruf hatte er getätigt. Um acht Uhr dreiundvierzig hatte er seine Frau Estelle angerufen, wahrscheinlich, um ihr etwas vorzuflunkern.

Sie wandte sich an Apollinaire. »Die Telefonprovider sind doch verpflichtet, über einen gewissen Zeitraum die Einzelverbindungen zu speichern«, sagte sie. »Und bei Mobiltelefonen auch die Funkzelle, aus der das Gespräch geführt wurde.«

»Das stimmt.«

»Dann würde mich doch brennend interessieren, von welchem Standort Bastian am Samstag seine Frau angerufen hat. An diesem Abend hat sich ja das mysteriöse Ereignis zugetragen, das ihn so aufgeregt hat. Wenn wir seinen Standort wüssten, kämen wir der Sache schon mal geographisch ein Stückchen näher.«

»Ich weiß nicht, ob wir die Daten so einfach bekommen.«

»Würden Sie es bitte trotzdem versuchen. Wenn Sie es nicht schaffen, probiere ich es über Balancourt.«

»Ich denke, das wird nicht nötig sein. Ich kümmere mich darum.«

Balancourt? Isabelle fiel ein, dass es allerhöchste Zeit war, ihren obersten Dienstherrn anzurufen. Sie wollte nicht, dass er ihr erneut zuvorkam.

»Hallo, Jacqueline«, begrüßte sie Balancourts Sekretärin, die gleichzeitig sein Zerberus war und alle unliebsamen Anrufer abwehrte. Wer Balancourt sprechen wollte, kam an ihr nicht vorbei – und wurde in aller Regel höflich, aber bestimmt vertröstet.

»Ich will es nicht hören!«, sagte Jacqueline anstelle einer Begrüßung.

»Was willst du nicht hören, meine Liebe?«

»Dass bei dir die Sonne scheint, es nach Lavendel duftet und das Meer so blau ist wie auf einer Ansichtskarte.«

Isabelle lachte. »Das würde ich nie tun, vor allem, wenn ich wie heute Morgen den Wetterbericht für Paris gehört habe.«
Sie tauschten einige Belanglosigkeiten aus, dann sagte Jacqueline: »Du willst den Alten sprechen? Hast Glück, der ist gerade auf dem Sprung zum Innenminister. Moment, ich verbinde.«

»Meine kleine Isabelle, was verschafft mir die Ehre?«, meldete sich Balancourt.
Kleine Isabelle? Jeden anderen hätte sie durchs Telefon erwürgt.
»Ich wollte dich auf den neuesten Stand der Ermittlungen bringen«, sagte sie stattdessen ganz friedlich.
»Das ist sehr freundlich von dir. Ehrlich gesagt habe ich schon sehnsüchtig auf deinen Anruf gewartet. Bastians Geliebte ist tot, und ganz zufällig hast du ihre Leiche entdeckt. Das sieht dir ähnlich.«
»Du weißt ja schon wieder alles.«
»Nicht alles, nur einen Teil davon. Wie ist also der besagte Stand deiner Ermittlungen?«
»Ich mach's kurz.«
»Ich bitte darum, der Innenminister wartet.«
»Es spricht einiges dafür, dass Bastian keinen Selbstmord begangen hat, sondern umgebracht wurde. Dito ist seine Geliebte Lily Larouche nicht aus Leidenschaft zu Tode gekommen.«
Balancourt räusperte sich. »Also kein Selbstmord«, wiederholte er nach einiger Zeit mit kratziger Stimme.
»Ich kann es nicht beweisen, vielleicht liege ich auch verkehrt.«
Er musste husten. »Du und verkehrt? Wäre das erste Mal.«

»Überrascht?«
»Nein, nicht wirklich. Deshalb habe ich dich ja mit den Ermittlungen betraut.«
»Und behauptet, dass alles völlig harmlos sei.«
»Habe ich das behauptet?«
»Ganz genau.«
Balancourt ließ ein heiseres Lachen hören.
»Nur der Papst ist unfehlbar«, stellte er fest.
»Und ich dachte immer, du *bist* der Papst.«
»Wenn schon, dann lieber gleich Gott«, sagte Balancourt. »Aber leider bin ich nicht allwissend. Wie geht's jetzt weiter?«
»Ich mache meine Arbeit. Vielleicht stellt sich heraus, dass Bastian doch durch eigene Hand gestorben ist.«
»Das wäre mir am liebsten, aber jetzt glaube ich nicht mehr daran.«
»Mord statt Selbstmord. Ich fang jetzt quasi wieder bei null an.«
»Lass dir Zeit.«
»Die werde ich brauchen.«
Balancourt bekam einen seiner obligatorischen Hustenanfälle.
»Aber lass dir nicht zu viel Zeit«, sagte er, als er wieder Luft bekam.
Isabelle lachte. »Wäre blöd, wenn du in der Zwischenzeit an einer Zigarre erstickst.«
»Isabelle, das ist nicht lustig. So was darfst du nicht mal denken. Obwohl das kein schlechter Tod wäre, eine Cohiba, ein alter Bordeaux und dann schwups. Doch, doch, das wäre eine Option. Nur etwas verfrüht.«

22

Sie zog ihre Sportschuhe an und fuhr einige Kilometer von Fragolin in Richtung der einsam gelegenen *Chartreuse*, um ihr Auto auf einem kleinen Parkplatz abzustellen, von wo ein Weg zu dem Kloster führte. Langsam joggte sie durch den Wald. Es war ruhig und angenehm schattig, es roch nach Holz und Laub. Vielleicht auch nach Kastanien und Kork? Oder war das nur Einbildung? Genauso wie das Rasierwasser ihres Vaters, das sie plötzlich wahrzunehmen glaubte. Die Erinnerung führte Isabelle zurück in ihre Kindheit. Mit ihrem Vater war sie einst hier gewesen, er hatte ihr von der langen Geschichte der *Chartreuse* erzählt, von Kartäusermönchen und vom heiligen Bruno. Sie genoss es, mit ihren Gedanken auf Zeitreise zu gehen – und für eine kleine Weile die Probleme des Alltags zu vergessen. Allerdings wäre es besser gewesen, ihr *portable* im Auto zu lassen, denn prompt holte sie ein Piepton zurück in die Gegenwart. Offenbar hatte sie gerade eine Textnachricht erhalten. Sie beschloss, diese zu ignorieren, und trabte locker weiter. Aber mit den Erinnerungen wollte es nicht mehr so recht klappen, die moderne Technik hatte die Tür zur Vergangenheit zugeschlagen. Auch der Duft des Rasierwassers war verflogen. Da konnte sie genauso gut stehen bleiben und die Nachricht lesen.

»Hallo, mein Schutzengel. *Comment ça va?* Bin wieder ein freier Mann und in deiner Nähe. Wollen wir uns sehen? Würde mich freuen. Kuss und Gruß, Leclerc.«

Isabelle schaltete ihr *portable* auf stumm, steckte es wieder in die Tasche und setzte ihren Lauf fort. Sie merkte, dass ein leises Lächeln über ihr Gesicht huschte. Freute sie sich etwa über die kurzen Zeilen ihres einstigen Schutzbefohlenen? Im Zeugenschutzprogramm hatte sie auf den Mann aufgepasst. So lange war es noch nicht her. Es belustigte sie, dass er seinen Tarnnamen verwendete: Leclerc. In Wahrheit hieß er Rouven Mardrinac. Clodine hatte sich in ihn verliebt. Aber wie Isabelle mittlerweile wusste, hatte ihre Freundin sein Verschwinden tapfer hingenommen und beim Hotelmanager der *Auberge des Maures* Trost gefunden.

Wie war es um ihre eigenen Gefühle bestellt? Sie musste zugeben, dass sie von dem Mann in gewisser Weise fasziniert war. Er war ein großgewachsener Bonvivant, hochgebildet, unterhaltsam und unkonventionell. Er hielt sich an keine Regeln und tat, was er wollte. Dank seines Vermögens konnte er das auch. Dabei war ihr klar, dass Rouven ein Leben in einer anderen Umlaufbahn führte. Das Schicksal und ihr Job hatten sie für einige Wochen zusammengeführt. Als untergetauchter Kronzeuge hatte er lernen müssen, in einem verschlafenen kleinen Ort wie Fragolin zu leben. Das war ihm unglaublich schwergefallen. Isabelle konnte nicht anders, aber jetzt musste sie an Thierry denken, der damals auf Rouven eifersüchtig gewesen war. Das hatte sie amüsiert. Grund dafür hatte er nicht gehabt. Oder doch? Vielleicht ein kleines bisschen.

Isabelle hatte den Eindruck, dass sich ihre Schritte beschleunigten. Eigentlich machte es keinen Sinn, sich mit Rouven zu treffen. Und genau deshalb sollte sie erwägen, es doch zu tun! Schon um Thierry, dieser untreuen Seele, eines auszuwischen. Aber sie würde sich mit der Antwort

Zeit lassen. Es wäre uncool, gleich freudig einem Treffen zuzustimmen. Außerdem war sie sich noch nicht wirklich sicher. Im Grunde war Rouven kaum besser als Thierry. Schickte ihr eine unpersönliche Textnachricht, anstatt anzurufen. Das war fast so blöd wie Thierrys Blumengruß mit der Handschrift seiner Sekretärin. Oder hatte Rouven bewusst diesen Weg gewählt, um sie nicht zu bedrängen und um ihr eine Absage leichter zu machen?

Isabelle hatte ihr *portable* zwar auf stumm geschaltet, aber die Vibration war noch aktiv. Sie stoppte und sah auf das Display. Apollinaire versuchte sie zu erreichen. Nichts war es mit ihrem ungestörten Waldlauf. Selber schuld.

Ihr Assistent begrüßte sie mit einem konfusen Wortschwall, dessen Sinn sich ihr nicht erschloss. Sie setzte sich auf einen gefällten Baumstamm und gab ihm Zeit, seine Sätze zu sortieren. Dabei konnte sie ihren durch das Laufen beschleunigten Atem beruhigen. Schließlich verstand sie, was er ihr sagen wollte. Er habe weisungsgemäß Bastians Standort ermittelt, an jenem letzten Abend vor seinem Tod, berichtete Apollinaire. Es habe einige Mühen bereitet und einen guten Kontakt unter Kollegen erfordert, aber jetzt wisse er, aus welcher Funkzelle Bastian seine Frau angerufen habe.

Er sprach nicht weiter. Sie dachte, dass Apollinaire von sich aus auf die Idee kommen könnte, selbigen Aufenthaltsort nun auch konkret zu benennen.

»Madame, sind Sie noch am Apparat?«, fragte er.

»Natürlich bin ich das. Ich warte darauf, dass Sie weiterreden.«

»Weiterreden?« Sie hörte, wie er sich räusperte. »Aber klar, selbstverständlich. Jetzt wollen Sie von mir wissen, wo sich Bastian befunden hat, richtig? Um es gleich zu sagen: Sie werden nicht erfreut sein. Tut mir leid, ich kann's nicht ändern.«

»Apollinaire, nun lassen Sie es endlich raus!«

»Die Funkzelle ist nicht groß, aber in ihr herrscht riesiges Getümmel. Es handelt sich um Saint-Tropez. Von dort hat er seine Frau angerufen. Aber er kann überall gewesen sein, am Hafen, auf der Place des Lices oder in der Rue Allard, wo auch immer, das lässt sich aus technischen Gründen nicht genauer eingrenzen.«

Apollinaire hatte richtig vermutet, sie war über das Ergebnis alles andere als erfreut. In Saint-Tropez konnten Bastian und Lily nicht nur überall gewesen sein, sie konnten auch alles und nichts beobachtet haben und tausend Menschen begegnet sein. Ihre Hoffnung, dass der Aufenthaltsort irgendwelche Anhaltspunkte für die Vorkommnisse an jenem Abend liefern könnte, war hiermit zerstoben. Eine einsame Hütte im *Massif des Maures* wäre weit besser gewesen.

»Da kann man nichts machen«, sagte sie. »Immerhin wissen wir jetzt etwas mehr als vorher, auch wenn es nicht so scheint, als ob es uns weiterbringen würde. Gute Arbeit, Apollinaire, danke.«

»*Merci*, Madame, Sie sind zu gütig. Übrigens habe ich noch eine Information für Sie.«

»Nur zu!«

»Sie haben doch Bastians zerstörte Armbanduhr fotografiert.«

»Richtig.«

»Dabei handelt es sich um eine Funkuhr, die regelmäßig synchronisiert wird und somit über eine extrem hohe Ganggenauigkeit verfügt.«

»Weshalb wir den Todeszeitpunkt von Bastian fast auf die Sekunde genau bestimmen können«, ergänzte Isabelle. »Allerdings hat das in unserem Fall keine Relevanz.«

»Vielleicht doch. Daraus ergibt sich nämlich eine weitere Merkwürdigkeit für Ihre Liste. Ich hab's schon dazugeschrieben.«
Wieder kam jetzt eine große Pause. Isabelle schüttelte leise den Kopf. Ihr Assistent war oftmals geradezu genial, aber er konnte einen auch in den Wahnsinn treiben.
»Mein lieber Apollinaire, es ist Ihnen schon klar, dass ich durchs Telefon nicht auf unser Flipchart schauen und lesen kann, was Sie gütigerweise aufgeschrieben haben?«
»Bitte entschuldigen Sie, ich war gerade etwas unkonzentriert. Nun, wie kann ich es Ihnen erklären? Die Merkwürdigkeit besteht darin, dass Bastian erst drei Minuten nach seinem Tod sein Notebook ausgeschaltet hat. Exakt hundertdreiundachtzig Sekunden später.«
»Das lässt sich so genau feststellen?«
»Diese blöden Rechner können nicht viel, aber sie haben ein ausgezeichnetes Gedächtnis. Das ist oft besser, als es manchem Benutzer lieb ist.«
»Kann sich der Computer nicht selber ausgeschaltet haben?«
»Im Prinzip schon, aber nicht in diesem Fall. Das Notebook wurde händisch runtergefahren.«
»Was ist mit der Ganggenauigkeit der eingebauten Uhr?«
»Bei diesem Modell schwankt sie im Millisekundenbereich. Lassen Sie es mich so erklären ...«
»Nicht nötig. Also, wenn das stimmt, dann ist das mehr als eine Merkwürdigkeit für unsere Liste mit den Indizien. Das ist ein hieb- und stichfester Beweis, dass sich noch jemand in seiner Wohnung befunden hat.«
»Jemand, der den Abschiedsbrief geschrieben, Bastian übers Geländer gekippt und erst danach den Computer ausgeschaltet hat.«

»Das wiederum ist eine Vermutung«, sagte Isabelle, »aber eine, die so sicher ist wie das Amen in der Kirche.«

»Nunc et in hora mortis nostrae. Amen.«

Isabelle dachte, dass es Apollinaire mit seiner humanistischen Bildung gelegentlich übertrieb. Aber mit dem Abschalten des Computers hatte er etwas wirklich Wichtiges entdeckt, etwas, was ihr die letzten Zweifel nahm. Bastian wurde umgebracht, anders konnte es nicht gewesen sein.

Sie verabschiedete Apollinaire, steckte das *portable* ein, drehte um und machte sich auf den Rückweg. Sie lief langsam und wie in Trance. Bastian wurde umgebracht, Lily wurde umgebracht, zwei Menschen, die eigentlich keine gemeinsamen Feinde haben konnten, zu unterschiedlich war ihr Leben und zu sehr im Verborgenen. Nun, Letzteres war offenbar relativ. Immerhin hatten sie sich nach Saint-Tropez getraut. Wie auch immer, es stellte sich die Frage nach dem gemeinsamen Nenner, nach dem kleinsten gemeinsamen Vielfachen, nach dem einen Grund, der sie beide zu Mordopfern werden ließ. Nach menschlichem Ermessen konnte das nur gewesen sein, was sie an ihrem letzten Abend gesehen hatten. Die Mörder hatten nicht lange gewartet. Eine Nacht und wenige Stunden später war der Polizeichef tot. Um auf Nummer sicher zu gehen, musste auch Lily abserviert werden. Mit Verspätung, warum auch immer. Wahrscheinlich hatte man sie erst finden müssen. Wieder beschlich Isabelle bei diesem Gedanken ein klammes Gefühl. Sie hoffte inständig, dass nicht sie es war, die Lily ins Visier ihrer Mörder gerückt hatte. Womöglich hatte Lily jemandem erzählt, dass sie von einer Kommissarin befragt wurde? Oder, schlimmer noch, Isabelle war auf dem Weg nach Le Pranet verfolgt worden und hatte es nicht bemerkt. Das war zwar ausgesprochen

unwahrscheinlich, weil ihr so was nicht passierte, aber ausschließen durfte sie es nicht.
Isabelle legte an Tempo zu, lief immer ungestümer, bis sie rannte, so schnell sie konnte. Sie war wütend und zornig. Am Auto angelangt, musste sie sich schwer atmend mit beiden Händen am Dach festhalten. Sie japste nach Luft. Sie schwor sich, dass sie den oder die Mörder finden würde, auch wenn sie ganz Saint-Tropez auf den Kopf stellen musste – und die gesamte Côte d'Azur dazu.

23

Die beiden Mappen auf ihrem Schreibtisch interessierten sie zwar, aber es fiel ihr schwer, sich zu konzentrieren. Immer wieder schweiften ihre Gedanken ab. Zu viel ging in ihrem Kopf kreuz und quer. Sie fragte sich, ob es ihr früher leichter gefallen war, ihre Grübeleien in systematische Bahnen zu lenken. War ihr diese Fähigkeit abhandengekommen, oder hatte sie schon immer alles durcheinandergewirbelt, und keiner hatte es gemerkt – nicht einmal sie selbst. Saint-Tropez, Notebook, Lily, Bastian, Narkosemittel, der Juwelier Rousseff, Capitaine Richeloin, Thierry …

Verdammt, warum drängte sich Thierry in ihre Gedanken? Er hatte nichts mit ihrer Arbeit zu tun, außerdem konnte er ihr gerade mal den Buckel runterrutschen. Ihr fiel ein, dass sie auf seine letzte Textnachricht nicht geantwortet hatte. Nun, da befand er sich in bester Gesellschaft, sie hatte auch auf Rouven Mardrinacs Zeilen nicht geantwortet, noch nicht.

Isabelle stützte den Kopf in ihre Hände und starrte auf ein Blatt in jener Mappe, die sich mit dem Mord an einem Drogenkurier beschäftigte, der zu Bastians letzten Fällen gezählt hatte. Er war zu nächtlicher Stunde am Hafen von Toulon erschossen worden, dort, wo die Fähren von und nach Korsika anlegten. Sie blätterte hin und her. Die Hintergründe, die im Protokoll skizziert wurden, konnten sie nicht wirklich fesseln. Diese waren erstens nicht neu und ihr zweitens aus ihrer früheren Tätigkeit bestens vertraut. Im konkreten Fall spielten zwei Kartelle eine Rolle, die sich aufs heftigste bekriegten. Eine Bande war in Marseille ansässig und hatte ihre Wurzeln bei den Einwanderern aus dem Maghreb. Eine zweite Gruppierung hatte das Drogengeschäft weiter im Osten im Griff. Ihre Leute stammten aus Korsika und waren kaum weniger brutal, wenn es um die Durchsetzung ihrer Ziele ging. Wie es schien, lief die imaginäre Grenze zwischen ihren Einflusssphären genau durch Toulon. Eigentlich hatten hier die Korsen das Sagen, wie früher auch in Marseille, aber die »Araber« versuchten ihren Machtbereich mit der Kalaschnikow auch hier durchzusetzen. Der Drogenkurier, der mit der Fähre von Ajaccio gekommen war, war regelrecht durchsiebt worden. In seinem Fall war das keine Redensart, sondern – wie auf den Fotos zu sehen war – im Ergebnis äußerst unappetitlich.

Welche Ziele hatte Bastian verfolgt, was hatte er zu erreichen erhofft? Ganz offenbar hatte er vor allem zu verhindern versucht, dass aus seiner Stadt ein zweites Marseille wurde. Toulon sollte nicht zum Schauplatz eines Kartellkrieges werden. Am liebsten hätte er beide Banden ins Meer gejagt und die Drahtzieher hinter Schloss und Riegel gebracht. Vom Boss des korsischen Clans war sogar ein Foto beigelegt. Bastian hatte seinen Spitznamen notiert: Nabulione. Das war Korsisch und stand für Napoleon. Wie Bonaparte war der Bandenboss in Ajaccio geboren und offenbar von eher kleiner Statur.

Aus Bastians Notizen ging hervor, dass er nicht damit rechnete, den mächtigen Nabulione höchstpersönlich zur Verantwortung ziehen zu können, aber an seine Adjutanten hoffte er heranzukommen. Natürlich hatte er weder

bei den »Arabern« noch beim Kartell des Nabulione eine realistische Chance. Was die Polizei in Marseille mit Sondereinsatzkommandos nicht schaffte, würde er auch in Toulon nicht vollbringen können.
Isabelle legte die Mappe zur Seite. Sie dachte, dass der raffiniert kaschierte Doppelmord an Lily und Bastian kaum zu den Methoden der Drogenkartelle passte. Deren Opfer wurden brutal mit der Maschinenpistole hingerichtet. Sie konnte sich nicht vorstellen, dass es da irgendeinen Zusammenhang gab.

Sie nahm die Mappe zur Hand, die sich mit den russischen Prostituierten beschäftigte, die den französischen Damen das Geschäft versauten. So oder so ähnlich hatte sich Richeloin ausgedrückt, womit er wohl in erster Linie die Auffassung seines verstorbenen Chefs wiedergeben wollte. Isabelle dachte, dass sich hier sehr viel eher ein Szenario konstruieren ließ, bei dem sowohl Bastian als auch Lily ins Bild passten. Der Polizeichef und seine Geliebte, die einen Escortservice betrieb. Auch in diesem Milieu gab es Revierkämpfe, wobei russische Zuhälter mindestens so skrupellos waren wie Drogendealer aus Marseille oder Toulon – aber vielleicht in ihren Methoden etwas subtiler. Lilys pornographisches Ableben passte jedenfalls recht gut zur Erotikbranche. Fast ließ sich die Inszenierung als Visitenkarte interpretieren.
Lily und ihr Escortservice? Was wusste sie eigentlich darüber? Wenn sie sich Lilys gutbürgerliches Haus in Le Pradet in Erinnerung rief, konnte sie sich nicht vorstellen, dass von hier aus gutbetuchten Männern willige Begleiterinnen vermittelt wurden. Erst recht nicht, dass hier junge, schöne Frauen ein und aus gingen. Sie lächelte. Der frühreife Yoyo

hätte ganz sicher mit vor Aufregung roten Wangen davon erzählt. Dem war also nicht so.

Sie rief am Computer ihre Website auf. Diese versprach nicht weniger als »High Class Escorts«, attraktive und stilvolle Ladys mit perfekten Umgangsformen. Was die Damen an Leistungen zu erbringen bereit waren, ging nicht eindeutig hervor. Russinnen waren jedenfalls keine darunter. Sie fragte sich, ob der Escortservice mit Lilys Ableben aufgehört hatte zu existieren. Im gesetzlich vorgeschriebenen Impressum war ihre Adresse genannt. Ganz klein und an versteckter Stelle. Es gab keine Mailadresse, keine Telefonnummer, dafür eine Antwortbox, in die man sich eintragen konnte. Warum nicht? Es juckte sie in den Fingern, eine Anfrage zu starten. Sie war versucht, sich als Thierry Blès auszugeben, bekam dann aber doch Skrupel. Der Spaß könnte für ihn unabsehbare Folgen haben.

Nach kurzem Nachdenken stand sie auf, ging an Apollinaires Arbeitsplatz und setzte sich an seinen eingeschalteten Computer. Ihr Assistent hatte sich eine Stunde freigenommen. Sie hatte nicht gefragt, warum. Wie sie wusste, hatte er nicht nur seinen offiziellen E-Mail-Account mit der verfänglichen Endung *interieur.gouv.fr*, sondern auch ein privates E-Mail-Konto. Sie suchte sich unter den abgebildeten Damen eine aus, die ihm gefallen könnte, gab einen Wunschtermin an und drückte auf Senden. Sie war auf die Reaktion gespannt, auf jene des Escortservices, wenn es denn eine geben sollte – und auf seine.

Isabelle überlegte, was sie als Nächstes tun könnte. Ihr fiel nichts Sinnvolles ein. Natürlich könnte sie Capitaine Richeloin zurückrufen, der schon mehrfach versucht hatte, sie zu erreichen. Aber was sollte das bringen? Sie

hatte keine Lust, ihn über den Stand ihrer Ermittlungen zu informieren. Isabelle spielte mit ihrem *portable*. Was war mit Rouven Mardrinac? Sie konnte sich nicht entscheiden. Also ließ sie es sein.
Sie stand auf und sah an sich hinunter. Sie war heute besonders freizeitmäßig angezogen – ein rot-weiß gestreiftes Kleid und an den Füßen Flipflops. Sie lächelte. Gerade richtig für einen Ausflug nach Saint-Tropez, der Funkzelle, aus der Bastian ein letztes Lebenszeichen gegeben hatte. Dort gab es zwar auch nichts zu tun, aber sie könnte etwas herumbummeln und sich inspirieren lassen. Was könnte es sein, das Bastian und Lily an ihrem letzten Abend in Saint-Tropez gemacht und erlebt hatten? Wo hatten sie gewohnt? Natürlich würde sie keine Antworten auf ihre Fragen bekommen. Aber sie könnte sich bei Rondini Ledersandalen kaufen. Diese einfachen *sandales tropeziennes* hatte sie schon immer haben wollen – seit sie auf alten Fotos Brigitte Bardot mit ihnen gesehen hatte.

24

Die Bar Le Clemenceau war in Saint-Tropez ein beliebter Treffpunkt, vor allem am Samstag- und Dienstagvormittag, wenn auf der gegenüberliegenden Place des Lices die Marktstände aufgebaut wurden. Aber heute war kein Markt. Trotzdem hatte Isabelle unter der braunen Markise nur mit Glück einen Platz ergattert. Sie hatte eine Einkaufstüte mit dem Aufdruck »Atelier Rondini« bei sich. Die neu erworbenen Sandalen hatte sie bereits an. In der Tüte waren ihre alten Flipflops.

Die Sonnenbrille hatte sie sich nach oben in die Haare geschoben. Sie blätterte in einem Hochglanzmagazin, das Saint-Tropez von den schicksten und nobelsten Seiten zeigte. Ein *café noir* wurde serviert. Sie kam sich vor wie im Urlaub.

Plötzlich legten sich von hinten zwei Hände über ihre Augen. Fast hätte sie reflexartig mit dem Ellbogen nach hinten geschlagen oder versucht, den Kopf des Angreifers zu packen. Aber sie schaffte es, sich zu beherrschen. Darauf durfte sie stolz sein. Sie war nicht mehr die Isabelle von früher. Trotzdem hatte sie keine Ahnung, wer mit ihr Blindekuh spielte. Waren das Frauen- oder Männerhände?

»Clodine?«, fragte sie vorsichtig.

»Mais non«, antwortete eine tiefe Männerstimme. *»C'est moi,* dein ungeliebter Zeuge.«

»Leclerc? Rouven?«

Er lachte und gab ihre Augen frei. »Beide in einer Person. Darf ich mich zu dir setzen?«
Ohne auf ihre Zustimmung zu warten, zog er einen Stuhl heran.
Isabelle dachte, dass seine äußere Erscheinung nicht minder extravagant war als bei ihrer ersten Begegnung – rote Bermudas, weißes Poloshirt, darüber eine gelbe Weste mit Einstecktuch, an den Füßen Badelatschen. Für einen großgewachsenen Mann mit kräftiger Statur eine überaus kühne Kombination. Er war braun gebrannt, hatte sich offenbar an den Dreitagebart aus dem Zeugenschutzprogramm gewöhnt und eine dicke, altertümliche Hornbrille auf der Nase. Die Sonnenclips nahm er ab.
Isabelle schüttelte lächelnd den Kopf. »Du hast dich kaum verändert«, stellte sie fest.
»Ganz im Gegenteil, meine Liebe, ich habe mich völlig verändert«, erwiderte er mit einem breiten Grinsen. »Vor allem bin ich noch am Leben, was ich dir zu verdanken habe.«
»Ich habe nur meinen Job gemacht.«
»Du hättest also auch auf einen Sack Kartoffeln aufgepasst?«
»Selbstverständlich. Ich sehe da keinen Unterschied.«
»Du bist herzlos. Aber ich finde es reizend, dass du extra nach Saint-Tropez gefahren bist, um mich wiederzusehen.«
»Ich bin doch nicht wegen …«
Er brachte sie mit erhobener Hand zum Schweigen. »Doch, du bist! Gelegentlich macht das Unterbewusstsein Dinge, von denen der Verstand nichts weiß.« Er gab der Bedienung ein Zeichen und hob zwei Finger in die Luft. Das reichte. Die Bedienung nickte wissend und verschwand. Dann schlug er entspannt die Beine übereinander und sah

sie lächelnd an. »Nun, was fangen wir mit dem angebrochenen Tag an?«

»Nichts«, antwortete sie, »ich muss zurück nach Fragolin.«

Die Bedienung brachte zwei schlanke Gläser und füllte sie mit Champagner.

»Vorher stoßen wir an, auf unser Wiedersehen, das muss sein.«

Isabelle fand das zwar übertrieben, hielt es dann aber doch für albern, sich zu verweigern. Sie brachte auch keine Einwände vor, als ihr Rouven zwei Küsse auf die Wangen gab.

»Woher wusste die Bedienung, dass du zwei Gläser Champagner wolltest?«

»Weil ich zu dieser Zeit immer Champagner trinke. Das bringt mich erneut zu meiner Frage, wie wir den weiteren Tag gestalten wollen?«

»Ich sagte doch schon …«

»Das ist völlig inakzeptabel. Was hältst du davon, wenn ich dich zu einem kleinen Mittagessen einlade?«

Isabelle war einem Wechselbad der Gefühle ausgesetzt. Einerseits kam das überhaupt nicht in Frage. Rouven Mardrinac war ein steinreicher Lebenskünstler, der nur seinen Spaß haben wollte. Sie war nicht so naiv wie Clodine. Andererseits, was war schon gegen ein kleines Mittagessen einzuwenden? Das war harmlos. Außerdem musste sie sich eingestehen, dass sie Rouven mochte, so verrückt, wie er war, oder vielleicht gerade deshalb.

»Einverstanden. Aber nur eine Kleinigkeit. Bleiben wir hier?«

»Könnten wir, aber ich habe eine bessere Idee.«

Sie tranken den Champagner aus. Rouven stand auf, ohne zu zahlen. Die Bedienung winkte ihm freundlich hinterher.

Isabelle musste umdrehen, sie hatte ihre Tüte vergessen. Rouven steuerte auf ein Bentley Cabrio zu, während er telefonierte. Sie dachte, dass sie einen Fehler gemacht hatte. Seine Welt war definitiv nicht ihre.
Dann aber ging er an dem Bentley achtlos vorbei. Dahinter parkte eine winzige Plastikschüssel. Ein alter gelber Strandwagen der Marke Citroën Méhari, ohne Türen und Verdeck, mit heruntergeklappter Frontscheibe. Die Sitze waren zerschlissen, die Räder sahen so aus, als ob sie gleich abfallen würden.
Er machte eine galante Handbewegung. »Ich bitte, Platz zu nehmen.«
Isabelle musste lachen. »Dein Auto gefällt mir.«
»Hat nur einen Nachteil. Die Kunststoffkarosserie brennt besser als jedes Kaminholz.«
»Gurte gibt's auch nicht.«
»Das ist eine Sicherheitsmaßnahme. Damit man jederzeit rausspringen kann.«
Er ließ den Motor an, der sich erst wie eine Kreissäge anhörte, dann wie ein Rasenmäher.
»Du bringst mich hinterher aber wieder her? Mein Auto steht in der Tiefgarage unter der Place des Lices.«
»Das kann ich nicht versprechen.«
Er wendete beherzt über den Bürgersteig. Zwei ältere Damen hüpften zur Seite, waren ihm aber nicht böse, sondern erwiderten sein fröhliches Winken.
Er fuhr durch einige Gassen, die für normale Autos viel zu eng waren. Sie war sich nicht sicher, ob das erlaubt war. Sie kamen an der Zitadelle vorbei und am *cimetière marin*, dem alten Seemannsfriedhof, der direkt am Meer lag und auf dem Berühmtheiten wie Roger Vadim ihre letzte Ruhestätte gefunden hatten und die Eltern von Brigitte Bardot,

seiner ersten Frau. Die Fahrt führte aus Saint-Tropez hinaus. Es gab einige verwirrende Abzweigungen. Schließlich gelangten sie an ein rostiges Tor, das sich quietschend öffnen ließ. Vom Schild mit dem Hinweis *propriété privée* blätterte die Farbe. Was sie da wohl für ein Lokal erwartete? Holpernd ging es einen steilen Weg hinunter ans Meer. Büsche schlugen gegen das Auto.
»Da gibt's ein Restaurant?«, fragte Isabelle ungläubig, die sich mit beiden Händen festhalten musste.
Rouven brachte das Auto auf einem winzig kleinen Strand zum Stehen. Er deutete auf ein überwuchertes Fundament. »Hier war mal ein Strandlokal. Tut mir leid, es wurde wohl abgerissen.«
»Muss schon eine Weile her sein.«
Er nickte. »Sieht ganz so aus.«
Sie blieben im Auto sitzen. Isabelle stellte fest, dass der erste Eindruck getrogen hatte. Sie waren fast, aber nicht ganz alleine. Weiter vorne kuschelte hinter Büschen ein junges Paar. Und am Wasser kamen einige Wanderer vorbei, die auf dem *Sentier Littoral* unterwegs waren, einem Küstenweg, der um die ganze Halbinsel von Saint-Tropez führte – und noch sehr viel weiter.
»Was machen wir jetzt?«, fragte sie. »Am besten, du bringst mich wieder zurück.«
»Hmmm.« Er steckte sich in aller Ruhe ein Zigarillo an.
»Ich dachte, das Auto sei leicht entflammbar?«
»Das ist es. Deshalb habe ich die Türen ausgebaut. Man ist mit einem Sprung außer Gefahr.«
Isabelle schüttelte lächelnd den Kopf. Dieser Rouven Mardrinac war wirklich etwas durchgeknallt. Eines jedenfalls hatte er geschafft: Sie hatte seit seinem Auftauchen im Clemenceau nicht mehr an ihre Arbeit gedacht, weder an

den toten Polizeichef noch an die arme Lily. Dafür bekam sie jetzt Hunger. Rouven hätte nicht vom Mittagessen sprechen sollen, wenn es keines gab. Sie fächerte den Rauch seines Zigarillos zur Seite.

Auf dem Meer näherte sich ein Boot, das genau auf ihren winzigen Uferabschnitt zuhielt.

»Es naht Rettung«, sagte Rouven.

Das Schlauchboot, das einen festen Rumpf hatte, fuhr direkt auf den Strand. Zwei Männer in geringelten Matrosenhemden sprangen an Land. Ihnen folgte ein Mann im weißen Kittel und mit hochgekrempelten Hosen. Auf dem Trockenen angelangt, setzte er sich eine Kochmütze auf. In Windeseile bauten sie einen Klapptisch auf, zwei Stühle, einen Sonnenschirm, Tischdecke, Geschirr, Gläser …

Isabelle griff sich an den Kopf. War sie jetzt im Kino? Oder hatte sie Wachträume?

»Madame le Commissaire, es ist angerichtet.«

»Das ist jetzt nicht dein Ernst?«

Er lachte. »Nein, natürlich nicht. Für den Ernst im Leben bist du zuständig. Das ist nur ein bescheidenes Dankeschön dafür, dass du mir meinen verdammten Hintern gerettet hast. Sonst wäre ich jetzt nicht hier.«

»Du spinnst.«

»Vielen Dank für das Kompliment.«

Isabelle zog ihre Sandalen aus und sprang aus dem Auto. Erst jetzt sah sie, dass das Schlauchboot einen Namen hatte: *Tender to Dora Maar*. Sie musste nicht lange rätseln. Das hier war das Beiboot einer Yacht. Seiner Yacht?

»Wer ist Dora Maar?«, fragte sie.

»Eine Frau, die ich verehre«, antwortete er.

»*Oh là là*. Hast du deshalb dein Schiff nach ihr benannt?«

Er lächelte. »Gut kombiniert, Madame le Commissaire.«

»Maar? Das passt wunderbar. Klingt wie Meer, wie *mare, la mer.*«

Ihr wurde klar, dass das Personal zu seiner Crew gehörte. Offenbar hatte er das Arrangement bei seinem kurzen Telefonat auf dem Weg von der Bar Le Clemenceau zu seinem Auto getroffen. Rouven lebte eben doch in einer anderen Welt. Aber er tat das höchst unkonventionell. Jeder *nouveau riche*, jeder Emporkömmling hätte sie auf sein Schiff eingeladen. Er dagegen kutschierte sie in einem klapprigen Strandauto über einen besseren Feldweg ans Meer – und ließ das Essen mit dem Schlauchboot bringen. Es gab leckere Zucchini-Pasteten, gefüllte Tomaten, Krabbensalat, *foie gras*, frisches Baguette und Pistou aus Basilikum, dazu eisgekühlten Côtes de Provence. Die Füße im Sand, vom Meer eine leichte Brise. Isabelle musste zugeben: So ließ es sich aushalten.

Rouven gab seinen Leuten ein Zeichen und deutete zu dem jungen Paar hinter den Büschen. Zu deren großer Freude bekamen sie auch was vom Essen serviert und eine Flasche Rosé mit zwei Gläsern. Sie prosteten ihnen fröhlich zu.

»Darf ich fragen, was an dieser Dora Maar so verehrungswürdig ist?«, kam sie auf den Namen seines Schiffes zurück.

Er lächelte vieldeutig. »Sie leistet mir in meinem Schlafzimmer Gesellschaft«, antwortete er.

Isabelle zog eine Augenbraue nach oben. »Jetzt wird es interessant.«

»Am liebsten habe ich sie nackt.«

»Es wird ja immer toller.«

»Leider ist sie schon lange tot, ich hätte sie gerne kennengelernt.«

»Jetzt verstehe ich gar nichts mehr.«

»Dora Maar war eine Geliebte und Muse Pablo Picassos, rätselhaft und wunderschön. Er hat sie oft gemalt, auch hier an der Côte d'Azur, wo sie viel Zeit verbracht haben. Ein Bild habe ich ersteigert, das Original hängt in meinem Schlafzimmer in Paris, eine Kopie auf meinem Schiff.«
»Dora Maar …«
»Das war ihr Künstlername. Sie war selber Fotografin und Malerin, eine faszinierende Frau, ein tragisches Leben. Wie gesagt, ich liebe und verehre sie.«
»Musst mir mal von ihr erzählen.«
»Immer gerne.« Er grinste frech. »Ich könnte dir auch ihr Bild zeigen.«
»In deinem Schlafzimmer? Besser nicht.«
»Schade. Magst du noch einen Schluck Wein?«
»Nein, lieber Wasser.«

»Was macht die Arbeit?«, wechselte Rouven nach einer Weile das Thema. »Hat dir Balancourt wieder einen Kronzeugen untergejubelt, auf den du aufpassen musst?«
Sie schüttelte lachend den Kopf. »Nein, einmal hat mir gereicht. Du warst mein erster und letzter Kronzeuge.«
»Darauf kann ich mir ja was einbilden. Bist also gerade arbeitslos?«
Isabelle zögerte mit der Antwort. »Nein, ich untersuche den Tod des Polizeipräsidenten von Toulon.«
»Commandant Bastian? Von seinem Suizid habe ich in der Zeitung gelesen. Was gibt's da zu untersuchen?«
»Das werde ich dir kaum auf die Nase binden. Gib mir lieber noch was von der *terrine de foie gras*. Und was treibst du so den ganzen Tag?«
»Siehst du doch, ich lasse es mir gutgehen. Am liebsten in charmanter, attraktiver Damenbegleitung.«

»Mich kannst du damit nicht meinen. Ich bin selten charmant und ganz gewiss weit weniger attraktiv, als du es gewohnt sein dürftest.«
»Na, na, ich meine schon dich. Zugegeben, dein Charme erschließt sich nicht sofort, aber ich mag ihn. Und was dein Aussehen betrifft …«
»Das ist mir so was von egal, darüber will ich nicht reden«, unterbrach sie ihn.
»Musst du auch nicht, es reicht ja, wenn ich darüber rede. Ich finde, du siehst supertoll aus, jedenfalls ganz anders als die blöden Schnepfen, die hochhackig durch Saint-Tropez stolzieren. Die gibt's im Dutzend billiger, während du zweifellos ein Unikat bist.« Er grinste. »Außerdem kannst du besser schießen.«
»Ein Unikat? Nun, das kann ich meinetwegen so stehen lassen. Mit einigen Narben und Bombensplittern, die noch nicht alle rausoperiert sind. Das macht mich wahrscheinlich wirklich einzigartig. Ist aber nicht besonders angenehm, das kannst du mir glauben. Und so toll aussehen tut es auch nicht. Aber jetzt würde ich gerne das Thema wechseln, und zwar ganz dringend.«

Sie empfand es als glücklichen Zufall, dass just in diesem Augenblick ihr *portable* läutete. Apollinaire war dran. Er war so aufgeregt, dass sie zunächst kein Wort verstehen konnte. Irgendwann schnappte sie auf, dass es um Lilys Escortservice ging. Dann fiel ihr ein, dass sie völlig vergessen hatte, Apollinaire über ihre E-Mail-Anfrage ins Bild zu setzen.
»Apollinaire, tut mir leid, ich habe nicht daran gedacht …«
»Madame, bei allem Respekt, aber Sie können doch nicht, ich meine, das geht doch gar nicht.« Apollinaire bekam

einen Schluckauf. Es hörte sich ulkig an, als er den Satz zu Ende brachte. »Madame, von meinem privaten, hicks, privaten Account und in meinem Namen. *Mon Dieu,* eine Verabredung mit dieser Sheila.«

Isabelle stach der Hafer. »Gefällt sie Ihnen nicht?«

»Sheila? Also, das tut doch, ich meine, ich will sagen, das tut doch nichts zur Sache. Ich will diese Frau, hicks, nicht kennenlernen. Stellen Sie sich das mal vor, also, das wäre eine Katastrophe, wenn meine Freundin das herausbekommt, ich darf gar nicht daran denken.«

Isabelle dachte, dass er nun doch eine ernsthafte Antwort verdiente. Außerdem war es nicht richtig gewesen, ohne sein Einverständnis von seinem Computer bei »High Class Escorts« eine Anfrage zu starten.

»Apollinaire, ich kann jetzt nicht reden. Nur so viel, ich entschuldige mich für mein Vorgehen. Aber es ist Ihnen hoffentlich klar, dass es sich hier quasi um eine verdeckte Ermittlung handelt. Wir hatten doch darüber gesprochen, dass wir den Escortservice genauer unter die Lupe nehmen wollen. Ich als Frau kann mich ja wohl kaum mit einem der Mädchen verabreden.«

»*Naturellement,* das ist schon klar, aber was soll ich mit dieser Sheila? Außerdem kostet sie ein Vermögen.«

»Was Sie mit ihr sollen?«, amüsierte sich Isabelle. »Nicht das, was Sie vielleicht glauben.«

»Wo denken Sie hin? Aber was soll ich jetzt, ich meine, ich denke …«

»Sie sollen und müssen gar nichts, mein lieber Apollinaire. Damen wie diese Sheila erwarten keine prompte Antwort. Wir reden darüber, wenn ich wieder im Büro bin. Und noch mal, es tut mir leid, dass ich Sie weder gefragt noch informiert habe.«

»Das geht schon, hicks, das geht schon in Ordnung.«
»Ist doch toll, dass der Escortservice reagiert hat. Irgendjemand steckt also dahinter und hält das Ding am Laufen. Im Zweifelsfall wird uns das diese Sheila verraten.«
»Ich verstehe.«
»Trinken Sie ein Glas Wasser, in kleinen Schlucken und ohne zu schnaufen, das soll bei Schluckauf helfen.«
»Das, das mach ich, *bonjour, Madame, au revoir.*«

Rouven hatte ihr Telefonat belustigt verfolgt.
»Du hast deinem Assistenten einen Termin bei einer Dame vom Escortservice verschafft? Du bist aber eine nette Chefin.«
»Hast ja gehört, ist eine verdeckte Ermittlung. Kennst du zufällig eine Sheila, die als Begleiterin für ›High Class Escorts‹ arbeitet?«
Er lachte. »Nein, wirklich nicht, da bin ich der falsche Ansprechpartner. Aber ich könnte mich mal umhören.«
Isabelle winkte ab. »Danke, nicht nötig.«

Zum Dessert wurde ihnen vom Koch eine leckere Himbeermousse kredenzt. Es tat Isabelle gut, mal für einen Moment zu schweigen und sich der besonderen, irgendwie schrägen, auf jeden Fall bizarren Situation bewusst zu werden. Mit Rouven Mardrinac am gedeckten Tisch an einem winzig kleinen, verwilderten Strand, verwöhnt von einem Koch, der aus seinen Behältern immer neue Köstlichkeiten hervorzauberte.
»Stört's dich, wenn ich mir wieder ein Zigarillo anzünde?«, fragte er.
»Nein, sofern ich auch eins bekomme.«
»Siehst du? Genau das mag ich an dir.«

Isabelle ließ sich die kleine, schmale Zigarre von ihm anzünden.
»Machst du dir keine Sorgen um deine Sicherheit?«, fragte sie, auf seine zurückliegende Rolle als Kronzeuge in einem brisanten Prozess anspielend. »Immerhin hat man mal versucht, dich umzubringen.«
»Nein, das ist vorbei. Der Missetäter sitzt für lange Zeit hinter Gittern, und sein allmächtiger Diktatorenvater wurde im schwarzen Afrika vom Militär gestürzt und erhängt. Von seinem Clan geht keine Gefahr mehr aus, den gibt's nicht mehr.«
»Hätte auch anders laufen können.«
Er zuckte mit den Schultern. »Hätte laufen können, ist aber nicht.«
Wieder klingelte ihr *portable*. Sie sah, dass es diesmal Thierry war. Unwillkürlich musste sie lächeln. Was er wohl davon halten würde, wenn er sie sehen könnte? Vielleicht sollte sie Rouven bitten, das Gespräch entgegenzunehmen? Lustig wäre es, aber nicht besonders gescheit. Sie drückte das Gespräch weg und sah Rouven fragend an. »Wo waren wir stehengeblieben?«
Er zog am Zigarillo. »Hab's vergessen. Was machst du heute Abend?«
»Da bin ich in Fragolin, und du bist in Saint-Tropez«, stellte sie klar.
Er sah sie nachdenklich an, um schließlich zu nicken. »Ja, so wird es wohl sein.«

Sie ließen das »Mittagessen« gemütlich ausklingen und führten nur noch unverfängliche Gespräche. Isabelle hatte keinen Badeanzug dabei, sonst wäre sie zur Erfrischung gerne ins Meer gesprungen. Nacktbaden schien ihr in seiner Gesellschaft fehl am Platz. Sie fand es gut, dass er nach ihrer klaren Ansage keine Annäherungsversuche unternahm. Schließlich bat Isabelle um einen Transfer zurück nach Saint-Tropez zu ihrem Auto. Rouven bot ihr das Schlauchboot an, sie aber entschied sich für die gelbe Plastikschüssel mit dem Rasenmähermotor – darauf vertrauend, dass der derangierte Citroën Méhari den Feldweg in umgekehrter Richtung auch bergauf schaffen würde. Sie verabschiedete sich von Rouvens Crew, grüßte die jungen Leute hinter dem Busch, zog ihre Sandalen wieder an, dann ging es los. Als Rouven oben ankam, blieb er kurz stehen, um das rostige Gittertor wieder zu schließen. Mit Blick auf das Schild *propriété privée* kam ihr der Gedanke, dass er der Besitzer dieses verwilderten Grundstücks sein könnte. Sie fragte ihn danach.

»Ich glaube schon, bin mir aber nicht sicher«, antwortete er. »Jedenfalls hat es mir mal gehört, als Jugendlicher war ich häufiger hier.«

Da war sie wieder, jene Kluft zwischen ihrem Dasein und dem Milliardärsleben eines Rouven Mardrinac. Sie würde immer wissen, was ihr gehörte – was nicht schwierig war, weil sie so gut wie nichts besaß. Rouven dagegen konnte sich den Luxus erlauben, nicht Bescheid zu wissen. Eine kleine Landparzelle war für ihn eine Petitesse. Es war belanglos, ob sie noch sein Eigentum war. Dafür hatte er seine Vermögensverwalter. Und doch freute er sich wie ein Kind, barfuß in diesem vergammelten Strandwagen zu sitzen, ohne Türen, mit altertümlicher Revolverschaltung und ausgeschlagener Lenkung.

25

Als Isabelle am nächsten Morgen durch die Gassen von Fragolin schlenderte, kam ihr der alte Georges in den Sinn. Bei seiner Beerdigung im letzten Sommer war fast das ganze Dorf anwesend gewesen. *Le vieux Georges* war zwar ein Unikum gewesen und nicht immer richtig im Kopf, aber er war allgemein respektiert. Vielleicht deshalb, weil er vielen Bewohnern, vor allem den älteren, oft aus dem Herzen gesprochen hatte. So hatte er es zeit seines langen Lebens abgelehnt, hinunter ans Meer zu fahren. Er kenne es nur als fernen blauen Streifen am Horizont, hatte er behauptet. Wenn in seiner Gegenwart jemand Orte wie Saint-Tropez erwähnte, pflegte er verächtlich auf den Boden zu spucken – und auf den Schrecken einen Pastis zu bestellen. Nun, ganz so groß war die Ablehnung heute nicht mehr. Mit dem alten Georges waren auch manche Ressentiments früherer Tage zu Grabe getragen worden. Das *arrière-pays*, das Hinterland der Côte d'Azur, war der Küste näher gerückt – und bewahrte sich in den Köpfen der Menschen dennoch einen gewaltigen Abstand. Die sprichwörtlichen Uhren gingen hier immer noch anders, nicht nur langsamer. Die Bewohner Fragolins hatten ihre eigenen Ansichten und Vorstellungen vom Leben. Das dörfliche Zusammenleben vertrug sich nicht mit dem oberflächlichen Zeitgeist des Glitzers und Glamours.

Wenn Isabelle an den gestrigen Tag dachte, an Saint-Tropez und an die Extravaganz eines Rouven Mardrinac, im selben

Moment Alain grüßend, der vor seinem Korkgeschäft in einem alten Lehnstuhl saß und sich gemütlich eine Pfeife stopfte, dann kam es auch ihr vor, als ob an der geographischen Nähe etwas nicht stimmen würde. Die Distanz war viel größer, als es der Kilometerzähler im Auto anzeigte.
Was war mit ihr selbst? Wie waren die Koordinaten in ihrem Kopf? Isabelle war zwar in Fragolin geboren, hatte aber ihr Leben vorwiegend in Paris verbracht, um schließlich wieder hierher zurückzukehren. Wo war sie zu Hause, und wie tickte ihre eigene innere Uhr? Nach dem Rhythmus von Paris oder Fragolin? Oder vielleicht auch ein bisschen wie Saint-Tropez?
Isabelle schluckte. Irgendwie ging gerade alles durcheinander. Den Bürgermeister von Fragolin hatte es nach Paris verschlagen. Der kosmopolitische Rouven schlurfte derweil in Badelatschen durch Saint-Tropez. Sie selbst kaufte bei Rondini ein und trank Champagner – um dann in einen alten gelben Citroën zu steigen. Da kannte sich noch einer aus.
Sie kam an Clodines Seifenladen vorbei. An der Tür hing das Schild *Fermé!*. Vielleicht hatte sie die Nacht mit ihrem neuen Verehrer Antoine verbracht?
Isabelle schoss durch den Kopf, dass ihr mit Rouven hätte das Gleiche passieren können. Unter den Augen einer nackten Dora Maar. Aber sie hatte sich mit einer klaren Ansage aus der Affäre gezogen. Sie schmunzelte. Aus der Affäre? Im wahrsten Sinne des Wortes. Rouven hatte ihren strategischen Rückzug souverän akzeptiert und sie klaglos zurück nach Saint-Tropez gebracht, das hatte ihr gefallen. Womöglich hatte sie aber auch alles falsch verstanden und Rouven hatte gar nichts von ihr gewollt? Vielleicht hatte er sich wirklich nur dafür bedanken wollen, dass sie ihm im Zeugenschutzprogramm den »Hintern gerettet« hatte?

Wieder musste sie lächeln. Sie war eine Frau, und sie spürte, wenn jemand was von ihr wollte. So einfach war das.

Isabelle war froh, als sie vor der Tür ihres Kommissariats angelangt war. Es wurde höchste Zeit, die Gedanken auf ihre Arbeit zu konzentrieren.
Apollinaire saß am Schreibtisch und hatte die Hände über dem Kopf verschränkt.
»*Bonjour,* Madame.«
»Was macht der Schluckauf?«
»War gleich wieder vorbei. Sie müssen verstehen, die Aufregung.«
»Wegen Sheila?«
»*Oui,* gewissermaßen, also nicht direkt, aber eben doch.«
»Ich verstehe. Könnten Sie sich ein Rendezvous mit dieser Dame vorstellen?«
»Madame, Sie machen Witze. Natürlich nicht, ist doch klar.«
»Es wäre trotzdem gut, wenn Sie zum Schein einen Termin vereinbaren. Wenn es dazu kommt, können Sie ihr ja gleich den Polizeiausweis zeigen.«
Er runzelte die Stirn. »Vielleicht sollte ich aus taktischen Gründen etwas warten, um die Dame besser aushorchen zu können, Sie verstehen.«
Sie unterdrückte ein Grinsen. »Das liegt ganz in Ihrem Ermessen. Hauptsache, wir erfahren, wer beim Escortservice nach Lilys Tod die Fäden in der Hand hält. Das wird uns zwar nicht weiterbringen, aber wir wüssten wieder ein kleines bisschen mehr.«
Er nickte verständnisvoll. »Gemäß Ihrer Methode der sukzessiven Erkenntniserweiterung. Schon Aristoteles war ein Verfechter der Deduktion, indem er vom Allgemeinen …«

Isabelle winkte lachend ab. »Verschonen Sie mich mit Aristoteles, der kann nichts dafür. Es ist doch ganz einfach: Wenn man zu dumm ist, eine konkrete Spur zu finden, der man nachgehen kann, muss man versuchen, schlauer zu werden.«

»Genau das wollte ich sagen, nur mit anderen Worten. Ich werde mich also pflichtschuldigst mit dieser Sheila verabreden.«

»Tun Sie das. Andere Frage: Sind Sie in der Causa Rousseff mit Ihrem Lieblingseis weitergekommen, wenn ich mich recht erinnere, Vanille-Mango-Krokant?«

»Natürlich, das wollte ich Ihnen gerade erzählen, das heißt, ich bin nicht weitergekommen, aber immerhin, was zugleich frustrierend ist.«

Sie sah ihn vorwurfsvoll an. »Könnten Sie bitte versuchen, die wesentlichen Sachverhalte in einem Satz zusammenzufassen.«

»In einem Satz? Das wird schwierig. Es ist wie folgt: Den Jungen aus dem Polizeiprotokoll habe ich aufgespürt und sogar ans Telefon bekommen. Er hat den Stimmbruch bereits hinter sich und macht einen sehr vernünftigen Eindruck. Er bestätigt seine damalige Aussage, dass er einen der mutmaßlichen Täter gesehen hat, wie er in einen geparkten Eiswagen gestiegen und mit ihm am Steuer fortgefahren ist. Zu einer genaueren Personenbeschreibung sieht er sich aber nicht in der Lage. Sonst passt alles, Sportkappe, Sonnenbrille, Rucksack, auch der Ort stimmt mit dem mutmaßlichen Fluchtweg überein.«

»Na bravo, das ist doch schon was.«

Apollinaire schüttelte den Kopf. »Ein Schuss in den Ofen. Ich habe bereits mit besagter Eisfirma telefoniert. Es lässt sich nicht mehr feststellen, wer am Tag des Juwelenraubs

Dienst hatte. Letztes Jahr gab es einen Brand in der Buchhaltung. Alle Arbeitspläne und Personalakten wurden vernichtet.«

»Wirklich? Das ist doch heute alles auf Datenträgern gespeichert.«

Er zuckte mit den Schultern. »Sollte man glauben. Aber die *Crème glacée* wurde 1887 gegründet, ihre Verwaltung hat sich seitdem kaum weiterentwickelt.«

»Das ist wirklich ärgerlich. Fahren Sie mal hin und reden mit den Leuten. Vielleicht erinnert sich jemand, wer damals einen ihrer Eiswagen gefahren haben könnte. So lange ist es ja nun auch wieder nicht her.«

»Mach ich. Gleich nach Sheila oder vielleicht besser vorher. Bei Vanille-Mango-Krokant weiß ich wenigstens, was mich erwartet.«

Auf ihrem *portable* entdeckte sie drei entgangene Anrufe. Sie hatte es versehentlich auf stumm geschaltet. Gut so, denn zweimal war es Capitaine Richeloin gewesen und einmal Thierry. Keiner hatte es für nötig befunden, ihr eine Nachricht zu hinterlassen. Selber schuld. Dann gab es für sie keine Veranlassung, zurückzurufen.

Sie fasste sich an die Schläfen und versuchte sich zu konzentrieren. Obwohl Saint-Tropez als Funkzelle für Bastians letztes Telefonat definitiv ihre heißeste Spur war, hatte sie vorläufig keine Ahnung, wie sie hier weiterkommen sollte. Ihr fehlte jeglicher Anknüpfungspunkt. Bis zu einem möglichen Geistesblitz sollte sie die wenigen anderen Möglichkeiten abklopfen. Da wären noch die russischen Nutten, mit denen sich Bastian beschäftigt hatte. Rein theoretisch wäre ein Konflikt mit Lily und ihrem Escortservice denkbar. Praktisch glaubte sie nicht daran. Sie schlug das Polizeiprotokoll auf und suchte nach dem Namen des Stripclubs, in dem Bastian die Bosse ausfindig gemacht hatte. Vladimir und Igor, zwei Brüder. Der Club hieß *La folie* in Toulon. Von hier wurden die Prostituierten auf die Piste geschickt. Sie hatte nichts Besseres zu tun, sie würde den beiden einen Besuch abstatten.

Als sie Apollinaire von ihrem Vorhaben erzählte, versuchte dieser ihr klarzumachen, dass das ein ziemlich bescheuerter Einfall war. In Toulon traue sich die Polizei nur mit schusssicheren Westen und mindestens mit sechs Mann ins *La folie*.

Sie ließ sich davon nicht beeindrucken. Sie wolle ja keine Razzia machen, erklärte sie, sondern nur ein klärendes Gespräch führen, ganz entspannt und aggressionsfrei. Mit schusssicherer Weste und in Kommandostärke sei das nicht möglich. So bekomme man nie etwas heraus.

Apollinaire schüttelte so heftig den Kopf, dass ihr vom Zusehen fast schlecht wurde.

»Keine gute Idee«, sagte er, »ganz und gar keine gute Idee. Wäre ich Ihr Vorgesetzter, würde ich Ihnen verbieten, den Stripclub ohne Verstärkung aufzusuchen …«

»Sie sind aber nicht mein Vorgesetzter. Ist aber lieb von Ihnen, dass Sie sich Sorgen machen.«

»Ich komme mit. Wo ist der Schlüssel zum Schrank mit dem Schnellfeuergewehr?«

»Sag ich Ihnen nicht. Außerdem fahren Sie heute nach Cannes und befragen die Leute von der Eisfirma, das ist eine dienstliche Anweisung.«

»Keine gute Idee, *non, pas du tout!*«

Es war früher Nachmittag, als Isabelle in Toulon ankam. Sie war mit ihrem Privatauto gefahren, der erregte weniger

Aufsehen. Und Apollinaire hatte die Freude, nach Cannes den Polizeiwagen zu nehmen. Ob er der Versuchung widerstand, Blaulicht und Sirene einzuschalten?
Der Stripclub machte erst um achtzehn Uhr auf, und so hatte sie zuvor Zeit, Capitaine Richeloin aufzusuchen. Sie hatte sich einen Termin geben lassen. Am Eingang des Hauptkommissariats in der Avenue Jean Moulin wurde sie von Lieutenant Parpin erwartet, der sie zum Büro seines Chefs begleitete. Er freute sich, sie wiederzusehen, machte Scherze und stellte sie einigen Kollegen vor. Die freilich waren wesentlich reservierter, denn jeder wusste, dass sie den Tod des Polizeichefs untersuchte – und keiner verstand, dass das jemand von außen tat.
Im Zimmer von Richeloin angelangt, stellte Isabelle amüsiert fest, dass sie einige neue »Requisiten« aus Bastians Büro kannte. So hatten der Schreibtischsessel, die französische Nationalflagge und die niedrigen Besucherstühle ihren Bestimmungsort gewechselt.
»Wie ist das werte Befinden?«, bemühte sich der Capitaine um einen freundlichen Empfang.
»Alles wunderbar«, sagte Isabelle. »Danke der Nachfrage. Und bei Ihnen?«
»Ganz vortrefflich.«
Isabelle setzte sich auf die Armlehne eines Besucherstuhls, um erst gar keinen Niveauverlust aufkommen zu lassen. Parpin lehnte sich mit verschränkten Armen an einen Aktenschrank. Richeloin thronte auf Bastians mächtigem Schreibtischsessel. Er schien sich dort wohl zu fühlen.
»Was machen die Ermittlungen im Fall der strangulierten Lily Larouche?«, fragte sie.
»Wenn jeder Todesfall so einfach wäre. Ist so gut wie aufgeklärt.«

Isabelle sah ihn zweifelnd an. »Wirklich?«
Richeloin konnte sich ein überlegenes Lächeln nicht verkneifen.
»Es gibt keine begründeten Zweifel. Sie können das kaum wissen, in ihrem Dorf bekommen Sie ja nicht alles mit. Aber das macht nichts, Sie sind sowieso nicht zuständig.«
Isabelle gelang es, sich zu beherrschen. Vorsichtshalber enthielt sie sich jeden Kommentars und wartete darauf, dass Richeloin weitersprach.
Parpin sprang in die Bresche. »Wir hatten in den letzten Monaten einige Sexualstraftaten nach ähnlichem Muster. Die ermittlungsrelevanten Informationen haben wir natürlich nicht weitergegeben. Der mutmaßliche Täter wurde gestern inhaftiert.«
Richeloin klatschte mit der flachen Hand auf den Tisch. »Ja, so ist es. Die Beweislast ist erdrückend.«
»Hat er gestanden?«
»Das kommt schon noch. Und wenn nicht, ist es auch egal. Er wird so oder so verurteilt.«
»Ich gratuliere.«
»Oh, besten Dank. So was ist einfache Routine, das haben wir drauf.«
»Wie erklären Sie sich, dass es am Tatort keine verwertbaren DNA-Spuren gab? War das bei den anderen Fällen auch so?«
Richeloin rutschte auf seinem Sessel nach vorne. »Das geht Sie erstens gar nichts an, und zweitens sind auch Serientäter lernfähig.«
»Also nicht«, sagte Isabelle. »Und die Spuren eines Narkosemittels stimmen Sie auch nicht misstrauisch?«
Richeloin bekam einen roten Kopf. »Woher verdammt noch mal wissen Sie vom Narkosemittel?«

Isabelle zuckte mit den Schultern. »Auch in meinem kleinen Dorf gibt es moderne Kommunikationsmittel«, gab sie eine ausweichende Antwort. Sie wollte vom sympathischen Rechtsmediziner Marchand ablenken, dem sie diese Information verdankte.

»Narkosemittel kommen auch bei manchen Sexualspielchen zum Einsatz«, erklärte Lieutenant Parpin, der offenbar um Ausgleich bemüht war.

Es machte wenig Sinn, nachzuhaken. Zu Richeloins Polizeiarbeit zählte offenbar die Methode, alle möglichen Zweifel und Gegenargumente zu ignorieren.

Richeloin hob drohend den Zeigefinger. »Ich verbitte mir, dass Sie sich in meinen Fall einmischen. Sie dürfen nicht einmal an ihn denken.«

Wie konnte es sein, dass Richeloin dem verstorbenen Bastian immer ähnlicher wurde? Lag das am Schreibtischsessel?

»Nichts liegt mir ferner«, sagte sie mit zuckersüßer Stimme. »Ob das mit dem Denken klappt, kann ich Ihnen nicht versprechen. Aber ich bemühe mich.«

Er sah sie irritiert an. »Okay, dann wäre das geklärt«, sagte er schließlich.

Ihr Spott war ihm offenbar entgangen. Auch in diesem Punkt eiferte er seinem Vorbild nach.

»Madame, wie kommen Sie mit Ihren eigenen Untersuchungen voran?«, fragte Parpin.

Isabelle zögerte. Sie hatte auf der Herfahrt überlegt, was sie preisgeben wollte, und war zu dem Schluss gekommen, dass es nicht viel sein würde. Und ganz bestimmt würde sie ihren Verdacht für sich behalten, dass Bastian umgebracht wurde.

»Ich kann leider keine besonderen Ergebnisse vorweisen«, sagte sie.

Richeloin grinste über beide Ohren. »Sehen Sie, das ist der Unterschied.«
»Ich bin allerdings zu der Auffassung gelangt«, fuhr sie fort, »dass sich Commandant Bastian nicht wegen seiner Krebserkrankung umgebracht hat.«
»Aber genau das hat er in seinem Abschiedsbrief behauptet. Warum sollte er gelogen haben?«
»Keine Ahnung, da bin ich noch dran. In dem Zusammenhang hätte ich eine Frage.«
»Nur zu, Sie wissen doch, wir unterstützen Sie, so gut wir können. Ist doch selbstverständlich.«
Von wegen, du falsche Schlange.
»Wer wusste von Bastians Krebserkrankung?«
»Die Frage verstehe ich nicht.«
»Noch einfacher kann ich sie nicht formulieren.«
Richeloin wandte sich an Parpin. »Lieutenant, wer wusste vom Krebs des Alten? Ich glaube, das hatte sich rumgesprochen, oder?«
Parpin dachte nach. »Ich denke schon«, sagte er nach einer Weile. »Sie kennen ja die Geschwätzigkeit von Fabienne.«
»Fabienne?«
»Bastians Sekretärin. Sie kann nichts für sich behalten.«
Richeloin nickte. »Ich habe es auch von ihr erfahren.«
Parpin drehte die Hand in der Luft. »Die Nachricht ist rundgegangen. Bastian wird es nicht recht gewesen sein.«
Isabelle war über die Antwort nicht sehr glücklich. Sie hatte gehofft, dass nur wenige Menschen von Bastians Krankheit gewusst hatten. Dann wäre nur jemand aus diesem Personenkreis als Schreiber seines Abschiedsbriefs in Frage gekommen. Aber so konnte es jeder gewesen sein. Sie hätte diese Fabienne auf den Mond schießen können.

Richeloin stützte die Ellbogen auf den Tisch und legte die Fingerspitzen aneinander. Er sah sie hämisch an. »Ich hoffe, wir konnten zu Ihren Ermittlungen einen wertvollen Beitrag leisten.«

Sie lächelte. »Ich werde Ihre Kooperationsbereitschaft im Protokoll positiv vermerken.«

»Ist nicht nötig. Sonst noch was?«

»Zu Bastians letzten Fällen zählten der tote Drogenkurier vom Hafen und die russischen Prostituierten. Gibt's da was Neues?«

Richeloin schüttelte den Kopf. »Nicht wirklich. An der Drogenfront ist gerade Ruhe. Wir haben unsere Patrouillen im Hafenviertel verstärkt. Wie es scheint, haben die Korsen im Kampf der Kartelle die Oberhand gewonnen, wenigstens vorläufig.«

»Der Clan von Nabulione?«

»Ganz genau. Und was die Prostituierten betrifft, können wir nicht viel ausrichten. An die Bosse kommen wir nicht ran …«

»Vladimir und Igor.«

Richeloin sah sie eindringlich an. »Sie haben die Ermittlungsakten aber sehr genau gelesen, viel zu genau, das gefällt mir nicht. Ich dachte, Sie hätten verstanden, dass Sie das alles überhaupt nichts angeht. Kümmern Sie sich meinetwegen um die Nutten in Fragolin …«

»Da gibt es keine.«

»… aber stecken Sie Ihre Nase nicht in meine Angelegenheiten.«

Isabelle stand auf. »Ich bin es leid, mit Ihnen über Zuständigkeiten und Kompetenzen zu diskutieren, das ist doch langsam albern. Ich glaube, es ist besser, wenn ich mich verabschiede.«

»Keine Einwände.«
Sie verzichtete darauf, ihm die Hand zu reichen. Parpin begleitete sie aus dem Zimmer. Auf dem Weg nach unten versuchte er, Richeloin zu verteidigen. Der Capitaine sei mit seiner neuen Aufgabe überfordert. Er habe nie damit gerechnet, in Toulon und fürs ganze Département die Verantwortung zu übernehmen. Deshalb reagiere er oft aggressiver, als das eigentlich seine Art sei. Sie dürfe ihm das nicht übelnehmen. Er meine es nicht so.
Isabelle dachte, dass Parpin vielleicht ein wenig recht hatte, aber trotzdem ging ihr Richeloin auf den Geist.

Eine halbe Stunde später war sie in einem Café an der Place Victor Hugo mit Estelle verabredet. Bastians Witwe kam gerade vom Friedhof und war in Begleitung ihres Bruders Eric. Es gab keinen besonderen Anlass für ihr Treffen. Isabelle wollte nur den Kontakt aufrechterhalten, und außerdem nahm sie an Estelles Schicksal Anteil. Sie war froh, dass sie nichts von der Liebschaft ihres verstorbenen Mannes wusste – und hoffte, dass es so blieb. Ihrerseits gab es keinen Grund, ihr davon zu erzählen. Richeloin und Parpin hatten versprochen, dichtzuhalten. Und Eric wusste wohl auch nichts von Lily. Er wäre der Letzte gewesen, den Bastian ins Vertrauen gezogen hätte.
Eric sprach Isabelle auf das mitgenommene Notebook an und fragte, ob die Auswertung zu irgendwelchen neuen Erkenntnissen geführt habe. Isabelle sprach nur die merkwürdige Adressliste für den Abschiedsbrief an, aber man war sich einig, dass dies auf Bastians emotionale Anspannung zurückzuführen sei. Sie versprach, den Computer bei nächster Gelegenheit zurückzugeben.

Später plauderten sie über Erics Arbeit, der einige Anekdoten zum Besten gab. Unter den Kunden seiner Sicherheitsfirma befanden sich Menschen mit absonderlichen Vorlieben, die man sich nur mit viel Geld leisten konnte. So hatte ein Villenbesitzer ein Hausschwein, das immer die Alarmanlage auslöste. Und ein anderer schlug von seiner Terrasse Golfbälle ins Meer. Eric hatte in seinem Auftrag einen Fischer entschädigen müssen, der nicht nur am Kopf getroffen wurde, sondern mehr Golfbälle als Fische im Netz hatte.

Isabelle erfuhr, dass Eric früher auch bei der *Police nationale* gewesen war, bevor er sich mit Moreau Securities selbständig gemacht hatte. Über ihn hatte Bastian seine Schwester kennengelernt. Aber das sei lange her, damals seien sie noch ganz junge Spunde gewesen. Jeder habe auf seine Art Karriere gemacht. Erics sei finanziell einträglicher gewesen, dafür habe Bastian viel Ansehen genossen.

Isabelle spürte, dass Eric und Estelle sehr vertraut miteinander waren und sich gut verstanden. Das freute sie. Estelle brauchte momentan jeden Halt.

26

Kurz nach achtzehn Uhr stand Isabelle vor dem Striplokal mit dem vielversprechenden Namen *La folie,* was übersetzt so viel wie »Verrücktheit« oder »Wahnsinn« bedeutete. In Paris gab es das berühmte Revuetheater Folies Bergère, wo in den zwanziger Jahren des vorigen Jahrhunderts Josephine Baker in ihrem legendären Bananenröckchen aufgetreten war. Das hier war eindeutig was anderes. In den Schaukästen waren Bilder von Damen zu sehen, die nicht mal ein Röckchen trugen. Dafür konnten sie an einer Stange mit gespreizten Beinen einen Kopfstand machen.

Ob es eine »Verrücktheit« war, ohne Verstärkung hineinzugehen und nach Vladimir und Igor zu fragen, würde sie erst hinterher wissen. Ihre Dienstwaffe hatte sie nach kurzer Überlegung im Auto gelassen.

Trotz der frühen Stunde war der Betrieb bereits in vollem Gang. Das Licht war schummrig. Auf der Bühne rekelten sich nackte Frauen. An der Bar saßen tätowierte Männer, die wohl Marinesoldaten waren, und tranken Bier. Eine Discokugel drehte sich an der Decke. Aus den Lautsprechern drang das Luststöhnen von Jane Birkin aus »Je t'aime« von Serge Gainsbourg. Sie war unter den Gästen definitiv die einzige Frau. Ein Zweimetermann trat auf sie zu und fragte mit russischem Akzent, womit man ihr eine Freude machen könne.

Ob Vladimir oder Igor da seien, fragte sie. Ihre Freude wäre es, mit einem oder beiden zu sprechen.

Er sah sie misstrauisch an. Dass sie sich nicht für einen Job als Striptänzerin bewerben wollte, schien ihm offensichtlich.

»Wer bist du?«, fragte er.

»Isabelle.«

»Was willst du?«

»Sagte ich doch gerade. Mit Vladimir oder Igor sprechen.«

»Warum?«

Sie fand, dass der einsilbige Mann eine bemerkenswerte Fragetechnik hatte.

»Sag ich ihnen selber«, antwortete sie.

Er wiegte den mächtigen Schädel hin und her. Vielleicht half das beim Denken?

»Du wartest hier!«, sagte er schließlich.

Sie sah ihm hinterher, wie er die Bühne umkurvte und hinter einem roten Samtvorhang verschwand.

»Je t'aime, je t'aime, oh, oui je t'aime! Moi non plus. Oh mon amour …«

Auf der Tanzfläche hielt eine ebenso großbusige wie erstaunlich gelenkige Schönheit eine Banane in der Hand. Unwillkürlich dachte Isabelle an Josephine Baker und ihren Bananenrock. Aber dann bekam sie demonstriert, was man mit einer Banane noch so alles machen konnte.

Der Hüne kam zurück und forderte sie mit mürrischem Gesicht auf, mitzukommen. Sie folgte ihm hinter den roten Vorhang. Von dort ging es in einen Salon, wo sie von zwei Männern empfangen wurde, die unschwer als Leibwächter zu identifizieren waren. Sie tasteten Isabelle mit routinierten Griffen nach Waffen ab und gaben dann Entwarnung. Aus einer Seitentür betrat ein Mann den Raum, der kaum kleiner war als der Begrüßungszerberus, mit einem großen

Tattoo auf dem kahlgeschorenen Kopf – und einem aufgesetzten Lächeln.

»Ich bin Igor. Was kann ich für dich tun?«

Isabelle stellte fest, dass sie sich zuvor keine Strategie zurechtgelegt hatte. Natürlich wusste sie, warum sie hier war und was sie wissen wollte. Aber sie konnte diesen Igor ja kaum fragen, ob er Bastian umgebracht hatte. Und Lily. Und wenn ja, warum? Andererseits fiel ihr nichts Besseres ein.

»Mein Name ist Isabelle Bonnet«, sagte sie. »Ich arbeite für das Innenministerium in Paris.« Sie zeigte ihm ihren Ausweis. Igors Lächeln gefror. Seine Augen verengten sich zu schmalen Schlitzen. »Ich untersuche den Tod von Capitaine Bastian«, fuhr sie fort. »Ich will wissen, ob Sie was damit zu tun haben.«

Sie sah, wie die Leibwächter plötzlich Pistolen in den Händen hielten. Der Hüne stellte sich breitbeinig und mit verschränkten Armen vor den Ausgang.

»Ich glaube, du bist verrückt«, sagte Igor. »Verrückt und lebensmüde.«

Isabelle blieb äußerlich völlig ruhig. Igor mochte recht haben, dass sie etwas verrückt war, aber lebensmüde ganz bestimmt nicht.

»Ich will nur in aller Ruhe mit Ihnen reden«, sagte sie mit leiser Stimme. »Ich weiß, dass Commandant Bastian hinter Ihnen her war. Sie beschäftigen russische Prostituierte, das hat ihm nicht gefallen.«

»Jetzt weiß ich es sicher«, stellte Igor fest, »du bist verrückt. Ist die Tussi verkabelt?«, fragte er seine Leibwächter.

»Njet!«

Igor grinste schief. »Bei mir ist alles legal. Jedenfalls so legal, wie es in meiner Branche möglich ist. Dieser Idiot von Bastian hat mir nie was nachweisen können. Und dass der Kretin keine russischen Frauen mochte, dafür kann ich nichts. Vielleicht war er schwul?«

»War er nicht. Kennen Sie eine Lily?«

»Ja, sie tanzt gerade an der Stange. Eigentlich heißt sie Natascha. Sie lässt sich regelmäßig auf Geschlechtskrankheiten untersuchen. Was willst du von ihr?«

»Von Natascha? Nichts.«

»Dann kannst du jetzt gehen. Danke Gott, dass ich heute so gut aufgelegt bin. Und dass Vladimir nicht hier ist. Mein Bruder ist jähzornig.«

»Das bin ich auch«, rutschte es ihr heraus.

Er schüttelte verzweifelt den Kopf. »Verrückt, absolut verrückt. Du gehörst in die Klapsmühle.«

»Wussten Sie, dass Bastian Krebs hatte?«, fragte sie.

»Hab's nach seinem Tod in der Zeitung gelesen. So, jetzt mach, dass du rauskommst. *Dawei!* Ich will dich nie wieder sehen.«

»Nur noch eine Frage: Gehört Saint-Tropez zu Ihrem Revier?«

»Saint-Tropez? Leider nein. War noch nie dort. Würde gerne mal ins Hafenbecken pissen. So, jetzt ist Schluss. Sergej, schmeiß die Spinnerin raus.«

Einer der beiden Leibwächter bohrte ihr seine Pistole in die Rippen. Leider mochte sie das überhaupt nicht. In solchen Momenten setzte ihr Gehirn aus. Sollte sie je befürchtet haben, dass ihre Reflexe nicht mehr funktionierten, wurde sie jetzt eines Besseren belehrt. Ihre Bewegungen waren so schnell, dass sie ihnen selber nicht folgen konnte. Mit lang trainierten Griffen setzte sie Sergej außer Gefecht, dafür brauchte sie nur wenige Sekunden. Sie hörte, wie sein Handgelenk und einige Rippen brachen – und sah fast er-

staunt auf Sergejs Pistole, die sie jetzt in ihren eigenen Händen hielt. Der Lauf zielte auf Igor.
»Prastiti!«, entschuldigte sie sich auf Russisch.
Igor sah sie erstaunt an.
Über die Schulter warf sie einen Blick zum Hünen, der immer noch vor dem Ausgang stand.
Igor gab ihm ein Zeichen, den Weg frei zu machen.
»Ich danke für das angenehme Gespräch«, sagte Isabelle. »Ich sehe keine Veranlassung, Sie wieder zu belästigen. Wenn Sie mich in Ruhe lassen, lasse ich Sie auch in Ruhe. Einverstanden?«
Igor zögerte nur kurz. *»Haraschol«*, antwortete er dann. Viele Worte konnte Isabelle nicht auf Russisch, aber das verstand sie. Igor war einverstanden.
»Do swidanija!«, sagte sie. »Auf Wiedersehen.«
Langsam rückwärtsgehend verließ sie den Salon. Der rote Vorhang, die Tanzfläche. Ein Mädchen warf gerade seinen Slip in Richtung Bar, wo die Marinesoldaten saßen. Isabelle richtete die Pistole auf den Türsteher, der über sie hinweg nach hinten sah, von dort offenbar ein Zeichen bekam und sie daraufhin passieren ließ. Zum Abschied drückte sie dem verdutzten Mann die Pistole in die Hand. Dann machte sie, dass sie davonkam.

27

Am nächsten Morgen brauchte Isabelle eine Weile, um die Eindrücke des vergangenen Tages zu rekapitulieren und die gesammelten Informationen gedanklich einzusortieren. Das ging am besten auf ihrer kleinen Dachterrasse, mit reichlich Kaffee – und einer Zigarette. Weil sie nur noch selten rauchte, hatte sie den Eindruck, dass das Nikotin bei den gelegentlichen Rückfällen seine Wirkung viel besser entfaltete. Es kam ihr vor, dass es in Sekunden ihr Gehirn erreichte, wo es ihre Aufmerksamkeit steigerte und ihre Wachheit förderte. Das konnte sie heute brauchen. War aber dennoch kein Grund, wieder mit dem Rauchen anzufangen. Nur noch einen Zug. Sie inhalierte tief, dann drückte sie die Zigarette aus.

Was hatte ihr die gesteigerte Aufmerksamkeit gebracht? Nichts! Sie war nicht klüger. Stattdessen musste sie husten. Sie dachte an den Zigarrenraucher Balancourt, der kein Telefonat ohne eine heftige Hustenattacke zu Ende brachte. Rouvens Zigarillo war ihr besser bekommen. Vielleicht musste man vorher Wein trinken?

Ihre Gedanken schlugen mal wieder aberwitzige Kapriolen. So kam sie nicht weiter. Sie massierte sich die Schläfen und versuchte sich zu konzentrieren. Was waren die Schlüsselinformationen des gestrigen Tages? Richeloin hatte sich Bastians mächtigen Schreibtischsessel zu eigen gemacht und wurde dem verstorbenen Commandant in seiner abweisenden und ruppigen Art immer ähnlicher. Dagegen war Parpin recht nett, aber er hatte nichts zu sagen. Beide glaubten den Mord an Lily aufgeklärt zu haben. Sie hatten einen Sexualstraftäter verhaftet. Gratulation. Mit Lilys Ableben hatte er nichts zu tun, da war sie sich ganz sicher. Aber Richeloin war ein Meister im Ignorieren möglicher Gegenargumente. Keine DNA, Narkosemittel im Blut … Alles kein Problem. Nur Kleingeister fanden das merkwürdig. Nächster Punkt: Von Bastians Krebserkrankung hatten dank seiner geschwätzigen Sekretärin Fabienne offenbar viele gewusst. Da kam sie also auch nicht weiter. Was jedem bekannt war, konnte auf Umwegen auch Bastians Mörder gewusst und zum getürkten Abschiedsbrief inspiriert haben. Nächster Punkt: Bastians beide Lieblingsfälle waren ebenfalls ein Schuss in den Ofen. Die Drogenfront hatte sich offenbar beruhigt, Nabulione und sein korsischer Clan hatten den Machtkampf für sich entschieden, zumindest für den Augenblick. Warum hätten sie Bastian töten sollen? Das machte keinen Sinn. Und die russischen Prostituierten? Den Besuch des Striplokals *La folie* hätte sie sich sparen können. Oder auch nicht, denn immerhin wusste sie nun, dass Igor im Abstreiten jeder Tatbeteiligung sehr überzeugend war. Er hatte das in einer Weise vorgetragen, dass sie ihm Glauben schenkte. Sie wusste des Weiteren, dass seine Leibwächter ausgesprochene Pfeifen waren. Und sie hatte etwas über sich selbst gelernt: dass nämlich in der neuen Isabelle immer noch viel von der alten steckte, von jener Isabelle, die sich nicht provozieren ließ, die es nicht mochte, wenn man ihr mit einer Pistole drohte, die dann auf Autopilot schaltete und, ohne nachzudenken, ihre alten Reflexe abrief. War das ein Problem? Sie goss sich noch etwas Kaffee ein und rührte nachdenklich mit dem Löffel in der Tasse. Nein, das war kein Problem, nur interessant. Offenbar war es gar nicht so einfach, sich neu zu erfinden. Auch wenn es ihr oft vorkam, dass sie unter der provenzalischen Sonne im gemächlichen Rhythmus eines Dorfes und in der Rolle einer unbedeutenden Kommissarin ein anderer Mensch geworden war, schien dieser Eindruck zu täuschen. Unter der gebräunten Oberfläche lauerte noch die Isabelle von früher, temperamentvoll und angriffslustig. Sie rieb sich leise lächelnd ihr Handgelenk. Ihre Aktion war ziemlich idiotisch gewesen – aber hatte Spaß gemacht.

Was gab es noch für Erkenntnisse? Bastians Witwe Estelle ging es nicht so gut, aber sie hatte ihren Bruder, der sie unterstützte. Eric war früher bei der Polizei gewesen und erlebte in seiner Arbeit als Sicherheitschef amüsante Dinge. Das alles war mindestens so unerheblich wie Bastians Schreibtischsessel. Sie musste sich eingestehen, dass sie keinen Schritt weitergekommen war.

Eine Stunde später betrat sie ihr Kommissariat. Immerhin machte Apollinaire einen fröhlichen Eindruck. Er fotografierte gerade den Kaktus auf der Fensterbank und pfiff dazu eine Melodie, die sich anhörte wie eine falsch gestimmte Drehorgel.

»Ich habe eine Bilddatei angelegt«, sagte Apollinaire, »und ins Netz gestellt. Jetzt kann man den Genesungsprozess unseres *Pilosocereus chrysostele* exakt nachvollziehen.«

»Sieht man da einen Unterschied? Ich finde, er sieht immer gleich aus.«

»Das täuscht, genau deshalb bedarf es ja einer akribischen Dokumentation. Es liegt im Wesen eines Kaktus, dass er scheinbar immer gleich aussieht. Im Zeitraffer werden wir aber dramatische Veränderungen feststellen, da bin ich mir ganz sicher.«

»Lassen wir uns überraschen.«
»Übrigens freue ich mich, dass Sie Ihren gestrigen Ausflug ins Rotlichtmilieu unbeschadet überstanden haben. Wie Sie wissen, habe ich mir ernste Sorgen gemacht.«
»Die waren unbegründet.«
»Also keine Probleme?«
Sie lächelte. »Nein, überhaupt nicht. Die Herren waren sehr zuvorkommend, und Igor ist eine Seele von einem Mann.«
Er sah sie skeptisch an. »Wirklich? Das hätte ich nie gedacht. Ihm eilt ein schlimmer Ruf voraus.« Apollinaire legte den Kopf auf die Seite, dann begann er zu grinsen. »Ah, verstehe, Sie nehmen mich auf den Arm.«
»Nur ein bisschen. Wie gesagt, ist alles gutgegangen. Leider scheinen die Russen mit dem Mord an Bastian nichts zu tun zu haben. Ein lebender oder ein toter Commandant ist ihnen egal.«
»Also wieder keine heiße Spur.«
»Nein. Wir kommen einfach nicht voran. Wenn wir nur wüssten, was Bastian am Abend vor seinem Tod in Saint-Tropez gemacht und dort beobachtet hat. Ich bin mir fast sicher, das wäre der Schlüssel.«
»Puuh, aber wie sollen wir das rausfinden?«
»Das ist die Frage. Wie war's in Cannes beim Eisessen?«, wechselte sie das Thema.
»Das Vanille-Mango-Krokant-Eis schmeckt immer noch sensationell. Aber sonst bin ich nicht weitergekommen. Die Mitarbeiter leiden alle an Amnesie. Könnte sein, dass übermäßiger Eiskonsum verblödet. Jedenfalls kann sich keiner an die Namen ihrer Ausfahrer erinnern. Scheint, dass es da einen regen Wechsel gibt.«
Isabelle dachte, dass sie gerade keinen guten Lauf hatten. Vielleicht sollte sie Urlaub nehmen. Um was zu tun? An

die Côte d'Azur fahren und im Meer schwimmen? Das konnte sie auch so.

»Dessen ungeachtet habe ich zwei frohe Botschaften zu verkünden«, sagte Apollinaire.

»Das höre ich gerne, schießen Sie los!«

»Zum Casus des Juwelendiebstahls mit tateinheitlicher Tötung zweier Personen, und zwar ...«

»Kommen Sie bitte auf den Punkt!«

»Nun, wir verfügen im Polizeicomputer über zentrale Register von Tatwaffen und Projektilen, die wiederum ...«

»Ist mir bekannt. Aber laut Protokoll sind die Geschosse von Cannes keiner Waffe zuzuordnen, die bei irgendeinem anderen Delikt zum Einsatz gekommen wäre.«

Er lächelte triumphierend. »Ja, so steht's im Protokoll, und genau das ist der aktuelle Stand der Datenbank, die einen kontinuierlichen Abgleich mit aktuellen Fällen durchführt, mit der Intention ...«

»Aber?«

»Die Datenbank des Kriminaltechnischen Instituts wurde vor einigen Jahren einem Update unterzogen, und dabei ist es aufgrund eines Programmierfehlers zu einem Systemabsturz gekommen. Sie müssen sich das so vorstellen: Ein geistig unterbelichteter Programmierer ...«

»Apollinaire!«

»Jedenfalls ist alles wieder in Ordnung gebracht worden, wenigstens auf den ersten Blick, aber es gibt noch einige alte Dateien, die nicht mit dem aktuellen Erkennungsprogramm verknüpft sind. Das gibt natürlich keiner zu, ist aber so. Weil mir langweilig war, hab ich mal einen Crosscheck durchgeführt. Sie müssen wissen, da gibt es ein finnisches Programm ...« Er sah ihren vorwurfsvollen Blick, räusperte sich und fuhr fort: »Mit dem Ergebnis, Achtung, jetzt kommt's, dass mit der Tatwaffe von Cannes vor zwei Jahren in Arles ein Nachtwächter angeschossen wurde. Der Täter wurde gefasst und verurteilt. Er sitzt in der Justizvollzugsanstalt *Les Baumettes* in Marseille.«

»Aber hallo. Damit kommen Sie erst jetzt?«

»Habe ich doch erst vor einer Stunde herausgefunden. Außerdem wollte ich Ihnen den Vortritt lassen. Ist doch eine frohe Botschaft, oder etwa nicht?«

Ihr Assistent neigte plötzlich zur Untertreibung, dachte Isabelle.

»Das ist nun wirklich eine heiße Spur. Fahren Sie hin und verhören den Mann! Kommt er für unseren Juwelenraub als Täter in Frage? Stimmen Alter und Aussehen? Hat er ein Alibi? Und wenn doch, woher hat er die Waffe?«

»Wollen Sie nicht selbst?«

Isabelle schüttelte den Kopf. »Nein, das ist Ihr Fall. Sie kommen gut alleine zurecht.«

»Ich danke für Ihr Vertrauen.«

»Das schaffen Sie!«

Wenigstens kam der Juwelenraub ins Rollen. Warum tat sie sich bei Bastian und Lily so schwer?

»Wollten Sie nicht zwei frohe Botschaften verkünden?«, erinnerte sie sich an seine Worte.

»Das stimmt, richtig, korrekt. Die frohe Botschaft ist, dass ich leichten Herzens meinen Termin bei der Escortdame Sheila absagen kann.«

»Wie das?«

»Weil ich über die Domain von Lilys Homepage, also, ich will sagen, nun, egal. Ich will sagen, dass ich herausgefunden habe, wer die Seite am Laufen hält und die Damen ihrer Bestimmung zuführt. Es handelt sich um eine ehemalige Kollegin von Lily, die auch als Darstellerin in Por-

nofilmen agiert hat. Einmal sogar gemeinsam, also zusammen, ähm, wenn Sie verstehen.«
»Name?«
»Linda Plaisir.«
»Ist nicht Ihr Ernst?«
Apollinaire räusperte sich. »Pardon, das war ihr Künstlername. Ihr wirklicher Name ist Sabine Salier.«
»Wo kann ich die Dame erreichen?«
Er zuckte mit den Schultern. »Das weiß ich leider nicht, noch nicht. Aber ich krieg's raus, versprochen.«
»Ich schlage vor, Sie treffen sich zur Sicherheit doch mit Sheila und fragen sie.«
Er ruderte hektisch mit den Händen in der Luft. »*Mais non,* das ist nicht nötig, ganz bestimmt nicht.«
»Man könnte glauben, diese Sheila wäre ein Ungeheuer. Ich finde, auf dem Foto sieht sie gut aus und wirkt überhaupt nicht ordinär.«
»Madame, warum arbeitet so jemand beim Escortservice? Doch bestimmt nicht, um Konversation zu machen.«

Gegen dreizehn Uhr befand sich Isabelle auf dem Weg zum Bistro *Chez Jacques,* wo sie mit Clodine zum Mittagessen verabredet war. Gegenüber dem heutigen Morgen hatte sich ihre Stimmung deutlich verbessert. Im Fall Rousseff gab es Fortschritte. Zudem würde sie bald Gelegenheit haben, mit Lilys Geschäftspartnerin zu sprechen. Daran waren keine konkreten Hoffnungen zu knüpfen, aber immerhin.
Den Bouleplatz hatte sie bereits hinter sich, als ihr *portable* läutete. Jacqueline war dran, Balancourts Sekretärin. Das sei kein dienstlicher Anruf, erklärte sie. Sie müsse von Freundin zu Freundin mit ihr sprechen.

Das könnte länger dauern, dachte Isabelle und setzte sich auf eine Bank im Schatten einer Platane.
Von Freundin zu Freundin? Ob Jacqueline ein Problem habe, bei dem sie helfen könne?
Nein, das Gegenteil sei der Fall, vielmehr habe sie, Isabelle, ein Problem, aber es sei ihr unangenehm, darüber zu sprechen.
Isabelle dachte spontan, dass das was mit ihrer Arbeit zu tun haben könnte.
»Erzähl schon«, forderte sie ihre Freundin auf, »ich bin hart im Nehmen.«
»Als ich dich vor zwei Monaten in Fragolin besucht habe, hast du mir doch deinen Thierry vorgestellt, du erinnerst dich?«
»Natürlich. Auch daran, dass du von ihm ganz begeistert warst.«
»Begeistert? Um ehrlich zu sein, jetzt bin ich es nicht mehr.«
Isabelle beschlich ein flaues Gefühl.
»Warum?«
»Weil ich Thierry gestern Abend gesehen habe, in einer Bar. Dort hat er mit einer langbeinigen, dunkelhäutigen Schönheit geschmust, ihr unter den kurzen Rock gelangt und so weiter. Das willst du gar nicht wissen.«
»Irrtum ausgeschlossen?«
»Natürlich, sonst würde ich dich doch nicht anrufen. Später ist sie zu ihm in sein Auto gestiegen, dort haben sie sich geküsst, dann sind sie zu ihm nach Hause gefahren.«
Isabelle schluckte. »Zu ihm nach Hause? Woher weißt du das?«
»Weil ich ihm nachgefahren bin. Sie ist mit ihm raufgegangen. Was ich sagen will, meine liebe Isabelle, also, es tut mir leid, aber …«

»Hab schon verstanden«, sagte Isabelle.
»Dein Thierry ist dir nicht treu, Schätzchen.«
»Ist nicht *mein* Thierry«, verbesserte sie mit ruhiger Stimme. »Wir haben keine Besitzansprüche angemeldet. Er kann tun, was er will.«
»Das lässt dich kalt?«
Isabelle zögerte mit der Antwort. »Nein, tut es natürlich nicht. Ich bin von Thierry enttäuscht, sogar sehr enttäuscht. Aber so ist das Leben.«
»So sind die Männer!«, korrigierte Jacqueline.
»Ich dachte, es gibt Ausnahmen.«
»Die gibt es, aber sie sind sehr rar.«

Nach dem Telefonat blieb Isabelle noch eine Weile sitzen. Sie versuchte sich über ihre Gefühle klarzuwerden. Komischerweise hatte sie nie in Erwägung gezogen, dass Thierry in Paris eine andere Frau haben könnte. War er deshalb nach Paris gegangen und hatte sie andauernd angelogen? Die Anrufe, der Blumenstrauß … Nein, daran glaubte sie nicht. So gut konnte er nicht lügen. Aber er war offenbar nicht stark genug, den Verlockungen einer Großstadt zu widerstehen. Vor allem, wenn die Verlockung lange Beine und einen schönen Teint hatte. Damit hätte sie rechnen müssen. Sie hatte lange genug in Paris gelebt. Und jetzt? Sie hatte keine Ahnung. So tun, als ob nichts wäre? Und dann?
Sie gab sich einen Ruck und stand auf. Clodine wartete im Bistro. Sie würde ihr nichts erzählen. Isabelle versuchte zu lächeln. War gar nicht so schwer.

28

Isabelle glaubte nicht an Zufälle. Auch nicht an Gedankenübertragung. Erst recht hielt sie nichts von spontanen Rachegelüsten. Aber sie fand es schon witzig, dass nur wenige Stunden später Rouven Mardrinac anrief, um sie zu einer Vernissage einzuladen. Bereits heute Abend, ganz spontan.

Sie mochte Vernissagen nicht, vor allem jene, wo feine Leute mit Champagnergläsern herumstanden und dumme Gesichter machten. Da fühlte sie sich fehl am Platz. Also gab es keinen Grund, zuzusagen. Und doch tat sie genau das: Sie sagte zu!

Ihr war klar, dass sie ohne Jacquelines Anruf anders entschieden hätte. Nie und nimmer hätte sie sich darauf eingelassen.

Rouven teilte ihr noch den Treffpunkt mit: Saint-Tropez, die ihr bekannte Bar Le Clemenceau, um neunzehn Uhr. Aber dort würden sie nicht bleiben.

Isabelle grauste es. Eine Vernissage im schicken Saint-Tropez? Er sagte noch was von einem Dresscode, *smart casual*. Und dass er sich auf sie freue. Dann legte er auf.

Isabelle ging wie in Trance durch die Gassen zu ihrer Wohnung. Sie war entsetzt über ihre eigene Blödheit und erstaunt. Mit Rouven zu einer Vernissage? Sie würde daran keinen Spaß haben, und er auch nicht. Darüber hinausgehende Erwartungen seinerseits, wenn es sie denn geben sollte, würden sowieso unerfüllt bleiben – höchstens Stress verursachen.

Was zum Teufel sollte sie anziehen? *Smart casual?* Clodine würde sie beraten können, aber die würde sie nicht fragen. Sie zog sich aus und nahm eine kalte Dusche. Neunzehn Uhr? Allzu viel Zeit hatte sie nicht.

Sie spielte mit dem Gedanken, sich ganz unmöglich anzuziehen – damit Rouven die Hände über den Kopf zusammenschlug und sie umgehend wieder nach Hause schickte. Aber dann kramte sie doch einen lässigen Hosenanzug hervor, den sie das letzte Mal in Paris angehabt hatte. Sie musste ihn erst bügeln, auch die weiße Bluse. Dabei schimpfte sie fortwährend auf sich selbst. Was aber nichts half. Im Badezimmerschrank fand sie ein Haargel. War noch nicht eingetrocknet. Entschlossen strich sie sich die Haare nach hinten. Sie sah sich im Spiegel an. Dann tat sie was Unerhörtes: Sie schminkte sich. Nur ein wenig, aber immerhin. Wann hatte sie sich das letzte Mal geschminkt? Sie konnte sich nicht erinnern. Im Beutel nahm sie hochhackige Stilettos mit. Sie würde erst in Saint-Tropez entscheiden, ob sie sie wirklich anziehen würde. Hoffentlich brach sie sich keinen Knöchel.

Sie verspätete sich nur um wenige Minuten.

Rouven kam lächelnd auf sie zu. Er hauchte ihr einen Kuss zu. »Du siehst umwerfend aus«, begrüßte er sie mit einem Kompliment. »Hätte dich fast nicht erkannt. Dein Look gefällt mir gut, sehr gut.« Und mit einem Blick auf ihre Pumps: *»Très chic, Madame!«*

Er selbst war so bunt angezogen wie ein Kanarienvogel, aber ein Kanarienvogel mit Stil – und offenem Hemd über der Hose und mit Einstecktuch im Blazer.

»Ich bin keine gute Begleiterin für eine Vernissage«, erklärte sie. »Ich wollte eigentlich noch absagen.«
Er lächelte. »Das dachte ich mir, darum wäre ich nicht rangegangen. Und einfach eine Nachricht hinterlassen, das wäre niveaulos, das hättest du nicht gemacht.«
»Was ist das für eine Vernissage?«, wollte sie wissen.
»Zeitgenössische Kunst, ganz spannend.«
»Blöd rumstehen, das liegt mir nicht.«
Er grinste. »Dann besorge ich dir einen Stuhl.«
»So meinte ich das nicht.«
»Ich weiß.« Er nahm sie am Arm. »Komm, wir müssen uns beeilen.«
»Wo geht's hin?«
»Nicht weit. Eine gute halbe Stunde, und wir sind da.«
Er führte sie zu seinem gelben Citroën Méhari, der diesmal direkt auf dem Bürgersteig parkte. Daneben stand ein Polizist der *Police municipale* und passte auf den Strandwagen auf. Offenbar machte sich Rouven seine eigenen Gesetze. Wie er das schaffte, war ihr ein Rätsel.
Eine halbe Stunde mit diesem Auto? Die Vernissage konnte wirklich nicht weit entfernt sein. Da könnte sie sich jederzeit davonstehlen, wenn es unerträglich wurde.
Rouven erklärte, dass die Sitze zwar zerschlissen, aber frisch gesäubert seien. Sie könne also bedenkenlos Platz nehmen. Dann fuhren sie los.
Wie beim letzten Mal ging es aus dem Ort hinaus, aber zur Abwechslung auf geteerter Straße und auch nur ein kurzes Stück. Dann hielten sie vor einem Helikopter.
»Bitte nicht«, sagte Isabelle.
»Warum? Hast du Flugangst?«
»Quatsch, ich kann das Ding sogar selber fliegen. Hat mal zu meiner Ausbildung gehört.«

»Wow. Du bist eine wahnsinnstolle Frau. Wo ist also das Problem?«

»Ich mag diesen ganzen noblen Mist nicht. Kann man nicht einfach irgendwo zu Fuß hingehen, sich barfuß in einen Korbstuhl setzen, einen einfachen Landwein bestellen und sich die Kunst selber auf die Papierserviette kritzeln?«

»Oh, das kann man durchaus. Das mag ich sogar sehr, aber nicht heute Abend. Bitte einzusteigen. Der Pilot wird schon unruhig.«

Der Flug nach Cannes war ein Katzensprung. Dort wurden sie am Helikopter von einer Limousine abgeholt. Minuten später fuhren sie über die Croisette. Isabelle dachte, dass sie völlig verrückt war. Sie war eine Kommissarin der *Police nationale,* vom Innenministerium als Sonderermittlerin eingesetzt, sie wohnte in einer kleinen Dachwohnung im verschlafenen Fragolin. An der Wand hing ein billiger Kaufhausdruck von Paul Cézanne. Was also tat sie dann hier? An der Seite des schwerreichen Industrieerben und Kunstsammlers Rouven Mardrinac, ein Bonvivant, dem die Frauen nachliefen, der wahrscheinlich noch keine Sekunde in seinem Leben gearbeitet hatte. Es war nicht so, dass sie Hemmungen hatte oder sich unsicher fühlte. Auch kannte sie grundsätzlich keine Minderwertigkeitskomplexe. Zudem hatte sie sich in ihrem früheren Leben schon mal in der sogenannten feinen Gesellschaft bewegen müssen. Sie wusste also, wie das ablief – aber sie mochte es nicht.

Es ging gleich gut los. Sie hielten an einem roten Teppich. Die dort wartenden Fotografen erkannten Rouven, der sich bei Isabelle unterhakte und mit ihr entspannt durch das Blitzlichtgewitter spazierte.

Warum machten Fotografen Fotos? Um sie zu veröffentlichen! *Mon Dieu,* lass mich unsichtbar werden. Weil das nicht funktionierte, mühte sie sich um einen freundlichen Gesichtsausdruck. Aber ein Lächeln war nicht drin.

Im weiteren Verlauf des Abends fand sie sich damit ab, dass sie zur falschen Zeit am falschen Ort war. Mit dem falschen Mann, in der falschen Gesellschaft. Wer war daran schuld? Natürlich Thierry, dieser Idiot, niemand sonst. Hätte sich Thierry nicht mit einer anderen Frau erwischen lassen, wäre sie Rouvens Einladung nicht gefolgt. Aber jetzt war sie hier. Wo war der Ober mit den Champagnergläsern?

Ihre Versuche, sich von Rouven abzusetzen und in eine Ecke zu verdrücken, waren zum Scheitern verurteilt. Stattdessen ließ er sie nicht von seiner Seite. Er tat ganz so, als ob sie zu ihm gehören würde, und machte sie mit den merkwürdigsten Menschen bekannt. Das fand sie ausgesprochen irritierend. Was fand Rouven an ihr, dass er sie so ungeniert als seine Begleiterin vorstellte? Isabelle nahm sehr wohl die neugierigen Blicke zur Kenntnis, die ihr versteckt von anderen Frauen zugeworfen wurden. Von jüngeren und schöneren Frauen. Na ja, manche waren auch älter und hässlich.

Am interessantesten waren die ausgestellten Werke. Rouven zählte zu den wenigen, die die Bilder genau betrachteten und sie sich von den Künstlern erklären ließen. Später zitierte er den Galeriebesitzer herbei und ließ eine Reihe von Gemälden mit einem roten Punkt markieren. Gekauft! Isabelle ignorierte die herumgereichten Canapés, trank stattdessen noch ein Glas Champagner. Sie langweilte sich und fühlte sich ein wenig schläfrig. Dann, ganz plötzlich, war sie hellwach. Rouven sprach gerade mit niemand anderem als mit Gilbert Rousseff. Sie trat hinzu. Der Juwelier erkannte sie nicht. Auch nicht, als Rouven sie wie schon den ganzen Abend als Madame Isabelle vorstellte. Das war typisch. Das Ambiente, das gesellschaftliche Umfeld, die Kleidung und die Aufmachung definierten die Persönlichkeit. Unter anderen Vorzeichen wurde man ein anderer Mensch. Rousseff ließ sich zu einem angedeuteten Handkuss hinreißen. Das war wirklich lustig.

Natürlich kannte der Juwelier Rouven Mardrinac. Jeder hier in der Szene schien ihn zu kennen. Sie machten etwas Small Talk. Zum ersten Mal heute Abend hörte Isabelle bei einem Gespräch aufmerksam zu. Offenbar waren sich die beiden früher häufiger in Spielcasinos begegnet. Dann sprach der Juwelier Rouven auf seine Mickymaus-Uhr aus Plastik an. Bei ihm gebe es Uhren, die viel besser zu ihm passten. Das glaube er gerne, sagte Rouven, aber die Plastikuhr sei ein Einzelstück und auf der Unterseite von Andy Warhol signiert. Peng! Da fiel Rousseff nichts mehr ein.

Als er weg war, fragte Isabelle, in welchen Spielcasinos Rouven dem Juwelier begegnet sei.

In Monte Carlo zum Beispiel, antwortete Rouven nach kurzem Nachdenken, im Casino Municipale di San Remo, sogar einmal in Deauville in der Normandie.

Wie lange das her sei, fragte sie.

Rouven überlegte. Das wisse er nicht mehr genau, in den letzten Jahren sei er ihm nicht mehr begegnet, das sei wohl schon länger her, bestimmt sieben oder acht Jahre. Aber das habe nichts zu bedeuten, er selber gehe mittlerweile nur noch selten zum Spielen. Roulette, Black Jack, Poker, das mache ihm keinen Spaß mehr.

Isabelle sah ihn grübelnd an. Ob er sich erinnere, um welche Einsätze Rousseff gespielt habe, fragte sie. Hoch oder niedrig?
Rouven lachte. Ziemlich hoch, sehr sportlich, jedenfalls für einen Mann mit einem Juweliergeschäft. Warum sie das interessiere?
Das werde sie ihm ein anderes Mal verraten, erwiderte sie.
Rouven küsste seine Plastikuhr und lachte. Das mit Warhol sei übrigens ein Witz gewesen. Die Uhr gebe es im Dutzend billiger. Es amüsiere ihn immer wieder, wie leicht man Leute auf den Arm nehmen könne.

Gerade ging Isabelle durch den Kopf, dass die Begegnung mit Rousseff dem Abend eine neue Note gegeben hatte, sozusagen eine dienstliche, was positiv zu vermerken war, da erkannte sie zu ihrer Überraschung schon wieder jemanden. Sie nahm vom Tablett eines dienstfertigen Obers erneut ein Glas Champagner. Nüchtern war sie nicht mehr, aber ohne Alkohol war eine solche Vernissage nur schwer zu ertragen. Sie schlängelte sich durch die Reihen und begrüßte Eric Moreau, den Bruder von Estelle.
»Hallo, schön, Sie zu sehen.«
Er blickte sie ratlos an. »Kennen wir uns?«
Isabelle dachte, dass es jetzt reichte. Mit Eric hatte sie erst gestern von Angesicht zu Angesicht gesprochen. Hatten die Klamotten, das bisschen Haargel und Schminke sie wirklich so sehr verändert? War sie sonst ein hässliches Entchen, oder was?
»Bonnet, Isabelle Bonnet, die Kommissarin«, brachte sie sich in Erinnerung.
Eric schlug sich mit der flachen Hand gegen die Stirn. »Aber natürlich, bitte entschuldigen Sie, ich hab Sie wirk-

lich nicht gleich erkannt. Sie sehen fantastisch aus, wenn mir diese Bemerkung erlaubt ist.«

»Vielen Dank.«

Er deutete zu Rouven. »Ich hab Sie in Begleitung von Monsieur Mardrinac gesehen. Da dachte ich natürlich, Sie verstehen schon.«

»Nein, ich verstehe nicht. Was dachten Sie?«

Er machte eine wischende Handbewegung. »Jetzt muss ich mich gleich noch mal entschuldigen. Das wird ja richtig peinlich. Was hat Sie auf diese Vernissage verschlagen? Sind Sie im Dienst?«

Sie schaute auf das Glas Champagner in ihrer Hand und fühlte sich immer besser. Wurde langsam ein netter Abend.

»Im Dienst? Schau ich so aus?«

Er lachte. »Aus der Bredouille komme ich nicht mehr raus, oder?«

Jetzt musste auch Isabelle lachen. »Sie kommen immer tiefer rein.«

Eric warf einen kurzen Blick in Richtung Rouven. »Weiß er, was Sie beruflich machen?«, fragte er leise.

»Klar weiß er das. Und was machen Sie hier?«

»Ich bin sozusagen in doppelter Funktion hier, privat und beruflich. Meine Leute sind für die Sicherheit zuständig.«

»Der Menschen?«

Er lächelte. »Das auch, aber vor allem passen wir auf die Bilder auf, es sind ein paar richtig teure darunter. Das ist mein Job, wir schützen Eigentum. Ich hab Sie vorhin mit Monsieur Rousseff sprechen sehen. Das ist auch ein Kunde von mir. Sein Juweliergeschäft wird ebenfalls von uns gesichert.«

Sie dachte, dass der Abend voller Überraschungen war.

»Interessant, seit wann?«

»Seit dem Überfall. Das werden Sie vielleicht nicht wissen, aber er ist mal ausgeraubt worden. Schon Jahre her. Tragische Geschichte, denn dabei sind seine damalige Frau und eine Kundin ums Leben gekommen.«
Sie spielte die Ahnungslose. »Tatsächlich? Nein, das wusste ich nicht.«
»Die Räuber hatten unheimliches Glück. Der Vertrag mit uns war schon unterschrieben und die neue Überwachungsanlage bestellt. Wenige Wochen später hätten diese Amateure keine Chance mehr gehabt.«
»Amateure?«
»Nun ja, Profis waren es wohl nicht. Aber wie gesagt, sie hatten Glück und Rousseff großes Pech. So spielt das Leben.«
Rouven trat zu ihnen und legte seinen Arm vertraut um Isabelle. Sie stellte fest, dass es sie nicht störte. Das mochte am Alkohol liegen. Oder es hatte andere Gründe. War jetzt auch egal.
»Machst du uns bekannt?«, sagte Rouven.
»Gerne. Das ist Eric Moreau. Ihm gehört die Firma, die hier für die Sicherheit verantwortlich ist.«
Rouven gab ihm die Hand. »*Enchanté,* ich bin Mardrinac.«
»Ich weiß, wer Sie sind. Wie könnte ich es nicht wissen.«
Rouven lächelte nachsichtig. »Passen Sie bitte vor allem auf die Bilder mit dem roten Punkt auf, die habe ich gerade für meine Stiftung gekauft.«
Eric nickte. »Das habe ich mitbekommen, gute Wahl. Aber bei uns gilt das Gleichheitsgebot. Wir schützen alle Kunstwerke ohne Unterschied, auch die schlechten.«
Rouven schlug ihm lachend auf die Schulter. »Sehr gut. Außerdem kann es sein, dass aus den vermeintlich schlechten Bildern später mal das teuerste hervorgeht.«

»Wenn man das nur vorher wüsste.«
»Interessieren Sie sich für die Kunstwerke, auf die Sie aufpassen?«
»Doch, das tue ich. Ich sammle sie sogar, vor allem Gegenwartskunst von Malern aus der Region.« Eric räusperte sich verlegen. »Nun, in Ihrer Gegenwart klingt das natürlich lächerlich. Ich sammle in ganz bescheidenem Rahmen. Von den Bildern mit dem roten Punkt könnte ich mir keines leisten.«
»Das gefällt mir. Es ist einfach, mit viel Geld zu sammeln. Das kann jeder Depp. Aber sich mit begrenzten Mitteln dieser Passion zu widmen, das erfordert Leidenschaft und einen guten Blick. Solche Sammler brauchen wir, brauchen vor allem auch die jungen Künstler. Respekt, machen Sie nur weiter.«
Eric nahm das Lob mit stolzgeschwellter Brust entgegen. »Wenn Sie mal Zeit haben sollten, wäre es mir eine Freude und Ehre, Sie zu mir einzuladen und Ihnen meine Bilder zu zeigen. Mich würde Ihr Urteil interessieren.«
»Sehr gerne. Ich hab zwar einen vollen Terminkalender, aber vielleicht klappt es trotzdem.«
Isabelle lächelte in sich hinein. Rouven und ein voller Terminkalender? Nach ihrem Eindruck hatte er fast so viel Zeit wie Geld. Aber vermutlich war er nicht sonderlich an Erics Sammlung interessiert.
Rouven deutete auf Isabelle. »Den Termin machen Sie am besten mit meiner charmanten Begleitung aus. Ich bin schwer zu erreichen.«
»Bin ich jetzt deine Privatsekretärin?«, fragte sie spöttisch.
Er schmunzelte. »Nein, aber bei dir weiß man immerhin, wo man dich findet. Da gibt es einen verträumten Ort namens Fragolin.« Er gab Eric die Hand. »Sie entschuldigen

uns. War nett, Sie kennengelernt zu haben.« Dann nahm er sie am Arm und bugsierte sie in einen Nebenraum. »So, meine liebe Isabelle, was fangen wir mit dem angebrochenen Abend an? Sag nur nicht, du willst schon heim.«

Das war eine schwierige Frage. Sie leerte das Glas mit dem Champagner und dachte, dass sie womöglich ein klein bisschen betrunken war. Was vielleicht auch daran lag, dass sie nichts gegessen hatte. Mit dem angebrochenen Abend anfangen? Wie sollte sie das wissen? Erst verschleppte sie dieser Rouven nach Cannes, und jetzt stellte er so eine dämliche Frage.

»Wir könnten an der Bar im Martinez noch einen Drink nehmen, einverstanden?«

Einen Drink? Nach all dem Champagner? Aber nachdem sie sowieso von niemandem erkannt wurde, was eigentlich eine Frechheit war, wäre es auch egal, wenn sie betrunken vom Barhocker fiel. Rein hypothetisch, denn das würde sie natürlich nicht tun. Außerdem war sie noch nie in ihrem Leben betrunken gewesen. Ein klein wenig, das schon, aber nicht wirklich. Das Problem war der Champagner, der schoss ins Blut, den vertrug sie nicht. Aber was anderes hatte es auf dieser Vernissage nicht gegeben. Was hätte sie also tun sollen? Irgendwas musste der Mensch ja trinken.

»Was ist?«

»Einen Drink im Martinez? Warum nicht, aber nur einen. Anschließend kannst du mir bitte deinen Fahrer bestellen. Wäre es möglich, dass er mich direkt nach Fragolin bringt? Ohne Helikopter und so. Ich hol mein Auto dann morgen, ich sollte nicht mehr fahren.«

»Das ist selbstverständlich möglich, alles ist möglich.«

Zwei Stunden später saßen sie noch immer in der Bar *l'Amiral des Martinez.* Rouven war ein ausgesprochen amüsanter Unterhalter. Das war nicht neu für sie, eher seine Hand, die sich an ihren Oberschenkel verirrte. Aber sie hatte einen Hosenanzug an, das war also harmlos. Irgendwann kamen sie auf sein Liebesleben zu sprechen. Er war wohl seit einigen Monaten solo, der arme Kerl. Sie wusste nicht, warum, aber sie erzählte ihm von Thierry und davon, dass er in Paris eine andere Frau küsste.
Das habe nichts zu bedeuten, sagte Rouven. Wahrscheinlich sei Thierry überarbeitet und brauche zur Entspannung etwas Abwechslung. Er sei nun mal in Paris und sie in Fragolin, da könne so was schon passieren.
»Das ist aber eine blöde Ausrede«, stellte Isabelle fest.
»Ziemlich blöd«, gab er zu.
»Mich fragt ja auch keiner, ob ich überarbeitet bin und zur Entspannung etwas Abwechslung brauche.«
Er sah sie lächelnd an. »*Ich* könnte dich das fragen. Bist du?«
Sie dachte, dass sie gerade auf schlüpfriges Terrain geriet. Während sie im Kopf noch über eine intelligente Antwort nachdachte, hörte sie plötzlich ihre eigene Stimme. »Ich bin total überarbeitet.«
Hatte sie das gerade wirklich gesagt? Erstens stimmte das nicht, und zweitens könnte Rouven das falsch verstehen. Der Champagner, dieser verdammte Champagner.

Eine halbe Stunde später betraten sie im Martinez eine Suite. Zu ihrem Schrecken sah sie in einem Eiskühler eine weitere Flasche Champagner bereitstehen. Die würde geschlossen bleiben, definitiv. Sie schleuderte ihre Pumps in die Ecke. Genug der Qualen. Rouven zündete einige Kerzen an. Derweil brachte sie die Soundanlage in Gang. Die Musik gefiel ihr. Rouven machte das Licht aus. Sie dachte, dass der Hosenanzug nervte. Sie war schneller draußen, als Rouven schauen konnte. Bei der Bluse half er ihr. Einen Büstenhalter trug sie nicht. Sie war froh, dass nur die Kerzen brannten, da sah er ihre Narben nicht und ihre Verletzungen. Sie wiegte sich im Rhythmus der Musik. Ja, sie war ganz fürchterlich überarbeitet und brauchte ganz dringend Entspannung.

29

Obwohl sie auf ihrer Dachterrasse im Schatten saß, hatte Isabelle eine dunkle Sonnenbrille auf. Das Gel hatte sie aus den Haaren gewaschen. Vor ihr stand ein großes Glas mit Wasser, in dem sie zwei Schmerztabletten auflöste. Sie rührte im Zeitlupentempo und beobachtete sinnierend die aufsteigenden Luftblasen. Die Tabletten wurden immer kleiner, zerbröselten, bis sie verschwunden waren. Sie stützte ihren schweren Kopf in die linke Hand. Wenn man das auch mit dem gestrigen Abend machen könnte, das wäre schön. Einfach so lange rühren, bis er verschwunden war, aufgelöst im ewigen Nichts des Vergessens. Ungeschehen. Nie passiert.

Sie massierte sich die Schläfen. Vergessen und ungeschehen machen? Den Alkohol und die Kopfschmerzen gerne, aber sonst? Warum eigentlich? Sie war eine erwachsene Frau, sie konnte tun und lassen, was sie wollte. Und sie hatte gewollt, und es war schön gewesen. Jedenfalls soweit sie sich erinnern konnte. Nun, zurechnungsfähig im Sinne des Strafgesetzbuchs war sie am gestrigen Abend nicht mehr gewesen. Sie lächelte versonnen und trank das Wasser mit dem Schmerzmittel. Eine Nacht mit Rouven Mardrinac? Sie hätte tausend Schwüre getan, dass es dazu nie kommen würde. Jetzt war es passiert. Das Leben war voller Überraschungen – und sich selbst blieb man ein Rätsel.

Eine Stunde später fühlte sie sich in der Lage, den Fußweg zum Rathaus und ihrem Kommissariat anzutreten. Es war bereits am frühen Nachmittag. Um Clodines Laden machte sie einen großen Bogen. Sie wollte ihrer Freundin nicht erklären, warum sie so müde aussah.
Das Büro war abgeschlossen. Auf ihrem Schreibtisch fand sie zwei Nachrichten von Apollinaire. Er sei nach Marseille gefahren, um im dortigen Gefängnis mit dem inhaftierten Mann über seine Tatwaffe zu sprechen. Gut so, vielleicht kam was dabei raus.
Und die zweite Nachricht? Apollinaire hatte die Adresse von Sabine Salier herausgefunden. Sie wohnte in Saint-Tropez. Saint-Tropez? Der Ort schien sie gerade zu verfolgen. Als ob es keinen anderen Platz an der Côte d'Azur gäbe. Saint-Tropez? Sie schlug mit der Hand auf den Tisch. Das passte, passte sogar sehr. Bastians letzter Anruf am Abend vor seinem Tod. Aus Saint-Tropez, wo Lilys Partnerin wohnte, wie sie jetzt wusste. Bastian, Lily, Sabine … Schon hatte sie den Telefonhörer in der Hand. Sabine Salier war sofort dran.
Sie müsse sich dringend mit ihr treffen, kam Isabelle sofort auf den Punkt. Sie habe Lily gekannt und habe was zu bereden.
Sabine fragte, worum es denn gehe. Und wer sie sei.
Isabelle antwortete, dass sie das nicht am Telefon erklären könne. Aber es sei wichtig, *très, très important*. Am besten noch heute am späten Nachmittag.
Sabine Salier schlug den Balkon des *Sube* vor, direkt am alten Hafen, vor der Suffren-Statue. In zwei Stunden.
Isabelle stimmte sofort zu.
Sie schloss die Augen, verschränkte die Hände über dem Kopf und lehnte sich zurück. Sie war froh, dass Sabine so

schnell Zeit hatte. Es durfte nichts mehr dazwischenkommen. Nicht, dass Sabine plötzlich Lilys Schicksal erlitt und nichts mehr sagen konnte. Nicht noch einmal.

Als Isabelle mit ihrem privaten Renault ins Parkhaus unter der Place des Lices fuhr, dachte sie, dass das mittlerweile fast zur Routine wurde. Sie lief die Stufen hinauf und kam am Clemenceau vorbei, wo das gestrige »Verhängnis« begonnen hatte. Von Rouven und seinem gelben Strandwagen war weit und breit nichts zu sehen. Gott sei Dank. Erstens sah sie schrecklich aus, zweitens wusste sie nicht, wie sie auf ihn reagieren sollte, und drittens gab es jetzt Wichtigeres.
Sie ging im Hotel *Sube* in den ersten Stock und dort durch den maritimen Barraum am großen Tresen vorbei auf den kleinen Balkon, von dem man über den bronzenen Vizeadmiral hinweg einen fantastischen Blick auf den *vieux port* hatte. Aber dafür hatte sie heute keinen Sinn. Viele Tischchen gab es nicht, und nur an einem saß eine einzelne Frau. Sie sah nicht aus wie ein ehemaliger Pornostar, vielmehr machte sie einen ausgesprochen gepflegten und eleganten Eindruck – kurzgeschnittene blonde Haare, dezent geschminkt, eine weiße Bluse mit hochgestelltem Kragen, Perlenkette und Cartier-Uhr.
»Sabine Salier?«, fragte Isabelle vorsichtig.
Sie nickte. »Dann sind Sie Isabelle Bonnet, die mich so dringend sprechen will.«
Isabelle nahm Platz. Dass Sabine vor sich ein Glas Champagner stehen hatte, bereitete ihr schon vom Hinschauen Kopfschmerzen. Sie bestellte Wasser und einen *café fort,* einen extrastarken Kaffee. Dann erzählte sie, wer sie war, dass sie Bastians Selbstmord untersuchte, von seiner Liaison mit Lily wusste, wie sie Lily kennengelernt hatte, dass

sie vom Escortservice Kenntnis hatte – und dass ihr die Umstände von Lilys Tod seltsam vorkamen.

Sabine hörte aufmerksam zu, stellte nur wenige Zwischenfragen und nahm ab und zu einen Schluck Champagner. Sie hatte offenbar keine Probleme damit, dass Isabelle von der Polizei war. Sie zündete sich eine Zigarette an und sah Isabelle fragend an.

»Jetzt wollen Sie wissen, was ich mit Ihnen so Dringendes besprechen möchte, richtig?«

»Wollen wir über Lilys Tod reden?«, fragte Sabine.

»Nicht nur, aber fangen wir damit an. Ich hab ihre Leiche entdeckt«, sagte Isabelle und dämpfte die Stimme. »Es sah alles nach einem Unfall beim Liebesspiel aus, mit Fesseln und Würgen und so weiter.«

»Das ist Unsinn. So etwas hat sie nicht gemacht, nur früher im Film, aber nicht im realen Leben.«

»Ich glaube, dass alles nur inszeniert war. Nach meiner Überzeugung wurde sie eiskalt umgebracht.«

»Das glaube ich auch«, flüsterte Sabine.

»Deshalb möchte ich mit Ihnen sprechen, aber nicht nur deshalb.« Sie sah zum Nebentisch. Dort saßen ausländische Touristen, die kein Französisch konnten, nicht einmal genug, um ihre Bestellung aufzugeben. Außerdem waren sie mit sich selbst beschäftigt. »Ich denke, dass alles mit allem zusammenhängt, Bastians Selbstmord, wenn es denn einer war, und Lilys Ermordung.«

»Wenn es denn einer war? Zweifeln Sie daran?«

»Sagen wir so, ich schließe grundsätzlich nichts aus. Jetzt komme ich zu meiner entscheidenden Frage. Ich weiß, dass Bastian an seinem letzten Abend hier in Saint-Tropez gewesen ist, zusammen mit Lily. Haben Sie die beiden gesehen?«

Sabine lächelte. »Natürlich, die beiden haben bei mir gewohnt, wie immer.«
Isabelle hätte vor Freude am liebsten in die Hände geklatscht. Das war der Durchbruch, das musste er sein. Jetzt würde sie herausbekommen, was an jenem Abend passiert war. Hoffentlich.
»Wie immer? Sie kamen also häufig zu Besuch?«
»Das nicht gerade, aber immer wieder. Ich war ja der einzige Mensch, der von ihrer Beziehung wusste. Es hat ihnen gutgetan, nicht immer Versteck spielen zu müssen.«
»Bastian hatte keine Angst, erkannt zu werden?«
»Nein, er hat hier immer eine Strickmütze getragen, damit man seinen kahlen Kopf nicht sieht, dazu eine dunkle Ray-Ban-Brille. Beim Motorradfahren hatte er einen verspiegelten Vollvisierhelm auf. Er hat sich sicher gefühlt. Außerdem war es ja nicht verboten, was er gemacht hat.«
»Seine Frau hätte besser nichts davon erfahren.«
»Da haben Sie recht. Das hätte er nicht gewollt.«
»Lily hat angedeutet, dass die beiden an jenem Abend etwas Wichtiges beobachtet haben, worüber er sich fürchterlich aufgeregt hat. Wissen Sie was davon oder waren Sie gar dabei?«
»Ich weiß, dass da was vorgefallen ist, war aber nicht dabei. Die beiden waren alleine beim Abendessen. Es muss auf dem Rückweg passiert sein.«
»Haben sie davon erzählt?«
»Nein, nichts. Bastian hat sich noch einen Cognac reingeschüttet, dann sind beide ins Bett. Am nächsten Morgen ist er in aller Frühe mit seinem Motorrad davongebraust.«
»Ein paar Stunden später war er tot.«
»Unfassbar. Aber um Ihre Frage zu beantworten: Beim späteren Frühstück hat mir Lily erzählt, dass sie beim

Heimgehen jemanden gesehen haben, am Hafen. Das muss irgendwie kompromittierend gewesen sein. Jedenfalls war das der Grund für Bastians Aufregung. Sie hätten sich versteckt, um nicht entdeckt zu werden.«

»Glauben Sie, dass Lily den- oder diejenigen kannte?«

Sie zuckte mit den Schultern. »Ich glaub eher nicht, aber Bastian hat ihr wohl verraten, worum es ging.«

»Bevor mir Lily davon erzählen konnte, wurde sie umgebracht«, sagte Isabelle.

»Mir läuft es kalt den Rücken runter.«

»Wo waren die beiden beim Abendessen?«

»Bei Richard, wie immer. Der Nachhauseweg führt am Hafen vorbei, nicht hier«, sie deutete mit dem Finger über die Yachten hinweg, »sondern dahinten, Sie wissen schon.«

Isabelle wusste nicht.

»Können Sie mir den Weg zeigen?«, fragte sie. »Und auch, wo Sie wohnen?«

»Wenn Sie mir versprechen, dass Sie das Schwein finden, dass Lily umgebracht hat.«

»Ich kann versprechen, dass ich es versuchen werde. Und zwar so gut, wie ich nur kann.«

Isabelle zahlte. Dann verließen sie das *Sube*. Sabine zeigte ihr als Erstes das Lokal, das zwar anders hieß, aber ihrem Freund Richard gehörte, der für seine großartige Fischsuppe berühmt war. Im Weitergehen brachte Isabelle das Gespräch auf den Escortservice, wobei sie entschieden deutlich machte, dass sie sich als Polizistin nicht für ihr Gewerbe interessiere.

Sabine lächelte entspannt. Das wäre auch kein Problem, sagte sie. Lily habe immer großen Wert darauf gelegt, dass alles korrekt ablief. Bastian habe ja davon gewusst und hätte keine Gesetzübertretungen akzeptiert.

Isabelle fragte nach den Mädchen.
Die hätten alle Klasse, könnten oft mehrere Sprachen, und es sei ihnen freigestellt, ob sie mit den Männern ins Bett gingen. Das sei vertraglich so geregelt. Lily habe die Ladys persönlich ausgesucht und gebrieft. Übrigens handle es sich ausnahmslos um Französinnen.
Wer den Service geführt habe, wollte Isabelle wissen.
Das operative Geschäft habe sie geleitet, sagte sie ganz professionell. Lily habe im Hintergrund agiert und in der Startphase die Finanzierung übernommen. Außerdem seien sie gute Freundinnen und hätten nie miteinander Stress gehabt, das sei ihnen am wichtigsten gewesen.
Isabelle dachte an Vladimir und Igor. Das war tatsächlich ein anderes Milieu. Trotzdem fragte sie, ob sie je Ärger mit einem russischen Prostituiertenring gehabt habe.
Sabine verneinte. Nutten hätten in ihrem Geschäft nichts verloren, erst recht keine Russinnen. Natürlich gebe es von ihnen in Saint-Tropez nicht wenige. Aber ihr Escortservice spiele in einer anderen Liga. Man komme sich nicht in die Quere.
Sie erreichten den Hafen und gingen an einigen Yachten vorbei. Isabelle blieb stehen. Hier müsse es passiert sein, stellte sie fest. Lily habe doch vom Hafen gesprochen.
Sabine nickte. Ja, vermutlich sei es hier gewesen. Aber da kämen im Lauf des Tages viele Menschen vorbei, Hunderte, Tausende.
Isabelles anfängliche Euphorie war längst verflogen. Dank Sabine war sie zwar wieder ein Stück klüger geworden, aber es hatte sie nicht wirklich vorangebracht.
Sabine führte sie zu dem Haus, in dem sie wohnte. Ein schmales Stadthaus, sehr gepflegt und hübsch anzusehen,

mit weißen Fensterläden und wildem Wein über dem Eingang.
Unten war das Büro, mit zwei Schreibtischen, Computern und einer modernen Sitzecke für Besprechungen. Seriöser ging es nicht.
Oben dann eine charmante Wohnung, und unter dem Dach ein Gästeapartment. Hier hatten Lily und Bastian ihre letzte gemeinsame Nacht verbracht.
Isabelle fand es gut, dass Sabine so offen und hilfsbereit war. Das war keine Selbstverständlichkeit. Erst recht nicht bei ihrer Vergangenheit, über die sie kein Wort verloren, und auch nicht in ihrem aktuellen Gewerbe.
Zum Abschied gab Isabelle ihr noch ihre Visitenkarte. Sie versprachen, sich wieder zu treffen. Vielleicht falle Sabine doch noch was ein.
Isabelle fragte lächelnd, ob es unter ihren Damen eine gewisse Sheila gebe.
Wieso?
Weil sich über das Internet ein gewisser Apollinaire Eustache mit ihr verabredet habe. Den Termin könne sie streichen. Das sei ein Irrtum. Ihr Assistent sei bei seinen Ermittlungen ein wenig über das Ziel hinausgeschossen. Außerdem könne er sich diese Sheila überhaupt nicht leisten.
Das sei aber schade, stellte Sabine fest, die ihr Lächeln erwiderte. Sheila sei eine ganz entzückende Begleiterin. Außerdem sei sie eine fantastische Tangotänzerin.
Isabelle versuchte sich Apollinaire beim Tango vorzustellen. Wenigstens nahm der Termin einen vergnüglichen Ausklang.

30

Zurück in Fragolin, war Isabelle sofort nach Hause gegangen, hatte noch eine Kleinigkeit zu essen aus dem Kühlschrank geholt, dann war sie todmüde ins Bett gefallen. Und hatte traumlos durchgeschlafen.

Ohne Wecker wäre es erneut später geworden. Aber sie hatte beschlossen, dass jetzt wieder Zucht und Ordnung in ihr Leben kämen. Sie fühlte sich nicht mehr so gerädert wie gestern, brauchte keine Kopfschmerztabletten – nur den obligatorischen Kaffee und frische Croissants. Sie stellte fest, dass sie gestern Nachmittag und Abend alle Textnachrichten auf ihrem Smartphone ignoriert hatte. Das muss kein Fehler gewesen sein. Man musste sich auch mal eine Auszeit gönnen. Außerdem hatte sie Wichtigeres zu tun gehabt. Wer hatte denn alles geschrieben? Thierry, der liebe Grüße aus Paris schickte. Das hätte er sich sparen können. Apollinaire, der um Rückruf bat, um von seiner Befragung in Marseille zu berichten. Dazu hätte er gleich Gelegenheit im Kommissariat. Und natürlich Rouven – gleich mehrere Male. Sie las seine Nachrichten mit einem leisen Lächeln. Der Mann hatte Humor und war überaus charmant. Es tat gut, seine Zeilen zu lesen. Sie warfen keine Probleme auf, das war das Wichtigste. Sie brauchte mehrere Anläufe, bis sie eine Antwort formuliert hatte, die ihr gefiel – und hoffentlich auch ihm. War nicht so leicht, hatte sie doch keine Übung darin. Sie las noch mal jedes Wort, fügte kurz entschlossen ein Emoji mit Kussmund hinzu, dann drückte sie auf Senden.

Sie trank noch eine zweite Tasse Kaffee. Nach einem Blick in den Spiegel stellte sie zufrieden fest, dass sie nicht mehr so beschissen aussah wie gestern. Ihr Kopf war auch klar. Der Tag konnte kommen. Sie machte sich auf den Weg zum Rathaus.

Gestern hatte sie einen großen Bogen um Clodines Laden gemacht. Heute verzichtete sie aus purem Leichtsinn auf diese Vorsichtsmaßnahme. Aber wie konnte sie ahnen, was auf sie zukam? Nämlich eine Clodine, die wohl schon auf sie gelauert hatte, die aus dem Laden geschossen kam und ihr aufgeregt die aktuelle Ausgabe der Regionalzeitung *Var-Matin* vor die Nase hielt.

»Isabelle, das darf doch wohl nicht wahr sein!«, rief sie.

»Nicht so laut. Was darf nicht wahr sein?«

Sie fuchtelte mit dem Zeigefinger herum. »Ich hab dich ertappt. Hier, schau dir das Foto an!«

Isabelle nahm die Zeitung. Sie spürte einen Kloß im Hals, als sie das Foto betrachtete. Rouven Mardrinac war darauf zu sehen, auf dem roten Teppich vor der Galerie. Und an seiner Seite eine erstaunlich gutaussehende Frau im Hosenanzug mit nach hinten gegelten Haaren. Fast hätte sie sich selbst nicht erkannt. Der Bericht handelte von der Vernissage in Cannes und davon, dass zu den illustren Gästen der berühmte Kunstsammler Rouven Mardrinac gezählt habe. In Begleitung seiner neuen Gefährtin, einer geheimnisvollen Frau, von der man nichts wisse, nicht einmal ihren Namen.

»Das bist du, gib es zu!«

»Das soll ich sein? Du spinnst ja.«

»Mich kannst du nicht anschwindeln. Natürlich bist du das.«

Isabelle schüttelte den Kopf. »Bin ich nicht. So elegant sehe ich nicht aus, leider. In solchen Schuhen könnte ich gar nicht laufen. Aber schön, dass ich wieder ein Foto von unserem Kronzeugen sehe. Es scheint ihm gutzugehen, das freut mich.«

»Ich bin nicht eifersüchtig, ich habe ja Antoine. Kannst es also sagen.«

Ganz schön hartnäckig, ihre Freundin. Hoffentlich war sie die Einzige, die sie auf dem Foto zu erkennen glaubte.

»Lieb von dir, dass du mir das Foto gezeigt hast«, erwiderte Isabelle so entspannt wie möglich. »Hab den guten Mann schon fast vergessen. Ich wünsch dir einen schönen Tag. Verkauf möglichst viele von deinen Seifen. Ich muss ins Kommissariat, die Arbeit wartet.«

Im Weggehen drehte sie sich kurz um und winkte. Clodine sah ihr mit offenem Mund hinterher.

Im Büro wurde sie von Apollinaire erwartet. Auf seinem Schreibtisch lag unter der Kaffeetasse die Regionalzeitung. Sie kannte seine morgendlichen Rituale. Er hatte sie schon gelesen.

»*Bonjour,* Apollinaire.«

»Guten Morgen, Madame.« Er deutete auf die Zeitung. »Haben Sie gesehen? Da ist ein Foto von Mardrinac drin.«

Sie nickte. »Ja, habe ich gesehen. Er war auf einer Vernissage in Cannes, richtig?«

»Ja, nicht weit vom Juwelier Rousseff. Scheint ihm gutzugehen.«

»Freut mich für ihn.« Sie atmete tief durch. Apollinaire hatte sie nicht erkannt. »Sie müssen mir gleich von Marseille erzählen. Aber vorher habe ich noch eine Nachricht, die Sie freuen wird.«

»Dass ich mich hoffentlich nicht mehr mit Sheila treffen muss?«

»Ganz genau, den Termin habe ich bereits abgesagt. Ihnen entgeht was. Sie ist eine großartige Tangotänzerin.«

»Wirklich? Ich habe in Toulon mal einen Kurs besucht. Die Grundschritte kann ich.«

Jetzt hatte er es geschafft, sie zu verblüffen. Sie konnte sich fast alles vorstellen, aber ganz bestimmt nicht, wie Apollinaire Tango tanzte. Eine normal gewachsene Partnerin würde ihm höchstens bis zur Brust reichen. Außerdem stolperte er schon beim normalen Gehen über seine Füße.

»Ich hab mich mit Sabine Salier getroffen, eine gutaussehende, fast schon distinguierte Frau. Man kann sie sich in ihrem früheren Beruf überhaupt nicht vorstellen.«

Er deutete auf seinen Bildschirm. »Ich könnte Ihnen Fotos zeigen.«

»Von Linda Plaisir? So war doch ihr Künstlername? Nein, kein Interesse. So wie sie heute ist, gefällt sie mir. Vor allem ist sie sehr kooperativ.«

Isabelle gab ihrem Assistenten einen kurzen Bericht. Dass Bastian und Lily bei ihr gewohnt hatten, wo sie beim Essen waren und so weiter.

Er machte sich Notizen.

Dann räumte sie ein, dass sie trotz des Erkenntnisgewinns eher ratlos war. Offenbar habe sich alles so zugetragen, wie sie es sich schon gedacht hatten. Aber jetzt wisse sie nicht weiter.

Statt einer Antwort beglückte sie Apollinaire mit einem provenzalischen Sprichwort, das im Kern nichts anderes ausdrückte, als dass man nur Geduld haben müsse, dann werde man den Lavendel blühen sehen. Das half ihr auch nicht weiter, war aber nett gemeint.

Aus Frust wechselte sie vom Tod des Polizeichefs zum Fall des Juweliers Rousseff und fragte Apollinaire nach seiner Vernehmung im Gefängnis von Marseille. Vielleicht gab es hier Positives zu berichten.

Apollinaire hob zu einer großen Erzählung an, die mit einem Stau bei der Anfahrt begann, zwischen Arles und Nîmes. Isabelle stoppte seinen Redefluss und schaffte es, ihm die wesentlichen Fakten in relativ komprimierter Form zu entlocken. Fazit: Der Mann hatte keine vernünftige Ausrede parat, wollte nicht sagen, wo er die Waffe herhatte, hatte mal in Cannes gewohnt, wahrscheinlich sogar zur Tatzeit. Er hatte kein Alibi, hatte aber nie als Ausfahrer für eine Eisfirma gearbeitet. Aber es habe ja zwei Täter gegeben. Vielleicht sei er der andere. Apollinaire versicherte, dass er seine Ermittlungen mit Nachdruck fortsetzen werde.

Sie glaubte ihm. Und sie hielt es für am besten, ihm freie Hand zu geben, dann hatte sie den Kopf frei. Fast hätte sie sich verplappert und von ihrer Begegnung mit Rousseff auf der Vernissage erzählt. Aber nur fast. Dennoch dachte sie, dass er von Rousseffs Spielleidenschaft wissen müsse. Also tat sie so, als ob sie das irgendwo aufgeschnappt hätte. Sie bat ihn, das mal zu überprüfen, vor allem für die Zeit vor dem Überfall. Auch die damaligen Vermögensverhältnisse seien von Interesse. Vielleicht habe der Juwelier Schulden gehabt, Spielschulden.

Er sehe da keinen Zusammenhang, sagte Apollinaire stirnrunzelnd. Aber er machte sich eine Notiz.

31

Den Nachmittag, den Abend und den ganzen nächsten Tag ließ sich Isabelle auf den trägen Lebensrhythmus von Fragolin ein. Abwechslung hatte sie in der letzten Zeit genug gehabt. Da tat es gut, sich einfach treiben zu lassen, die Schritte zu verlangsamen, hier und da mal einen Plausch zu halten. Mit Alain vor seinem Korbgeschäft über einen Schädling zu reden, der derzeit den Korkeichen zusetzte. Mit ihrer schon etwas gebrechlichen, aber immer freundlichen Nachbarin Marie-Claire einen Likör zu trinken. Mit Thierrys Freunden auf dem Platz vor dem Rathaus mal wieder Boule zu spielen – und ihnen zu zeigen, dass auch Frauen ein sicheres Auge hatten. Sie saß am Grab ihrer Eltern im Schatten der Bäume und dachte über das Leben nach – und über das Sterben. Sie wagte es sogar, mit Clodine zu Abend zu essen. Natürlich bohrte ihre Freundin sofort nach und wollte unbedingt etwas über Rouven in Erfahrung bringen. Isabelle ließ sie völlig entspannt ins Leere laufen, indem sie an ihrer Strategie festhielt, einfach alles zu leugnen. Es war ihr klar, dass ihr Clodine nicht glaubte, aber das war ja gerade der Spaß dabei.

Sie joggte durch den Wald bis zur *Chartreuse,* diesmal ohne *portable,* um nicht gestört zu werden. Die Hoffnung, dass ihr beim Laufen einfiel, was sie im Mordfall Bastian als Nächstes unternehmen könnte, wurde nicht erfüllt. »Mordfall Bastian!« In ihrem Kopf hatte sie den Begriff »Selbstmord« längst gelöscht. Ebenso wie es den »Mord-

fall Lily« gab und kein Sexualdelikt. Es half, auch in Gedanken die Dinge beim richtigen Namen zu nennen. Zweifel hatte sie längst nicht mehr.
Im Kommissariat ließ sie sich kaum sehen. Apollinaire war mal da, dann wieder nicht. Er hatte sich in seinen Fall verbissen und gab ihr immer kurze Zwischenberichte, denen sie aber kaum Aufmerksamkeit schenkte. Ihre Gedanken kreisten um Bastian und Lily – und um die Frage, was um Himmels willen sie an jenem Abend beobachtet haben könnten, auf dem Weg von Richards Restaurant zum Haus von Sabine.

Die schöpferische Pause, die in Wahrheit nur eine Pause, aber kaum schöpferisch war, wurde am Morgen des nächsten Tages gleich durch drei Telefonate beendet. Erst war ihre Freundin Jacqueline dran, die in Paris das Vorzimmer von Balancourt hütete. Sie berichtete, dass sie gerade die neueste Ausgabe der Illustrierten *Paris Match* auf dem Tisch habe. Jetzt denke sie darüber nach, ob Isabelle aus privaten oder dienstlichen Gründen als geheimnisvolle Begleiterin von Rouven Mardrinac unterwegs sei.
Isabelle stockte fast der Atem. Hatte das Foto von der Vernissage nun sogar den Weg auf die Society-Seiten von *Paris Match* gefunden?
»Ich finde, du hast schon lange nicht mehr so gut ausgesehen«, sagte Jacqueline.
Die Clodine-Methode der strikten Leugnung würde bei Jacqueline kaum verfangen, dachte Isabelle.
»Geht es da um eine Vernissage in Cannes?«, fragte sie vorsichtig. Denn plötzlich war ihr der Gedanke gekommen, dass es noch ganz andere Bilder geben könnte, vom späteren Abend, den sie nicht mehr genau in Erinnerung hatte.

»Ganz genau, meine Liebe, auf dem roten Teppich. Wo hast du die heißen Schuhe her?«

»Muss ein großes Bild sein, wenn du sogar meine Schuhe siehst.«

Jacqueline lachte. »Ja, ziemlich groß, wie es sich halt für Rouven Mardrinac geziemt.«

»Merde!«

»Also privat, nicht in Ausübung deiner beruflichen Tätigkeit.«

»Ziemlich privat«, gab Isabelle leise zu.

»So sieht es aus. Ist doch schön. Mir gefällt das Bild.«

»Liest Balancourt *Paris Match?*«

»Eigentlich nicht, doch ich denke, er wird es trotzdem erfahren. Macht aber nichts, ist doch völlig in Ordnung. Seht ihr euch wieder?«

»Balancourt und …«

»Du bist ja ganz durcheinander. Ich meine natürlich Mardrinac.«

Isabelle räusperte sich. »Ich weiß nicht, könnte sein. Vielleicht, vielleicht auch nicht.«

»Das war der Tag, an dem ich dir das von Thierry erzählt habe, richtig?«

»Ja, war es.«

»Geschieht ihm recht, dem untreuen Gesellen. Hoffentlich hast du es richtig krachen lassen.«

»Ich weiß nicht, was du darunter verstehst. Aber sagen wir so: Es war ein netter Abend.«

»Ich muss aufhören, der Alte kommt.«

»Grüß ihn von mir. Noch einen schönen Tag.«

Isabelle machte sich gerade mit dem Gedanken vertraut, dass ihr Foto mit Rouven Mardrinac nationale Verbreitung gefunden hatte, da läutete es ein zweites Mal. Am Display sah sie, dass es Thierry war. Einige Sekunden überlegte sie, den Anruf zu ignorieren, aber dann dachte sie, dass Feigheit keine Option war.

»Hallo, Isabelle, ich wollte dir nur einen guten Morgen wünschen.«

»Das ist aber lieb. Geht's dir gut?«

»Nicht so gut wie dir«, kam prompt die Antwort.

Jetzt war sie froh, dass Jacqueline sie vorher erreicht hatte. Er konnte sie nicht mehr überraschen.

»Da bin ich mir nicht so sicher«, sagte sie.

»Den Hosenanzug hattest du mal in Aix-en-Provence an, beim Klavierkonzert, du erinnerst dich?«

»Schön, dass *du* dich daran erinnerst.«

»Deine Haare sehen immer so aus, wenn du aus dem Wasser kommst. Die Frisur kenn ich, gefällt mir.«

Isabelle überlegte, dass sie ihr Styling vielleicht wirklich ändern sollte. So viele Komplimente hatte sie schon lange nicht mehr bekommen.

»Und wie ist es so auf dem roten Teppich an der Seite von Rouven Mardrinac?«, fragte er.

Wurde er jetzt spöttisch? Hoffentlich nicht, denn das konnte sie nicht leiden.

»Jedenfalls nicht so geheimnisvoll wie dein Tête-à-Tête mit einer dunkelhäutigen Schönheit.«

Jetzt hatte es ihm die Rede verschlagen.

Sie hätte ihn noch fragen können, ob er der Dame in seiner Wohnung seine Briefmarkensammlung gezeigt habe, aber das wäre niveaulos gewesen. Außerdem sammelte Thierry keine Briefmarken.

»*Touché!*«, kam nach einer Weile seine Reaktion.

»Und jetzt?«

»Ich denke, wir sollten uns möglichst bald sehen und miteinander reden.«
»Wenn du meinst? Du weißt, wo du mich findest.«
»Könnte ja sein, dass du nicht immer da bist.«
»Immer nicht, aber meistens.«
»Ich verstehe.«
Sie glaubte nicht, dass er verstand, aber das machte nichts.
»Die nächsten Tage geht es nicht«, sagte er, »aber dann komm ich, so schnell ich kann. Versprochen.«
Sie dachte, dass er wenig lernfähig war. Die nächsten Tage ging es nicht. Nur weiter so.
»Du musst mir nichts versprechen.«
»*Au revoir*, meine liebe Isabelle.«
»*Salut*, Thierry.«

Isabelle ging in die Küche und goss sich eine Tasse Kaffee ein. Sie hätte einen stärkeren vertragen können. Und eine Zigarette, aber sie hatte keine mehr. Stattdessen machte sie einige Kniebeugen, dann hängte sie sich an den Türrahmen und machte Klimmzüge, bis es weh tat und sie nicht mehr konnte.
Das Telefon läutete erneut. Etwas außer Atem nahm sie das dritte Gespräch entgegen. Rouven Mardrinac war dran. Ob er sich an den Presseveröffentlichungen störte? Er erwähnte sie mit keinem Wort. Er war völlig entspannt. Das mochte sie an ihm. Man hatte nie das Gefühl, dass ihm etwas außer Kontrolle geraten könnte. Und wenn doch, dann war es ihm egal.
Ob sie sich wiedersehen wollten, fragte er fast wie nebenher und ohne ihre Nacht im Martinez nur andeutungsweise zu erwähnen.

Auch das gefiel ihr. War ja auch nicht nötig, schließlich wussten sie beide, was vorgefallen war, also musste man nicht darüber quatschen. Trotzdem fiel ihr die Antwort schwer. Sich wiedersehen? Mit oder ohne Hintergedanken? Was sollte, was konnte aus ihrer Beziehung werden? War es überhaupt eine Beziehung? Nein, natürlich nicht, allenfalls hatten sie eine Affäre. Oder richtiger noch ein Liebesabenteuer für eine Nacht. Dabei sollten sie es bewenden lassen. Mehr war nicht drin. Ihre Leben waren nicht kompatibel.

Weil sie nicht sofort antwortete, fragte Rouven, ob sie noch am Apparat sei.

Natürlich, entschuldigte sie sich, sie habe sich nur gerade einen frischen Kaffee eingegossen.

Also?

Sie sagte, dass wohl nichts dagegenspreche, sich wiederzusehen. Aber diesmal ohne Überraschungen, also kein Heli nach Cannes oder ein Mittagessen per Schlauchboot von der Yacht.

Nun gut, schlug er vor, dann könne man sich der Einfachheit halber gleich auf seinem Schiff treffen. Es liege im *vieux port* von Saint-Tropez am Quai Jean Jaures. Heute Nachmittag? Garantiert ohne Überraschungen.

Isabelle gönnte sich eine erneute Denkpause, war von der Idee nicht wirklich begeistert, eher im Gegenteil – dann sagte sie zu. Sie einigten sich auf eine Uhrzeit. Den Namen seines Schiffes kenne sie ja.

Dora Maar, sagte sie, die Geliebte Picassos.

Dann verabschiedeten sie sich. Ganz entspannt, wie alte Freunde. Er gab ihr keinen Grund, ein schlechtes Gewissen zu haben. Es war allein ihre Entscheidung, ob diese Nacht in Cannes überhaupt stattgefunden hatte.

Eine Stunde später traf sie im Kommissariat ein. Apollinaire bot wieder mal ein Bild der völligen Auflösung. Die Haare standen ihm zu Berge wie nach einem Stromstoß. Zwischen seinen Fingern rotierte er einen Bleistift – der bei der Begrüßung davonflog. Mit einer Entschuldigung kroch er unter seinen Schreibtisch, um ihn zu suchen. Dabei konnte sie seine Strümpfe in Augenschein nehmen. Rechts waren sie mit dem Konterfei von Asterix bestickt, links Obelix. Sie mochte die beiden Comic-Figuren von René Goscinny und Albert Uderzo.

»*Sic transit gloria mundi*«, führte sie ein Asterix-Zitat an, das ihr spontan einfiel. So vergeht der Ruhm der Welt.

»*Ita est!*«, kam die prompte Antwort unter dem Schreibtisch hervor. So ist es!

Es nahm einige Zeit in Anspruch, bis Apollinaire wieder relativ geordnet am Schreibtisch saß. Während er seinen Bleistift spitzte, hob er an, Isabelle über seine Ermittlungen zu informieren.

Er meinte, dass ein freudiges *Heureka* durchaus angebracht sei. Er denke da an Band 12 *Astérix aux Jeux Olympiques*.

Isabelle stellte fest, dass sie sich immer besser aufeinander einstellten. Es genügte, dass sie kurz die Augenbrauen hob – und Apollinaire verzichtete darauf, ihr die genaue Szene aus dem Asterix-Heft zu schildern.

Stattdessen berichtete er, dass Jean-Pierre, so heiße der Mann im Gefängnis von Marseille, dringend tatverdächtig sei, zusammen mit seinem Bruder Jean-Claude den Überfall auf Rousseffs Schmuckgeschäft ausgeführt zu haben. Seine Nachforschungen hätten ergeben, dass Jean-Claude damals tatsächlich als Fahrer für die Eisfirma *Crème glacée* gearbeitet habe, man könne sich dort an den Namen erinnern. Jean-Claude sei im letzten Jahr bei einem Tauchunfall ums Leben gekommen. Jean-Pierre habe kein Alibi. Natürlich leugne er die Tat. Nach seiner Aussage habe er die Waffe gefunden. Das sei eine so haarsträubend blöde Erklärung, dass man sie nicht ernst nehmen könne. Bleibe das Problem, ihm ein Geständnis zu entlocken, oder die Tat zweifelsfrei nachzuweisen. Das könne schwierig bis aussichtslos sein.

Isabelle sprach ihm dennoch ein dickes Lob aus. Er habe hervorragende Arbeit geleistet.

Apollinaire sah sie glücklich an.

Sie fragte, ob er mit seinen Nachforschungen zu Rousseffs Vermögensverhältnissen weitergekommen sei.

Er schüttelte den Kopf. Noch nicht, aber er sei guter Dinge.

Nach kurzem Nachdenken sagte sie, dass er für morgen einen Vernehmungstermin in Marseille vereinbaren solle. Sie wolle den Mann persönlich in Augenschein nehmen. Außerdem habe sie eine Idee, vielleicht kämen sie damit weiter. Apollinaire müsse sie natürlich begleiten, das sei ja klar.

32

Auf der Fahrt nach Saint-Tropez zweifelte Isabelle an ihrem Verstand. Was nichts mit ihren aktuellen Kriminalfällen zu tun hatte. Vielmehr konnte sie nicht verstehen, dass sie Rouvens Einladung zugestimmt hatte. Eine nüchterne Nutzen-Risiko-Abwägung hätte unweigerlich zu einer klaren Absage geführt. Und jetzt? Jetzt saß sie im Auto und steuerte wieder mal den Ort an, den der alte Georges – Gott sei seiner Seele gnädig – für ein Sündenbabel gehalten hatte, eine Stätte des Lasters, Sodom und Gomorrha. Nur Geistesgestörte würden sich freiwillig dorthin begeben.

Sah man einmal davon ab, dass *le vieux Georges* Saint-Tropez wahrscheinlich nur vom Hörensagen gekannt hatte, lag er mit seiner Einschätzung vielleicht gar nicht so falsch. Jedenfalls in ihrem konkreten Fall, denn es bedurfte schon einer ausgeprägten Geistesverwirrung, nach Saint-Tropez zu fahren, um dort Rouven Mardrinac auf seiner Yacht zu besuchen. Vor den Augen Hunderter Gaffer und fotogeiler Paparazzi. Wollte sie es noch mal auf die Society-Seiten von *Paris Match* schaffen? Nein, ganz bestimmt nicht.

Blieb zu hoffen, dass ihre Maskerade ausreichte. Erneut hatte sie die Haare nach hinten gegelt, und sie trug eine dunkle Pilotenbrille. Sie hatte ein wenig aufregendes Strandkleid an und die Sandalen von Rondini. Ihr Plan war, sich unauffällig mit dem Strom der Touristen am Quai Jean Jaures entlangtreiben zu lassen – um dann plötzlich

auszuscheren und mit einem beherzten Sprung auf die Dora Maar zu entschwinden.
Ihr kam Bastian in den Sinn, der an der Seite von Lily nicht erkannt werden wollte. Auch er hatte laut Sabine Salier eine Pilotenbrille getragen. Und eine Strickmütze, was im Sommer zwar speziell war, sie aber an den Meeresforscher Jacques Cousteau erinnerte. Der hatte seine rote Wollmütze auch in den Tropen getragen.
Sie überlegte, dass sie sich später erneut mit Sabine treffen könnte. Auf diese Weise bekäme ihr Ausflug wenigstens den Anstrich der Sinnhaftigkeit. Aber nicht wirklich, denn erstens wusste sie selbst am besten, dass das nur ein Alibi für ihr Gewissen wäre, und zweitens gab es nichts, was sie noch hätte in Erfahrung bringen können.

Wie üblich stellte sie ihren privaten Renault im Parkhaus unter der Place des Lices ab. Sie beschloss, nicht direkt zum Hafen zu gehen, sondern bummelte auf Umwegen durch die Gassen. Dabei dachte sie, dass sich *le vieux Georges* wundern würde. Der Charakter eines provenzalischen Fischerdorfes war nicht überall verlorengegangen, trotz der Touristenscharen. Und von Sodom und Gomorrha war auch nichts zu sehen, jedenfalls zu dieser Tageszeit.
Sie lief an Richards Restaurant vorbei, wo Bastian und Lily ihren letzten Abend verbracht hatten, dann kam sie an jener Stelle an den Hafen, wo sich die schicksalhafte Beobachtung zugetragen haben musste. Sie ging an den Yachten vorbei, die durchweg rückwärts angelegt hatten, so dass man am Heck die Schiffsnamen lesen konnte und den Heimathafen. Die Dora Maar war nicht darunter, sie musste weiter vorne liegen. Sie erinnerte sich an ihren Plan und

ließ sich mit den Menschen treiben. Nassau, Southampton, St. Barth, Abu Dhabi ... Die Yachten kamen von weit her. Was sollte man davon halten? War das pervers oder der ganz normale Wahnsinn? Sollte *le vieux Georges* also doch recht haben? Und wenn ja, was zum Teufel suchte sie dann hier?

Unter all den hypermodernen Yachten fiel ihr die Dora Maar sofort ins Auge, denn sie sah aus wie ein Dampfschiff aus den zwanziger Jahren. Nostalgie pur. Wo die anderen Yachten am Heck automatische Gangways hatten oder hydraulische Plattformen, gab es hier eine bessere Strickleiter mit Holzstufen. Wie hatte ihr Plan ausgesehen? Ein beherzter Sprung und weg von der Bildfläche? Daraus würde nichts werden.

Sie blieb stehen und sah nach oben. Dort stand einer der Matrosen vom Schlauchboot, der sie offenbar erkannte. Für einen Moment fürchtete sie, dass er zur Begrüßung lauthals ihren Namen rufen könnte. Aber er war diskret und winkte auffordernd. Jetzt war sie froh, dass sie sportlich war und Strickleitern aus Erfahrung kannte. Ohne den Zuschauern ein größeres Schauspiel zu bieten, hangelte sie sich nach oben. Ohne Schauspiel? Man konnte ihr gut unter das Kleid gucken.

Aber schon war sie oben und den Blicken entschwunden. Das wiederum war ein Vorteil dieses Schiffes: Es gab keine Heckterrasse, wo sich Besitzer und Besucher zur Schau stellten. Von unten war das Deck nicht einsehbar.

»Willkommen auf der Dora Maar. Monsieur Mardrinac erwartet Sie.«

Das Deck, die Aufbauten, alles war aus altem Holz. Das Schiff gefiel ihr, es hatte Persönlichkeit, war keine dieser auf Hochglanz polierten Plastikyachten.

Sie folgte dem Matrosen aufs Vorschiff, wo sie von Rouven mit zwei Wangenküssen empfangen wurde. Eine entfernte Freundin hätte er wohl nicht anders, kaum weniger herzlich begrüßt. War das schlecht? Nein, das war gut, sehr gut sogar. Die Nacht in Cannes verleitete ihn zu keinen übertriebenen Zärtlichkeiten. Er überließ es ihr, die Spielregeln festzulegen.

Die nächste Stunde verbrachten sie auf Deckstühlen, die laut Rouven von der alten Queen Mary stammten. Sie tranken Eistee und plauderten über alles Mögliche, nur nicht über ihre Beziehung. Rouven erzählte vom tragischen Leben der Dora Maar, die eigentlich Henriette Theodora Markovitch hieß, selber Fotografin und Malerin war und mit ihrem traurigen und schönen Gesicht Picasso verzauberte, wohl auch mit ihrem Körper. Dora Maar, die ihm häufig Modell stand und seine Muse war, die nach acht exzessiven Jahren von Picasso verlassen wurde, fortan in tiefe Depression verfiel und 1997 fast neunzigjährig in Paris starb. Wenige Jahre später war Picassos *Dora Maar au chat* eines der teuersten Gemälde der Welt.
Isabelle erinnerte sich, dass Rouven von einer nackten Dora Maar erzählt hatte, die in seinem Schlafzimmer in Paris hing, und einer Kopie auf diesem Schiff. Jetzt hätte sie dieses Gemälde gerne gesehen – aber nicht in seinem Schlafzimmer.
Wieder einmal gingen ihre Gedanken auf Wanderschaft. Sie dachte, wie sie auf dieses Schiff gelangt war und wie sie später wieder an Land gelangen würde. Vor den Augen der Menschen, die gerade vorbeikamen. Sie dachte an Bastian und Lily und …
Spontan fragte sie Rouven, wie das so sei mit den Yachten hier, und weiter vorne, wo sich der Vorfall zugetragen

haben musste. Ob es schwer sei, festzustellen, welche Schiffe dort an einem bestimmten Abend gelegen hätten? Er lächelte. Ob er jetzt plötzlich eine Kommissarin an Bord habe, fragte er. Dann zitierte er seinen Kapitän herbei und bat ihn, zum Hafenmeister zu gehen. Sie nannte ihm den Abschnitt am Quai und das Datum.

Eine knappe Stunde später erschien der *capitaine de port* persönlich an Bord. Er ließ sich von Isabelle den Ausweis der *Police nationale* zeigen und kurz den Sachverhalt erläutern. Rouven ließ ihm derweil ein Glas Bier reichen.
Der Hafenmeister von Saint-Tropez hatte einen Umschlag dabei, dem er ein Blatt entnahm. Hier seien alle Yachten vermerkt, die an besagtem Abend am Quai gelegen hätten, erklärte er. Sie könne die Kopie behalten.
Isabelle bat ihn, noch einen Moment zu bleiben. Was er sowieso getan hätte, schon um gemütlich sein Bier zu trinken. Sie legte das Blatt auf den Decktisch und ging mit ihm die Schiffe durch. Bei einer Yacht mit dem Heimathafen Ajaccio auf Korsika stutzte sie. Mit dem Namen des Schiffseigners konnte sie nichts anfangen, aber er kam ihr irgendwie bekannt vor. Auf ihre Frage sagte der Hafenmeister, dass er auch nichts Genaueres wisse, nur dass der Mann allgemein unter seinem Spitznamen bekannt sei – Nabulione.
Nabulione? Isabelle musste sich setzen. Nabulione, korsisch für Napoleon. Die Yacht gehörte keinem Geringeren als dem Boss des korsischen Kartells. An seinem Schiff waren Bastian und Lily in jener Nacht vorbeigekommen. Das konnte kein Zufall sein, das war unmöglich, widersprach allen Gesetzen der Wahrscheinlichkeit. Bastians Beobachtung musste mit Nabuliones Yacht zusammenhängen. Definitiv.

»Ist dir nicht gut?«, fragte Rouven besorgt.
»Im Gegenteil, mir geht es so gut wie schon lange nicht mehr.«
Der Hafenmeister trank sein Bier aus. »Muss ich nicht verstehen, oder?«
»Nein, aber ich danke Ihnen. Noch eine Frage: Wann ist die Yacht ausgelaufen?«
»Muss ich im Büro nachsehen. Aber ich glaube, schon am nächsten Tag. Doch, doch, ich erinnere mich. Eigentlich hätte sie länger bleiben sollen, aber so ist der Liegeplatz vorzeitig für ein anderes Schiff frei geworden.«

Der weitere Nachmittag sah zunächst so aus, dass Isabelle auf dem Sonnendeck lag, allerdings im Schatten eines Baldachins, meist mit geschlossenen Augen. Rouven ließ sie in Ruhe entspannen. Doch der Schein trog, denn in Wahrheit stand sie voll unter Anspannung. Immer wieder versuchte sie sich den Abend am Quai vorzustellen, aus unterschiedlichen Perspektiven, in verschiedenen Variationen. Die Tatsache, dass Bastian Nabuliones Yacht gesehen hatte, konnte nicht der Grund für seinen Ausraster gewesen sein. Und erst recht nicht für seine spätere Ermordung. Und noch weniger für Lilys Tod. Da kaum vorstellbar war, dass am frequentierten Prominentenquai von Saint-Tropez Drogen an Land geschafft wurden, blieb nur die Erklärung, die Sabine gegeben hatte. Beim Frühstück habe ihr Lily erzählt, dass sie beim Heimgehen jemanden gesehen hätten, am Hafen. Das müsse irgendwie kompromittierend gewesen sein. Jedenfalls sei das der Grund für Bastians Aufregung gewesen. Er und Lily hätten sich versteckt, um nicht entdeckt zu werden.

Dafür konnte es nur eine Erklärung geben, jedenfalls fiel ihr keine andere ein: Sie hatten auf Nabuliones Yacht jemanden gesehen. Vielleicht, als die betreffende Person gerade von Bord ging? Jedenfalls jemand, der allzu sorglos gewesen war. Und der keinesfalls mit dem Drogenboss hätte in Verbindung gebracht werden dürfen. Jetzt kam das Entscheidende: Dieser Jemand war zwar gesehen worden, hatte das aber bemerkt und umgekehrt Bastian erkannt, trotz Wollmütze. Damit war das Schicksal des Polizeichefs besiegelt. Bei Lily hatte es nur deshalb länger gedauert, weil sie, wie Isabelle bereits vermutet hatte, erst gefunden werden musste. Wieder drängte sich der Gedanke auf, dass sie es selbst gewesen war, die den Täter auf ihre Spur gebracht hatte. Den oder die Täter. Ein Gedanke, der ihr Magengrimmen bereitete. Sie bat Rouven um einen Cognac.

Später nahmen sie wieder auf den alten Deckstühlen der Queen Mary Platz. Sie fand es fantastisch und geradezu unglaublich, dass man mitten im Getümmel von Saint-Tropez auf der Dora Maar völlig für sich alleine war, unbeobachtet und ungestört. Wie im Auge eines Wirbelsturms, wo es trügerisch ruhig war. Den Lärmpegel außen herum nahm man irgendwann nur noch als Grundrauschen war. Aus den Decklautsprechern perlten Klavierklänge von Chopin. Einmal mehr stellte sie fest, dass Rouven mit seinem vielen Geld ganz anders umging als die meisten anderen, zu denen auch jene zählten, die sich und ihren Reichtum am offenen Heck ihrer Yachten wie auf einer Bühne zur Schau stellten. So etwas würde Rouven nie in den Sinn kommen. Vielleicht lag es daran, dass er schon reich auf die Welt gekommen war? Sein persönlicher Wohlstand war für ihn eine Selbstverständlichkeit, er kannte es nicht anders, warum sollte er ihn zur Schau stellen? Stattdessen sammelte er Kunst für seine *Fondation Mardrinac*, die die Bilder Museen zur Verfügung stellte, die sie sich nicht leisten konnten. Und er finanzierte ein Hilfswerk für Kinder in der Dritten Welt, ohne es an die große Glocke zu hängen. Trotzdem las man in den Zeitungen darüber. Sie hatte keine Ahnung, wofür er sein Geld sonst noch ausgab, aber sie hatte das Gefühl, dass er es nicht sinnlos verschleuderte. Dass er früher gerne in Spielcasinos gegangen war, das wusste sie. Das fand sie blöd, dem konnte sie nichts abgewinnen. Aber das machten auch andere – zum Beispiel Gilbert Rousseff.

Dass Rouven auf großem Fuß lebte, war ihm nicht wirklich vorzuwerfen. Immerhin tat er es mit Stil. Dennoch war das nicht ihre Welt, würde es nie sein. Zugegeben, gerade gefiel es ihr hier auf dem Deck der Dora Maar. Aber ihr Zuhause war Fragolin, da hatte sie Wurzeln geschlagen. Ein kleiner Ort im *Massif des Maures,* abseits der großen Touristenströme, mit einer winzigen Dachterrasse und einem seltsamen Kommissariat – mit einem Kaktus auf der Fensterbank und einem schrulligen Assistenten namens Apollinaire.

»Was geht in deinem Kopf vor?«, fragte Rouven, der sie leise lächelnd beobachtete. »Denkst du über deinen toten Polizeichef nach?«

»Nein, gerade nicht, ausnahmsweise. Ich denke über dein Leben nach und über meines und darüber, dass sie nicht zusammenpassen.«

Er sah sie nachdenklich an. »Man kann in *einem* Leben leben und gelegentlich in ein *anderes* eintauchen«, stellte er fest.

»So wie gerade?«
»Zum Beispiel. Ist doch ganz nett, findest du nicht?«
»Ja, ist ganz nett. Dennoch werde ich bald aufbrechen.«
»Bleib noch ein bisschen«, bat er. »Wir könnten an Deck was essen, dann kannst du immer noch gehen.«
Sie sah ihn unschlüssig an. »Aber ich trinke keinen Schluck Champagner. Mach dir also keine falschen Hoffnungen.«
Er lachte. »Ich weiß nicht, wovon du sprichst. Wie wäre es mit Lammkoteletts, vom *agneau de Sisteron?*«

33

Apollinaire hatte ihr mit großen Augen zugehört, als sie ihm am nächsten Morgen von Nabulione erzählte, dem korsischen Clanchef und mutmaßlichen Drogenhändler, von seiner Yacht in Saint-Tropez und der Tatsache, dass selbige genau an jenem Abend an genau der richtigen Stelle an genau dem richtigen Quai gelegen hatte. Wie sie wussten, hatte Bastian den Korsen auf seiner Abschussliste gehabt. Ganz bestimmt hatte er seine Yacht gekannt. Laut Sabine hatte er jemanden am Hafen gesehen. Nabulione alleine konnte es nicht gewesen sein, darüber hätte er sich nicht aufgeregt, also …

»… war da noch jemand«, setzte Apollinaire ihren Gedanken fort. »Damit Bastian die Person identifizieren konnte, musste sie mutmaßlich gerade an Bord gegangen sein oder umgekehrt die Yacht verlassen haben«, kombinierte er.

»Letzteres ist wahrscheinlicher, weil nur so das gegenseitige Erkennen der Gesichter wahrscheinlich ist. Ob rauf oder runter, spielt aber keine Rolle. Es muss jemand gewesen sein, der keinesfalls mit Nabulione in Verbindung gebracht werden durfte.«

»Warum ist er dann das Risiko eingegangen, den Korsen auf seinem Schiff zu besuchen? Ausgerechnet in Saint-Tropez, wo es keine Privatsphäre gibt. Wie blöd kann man denn sein?«

»Nun, es war bereits dunkel, vielleicht hatte sich der Besucher ein wenig getarnt, ähnlich wie Bastian, mit Mütze und

Sonnenbrille oder so. Dann war das Risiko nicht so groß. Er konnte ja nicht ahnen, dass Bastian gerade des Weges kam.«

»*Er* konnte es nicht ahnen oder *sie*.«

»Richtig, es könnte auch eine Frau gewesen sein.«

»Meinen Sie, dass Nabulione für die Morde verantwortlich ist? Dass er seine Killer auf Bastian und Lily angesetzt hat?«

Sie zuckte mit den Schultern. »Möglich wäre es, aber seine Leute wären wohl nicht so trickreich vorgegangen, die hätten Bastian einfach über den Haufen geschossen.«

Apollinaire nickte. »Der Modus Operandi harmoniert nicht. Will sagen, die Art der Durchführung passt nicht zum Täterprofil.«

Sie lächelte. »So könnte man es auch formulieren.«

»Ergo kommen wir zur Schlussfolgerung, dass es der unbekannte Besucher war, der Bastian ins Jenseits befördert hat.«

»Oder der jemanden damit beauftragt hat.«

Er klopfte mit dem Zeigefinger auf den Tisch. »Jetzt müssen wir nur noch rausfinden, wen Nabulione an jenem Abend zu Besuch hatte. Dann sind wir am Ziel.«

»Er wird's uns nicht sagen.«

»Wohl eher nicht.«

»Dennoch will ich mit ihm sprechen. Fragt sich nur, wo er sich gerade aufhält?«

Apollinaire zupfte sich am Ohr. »Ich könnte mal mit der gebotenen Vorsicht bei mir wohlgesonnenen Kollegen in Toulon antichambrieren. Die haben den Nabulione garantiert auf dem Schirm.«

»Antichambrieren klingt gut. Tun Sie das. Aber bitte so, dass Richeloin nichts davon erfährt, sonst spuckt er uns in die Suppe.«

»Das werde ich zu verhindern wissen.«

Isabelle lehnte sich zurück und dachte nach. Ihr war klar, dass es nicht einfach werden würde, die Identität der verdächtigen Person herauszufinden. Aber sie kamen ihr immer näher. Auf verschlungenen Wegen zwar, aber irgendwie doch. Es hatte sogar eines privaten Besuches auf der Dora Maar bedurft, um wieder einen Schritt weiterzukommen. Es war noch ein netter Abend geworden, die Lammkoteletts hatten hervorragend geschmeckt. Sie hatte keinen Schluck Alkohol getrunken, erst recht keinen Champagner. Und sie hatte darauf verzichtet, sich Picassos Dora Maar im Schlafzimmer anzusehen. Zum Abschied hatte sie Rouven einen Kuss auf den Mund gegeben. Den hatte er verdient.

34

Zwei Stunden später waren sie unterwegs zur Justizvollzugsanstalt *Les Baumettes* in Marseille. Auf der Fahrt nahm sich Isabelle vor, in Zukunft nie mehr zwei Fälle gleichzeitig zu bearbeiten. Das gehörte zwar zur polizeilichen Routine und sollte einen nicht überfordern, aber es strengte sie an. Nicht körperlich, sondern im Kopf. Warum sollte sie sich das antun? Es zwang sie ja keiner dazu. Apollinaire hatte ihr viel Arbeit abgenommen, das schon. Sie durfte sich also nicht beschweren. Hätte auch nichts geholfen, denn die einzige Beschwerdestelle war sie selbst.

Je näher sie ihrem Ziel kamen, desto besser schaffte sie es, von Bastian und Nabulione auf Rousseffs Juweliergeschäft umzuschalten, auf den Überfall vor sechs Jahren, auf seine erschossene Frau Camille und die ebenfalls getötete Schauspielerin namens Lola Massarin. Sie rekapitulierte Apollinaires Bericht von seiner ersten Vernehmung. Und sie legte sich eine Taktik zurecht – was schwierig war, denn sie hatte noch kein klares Bild vom inhaftierten Jean-Pierre. Apollinaire zufolge war der Mann nicht übermäßig clever, jedenfalls waren seine Ausreden dürftig. Man würde sehen.

Jean-Pierre war Ende dreißig, von normaler Größe und Statur. Braune Augen, lange dunkle Haare. Glatt rasiert. Seine Unterarme waren tätowiert. Der Gesichtsausdruck angespannt, die Hände nervös. Isabelle dachte, dass das völlig normal war. Er wusste, dass man ihm einen Überfall und zwei Leichen anhängen wollte. Bei guter Führung wäre er in drei Jahren frei, seine Strafe wegen des angeschossenen Nachtwächters in Arles hätte er dann abgesessen. Jetzt könnte alles anders kommen.

Im Vernehmungszimmer saß ihm Apollinaire am Tisch gegenüber. Er hatte das Mikrofon aufgebaut und startete die Aufnahme mit den vorgeschriebenen Angaben zu den beteiligten Personen, Datum, Ort et cetera. Derweil stand Isabelle an der Seite. Sie hatte die Arme verschränkt und lehnte mit dem Rücken an der Wand.

Offenbar stellte Apollinaire dieselben Fragen wie beim letzten Mal, mit dem Unterschied, dass sich Jean-Pierre in der Zwischenzeit hatte vorbereiten können. Aber die Antworten fielen nicht sehr viel klüger aus. Auf ein Alibi angesprochen, faselte er von einer Freundin namens Roberta, mit der er zur fraglichen Zeit auf Korsika Urlaub gemacht habe. Leider habe er keinen Kontakt mehr, er wisse weder ihren Nachnamen noch, wo man sie finden könne. Was die Tatwaffe betraf, gab er plötzlich vor, sie von einem Marokkaner im Marseiller Bahnhof Saint-Charles gekauft zu haben.

»Was hat sie gekostet?«, fragte Isabelle, die bis jetzt geschwiegen hatte.

»Was sie gekostet hat? Äh, das weiß ich nicht mehr.«

»Glaube ich nicht.«

Er sah sie unsicher an. »Ich denke, hundert Euro, so ungefähr.«

»Okay.«

Sie ließ Apollinaire weitermachen. Der fragte ihn zu seinem Bruder Jean-Claude und zum Tauchunfall, bei dem er ums Leben gekommen war. Dann wieder zur Freundin, die ihm ein Alibi geben könnte, aber nicht mehr auffindbar war. Schließlich ließ er sich erklären, wie es zur Tat gekommen war, für die er gerade seine Strafe absaß. Dann war Apollinaire mit seinem Latein am Ende. Er warf Isabelle einen Hilfe suchenden Blick zu.

»Sind wir fertig, kann ich jetzt gehen?«, fragte Jean-Pierre, dem man die Erleichterung ansah. Für ihn schien klar: Die Polizei hatte nichts gegen ihn in der Hand. Er machte Anstalten, aufzustehen.

Auf diesen Moment hatte Isabelle gewartet.

»Ob wir fertig sind? Wir fangen gerade erst an. Setzen Sie sich!«, befahl sie in scharfem Ton.

»Ich hab alles gesagt. Ich weiß nichts von einem Überfall auf ein Juweliergeschäft. Ich hab nichts damit zu tun. Ich schwöre.«

»Unsinn. Jetzt hören Sie mal genau zu!« Apollinaire stand auf, und Isabelle nahm seinen Platz ein. Sie beugte sich nach vorne, sah Jean-Pierre scharf an und deutete dann mit dem ausgestreckten Zeigefinger auf seine Stirn, wie mit einer Pistole. Er wich ängstlich zurück. »Natürlich haben Sie den Überfall auf das Schmuckgeschäft Rousseff durchgeführt, zusammen mit ihrem Bruder Jean-Claude. Sie wissen es, und wir wissen es. Wir können es Ihnen sogar nachweisen. Der Staatsanwalt ist bereits informiert, eigentlich wollte er bei diesem Gespräch dabei sein. Aber ich will Ihnen einen Deal anbieten, das machen wir besser alleine.« Sie gab Apollinaire ein Zeichen. »Schalten Sie das Aufnahmegerät aus!«

Jean-Pierre wollte was sagen, brachte aber kein Wort heraus.

»Es gibt einen Zeugen, der Ihren Bruder Jean-Claude, der damals als Ausfahrer für die Eisfirma *Crème glacée* gearbeitet hat, als Mittäter zweifelsfrei identifiziert. Darüber hinaus gibt es Videoaufnahmen vom Überfall. Die sind zwar nicht gut, wie Sie sicher wissen, aber dazu komme ich später. Auf dem Video ist zu sehen, dass Sie das Schmuckgeschäft ohne Handschuhe betreten, die haben Sie erst im Laden angezogen. Zuvor haben Sie freundlicherweise Ihre Fingerabdrücke an der Tür hinterlassen. Der Abgleich mit Ihren Fingerabdrücken in den Polizeiakten ist bereits erfolgt, die Übereinstimmung hundertprozentig und zweifelsfrei.« Sie hoffte inständig, dass Apollinaire kein ungläubiges Gesicht machte, das könnte ihren Bluff gefährden. Sie behielt Jean-Pierre fest im Blick. Seine Augen flackerten. Die Haut erschien plötzlich fahl. Peng! Ihr Schuss hatte ins Schwarze getroffen. »Es ist mir also egal, ob Sie die Tat zugeben oder nicht. Ihre erfundene Alibi-Freundin können Sie vergessen. Und was so eine Waffe auf dem Schwarzmarkt kostet, davon haben Sie auch keine Ahnung.«

»Was ist mit dem Deal?«, fragte Jean-Piere leise.

Sie nickte. »Ich sehe, wir verstehen uns. Ich könnte Ihnen sagen, welches Strafmaß Sie erwartet, aber ich erspare Ihnen den Schock.« Fast hätte sie über sich selbst gelächelt. Vom Strafmaß hatte sie keine Ahnung. »Es gibt aber die Möglichkeit einer erheblichen Strafminderung, wenn Sie mit mir kooperieren. Ich bin mir nämlich sicher, dass Sie zu der Tat angestiftet wurden. Sie müssen nicht mehr tun, als Ihren Auftraggeber zu nennen. Ich kann Ihnen dabei auf die Sprünge helfen, denn ich kenne seinen Namen. Darüber hinaus würde ich Ihnen einen Tipp geben, wie Sie Ihren Kopf beim Tatbestand der nicht vorsätzlichen Tötung aus der Schlinge ziehen können. Außerdem wäre es gut, wenn Sie Ihre Mitwirkung am Überfall zugeben, das mögen die Richter. Ich denke, das ist ein superguter Deal. Mit etwas Glück sind Sie in wenigen Jahren ein freier Mann.«

»Habe ich Bedenkzeit?«, fragte Jean-Pierre.

»Keine Bedenkzeit. Wir machen jetzt einen Deckel drauf, oder wir lassen es sein. Dann können Sie auf Ihrer Gefängnispritsche noch in zehn Jahren dieser verpassten Chance nachweinen. Also, was ist?«

Jean-Pierre knetete die Hände. Dann deutete er auf das Aufnahmegerät. »Schalten Sie wieder ein!«

Jean-Pierre durfte ihre Erleichterung nicht anmerken. Sie hatte gerade mächtig geblufft. Und sie war damit durchgekommen.

»Fortsetzung der Befragung«, sagte Apollinaire ins Mikrofon.

»Sie geben hiermit zu«, sagte Isabelle, »zusammen mit Ihrem Bruder Jean-Claude zum genannten Datum das Juweliergeschäft von Gilbert Rousseff in Cannes überfallen zu haben.«

»Ich gebe es zu«, entgegnete er leise.

»Bitte lauter!«

»Ich gebe es zu.«

»Sie wurden zu der Tat angestiftet, oder um genau zu sein, Sie hatten einen Auftraggeber. Bitte nennen Sie seinen Namen.«

»Er war es selbst«, sagte Jean-Pierre.

»Bitte genauer.«

»Na ja, Sie wissen schon.«

»Es geht nicht anders, fürs Protokoll brauchen wir den Namen. Es war Gilbert Rousseff, der Sie und Ihren Bruder beauftragt hat, den Überfall auf sein eigenes Juweliergeschäft auszuführen. Ist das korrekt?«

»Ja, das ist korrekt. Gilbert Rousseff hat uns auch die beiden Pistolen besorgt. Und er hat uns gesagt, zu exakt welcher Uhrzeit wir den Überfall durchführen sollen.«
»Weil er wollte, dass seine Frau Camille nicht im Laden war. Es sollte alles glatt und reibungslos ablaufen. Er kannte ihren Zahnarzttermin, aber er konnte nicht ahnen, dass sie auf der Straße der Schauspielerin Lola Massarin begegnen und wegen eines Armbands zurückkehren würde.«
»Das war nicht ausgemacht. Dann drückt die Tussi den Alarmknopf, holt eine Pistole raus und feuert einen Schuss ab. Plötzlich ist alles außer Kontrolle geraten. Das war Notwehr, Sie verstehen? Wir konnten uns doch nicht von Rousseffs Frau abknallen lassen. Mit dieser Schauspielerin, das war ein Unglück. Vielleicht war es sogar eine Kugel aus der Pistole von Camille, was weiß ich. Das alles war jedenfalls eine Riesenscheiße. Rousseff hatte uns gesagt, das wäre ein Spaziergang, dieser Idiot.«
Jean-Pierre hatte sich in Rage geredet und schnappte nach Luft.
»Er hatte es ganz sicher als Spaziergang geplant«, ergriff Isabelle das Wort, »aber einen Überfall an der Croisette kann man nicht planen, das hätte er wissen müssen. Jetzt geben Sie noch zu Protokoll, was Sie mit dem gestohlenen Schmuck gemacht haben, dann sind wir fertig.«
»Den haben wir ihm zurückgegeben, so war das ausgemacht. Er hat die Versicherungsprämie kassiert und den Krempel später umgearbeitet. Uns hat er die versprochene Summe bezahlt. Erst wollte er nicht, weil wir seine Frau erschossen haben, aber Jean-Claude hat ihn zur Räson gebracht.«
Isabelle lehnte sich zurück.
»Danke, das genügt. Ende der Aussage.«

Jean-Pierre sank auf seinem Stuhl zusammen. Er schien total erschöpft.
»Bitte sagen Sie mir, dass Sie mich nicht angelogen haben. Das klappt doch mit dem Deal, oder?«
Fast hatte Isabelle ein schlechtes Gewissen, weil sie das einfach so in Aussicht gestellt hatte. Aber sie kannte die Mentalität der Staatsanwälte und Richter. Um Rousseff ranzukriegen, was ihnen viel Lob und eine große Presse brachte, würden sie bei Jean-Pierre einer Strafminderung zustimmen. Das war zumindest sehr wahrscheinlich.
»Ich mache mich dafür stark, das verspreche ich Ihnen.«
Er stützte seinen Kopf in die Hände. »Und was ist mit dem Tipp, von dem Sie gesprochen haben?«
Isabelle war sich nicht mehr sicher, ob sie ihn wirklich geben sollte.
»Rousseff hat Ihnen vor dem Überfall gesagt, dass die Überwachungsanlage miserable Bilder macht, richtig?«
»Ja, hat er.«
»Deshalb kann man auch nicht erkennen, wer die tödlichen Schüsse abgibt.«
»Das heißt?«
»Denken Sie darüber nach, dann kommen Sie selber drauf.«
Sie stand auf. Das Gespräch hatte sie geschlaucht. Apollinaire klopfte an die Scheibe in der Tür. Jetzt hätte sie Lust auf eine Zigarette, dachte sie, aber sie hatte keine dabei. Außerdem war im Vernehmungszimmer Rauchen verboten.

35

Die Rückfahrt von Marseille nach Fragolin war kurzweilig, weil sie viel zu reden hatten. Im Handschuhfach entdeckte sie eine verknautschte Schachtel Gitanes. So gut es ging, bog sie eine Zigarette gerade. Sie meinte, dass sie sich eine Erfolgsprämie verdient hatte. Ihre ursprüngliche Absicht, in Toulon Capitaine Richeloin einen Pflichtbesuch abzustatten, verwarf sie. Stattdessen wählten sie auf der *autoroute* A57 den Weg durch den Tunnel von Toulon – und waren froh, dass sie das Nadelöhr ohne Stau hinter sich brachten.

Apollinaire war total im Glück. Dass sie »seinen« Fall aufgeklärt hatten, erfüllte ihn mit großer Freude – und verleitete ihn zu einigen kühnen Fahrmanövern. Solange er vor lauter Überschwang kein Blaulicht einschaltete, war Isabelle bereit, sie zu ertragen.

Immer wieder brachte er seine übergroße Bewunderung zum Ausdruck. Die Verhörtechnik der Madame le Commissaire sei einfach brillant gewesen, auf den Bluff mit den Fingerabdrücken wäre er fast selber reingefallen. *À la bonne heure …* Wie lange sie denn schon den Juwelier in Verdacht gehabt habe, wollte er wissen. Jetzt sei ihm auch klar, warum er dessen Vermögensverhältnisse zur Tatzeit überprüfen sollte. Die Spielsucht, aber natürlich. Auf einmal sei es völlig logisch, dass kein einziges Schmuckstück je wieder aufgetaucht sei. Rousseff habe das Gold einfach eingeschmolzen und die Steine neu gefasst. Logisch, absolut logisch …

Isabelle fand es gut, dass Apollinaire in seinem Redeschwall keine Antworten erwartete. So konnte sie ihre Konzentration langsam runterfahren. Mit dem zuständigen Staatsanwalt würde sie erst morgen Vormittag sprechen. Er hieß Fabré, sie kannte ihn von einem früheren Fall. Er würde keine Schwierigkeiten machen. Eile war nicht geboten, bei Jean-Pierre bestand keine Fluchtgefahr. Bei Rousseff auch nicht. Er konnte nicht ahnen, dass er seinen Schmuckladen bald würde schließen müssen. Oder seine neue Gattin, die vermutlich von alldem nichts wusste und in Zukunft nur noch Uhren verkaufen würde. Derweil konnte Rousseff im Gefängnis darüber nachdenken, warum perfekte Überfälle oft schwerer zu kreieren waren als ein Brillantcollier.
Isabelle überlegte, dass sie die Endabwicklung des Falls mit der weiteren Beweisführung bis hin zur Verhaftung des Juweliers Apollinaire überlassen würde. Natürlich würde sie ihm sagen, was zu tun war, und sich regelmäßig berichten lassen, wenn nötig, auch eingreifen. Aber sie war zuversichtlich, dass ihr Assistent alleine klarkäme. Er würde mit seiner oft verqueren Art bei den beteiligten Personen und Dienststellen zwar für einige Konfusion und Kopfschütteln sorgen, aber das machte nichts. Sollten sie sich mal anstrengen.
Ihr war wichtig, sich jetzt wieder voll und ganz auf den Fall rund um Bastian und Lily zu konzentrieren. Der Täter lief noch frei herum. Sie würde ihn nicht davonkommen lassen. Was war der nächste Schritt? Sie musste mit Nabulione reden und auf diesem oder einem anderen Weg herauskriegen, wer am bewussten Abend auf seiner Motoryacht zu Gast gewesen war, davon ausgehend, dass sie mit ihrer Theorie richtiglag. Im Falle Rousseff hatte sie die zu-

treffenden Schlussfolgerungen gezogen – hoffentlich gelang ihr das ein zweites Mal.

Ihr fiel ein, dass Balancourt schon länger nicht mehr angerufen hatte. Die Ruhe war verdächtig. Sie beschloss, ihm zuvorzukommen. Apollinaire hatte gerade eine Abzweigung verpasst. Sein Wendemanöver verstieß gegen alle geltenden Verkehrsregeln. Nur gut, dass sie in einem Polizeiwagen saßen. Auch trug das kurze Einschalten des Blaulichts zur Unfallvermeidung bei.
Leider musste sie bei ihrem Telefonat den Weg über sein Vorzimmer nehmen. Normalerweise plauderte sie bei dieser Gelegenheit gerne ein wenig mit Jacqueline. Diesmal versuchte sie, möglichst schnell durchgestellt zu werden. Schon an ihrer Stimme merkte ihre Freundin, dass sie keine Lust hatte, ihre Neugier zu befriedigen und auf Fragen zu Rouven und Thierry zu antworten.
Die Befürchtung, dass ihr heikles Beziehungsthema auch bei Balancourt aufkommen könnte, sollte sich allerdings bestätigen. Der machte nicht lange rum und fiel gleich mit der Tür ins Haus.
»Hallo, *chérie,* schön, dass du bei all deinen zwischenmenschlichen Ablenkungen noch an den guten alten Maurice denkst. Ich dachte schon, du hast mich vergessen.«
Isabelle lachte. »Willst du wieder mal hören, dass du der wichtigste Mann in meinem Leben bist?«
»*Mais oui,* das höre ich immer gerne. Du weißt, dass Monsieur Mardrinac nicht mehr im Zeugenschutzprogramm ist«, scherzte er, »es gibt also keine Notwendigkeit, ihm zur Seite zu stehen.«
»Hast du mich auf dem Foto selber erkannt oder hat dich Jacqueline drauf gebracht?«

»Ich verweigere die Aussage.«
»Also Jacqueline. Und so was will meine Freundin sein? Aber mach dir keine Gedanken, ich habe die Situation im Griff.«
»Ich will's glauben. Außerdem bist du erwachsen. Wechseln wir das Thema?«
»Gute Idee.«
»Was macht deine polizeiliche Ermittlungstätigkeit?«
»Deshalb rufe ich an. Auf Capitaine Bastian komme ich gleich zu sprechen, nur vorab die Info, dass mein zweiter Fall so gut wie aufgeklärt ist. Du weißt schon, der Überfall auf das Juweliergeschäft Rousseff in Cannes, bei dem seine Frau Camille und die Schauspielerin erschossen wurden.«
»Ich erinnere mich. Die Schauspielerin hieß Lola Massarin, ich hab ihren letzten Film gesehen. Du sagst, der Fall sei aufgeklärt? Warum weiß ich noch nichts davon?«
»Weil ich es dir gerade erst erzähle.«
Von Balancourt war ein heiseres Lachen zu hören. »Aber ich bin es gewohnt, alles schon vorher zu wissen. Mach weiter!«
»Ich spreche morgen mit dem Staatsanwalt, erst dann wird's offiziell. Wird übrigens ganz sicher für Schlagzeilen sorgen.«
»Warum? Steckt der Juwelendieb John Robie dahinter?«
Sie lachte. »Über den Dächern von Nizza? Cary Grant ist schon lange tot. Aber Hitchcock hätte seine Freude am Stoff.«
Sie erklärte ihm, dass Rousseff selbst den Überfall in Auftrag gegeben hatte. Alles Weitere nur in Kurzform, denn ihr war klar, dass ihn das nur wenig interessierte, auch wenn er immer alles wissen wollte. Aber sie nahm sich die Zeit, ausdrücklich Apollinaires Leistung zu würdigen, und das nicht

nur, weil er neben ihr am Steuer saß und dem Gespräch zuhörte.

»Sehr schön, Isabelle«, sprach Balancourt ein Lob aus. »Dein kleines Kommissariat in Fragolin dürfte den Kollegen langsam unheimlich werden. Du zeigst ihnen, was sie in der Vergangenheit alles verbockt haben. Das ist gut so, sehr gut. Vielleicht strengen sich die Pfeifen in Zukunft etwas mehr an? Damit du ihnen später nicht eine lange Nase drehst. So, aber jetzt zu Commandant Bastian. Bitte mach mich glücklich und sag, dass du hier auch kurz vor der Aufklärung stehst.«

»Das kann ich so leider nicht bestätigen«, entgegnete sie. »Aber dass er ermordet wurde, ebenso seine Geliebte Lily, davon gehe ich mehr denn je aus. Ich hab auch eine Spur, aber ich weiß noch nicht, ob sie ans Ziel führt.«

»Stecken die Russen dahinter, mit denen du dich in Toulon angelegt hast?«

Isabelle stockte. Der Alte schaffte es doch immer wieder, sie zu verblüffen.

»Vladimir und Igor? Woher weißt du davon?«

»Es liegt eine Beschwerde von Capitaine Richeloin vor, mit der Begründung, du würdest deine Kompetenzen überschreiten. Er habe ausdrücklich darauf hingewiesen, dass du dich nicht in seine Fälle einmischen sollst. Genau das hättest du aber getan. Bei der Gelegenheit hättest du einen von Igors Leibwächtern verprügelt.«

»Das ist stark übertrieben. Ich frage mich allerdings, woher Richeloin das weiß? Aber um deine Frage zu beantworten: Nein, ich glaube nicht, dass die Russen etwas mit Bastians Tod zu tun haben.«

Auf Richeloins Vorwurf der Kompetenzüberschreitung ging sie überhaupt nicht ein. Balancourt selbst hatte ihr alle Kompetenzen eingeräumt. Er wusste es, und sie wusste es.

»Wer dann?«

»Gib mir noch ein, zwei Tage, ich hoffe, dann seh ich klarer.«

»Streng dich an! Ich will das Dreckschwein an die Wand nageln, der es wagt, einen Commandant der *Police nationale* umzubringen.«

»So direkt pflegst du dich sonst nie auszudrücken.«

»Ich bin erregt und wütend.«

»Das hört man.«

»Entschuldige, das war eine kurze emotionale Entgleisung. Meine Aufregung hat sich schon wieder gelegt. Also, lass dich nicht länger stören. Bleib dran und halte mich auf dem Laufenden. Kannst ruhig häufiger anrufen. Und grüß Mardrinac von mir.« Balancourt lachte. »Er soll dich nicht von deiner Arbeit abhalten.«

»Tut er nicht. Durch ihn bin ich sogar einen Schritt weitergekommen.«

»Auf welchem Gebiet?«

Das hätte er nicht sagen sollen. Seine anzügliche Bemerkung wurde unverzüglich mit einem heftigen Hustenanfall bestraft. Sie hörte noch, wie er versuchte, sich für den schlechten Scherz zu entschuldigen. Dann legte er auf.

36

Der nachfolgende Tag begann gemächlich, jedenfalls aus ihrer Sicht. Dagegen war der Staatsanwalt, den sie gleich am Morgen anrief, völlig aus dem Häuschen. Fabré hätte sich am liebsten sofort mit ihr getroffen, um alle Einzelheiten zu besprechen. Das war ein Fall nach seinem Geschmack. Eine Anklage des Juweliers Rousseff würde ihn in die Schlagzeilen bringen. Staatsanwälte mochten so etwas, da machte Fabré keine Ausnahme. Weshalb er auch sofort auf Isabelles Vorschlag einstieg, bei Jean-Pierre eine Strafminderung in Erwägung zu ziehen. Hauptsache, man konnte mit seiner Aussage Rousseff überführen. Treffen musste sie sich nicht mit dem Staatsanwalt, jedenfalls heute nicht, das konnte sie gerade noch abbiegen.

Apollinaire beantwortete E-Mails, schimpfte gewohnheitsmäßig auf das Internet, führte unzählige Telefonate und tippte das Tonband mit Jean-Pierres Verhör ab, um sich anschließend an das unvermeidbare Protokoll zu setzen. Isabelle lächelte zufrieden. Ihr Assistent war voller Tatendrang.

»Sie denken an Nabulione?«, sagte sie.

»An wen? An Nabulione … Natürlich, selbstverständlich, das heißt …« Er schlug sich mit der flachen Hand gegen die Stirn. »Habe ich doch schon längst erledigt, sofort heute früh. Wo habe ich gleich den Zettel?« Er kramte in den Papierstapeln auf seinem Tisch. »Ich bitte um Vergebung. Na also, da habe ich es ja. Also, besagter Nabulione weilt derzeit auf seiner Yacht, wo er anscheinend den ganzen Sommer verbringt. Führt ein ruhiges Leben, der werte Herr. Sein Schiff liegt aktuell im Yachthafen von Antibes.«

»Das wissen Sie von Ihrem Informanten im Kommissariat von Toulon, richtig?«

Apollinaire nickte.

»Hoffentlich sickert das nicht zu Richeloin durch«, fuhr sie fort, »sonst habe ich den Capitaine gleich wieder am Hals.«

»Ich habe Gérard gebeten, die Klappe zu halten, aber garantieren kann ich es nicht.«

Isabelle stand auf. »Dann sollte ich keine Zeit verlieren. Wo ist der Autoschlüssel?«

»Aber nicht doch«, protestierte er, »bitte nicht schon wieder ein Alleingang. Bei den Russen wäre es schon fast schiefgegangen.«

»Wie kommen Sie denn darauf? Ich hatte jede Sekunde alles unter Kontrolle. Wir sehen uns am Nachmittag.«

Apollinaire reichte ihr den Zettel mit dem genauen Liegeplatz.

»Das ist nicht gut, überhaupt nicht gut«, murmelte er.

Eine gute Stunde später erreichte sie den Port Vauban von Antibes. Als Erstes ging sie zur *Capitainerie* des Hafens, um ihren geplanten Besuch auf Nabuliones Yacht anzumelden. Eine Vorsichtsmaßnahme, die sie zwar für übertrieben hielt, aber nicht schaden konnte. Auf dem Weg zum Kai fuhr ein Mitarbeiter der Marina vorneweg. Er hatte sich als Alain vorgestellt. Er öffnete die Schranke, hundert Meter weiter parkten sie ihre Autos nebeneinander bei einer Yacht mit dem Heimathafen Ajaccio. Sie war

mattschwarz lackiert und hatte ein auffälliges, hypermodernes Design. Ganz anders als Rouvens nostalgische Dora Maar. Eines war klar: Nicht nur als Polizeibeamter, der Nabulione auf seiner Abschussliste und damit unter Beobachtung hatte, auch als leidenschaftlicher Bootfahrer wusste Bastian ganz genau, wie die Yacht des korsischen Clanchefs aussah. Er hätte sie jederzeit wiedererkannt – auch spätabends in Saint-Tropez. Wenn dann von dieser Yacht über die breite Gangway jemand an Land sprang, der mit Nabulione nichts, aber auch gar nichts zu tun haben sollte, dann brauchte Bastian nicht lange zu kombinieren, dann gingen bei ihm sofort alle Alarmglocken an. Ein Polizeiwagen auf dem Pier fiel auf, auch der Besatzung von Nabuliones Yacht.
Über die Gangway kam ein Mann auf sie zu, der eine Art Uniformhemd trug, mit Schulterstücken und Kapitänsstreifen. Er sah nicht unfreundlich aus und fragte höflich, ob es ein Problem gäbe.
Isabelle zeigte ihren Ausweis und sagte, dass alles in Ordnung sei. Allerdings würde sie sehr gerne einige Worte mit dem Schiffseigner wechseln. Sie habe im Zusammenhang mit einer Ermittlung eine dringende Frage, auf die sie eine Antwort erhoffe. Es nehme nur wenig Zeit in Anspruch.
Der Kapitän fragte, ob er sich den Ausweis kurz ausleihen dürfe, er sei gleich wieder da. Er ging zurück an Bord. Ein Besatzungsmitglied fuhr die Gangway zurück. Isabelle entdeckte eine Überwachungskamera, die auf sie gerichtet war.
Es dauerte keine zehn Minuten, da kam der Kapitän zurück, die Gangway wurde wieder ausgefahren. Er gab ihr den Ausweis mit bestem Dank zurück und sagte, dass Monsieur Nabulione bereit sei, sie zu empfangen.

Isabelle dachte, dass sich bei Nabulione der Spitzname so verfestigt hatte, dass keiner mehr seinen richtigen Namen verwendete.

Sie bat Alain von der Marina am Kai auf sie zu warten, dann folgte sie dem Kapitän, der sie in einen Salon führte, der größer war als ihre gesamte Wohnung. Dort wurde sie von einem Mann begrüßt, der eher klein war, was zu Napoleon passte, eine markante Hakennase hatte und eine kratzige Stimme.

»Madame le Commissaire, was verschafft mir die Ehre? Bitte nehmen Sie Platz.«

Sie folgte seiner Aufforderung. Unter Deck war das Schiff kaum weniger modern als von außen. Natürlich klimatisiert und im Hintergrund mit Loungemusik. Sehr cool und spacig. Jedenfalls nicht so, wie sie das von einem korsischen Bandenchef erwartet hätte.

»Sie haben ein extravagantes Schiff«, sagte sie.

Nabulione nahm gegenüber Platz und verschränkte die Arme.

»Ja, ganz nett. Aber deshalb sind Sie nicht hier, wie ich vermute.«

»Nein, natürlich nicht.«

Er bediente eine Fernsteuerung, vor ihnen fuhr eine Bar aus dem Kajütboden.

»Darf ich Ihnen was zu trinken anbieten? Wie wäre es mit einem erfrischenden *menthe à l'eau?*«

Pfefferminzsirup mit Wasser? Woher wusste er, dass sie das häufig trank? Oder war das Zufall?

Er musterte sie neugierig. »Oder lieber was Alkoholisches. Ein Gläschen Rosé?«

»Nein danke, sehr freundlich. Ich will Sie nicht lange aufhalten.«

»Sie halten mich nicht auf, ich bin im Ruhestand, ich habe nichts zu tun. Mir ist Ihr Besuch sehr willkommen.«
Wenn sie ihm alles glauben wollte, aber das ganz bestimmt nicht. Irgendwie kam ihr vor, als ob er mit ihrem Kommen gerechnet hätte. Aber das konnte nicht sein. Oder?
Ungeachtet ihrer Absage nahm er eine bereits entkorkte Flasche Rosé aus der Kühlung und füllte zwei Gläser. Eines reichte er ihr.
»Tun Sie mir den Gefallen. Zu zweit trinkt es sich entspannter.«
Isabelle lächelte und nahm das Glas entgegen. Der Mann verhielt sich wie ein Kavalier, nicht wie ein Drogenboss, der für seine Brutalität bekannt war. Hatte sie sich im Schiff geirrt? Nein, natürlich nicht. Der Mann war nur mit allen Wassern gewaschen. Sie hatte gelernt, dass solche Charaktere zehnmal gefährlicher waren als Typen wie Vladimir und Igor.
»Ihr Dienstausweis ist sehr speziell«, sagte er schmunzelnd. »So einen habe ich noch nie gesehen.«
»Ich habe noch einen anderen, der ist noch spezieller.«
»Interessant. Täusche ich mich oder hat der Wein einen leichten Korkgeschmack?«
Sie roch am Glas. »Nein, er ist einwandfrei.«
»Da bin ich aber froh. Doch, Sie haben recht, er ist völlig in Ordnung. Wo waren wir gleich? Ach ja, bei Ihrer Zuständigkeit als Kommissarin der *Police nationale*. Das klingt spannend. Ich kenne mich da nicht aus, bitte klären Sie mich auf.«
Isabelle fand langsam Spaß an dem Gespräch. Das war mal was anderes. Nicht mit der Brechstange, sondern gewissermaßen mit dem Florett.
»Ich mache ganz normale Polizeiarbeit.«

»Ach ja? Wenn das so wäre, hätte ich Sie nicht auf mein Schiff gelassen.« Er legte seinen Kopf zur Seite und musterte sie lächelnd. »Vielleicht trotzdem«, sagte er, »doch, das könnte sein.«
»Wen lassen Sie denn so alles auf Ihr Schiff?«, griff sie sein Stichwort auf.
»Da bin ich sehr wählerisch. Aber eine Sonderermittlerin im Auftrag des Innenministeriums weckt natürlich meine Neugier.«
»Für einen Ruheständler sind Sie erstaunlich gut informiert.«
»Ich war schon mal besser, aber die meisten Dinge interessieren mich nicht mehr.«
»Ich könnte Sie jetzt fragen, wie Sie sich dieses Schiff leisten können.«
Er sah sie amüsiert an. »Aber das tun Sie nicht, das wäre unter Ihrem Niveau.«
»Sie haben recht, das will ich gar nicht wissen.«
»Also?«
»Wenn Sie bei der Auswahl Ihrer Bootsgäste so wählerisch sind, werden Sie sich doch wahrscheinlich an jeden einzelnen erinnern?«
»Eigentlich schon, aber zuweilen bin ich etwas vergesslich. Worauf spielen Sie an?«
Isabelle nahm einen Schluck vom Rosé. Dann nannte sie ihm das Datum, den Wochentag und die ungefähre Uhrzeit.
»Ich will nur wissen, wer bei Ihnen als Gast auf dem Schiff war, an jenem Abend in Saint-Tropez, das ist alles.«
Er kratzte sich mit gespielter Nachdenklichkeit am Kopf. »Das stimmt, da lag ich mit meinem Schiff in Saint-Tropez. Doch, doch, ich erinnere mich. Ist ja nicht so lange her. Ein

ausgesprochen schlechter Liegeplatz, so viele Touristen, das mag ich gar nicht. Hier ist es viel gemütlicher.«

»Das war nicht meine Frage.«

Er grinste. »War es nicht, weil Sie das bereits überprüft haben. Aber wie kommen Sie darauf, dass ich an jenem Abend Besuch auf meinem Schiff hatte?«

»Weil ich es weiß, deshalb. Auch dass Ihr Besuch zur genannten Zeit das Schiff verlassen hat.«

»Sie sind wirklich erstaunlich. Sie glauben das eine zu wissen, und vom anderen haben Sie keine Ahnung. Das ärgert Sie, richtig?«

»Sagen Sie mir doch einfach, wer auf Ihrem Schiff war. Dann bin ich glücklich, trinke noch ein Glas Wein mit Ihnen und verlasse Sie.«

»Das wäre schade, mir gefällt Ihre Gesellschaft. Haben Sie sich schon mal die Frage gestellt, ob ich an jenem Abend überhaupt selber an Bord war?«

Isabelle hatte diese Möglichkeit sehr wohl in Betracht gezogen, sie aber dann verworfen. Warum? Weil Nabuliones mögliche Abwesenheit nicht in ihr Konzept passen wollte? Ohne mit der Wimper zu zucken, antwortete sie: »Natürlich habe ich das, aber Sie waren an Bord, das steht fest.«

»Tatsächlich? Nun, dann wird es so gewesen sein. Dennoch weiß ich nicht, wer mich besucht haben könnte. Nach meiner Erinnerung war ich alleine.«

»Warum haben Sie am nächsten Morgen mit Ihrer Yacht überraschend den Hafen verlassen?«

»Hab ich Ihnen doch gerade gesagt. Der Liegeplatz war abscheulich, diese vielen Touristen, haben alle mein Schiff fotografiert. Da musste ich einfach weg. Noch ein Glas Rosé? Ich mach gerne eine neue Flasche auf. Ich glaube, der Wein hat doch einen schlechten Beigeschmack.« Er sah

auf das Etikett. »Wie peinlich, der Wein stammt von meinem eigenen Weingut auf Korsika. Ich glaube, ich muss meinen Kellermeister erschießen.«
»Das wäre etwas übertrieben, finden Sie nicht?«
»Na gut, wenn die nächste Flasche in Ordnung ist, lasse ich ihn leben. Außerdem ist er mein Bruder.«
»Was machen wir jetzt?«, fragte Isabelle, die von diesem Wortgeplänkel nach anfänglichem Spaß nun doch genug hatte. »Ich muss wissen, wer auf Ihrem Schiff war. Entweder Sie verraten mir den Namen, oder Sie werden Gelegenheit haben, meine anfänglich diskutierten Kompetenzen näher kennenzulernen.«
»Es ist nicht so, dass ich Sie unterschätze. Ich würde Ihnen wirklich gerne weiterhelfen. Aber bitte tun Sie mir einen Gefallen, drohen Sie mir nicht!«
»Und wenn doch?«
»Das wäre höchst bedauerlich, wo wir uns doch so gut verstehen.«

Als Isabelle wieder am Hafenkai stand, atmete sie tief durch. Am Schluss war die Luft im Salon doch etwas dick geworden – trotz der gut funktionierenden Klimaanlage. Noch hatte sie keine Zeit gehabt, das Gespräch zu analysieren. Natürlich war ihr Besuch ein Misserfolg, ein Schlag ins Wasser, aber nur zum Teil. Denn indirekt hatte Nabulione zugegeben, dass er sehr wohl auf seiner Yacht Besuch gehabt hatte und dass er die Identität partout nicht preisgeben wollte.
Wieder fuhr Alain vorneweg. Nach der Schranke hielt er und stieg aus, um sich von Isabelle zu verabschieden. Er deutete auf einen jungen Mann, der gerade in ein Taxi stieg. »Den armen Kerl haben sie gerade gefeuert«, sagte er.

»Wer hat ihn gefeuert?«, fragte sie unaufmerksam.
»Na ja, der Kapitän von Ihrem Nabulione hat ihm seinen Seesack auf den Pier geworfen und gesagt, dass er sich verpissen solle.«
»Wirklich? *Merde,* wissen Sie, wie er heißt?«
»Ich kenn ihn nicht. Aber ich glaube, der Kapitän hat ihn Noah genannt.«
Isabelle verabschiedete sich, so schnell es ging, sprang in ihr Auto, machte das Blaulicht an und raste dem Taxi hinterher. Zu ihrem Pech kam gleich ein Kreisverkehr. Das Taxi war nicht mehr zu sehen. Willkürlich wählte sie eine Ausfahrt und gab Gas. Nach einem Kilometer wurde ihr klar, dass sie auf der falschen Straße war, weit und breit kein Taxi. Sie wendete und fuhr zurück zum Hafen. Wo hatte Noah das Taxi hergehabt? Sie ging in die *Capitainerie* und fragte Alain. Der konnte ihr auch nicht weiterhelfen. Es gab hier verschiedene Taxigesellschaften und einige Standplätze.
Verdammt, verdammt … Der gefeuerte Matrose Noah hätte ihr vielleicht helfen können. Aber er war auf und davon.

37

Das Aufwachen am Morgen empfand Isabelle als kreativste Phase des Tages. Natürlich durfte dabei kein Wecker stören. Fast noch schlafend, aber irgendwie doch schon wach, begleitete sie ihre Gedanken und Bilder, die keine Träume mehr waren, aber mit der Realität auch nicht viel zu tun hatten. Wenn sie sich ein wenig konzentrierte, aber nicht zu sehr, denn sonst wachte sie richtig auf, gelang es ihr sogar, die Regie in ihrem Kopfkino zu übernehmen. Zumindest konnte sie versuchen, die Themen zu bestimmen oder einen Darsteller auswählen. Dann ließ sie ihrer Fantasie freien Lauf. Dabei ging vieles durcheinander, manches tauchte glasklar auf, um dann erneut im Nebel zu verschwinden. Dazwischen hatte sie Ideen und Einfälle, die sie oft selbst verblüfften, die dann wieder versandeten und von der sanften Brandung des Schlafes weggespült wurden.

Heute war wieder so ein Morgen. Staunend verfolgte sie ihre Wachträume, versuchte dazwischen logisch zu denken und sich auf ihren Fall zu konzentrieren. Sie sah Nabulione vor sich, dann Bastian und Lily – dann ging wieder alles durcheinander, und es tauchten Figuren auf, die es gar nicht gab, und Szenen, die absurd waren wie in einem surrealen Theaterstück.

Sie versuchte diese Phase so lange wie möglich hinauszuzögern. Bitte nur nicht richtig aufwachen, aber auch nicht so tief einschlafen, dass alles wieder vorbei war. Sie glaubte den gefeuerten Matrosen Noah zu sehen, dem ein Seesack hinterhergeworfen wurde. Sie sah Nabulione, der sie auslachte, weil sie gegen ihn keine Chance hatte. Dann plötzlich Thierry, der sich unversehens in Rouven verwandelte. Der rote Teppich von Cannes. Capitaine Richeloin, der seinem Vorgänger Bastian immer ähnlicher wurde. Sabine in Saint-Tropez. Bastian mit Vollvisierhelm auf seinem Motorrad …

Draußen schlug ein Fensterladen, sie hörte ein Kind schreien. Es war vorbei. Jetzt war sie wach, schade. Sie streckte alle viere von sich und gähnte laut. Dann drehte sie sich auf den Bauch und vergrub ihr Gesicht im Kissen. Was war ihr gerade alles durch den Kopf gegangen? Da hatte es einige spannende Szenen gegeben, über die sich nachzudenken lohnte. Vielleicht waren sie gar nicht so absurd? Sie waren ja das Produkt ihrer eigenen Fantasie, die sich wiederum auf Überlegungen gründete, die irgendwo in ihrem Hirn abliefen, weiter hinten, gut versteckt, wo man nicht sofort rankam.

Sie setzte sich auf, weil sie keine Luft mehr bekam. Jetzt wusste sie genau, was in ihren Traumwelten so interessant gewesen war. Sie war nicht glücklich über ihren Einfall – aber sie würde den Gedanken weiterverfolgen.

Isabelle ging zum Fenster, öffnete es, ließ den schon hellen Tag in ihr Zimmer fluten, das Licht und den Duft von Fragolin. Das war Leben, ein besseres, ein schöneres Leben als etwa auf einer Yacht wie jener von Nabulione, die aussah, als ob man mit ihr zum Mars fliegen könnte, in der aber die Seele erstarrte.

Eine Stunde später, nach Morgengymnastik, Croissant und Kaffee, kam sie ins Büro und begrüßte Apollinaire, der wie immer bereits fleißig bei der Arbeit war. Sie hatte ihm schon gestern Nachricht gegeben, dass sie ihren Besuch bei Nabulione unbeschadet überstanden hatte, damit er sich keine Sorgen mehr machte. Sie hatte ihm aber auch mitgeteilt, dass sie nicht in Erfahrung gebracht hatte, wen Bastian gesehen haben könnte. Was zu erwarten gewesen war.

Sie setzte sich an ihren Schreibtisch und las in der Regionalzeitung *Var-Matin*, fand allerdings nichts, was sie interessierte. Dann nahm sie ein Blatt Papier und machte sich einige Notizen.

»Apollinaire, ich hab noch einen kleinen Auftrag für Sie. Ich weiß, Sie haben gerade viel zu tun …«

»Kein Problem, Madame, ich habe die Grenzen meiner Leistungsfähigkeit noch lange nicht erreicht. Was kann ich für Sie tun?«

»Ich hab gestern mitbekommen, dass auf Nabuliones Yacht in Antibes ein Besatzungsmitglied entlassen und vom Schiff geworfen wurde, jedenfalls sein Seesack. Er hat sich dann ein Taxi genommen und ist davongefahren. Ich weiß nur seinen Vornamen, Noah. Nicht mehr. Es gibt wohl mehrere Taxigesellschaften. Das könnte also schwierig werden, aber ich will wissen, wo der Mann hingefahren ist, wie er heißt, wo man ihn erreichen kann.«

»Das könnte wirklich schwierig werden. Aber ich versuche mein Bestes.«

Sie schrieb ihm den Quai im Port Vauban auf und die genaue Uhrzeit. Und die Farbe, in der das Fahrzeug lackiert war. Vielleicht half das, die Taxigesellschaft zu finden.

Als Nächstes tat sie was, wozu sie überhaupt keine Lust hatte. Sie rief bei Capitaine Richeloin in Toulon an. Der war auch gleich dran und tat so, als ob er sich über ihren Anruf freuen würde. Die Welt war voller falscher Schlangen.

Sie sagte, dass sie ihn wieder mal über den Stand ihrer Ermittlungen informieren wolle, im Sinne einer kollegialen und einvernehmlichen Zusammenarbeit. Sie lächelte. Auch sie konnte eine falsche Schlange sein. Wie er ja bereits wisse, habe sie im *La folie* mit Igor gesprochen, aber das sei schon eine Weile her und ergebnislos verlaufen. Mit Bastians »Selbstmord« hätten sie wohl nichts zu tun.
Das hätte er ihr gleich sagen können, entgegnete Richeloin.
»Wahrscheinlich wissen Sie auch, mit wem ich mich gestern getroffen habe, richtig?«
»Natürlich weiß ich das, schließlich bin ich der Polizeichef. In meinem Département muss ich alles wissen. Das wird Ihnen übrigens die nächste Dienstaufsichtsbeschwerde einbringen.«
»Wenn Sie nichts Besseres vorhaben. Tun Sie sich keinen Zwang an.«
»Nabulione fällt exklusiv in meinen Zuständigkeitsbereich. Alle polizeilichen Aktivitäten sind mit mir abzustimmen.«
»Möglich, aber das gilt nicht für mich. Kann es übrigens sein, dass Nabulione von mir und meinem bevorstehenden Besuch wusste?«, tat sie einen Schuss ins Blaue.
Richeloin brauchte eine kurze Pause. »Kann ich mir nicht vorstellen. Woher sollte er diese Information haben?«
»Das genau ist die Frage.«
»Versteh ich nicht.«
»Na egal, jedenfalls hat mich auch Nabulione nicht weitergebracht. Das wollte ich Ihnen nur mitteilen.«
»Was halten Sie davon, wenn Sie Ihre bescheuerte Untersuchung einfach abschließen und sich am Strand in die Sonne legen?«

»Den Gefallen werde ich Ihnen nicht tun. Es ist ja nicht so, dass ich keine Fortschritte mache. Ich habe eine Theorie, ich muss nur noch herausfinden, ob sie stimmt.«

»Eine Theorie bezogen auf was? Auf Bastians wahre Motive für seinen Selbstmord? Lassen Sie den guten Mann doch einfach in Ruhe, er ist tot, Gott sei seiner Seele gnädig.«

Das hätte er wohl gerne, aber diesen Gefallen würde sie ihm nicht tun. Sie überlegte, ob sie ihm von Rousseff berichten sollte. Erstaunlicherweise waren hier die aktuellen Ereignisse an ihm vorbeigegangen. Er wusste also doch nicht alles in seinem Département, eigentlich nur die falschen Dinge. Das ließ tief blicken – und konnte zu einigen Spekulationen Anlass geben.

38

Was hatte sie gegenüber Richeloin angedeutet? Sie habe eine Theorie, hatte sie gesagt. Das war ziemlich übertrieben. Wenn sie überhaupt was hatte, dann war das eine Hypothese. Seit heute Morgen im Bett war diese allerdings einen entscheidenden Schritt weiter gereift. Je länger sie darüber nachdachte, desto plausibler erschien sie ihr. Einige logische Bausteine fehlten noch und stellten die Hypothese grundsätzlich in Frage. Erst wenn es ihr gelang, die Lücken zu schließen und die Gültigkeit ihrer Annahme zu verifizieren, erst dann hätte sie eine Theorie. Isabelle lächelte. Wenn sie Apollinaire auf den feinen Unterschied von Theorie und Hypothese ansprechen sollte, würde sie einen ebenso profunden wie kryptischen, sprich rätselhaften Vortrag bekommen. Das ließ sie also besser sein. Vielmehr galt es jetzt, die besagten Lücken zu schließen. Aber wie? Das war die entscheidende Frage. Zu dumm, dass ihr gerade keine Antwort einfiel.

Fast war sie froh, dass Thierry anrief. Das brachte sie auf andere Gedanken. Sie unterhielten sich recht zwanglos. Keine Rede von Rouven, umgekehrt auch nicht von seiner dunkelhäutigen Begleiterin. Er kündigte an, am kommenden Wochenende nach Fragolin zu kommen, definitiv und unumstößlich. Nur ein Staatsstreich könne ihn davon abhalten, aber der sei im Élysée eher unwahrscheinlich. Isabelle sagte, dass sie sich auf ihn freue – und das war nicht mal gelogen.

War es Zufall, dass wenige Minuten später Rouven in der Leitung war? Oder Schicksal? Oder ein Zeichen? Isabelle glaubte nicht an dergleichen. Aber dass ihr Rouven just in diesem Moment eröffnete, leider morgen nach New York fliegen zu müssen, wegen einer großartigen Kunstauktion bei Sotheby's, das war schon verblüffend und enthob sie des Problems, sich zwischen ihm und Thierry durchlavieren zu müssen.
Er fragte, ob sie mitkommen wolle, sie sei herzlich eingeladen. Das wiederum brachte sie zwar kurz aus dem Konzept, weil sie nicht wusste, ob sie unter normalen Umständen sogar zugesagt hätte, aber die Umstände waren nicht normal – sie hatte einen Doppelmord aufzuklären.
Rouven schlug ein Abschiedsessen für den heutigen Abend vor. Auf seiner Yacht. Sie habe sich immer noch nicht Picassos Aktbild von Dora Maar angesehen.
Sie wusste, wo das Gemälde hing. Da wollte sie nicht hin, wenigstens nicht heute Abend, da war sie sich sicher. Sie einigten sich auf einen nachmittäglichen Drink bei *Sénequier.*

Einige Stunden später nahm sie am Hafen von Saint-Tropez auf der Terrasse unter den roten Markisen Platz. Das *Sénéquier* war eine Institution, gleichermaßen Café wie Patisserie und Bar. Ein Platz zum Sehen und gesehen werden. Merkwürdigerweise war ihr das mittlerweile egal. Sie hatte sich wieder ihre Haare gegelt, trug eine Pilotenbrille mit dunkelgrünen Gläsern, ein lässiges Kleid und die *sandales tropeziennes* von Rondini – und kam sich vor wie ein anderer Mensch. Ein Rollenwechsel, an dem sie immer größeren Gefallen fand.
Sie saßen an einem der kleinen dreieckigen Tische, natürlich nicht in der ersten Reihe, dort saßen nur Touristen.

Rouven erzählte, dass hier schon Picasso seinen *café noir* getrunken habe. Er fragte nach ihren Recherchen zum Tode Bastians und ob sie mit der Yacht dieses Korsen weitergekommen sei. Sie deutete ihren Besuch in Antibes an und dass das Schiff ihr wie eine intergalaktische Raumfähre vorgekommen sei.
Rouven lachte. Er halte es mehr mit den alten Dampfschiffen, wie Humphrey Bogart und Katharine Hepburn auf der African Queen, so was gefalle ihm. Wenn möglich, etwas größer. Aber nicht diese schwimmenden Stealth-Bomber. Wobei die Dora Maar auch eine Art Tarnkappenschiff sei, denn die Antriebstechnik sei hypermodern. Er grinste. Wenn Isabelle schon sein Schlafzimmer nicht sehen wolle, könne er ihr gerne mal den Maschinenraum zeigen.
So ein romantisches Angebot habe sie schon lange nicht mehr bekommen, erwiderte sie amüsiert.
Isabelle entdeckte Sabine Salier, die zwischen den Reihen nach einem freien Platz suchte. Sie winkte ihr, bot ihr einen Stuhl an und machte sie mit Rouven bekannt. Einen Moment später kamen ihr Zweifel, ob das eine gute Idee war. Eine ehemalige Porno-Aktrice, die supergut aussah und Hostessen laufen hatte, war in vielerlei Hinsicht nicht die ideale Besetzung für ihren Tisch. Außerdem hätte sie lieber alleine mit Rouven geplaudert und ihm eine gute Reise gewünscht. Aber so war das mit spontanen Reaktionen, sie waren oft schneller als der Verstand. Prompt redeten die beiden recht angeregt miteinander.
Dann fragte Sabine, an Isabelle gewandt, ob sie mit ihren Nachforschungen weitergekommen sei.
Isabelle bestätigte, dass sie Fortschritte mache, aber sie könne und wolle derzeit nichts Genaueres sagen. Sie lä-

chelte. Vor allem nicht im *Sénéquier*, einen öffentlicheren Raum gebe es wohl kaum.
Nicht zum ersten Mal kam ihr der Gedanke, dass im Grunde auch Sabine gefährdet sein könnte. Als Lilys Geschäftspartnerin und Freundin, als ihre Gastgeberin in Saint-Tropez, die von ihr möglicherweise ins Vertrauen gezogen worden war und mehr wusste, als es jemandem lieb sein konnte. Die jetzt schon zum zweiten Mal mit Isabelle zusammentraf und dabei möglicherweise beobachtet wurde. Sie sträubte sich, den Gedanken fortzusetzen. Auf ähnliche Weise war womöglich Lily ins Visier ihres Mörders geraten. Sich mit der Madame le Commissaire zu unterhalten und dabei gesehen zu werden könnte für Sabine ungesund sein.
Isabelle zog daraus drei Schlussfolgerungen. Erstens bat sie Sabine, auf sich aufzupassen und sich die nächsten Tage zu ihrem Schutz möglichst eine männliche Begleitung zu suchen.
Sabine warf einen frechen Blick zu Rouven. Der hob lachend die Hände. Dafür komme er bedauerlicherweise nicht in Frage, er müsse dringend nach New York.
Die zweite Schlussfolgerung war, dass Isabelle den Fall möglichst schnell abschließen sollte. Sie spürte, dass mit jeder Stunde, die sie tiefer eintauchte, mit jedem Gespräch wie etwa mit Nabulione das Risiko drastisch zunahm.
Und als dritte Schlussfolgerung entschied sie, nicht länger mit Sabine zu reden, jedenfalls nicht hier auf dem Präsentierteller unter der roten Markise. Sie entschuldigte sich bei ihr, legte das Geld für die Rechnung auf den Tisch und verabschiedete sich. Das kam abrupt und löste auch bei Rouven einen verwunderten Blick aus. Wahrscheinlich dachte er, dass sie auf Sabine eifersüchtig sei. Das war natürlich

Unsinn, sie würde ihm sogar bereitwillig ihre Telefonnummer geben. Rouven gab Sabine zwei Wangenküsse. Na ja, vielleicht ließ sie das mit der Telefonnummer besser sein. Er legte seinen Arm um Isabelle und fragte, was sie jetzt zu tun gedenke. Sie gingen einige Meter über den Quai Jean Jaures, dann machte sie den Vorschlag, ihn doch für eine Stunde auf die Dora Maar zu begleiten. Aber nicht länger. Und garantiert ohne Picasso und Maschinenraum. Einfach, um Abschied zu nehmen. Abschied für wie lange? Sie hatte keine Ahnung.

39

Sie hatte gehofft, den Termin vermeiden zu können. Eigentlich hatte sie mit dem Fall Rousseff gedanklich abgeschlossen. Ihre Konzentration war voll und ganz auf Bastian und Lily gerichtet. Aber Staatsanwalt Fabré bestand darauf, dass die Verhaftung und Vernehmung Rousseffs unter ihrer Leitung ablaufen müsse. Er wolle die Anklage nicht allein auf der Zeugenaussage eines inhaftierten Straftäters aufbauen. Ein routinierter Verteidiger würde Rousseff womöglich raushauen, und dann stünde er dumm da. Er hoffe, dass Isabelle den Juwelier zu einem Geständnis bringen könne. Das müsse das erklärte Ziel sein.

Ihre Laune war also nicht die beste, als sie in Cannes Rousseffs Juweliergeschäft betraten. Fabré hatte einige Beamte der örtlichen *Police municipale* hinzugezogen, die auf der Straße warteten. Im Laden wurden sie von Madame Rousseff empfangen, die sichtlich irritiert war. Durch das Schaufenster konnte sie die Polizisten auf der Straße sehen. Apollinaire trug Uniform. Staatsanwalt Fabré machte einen ungeduldigen Eindruck. Kunden waren gerade keine im Geschäft. Das vereinfachte die Angelegenheit. Isabelle begrüßte Madame Rousseff kurz und knapp.

»Ist Ihr Mann hinten in der Werkstatt?«, fragte sie.

»Ja, er arbeitet an einem Collier. Soll ich ihn holen?«

»Das wäre sehr freundlich. Anschließend verlassen Sie bitte den Laden und warten draußen.«

»Warum darf ich nicht dabei sein, wenn Sie mit meinem Mann sprechen?«, empörte sie sich. »Falls Sie herausgefunden haben, wer hinter dem schrecklichen Überfall von damals steckt, dann will auch ich das wissen.«

»Am besten, Sie gehen jetzt gleich raus«, entschied Fabré und gab Apollinaire ein Zeichen. Der brachte die erzürnte Frau zur Tür und übergab sie den Kollegen von der *Police municipale*. Dann gingen sie nach hinten, wo Rousseff aufgrund der geschlossenen Tür nichts mitbekommen hatte. Er sah überrascht auf und nahm die Lupenbrille ab.

»Ihr Besuch kommt sehr ungelegen«, stellte er fest. »Ich bin gerade mit einer diffizilen Arbeit befasst.«

»Meine Besuche kommen fast immer ungelegen«, sagte Fabré, »das bin ich gewohnt.«

Nachdem er es nicht selber tat, übernahm Isabelle die Aufgabe, den Staatsanwalt vorzustellen.

Rousseff war nicht geschockt, das nicht, aber ihm war anzusehen, dass er mit der Situation nicht klarkam. Einfach deshalb, weil er sich überrumpelt fühlte und keine Erklärung dafür fand, was sich hier gerade abspielte.

Isabelle überlegte, dass sechs Jahre eine lange Zeit waren. Da vergaßen manche Menschen, dass sie mal ein Verbrechen begangen hatten. Sie verdrängten die Tat so gründlich, dass sie gar nicht mehr im Bewusstsein war. Infolgedessen blieb auch das spontane Erschrecken aus.

Rousseff wollte aufstehen.

»Am besten bleiben Sie sitzen«, sagte Isabelle. »Dann verkraften Sie eher, was wir Ihnen zu sagen haben. Um es kurz zu machen: Wir haben einen der beiden Täter, die den Überfall auf Ihren Laden ausgeführt haben. Er hat die Tat bereits gestanden.«

»Wirklich? Ich bin Ihnen so, so dankbar«, stammelte er. »Es war mein Herzenswunsch, dass die Mörder meiner Frau irgendwann gefasst werden.«

Hatte er es wirklich vergessen? Oder hatte Jean-Pierre gelogen?

»Wollen Sie wissen, was mit dem zweiten Täter ist?«

»Natürlich? Was ist mit ihm?«

»Er ist tot!«

»Oh.«

Isabelle hatte den Eindruck, dass Rousseffs rosiges Gesicht an Farbe verlor. Er schien langsam zu begreifen.

»Sie wissen ja, dass die beiden Brüder waren«, sagte sie, nicht als Frage betonend, sondern als Feststellung.

»Ja, nein, wieso? Wie soll ich das wissen?«

Jetzt kam bei ihm erste Panik auf.

Isabelle setzte sich auf die Kante seines Arbeitstisches und sah ihn eindringlich an.

Fabré und Apollinaire standen einige Schritte hinter ihr und schwiegen.

»Woher kannten Sie die beiden eigentlich?«

Spätestens jetzt hatte er eine eindeutig fahle Gesichtsfarbe. Seine zuvor so ruhigen Goldschmiedehände begannen zu zittern.

»Monsieur Rousseff, ich weiß, dass Sie das nicht gewollt haben«, fuhr sie fort. »Ich kann mir vorstellen, wie elend Sie sich fühlen. Das muss grausam gewesen sein.«

Er rieb sich die Augen. »Grausam? Ja, das war es.«

»Sie wollten ja nur aus Ihren Spielschulden rauskommen. Der Plan war nicht schlecht. Sie beauftragen zwei Gauner, Ihr Juweliergeschäft zu überfallen. Gerade noch rechtzeitig, bevor die neue Überwachungsanlage eingebaut wird. Ihre Mitarbeiterin hat frei, Ihre Frau einen Zahnarztter-

min. Eine einfache Sache. Sie kassieren die Versicherung, bekommen den Schmuck zurück und arbeiten ihn um. Sie konnten nicht ahnen, dass Camille zurückkehrt, zusammen mit einer Kundin. Da trifft Sie keine Schuld.«
Keine Schuld? Das war natürlich Unsinn. Aber Isabelle hoffte, dass er darauf einsteigen würde. Das war simple Psychologie. Denn sehr wahrscheinlich hatte er sich nach der Tat eingeredet, für den tödlichen Verlauf nicht verantwortlich zu sein. Mit dieser Schuld hätte er nicht weiterleben können, also hatte er sie einfach wegdelegiert, an die beiden Ganoven, die die Tat ausgeführt hatten, ein kleines bisschen sogar an seine Frau Camille, die für die Eskalation verantwortlich war, an das Schicksal, überallhin – nur weg.
»Monsieur Rousseff, Sie haben mein Mitgefühl«, trieb sie es auf die Spitze. Sie hörte, wie sich Fabré missbilligend räusperte. »Das stelle ich mir vor wie beim Roulette. Sie haben alles auf Rot gesetzt, und dann kam Schwarz.«
Er schüttelte den Kopf. »Es kam nicht Schwarz«, flüsterte er, »es kam die grüne Null, die verdammte Null. Zéro!«
»*Rien ne va plus!* Nichts geht mehr!«
»Das konnte ich nicht ahnen, das war nicht abzusehen.«
»Das hat Jean-Pierre auch gesagt, er gibt Ihnen keine Schuld.«
»Er gibt *mir* keine Schuld?«, empörte sich Rousseff. »Ist er jetzt völlig verrückt geworden? Ich gebe *ihm* die Schuld! Er hat's verbockt, er und sein dämlicher Bruder Jean-Claude.«
Jetzt war es raus. Spätestens mit Nennung des zweiten Namens. Sie hatte ihn zuvor nicht erwähnt.
»Monsieur Rousseff, wir müssen Sie leider mitnehmen. Aber ich habe einen Vorschlag: Draußen stehen sicher mittlerweile viele Schaulustige. Wir haben Polizeibeamte vor

der Tür, das sorgt für Aufsehen. Wahrscheinlich ist schon die Presse da, und Fotografen. Ich werde jetzt die Anweisung geben, dass der Einsatz abgebrochen wird. Alle sollen abrücken. Ihre Frau kann reinkommen, und wir lassen Sie hier in diesem Zimmer allein. Sie können sich unter vier Augen unterhalten. Erst wenn sich alles beruhigt hat, werden wir rausgehen und ganz diskret mit einem Zivilfahrzeug wegfahren. Wäre das okay für Sie?«
Rousseff wischte sich einige Tränen aus dem Gesicht und nickte stumm.
»Wir haben ein Geständnis vorbereitet, in dem Sie zugeben, dass Jean-Pierre und Jean-Claude in Ihrem Auftrag gehandelt haben. Nur ein paar Zeilen, die Sie bitte laut vorlesen und dann unterschreiben. Damit würden Sie sich einen großen Gefallen tun. Einverstanden?«
Wieder nickte der Juwelier.
Fabré reichte ihm das Blatt. Rousseff brauchte eine Weile, um sich zu sammeln, dann las er das Geständnis mit gebrochener Stimme, aber doch gut verständlich vor. Anschließend setzte er seine Unterschrift darunter.
»Ich habe es nicht gewollt«, sagte er leise. »Camille, bitte verzeih mir!«

40

Staatsanwalt Fabré hatte nichts dagegen, dass sie auf die Teilnahme an der Pressekonferenz zur Verhaftung des Nobeljuweliers Rousseff verzichtete und ihm alleine die Bühne überließ. Ganz im Gegenteil konnte er seine Freude kaum verhehlen. Es kam nicht oft vor, dass ein Kommissar der *Police nationale* die Chance ausließ, sich und seinen Ermittlungserfolg den Medien und damit der Öffentlichkeit zu präsentieren. Isabelle aber lag nichts daran. Für sie zählte nur das Ergebnis. Außerdem hatte sie Wichtigeres zu tun.

In ihrem Büro sitzend dachte sie wieder und wieder über ihren eigentlichen Fall nach – und über ihre Theorie, die genau genommen nicht einmal eine Hypothese war, sondern allenfalls eine wilde Spekulation. Aber eine, die ihr immer plausibler erschien. Nur fehlte im Bild die Schlüsselfigur. Das war das entscheidende Manko. Blieb die Frage, wie man sie aufspüren könnte.

Isabelle erhob sich und lief auf und ab, zum Kaktus am Fenster, dann zum Konterfei von de Gaulle und wieder zurück. Kaktus, de Gaulle, Kaktus …

Wenn man an den Täter nicht herankam, und zwar deshalb, weil man ihn schlicht nicht kannte, wäre es dann nicht möglich, den Prozess einfach umzudrehen? Ihr fiel ein Zitat ein: *Si la montagne ne veut pas venir …* Wenn der Berg nicht zum Propheten kommt, muss der Prophet zum Berg gehen. Oder umgekehrt. Wer war der Berg und wer der Prophet? Wie auch immer. Der Lösungsweg musste darin bestehen, den Täter dazu zu bringen, zu ihr zu kommen. Das sollte nicht schwierig sein. Spätestens mit ihrem Besuch bei Nabulione hatte sie für genügend Aufregung gesorgt. Also musste sie nur einen Köder auswerfen und hoffen, dass jemand anbiss.

Als Apollinaire ins Büro kam, machte er einen gehetzten, aber nicht unglücklichen Eindruck. Er packte einen Stapel Akten auf den Tisch. Der Fall Rousseff schien ihn noch auf Trab zu halten. Krawattenknoten, Hemdkragen, Jacke, Frisur – alles war auf eine sympathische Art in Unordnung geraten, in Auflösung begriffen, verdreht, schief geknöpft und verwuschelt. Sie beobachtete ihn und ließ ihm die Zeit, die er brauchte, um sich im Hier und Jetzt zurechtzufinden. Erst nach einigen Minuten fiel ihm auf, dass Isabelle an ihrem Schreibtisch saß und er völlig vergessen hatte, sie zu begrüßen. Was er geradezu überschwenglich nachholte. Es folgte ein Wortschwall mit Erklärungen, die sie nur zum kleineren Teil verstand. Aber das machte nichts.
Als er fertig war, zog er die Krawatte aus dem Kragen und entledigte sich seiner Jacke. Erschöpft ließ er sich auf seinen Bürostuhl sinken. Isabelle dachte, dass er langsam aufnahmebereit sein sollte. Sie fragte ihn nach Nabuliones gefeuertem Crewmitglied Noah und ob er sein Taxi hatte ausfindig machen können.
Apollinaire verneinte, aber immerhin habe er bereits die Taxigesellschaft recherchiert. Er sei also hoffnungsvoll. Sie bat ihn, dranzubleiben.
Die nächste Frage war ihr selbst erst am heutigen Tag in den Sinn gekommen. Der Gedanke hatte sie wie ein Blitz getroffen.

»Apollinaire, Sie müssen mir technisch auf die Sprünge helfen. Es gibt doch GPS-Geräte, mit denen sich zum Beispiel der Standort eines Autos bestimmen lässt, richtig?«
»Sie wissen doch«, antwortete Apollinaire, »dass ich gegenüber moderner Technik eine tiefe Abneigung hege. Aber zufällig sind mir diese GPS-basierten Tracking-Systeme bekannt. Im einfacheren SMS-Modus kann man mit dem Handy auf den Tracker zugreifen und bekommt als Antwort eine SMS mit den aktuellen Koordinaten. Im GPRS-Modus werden vom Tracker permanent Signale an einen Server geschickt, der …«
Isabelle hob lachend die Hände. »Stopp, so genau will ich es nicht wissen. Meine Frage ist ganz simpel: Unser Polizeifahrzeug stammt ja aus dem Fuhrpark in Toulon. Sind dort die Streifenwagen standardmäßig mit einem Tracking-System ausgestattet?«
Apollinaire nickte. »Ja, das sind sie.«
»Demnach hat auch unser Fahrzeug ein eingebautes GPS-Teil zur Standortbestimmung, richtig?«
»Davon gehe ich aus. Doch, ganz sicher, muss so sein.«
»Ich habe es befürchtet. Nächste Frage: Kann man das System von außen knacken? Könnte sich also ein Hacker Zugriff auf die Koordinaten verschaffen und ganz konkret die Position unseres Polizeifahrzeugs feststellen?«
»Sie kennen ja meinen Standpunkt«, antwortete Apollinaire. »Die Sicherheit von Computern und Netzwerken ist eine Illusion. Selbst das Pentagon ist schon gehackt worden. Warum also nicht unser vergleichsweise lächerlicher Polizeiserver?«
Isabelle sah ihren Assistenten entgeistert an. »Warum bin ich da nicht früher draufgekommen?«
»Worauf? Ich kann Ihnen nicht folgen.«

»Mich hat doch immer gewundert, dass man Lily nicht sofort umgebracht hat, nämlich unmittelbar nach Bastian. Es gibt nur eine Erklärung: Man wusste nicht, wer die Frau in seiner Begleitung war und wo man sie finden konnte. Was mich schon lange belastet, ist die Vorstellung, dass erst ich es war, die den Täter auf ihre Spur gebracht hat. Aber ich kann nicht glauben, dass mir jemand nach Le Pradet zu Lilys Haus gefolgt ist. So was würde ich bemerken. In meinem früheren Job gehörte es zur Routine, die Straße auch nach hinten im Blick zu haben. Das ist mir in Fleisch und Blut übergegangen.«

»Und jetzt glauben Sie, dass jemand Ihre Tracking-Signale geknackt hat und so auf Lilys Adresse gekommen ist?«

»Um sie dann umzubringen. Ja, das wäre möglich.«

»Verdammte Scheiße, das wäre möglich. Wäre zumindest eine Erklärung.«

»Mir wird fast schlecht.«

»Ich hab einen Calvados im Schrank, den hat mir mal unser Bürgermeister geschenkt.«

»Thierry? Egal, ein kleines Glas könnte ich vertragen.«

»Ich auch.«

In den nächsten Minuten fuhr Isabelle in Gedanken alle Strecken ab, die sie in der letzten Zeit nicht mit ihrem privaten Renault, sondern mit dem Dienstfahrzeug zurückgelegt hatte. In Saint-Tropez würde sich ihre Spur regelmäßig im Parkhaus am Parc des Lices verlieren – und nicht bis zu Lilys Freundin und Geschäftspartnerin Sabine Salier führen. Das war schon mal beruhigend. In Antibes dagegen reichten die Signale auf dem Pier bis zu Nabuliones Motoryacht. Was aber keine Rolle spielte, weil womöglich Nabulione selbst dahintersteckte.

Im weiteren Nachdenken kam Isabelle zurück zu ihrer Idee, die sie vor Apollinaires Kommen entwickelt hatte. Man musste einen Köder auswerfen und hoffen, dass der Täter anbiss. Falls er tatsächlich der Spur ihres Fahrzeugs folgen konnte, wäre das leicht zu bewerkstelligen. Aber es musste auch ohne diese Möglichkeit funktionieren.
Sie weihte Apollinaire in ihren Plan ein. Er war wieder mal entsetzt. So dürfe sie das keinesfalls machen, das sei viel zu gefährlich.
Gott sei Dank hatte er das nicht zu entscheiden.

Isabelle machte sich einige Notizen. Und eine Namensliste. Dann begann sie damit, den Köder auszuwerfen. Sie musste einfach jedem davon erzählen und darauf setzen, dass sich das herumsprach – bis hin zum Fisch, den sie an den Haken bekommen wollte. Sie stimmte mit Apollinaire überein, dass das kein harmloser Goldfisch sein würde, sondern eher ein Hai, wenn auch vielleicht kein weißer. Aber auch diese Gattung konnte man fischen.

Sie begann mit Nabulione, den sie nach kurzer Wartezeit ans Telefon bekam. Sie fragte, ob er es sich anders überlegt habe und ihr vielleicht doch den Namen des Besuchers im Hafen von Saint-Tropez verraten wolle. Erwartungsgemäß bekam sie nur ein Lachen zu hören. Sie entschuldigte sich für ihre Hartnäckigkeit und erwähnte, dass sie ohnehin bald Bescheid wissen werde. Sie treffe sich morgen Nachmittag mit einem Informanten. Könne gut sein, dass sie sich danach erneut bei ihm melde. Nabulione wünschte ihr viel Erfolg und legte auf.
Isabelle machte hinter seinen Namen einen Haken und griff erneut zum Hörer. Ihre Liste hatte sie schnell abge-

arbeitet, allzu viele Namen hatte sie nicht. Jedem erzählte sie wie beiläufig von dem Informanten, mit dem sie sich morgen Nachmittag treffe.
Apollinaire hörte notgedrungen zu und schüttelte immer wieder missbilligend den Kopf. Ihm gefalle die Aktion gar nicht, sagte er. Er fragte, wie sie sich das morgen überhaupt vorstelle.
Sie musste zugeben, dass sie sich darüber noch keine Gedanken gemacht hatte.
Weil er mittlerweile recherchiert hatte, wo im Polizeifahrzeug das Tracking-Gerät installiert sein musste, ging er hinaus, um sich davon zu überzeugen.
Er solle es keinesfalls deaktivieren, sagte Isabelle.
Als er zurückkam, hatte er ölverschmierte Hände – und zeigte Isabelle auf seinem Smartphone ein Foto. So sehe das Teufelsding aus, sagte er. Ein unscheinbares Kästchen, gut versteckt im Motorraum.

Eine halbe Stunde später setzte sich Isabelle ins Auto, um nach Toulon zu fahren. Capitaine Richeloin hatte mehrfach um einen Termin gebeten. Sie sollte ihn nicht immer abblitzen lassen. Ganz bewusst wählte sie das Polizeifahrzeug. Falls es wirklich jemanden gab, der ihren Tracker angezapft hatte, sollte er wissen, dass das System funktionierte.
Der Empfang in seinem Büro war wie immer von einer ausgesuchten Herzlichkeit. Zwar zeigte er sich erfreut, dass sie den Weg zu ihm gefunden hatte, um sie dann sogleich wegen ihres Besuches bei Nabulione anzublaffen.
»Das hatten wir doch schon«, sagte Isabelle genervt. Schon bereute sie, dass sie überhaupt gekommen war.
»Muss ich Ihnen gratulieren?«, fragte Richeloin spöttisch.
»Wozu?«

»Ich hatte vorhin ein längeres Gespräch mit Staatsanwalt Fabré. Er hat mir berichtet, dass Sie den Überfall auf dieses Juweliergeschäft in Cannes aufgeklärt haben. Hätte ich nicht erwartet. Ich schätze, Sie haben einfach Glück gehabt.«

Isabelle lächelte nachsichtig. »Ganz genau, Glück, nur Glück. Der eine hat es, der andere nicht.«

Die Tür ging auf, und Lieutenant Parpin kam herein.

»Hab gehört, dass Sie im Haus sind. Wollte Ihnen nur kurz die Hand schütteln.«

»Das nächste Mal wird angeklopft!«

Parpin ignorierte die Zurechtweisung. Er hatte eine lockere Art und ließ sich nicht so schnell seine gute Laune verderben.

»Sie haben den Rousseff rangekriegt und Jean-Pierre, finde ich toll.«

Na bitte, so ging es auch. Aber Richeloin würde es nie lernen. Ganz abgesehen davon, dass sie Komplimente hasste.

»Was macht der Sexualstraftäter, dem Sie Lilys Ermordung in die Schuhe schieben wollen?«, fragte sie an Richeloin gerichtet. »Hat er gestanden?«

»Wir brauchen kein Geständnis. Die Indizien sind erdrückend.«

Sie lächelte. Also hatte er nicht gestanden. Die »erdrückenden« Indizien hätte sie gerne gesehen.

»Warum wollten Sie mich denn so dringend sprechen?«, fragte Isabelle.

»Warum ich Sie sprechen wollte?« Richeloin fuhr sich über das unrasierte Kinn. Parpin grinste frech. »Ach so, ja. Sie haben am Telefon von einer Theorie gesprochen hinsichtlich Bastians Selbstmord und seiner wahren Motive. Ich fordere Sie auf, mir Ihre ominöse Theorie zu offenbaren. Ich möchte mal richtig lachen.«

Der Mann wurde ihr immer unsympathischer. Bei ihrem Vieraugengespräch nach Lilys Leichenfund in Le Pradet hatte er noch anders geklungen. Stand er unter Druck, oder was war mit ihm los?

»Sie werden sich noch etwas gedulden müssen«, sagte sie. »Morgen Nachmittag treffe ich mich mit einem Informanten. Dann werde ich Beweise haben.«

»Was für ein Informant soll das sein? Bastians Pfarrer, bei dem er sich im Beichtstuhl ausgeweint hat?«

»Sehr witzig.«

»Wer also dann?«

»Werde ich Ihnen kaum auf die Nase binden.«

»Dann halt nicht. Kommt sowieso nichts raus dabei. Bastians Motive für seinen Suizid sind ebenso klar wie tragisch. Dennoch erwarte ich von Ihnen einen umgehenden Bericht, falls Sie morgen doch was rausbekommen sollten.«

»Ich werde Balancourt bitten, Ihnen eine Kopie zu schicken.«

Es war immer wieder erstaunlich, wie allein die Nennung seines Namens die Leute verstummen ließ. Hoffentlich blieb ihr väterlicher Freund noch lange am Leben und in seiner jetzigen Position.

»Balancourt? Ich verstehe«, sagte Richeloin. Zum ersten Mal klang seine Stimme etwas kleinlaut.

Beim Verlassen des Touloner Hauptkommissariats wurde sie von Parpin begleitet, was schon fast eine liebe Gewohnheit war. Mit keinem Wort ging er auf ihre Arbeit ein. Stattdessen erzählte er von seiner Verlobten, in deren Begleitung sie ihn mal am Quai Cronstadt gesehen habe. Und vom Ge-

richtsmediziner Mathieu Marchand, mit dem er sich angefreundet habe, der aber nicht mehr lange bleiben werde.
Sie verabschiedeten sich auf der Treppe an der Avenue Jean Moulin. Isabelle sah auf die Uhr. Sie hatte sich mit Estelle in einem Café vor der Oper verabredet. Es war nur ein kurzer Weg zu Fuß. Sie war fast pünktlich.
Estelle sah besser aus als bei ihrem letzten Treffen. Natürlich war sie mit ihrer Trauer noch kein Stück weitergekommen, dazu war die Zeit zu kurz. Aber sie wirkte ausgeruhter und nicht mehr ganz so zerbrechlich. Jedenfalls freute sie sich, Isabelle wiederzusehen.
Natürlich fragte auch Estelle nach dem Stand ihrer Ermittlungen. Isabelle tat so, als ob sie diesen schon längst keine besondere Bedeutung mehr beimessen würde. Sie wollte Estelle die Aufregung ersparen, vor allem die Zweifel und die Albträume. Dennoch rutschte ihr raus, dass sie sich morgen Nachmittag mit jemandem treffen werde, der vielleicht mehr Klarheit schaffe. Isabelle dachte, dass sie wohl schon selber an den großen Unbekannten glaubte. Rasch wechselte sie das Thema. Sie erzählte, dass sie Estelles Bruder in Cannes auf einer Vernissage getroffen habe. Eric habe von seiner eigenen Sammelleidenschaft gesprochen. Das habe sie beeindruckt.
Dann redeten sie über alles und nichts. Nach Isabelles Überzeugung war das genau richtig. Oberflächliche und seichte Gespräche waren in Estelles' Situation mehr wert als tiefschürfende Betrachtungen über den Sinn des Lebens. An denen kam Bastians Witwe ohnehin nicht vorbei. Schwere Gedanken waren ganz sicher ihr ständiger Begleiter. Alleine schaffte man es in ihrer Situation kaum, ihnen zu entrinnen. Also musste man es zu zweit versuchen. Für den Kopf und die Seele waren das kleine Erholungspausen.

41

Schon in der Nacht und erst recht am nächsten Morgen überlegte Isabelle, dass sie zwar einen netten Plan entwickelt und sogleich in die Tat umgesetzt hatte, aber sie hatte ihn nicht zu Ende gedacht. Der Nachmittag rückte immer näher, und sie wusste nicht, wo sie sich mit ihrem fiktiven Informanten treffen könnte. Sie musste erstens mit dem Polizeiauto hinfahren können und es einem etwaigen Verfolger möglichst leicht machen – sei es per GPS-Tracker oder ganz konventionell mit Sichtkontakt. Zweitens brauchte sie einen Ort, wo sie möglichst alleine waren. Denn drittens durften keine fremden Personen gefährdet werden. Weil viertens mit einem Angriff zu rechnen war. Weshalb sie fünftens an ihren eigenen Schutz denken musste. Und sechstens musste sie die Gelegenheit des Zugriffs bekommen.

Das war's schon. Ganz schön kompliziert, wenn man kein Team zur Verfügung hatte. Es gab als Unterstützung nur Apollinaire, den sie auch nicht gefährden durfte. Wenn sie Pech hatte, war alles umsonst. Kein Mensch würde kommen. Also sollte sie den Aufwand möglichst gering halten – und keiner Menschenseele davon erzählen. Aber das verstand sich sowieso von selbst.

Kurz nach dem Frühstück bekam sie einen Anruf von Rouven, der in Paris-Charles-de-Gaulle auf seinen Anschlussflug nach New York wartete. Er wünschte ihr einen schönen Tag und viel Glück. Er konnte nicht ahnen, wie

wichtig gerade heute ein bisschen *fortune* war. Rouven, Rouven … Sie erinnerte sich an ihr Picknick am Strand. Da machte es klick. Das genau war die richtige Location. Einfach perfekt. Ein möglicher Angreifer konnte nicht anders, als den engen Fahrweg durch das dichte Gebüsch zu nutzen. Es gab keinen anderen Zugang. Er hatte zuvor keine Möglichkeit, das Terrain auszuspähen. Er musste einfach hinterher, in der Hoffnung, Isabelle mit dem Informanten anzutreffen. Er würde sich für den einsamen Platz beglückwünschen. Wie geschaffen dafür, die Kontaktperson zum Schweigen zu bringen und bei dieser Gelegenheit auch Isabelle auszuschalten. Die neugierige Madame le Commissaire wusste längst zu viel, sie konnte sich immer mehr zusammenreimen – und sie ließ nicht locker. So jemand musste weg.
Isabelle machte sich hinsichtlich der Gedanken ihres Gegenspielers keine Illusionen. Dabei war es egal, ob er ein professioneller Killer war, der im Auftrag handelte, zum Beispiel des korsischen Drogenbosses, oder ob er selbst derjenige war, den Bastian und Lily von Nabuliones Yacht hatten kommen sehen. Gefährlich war der Mann allemal. Er hatte das bereits zweimal unter Beweis gestellt. Wenn sie Pech hatte, handelte es sich um mehrere Personen. Es war zu spät, aus Paris Verstärkung anzufordern. Wem konnte sie hier vor Ort vertrauen? Ihre Erfahrung besagte, dass man in solchen Situationen am besten niemandem vertraute.

Isabelle eilte ins Kommissariat, traf dort Apollinaire an, sagte, dass er alles liegen lassen und sofort mit ihr kommen solle. Mit ihrem privaten Renault fuhren sie nach Saint-Tropez. Sie stellte sicher, dass sie nicht verfolgt wurden.

Unterwegs hielten sie bei einem Eisenwarengeschäft und kauften die solideste Sperrkette, die sie finden konnten, ein Seil und ein erstklassiges Vorhängeschloss. Apollinaire war wieder mal voller Skepsis. Das würde sie ihm austreiben müssen. Ohne Optimismus ging es nicht.
Obwohl sie einen anderen, direkteren Weg wählte als letzte Woche Rouven in seinem Citroën Méhari, fand sie sofort hin. Sie öffneten das rostige Tor neben dem Schild *propriété privée*. Isabelle fuhr einige Meter hinein, um das Auto dort stehen zu lassen und mit Apollinaire zu Fuß hinunter an den Strand zu laufen. Er war menschenleer, aber es gab keine Garantie, dass das so blieb. Außerdem führte unten der *Sentier Littoral* vorbei, jener malerische Küstenwanderweg, den sie heute am liebsten für die Öffentlichkeit sperren würde. Aber das ging natürlich nicht.
Sie erläuterte Apollinaire ihren Plan und spielte verschiedene Szenarien durch. Vor allem erklärte sie ihm *en détail*, was er in den verschiedenen Situationen tun sollte. Zwar wurden dabei seine Bedenken nicht weniger, aber er hörte aufmerksam zu. Ob er sich in einer möglichen Stresssituation an ihre Anweisungen halten würde, wagte sie nicht vorherzusagen. Ihr blieb nur die Hoffnung.
Sie fuhren den Renault im Rückwärtsgang auf die Straße, machten das Tor zu und verschlossen es mit der Sperrkette. Dann ging es zurück nach Fragolin.

42

Einige Stunden später wurde es ernst. Wobei sie nicht wissen konnte, ob überhaupt etwas geschehen würde. Vielleicht kamen sie nach einiger Zeit unverrichteter Dinge wieder zurück, frustriert und um eine Illusion ärmer. Isabelle wusste sehr wohl, dass Apollinaire für solche Einsätze denkbar ungeeignet war, aber sie ließ sich das nicht anmerken. Sie hatten schon am Vormittag die Waffen und die schusssicheren Westen in den Autos verstaut. Immerhin wusste Apollinaire, wie sie anzulegen waren. Auch mit dem Schnellfeuergewehr konnte er umgehen, das hatte er schon mal bewiesen. Zwar traf er kein Ziel, aber wenn er auf Dauerfeuer schaltete, machte das großen Eindruck. Sie checkten ihre Funkgeräte und sprachen erneut alles durch. Er sollte mit seinem privaten 2CV vorausfahren, das Auto ein Stück weiter parken, zum Strand hinunterlaufen und etwaige Besucher über den *Sentier Littoral* nach Hause schicken. Dann sollte er sich oben neben dem Tor verstecken, dort, wo sie es vereinbart hatten. Über ihr Sprechfunkgerät würde Isabelle wenige Minuten vor ihrer Ankunft Bescheid geben. Apollinaire sollte die Sperrkette entfernen, das Tor öffnen und wieder sein Versteck beziehen. Sie würde über den steilen Weg hinunter an den Strand fahren, dort wenden, mit dem Polizeiwagen die schmale Zufahrt blockieren, dann sofort aussteigen, die schusssichere Weste anlegen, ein Stück nach oben rennen und sich ebenfalls hinter Büschen verstecken. Bei einer Verfolgung

per GPS-Tracker könnte es etwas dauern, aber es könnte auch ganz schnell gehen. Sobald sich ein Fahrzeug näherte und durch das offen stehende Tor in den Fahrweg einbog, sollte Apollinaire ihr sofort Bescheid geben, vor allem die Zahl der Personen nennen und was ihm sonst noch auffiel. Anschließend sollte er das Tor mit der Sperrkette verschließen. Alternativ könnte ihr Verfolger auch auf die Idee kommen, das Auto oben zu parken, und sich zu Fuß auf den Weg machen. Dann gelte dieselbe Vorgehensweise.
Nun kam das Wichtigste: Isabelle schärfte ihm ein, kein Risiko einzugehen. Er solle einfach warten und darauf achten, nicht entdeckt zu werden. Nur auf ihr Kommando und nach genauer Anweisung solle er in Aktion treten. Falls die Sache außer Kontrolle geraten sollte, wovon sie nicht ausgehe, solle er sich in Sicherheit bringen – und die Kollegen verständigen. Um ihre Person brauche er sich keine Sorgen machen, sie könne gut auf sich aufpassen. Auch habe sie keinen falschen Stolz und haue im Falle des Falles einfach ab, zu Fuß über den Küstenwanderweg oder quer durch die Büsche.
Apollinaire war etwas weiß um die Nase. Er hatte alles verstanden. Er war kein Held und ein miserabler Schütze, aber er war gescheit und zuverlässig. Das gab ihr ein gutes Gefühl.
Sie gab ihm einen Klaps auf die Schulter. »*Bonne chance!*« Dann verließ er das Rathaus durch einen Hinterausgang.

Isabelle wartete fünfzig Minuten. Anschließend machte auch sie sich auf den Weg – und zwar so, dass sie gut zu sehen war. In gemächlichem Tempo fuhr sie von Fragolin Richtung Saint-Tropez und dann über Seitenstraßen zum Ziel. Verfolgt wurde sie nicht, jedenfalls nicht im klassi-

schen Stil mit Sichtkontakt, da war sie sich sicher. Blieb zu hoffen, dass ihre Vermutung stimmte und ihr jemand per GPS auf den Fersen war. Falls das auch nicht der Fall war und einfach niemand auftauchte, würde sie Apollinaire später frustriert zu einem Eis einladen.
Als sie durch das offen stehende Tor in den Weg zum Strand abbog, konnte ihr Assistent der Versuchung nicht widerstehen. Er tauchte kurz hinter einem dichten Busch auf, um ihr zuzuwinken.

Einige Minuten später hatte sie ihr Auto wie geplant abgestellt. Der kleine Strand war leer. Sie legte die Schutzweste an, mit der Aufschrift *Police*. Sie hatte ihre Lieblingswaffe in der Hand, eine langläufige Pistole mit Schalldämpfer und Zielfernrohr. Die hatte sie noch aus ihrer Zeit als Leiterin eines Spezialeinsatzkommandos. Eine weitere Pistole hatte sie im Holster am Gürtel. Sie eilte den Weg zurück Richtung Straße. Etwa auf halber Strecke suchte sie Schutz hinter einem Baum und einigen großgewachsenen Büschen. Vorher traf sie noch eine kleine Vorbereitung. Jetzt begann die schwierigste Phase der Operation: Sie musste warten.
Im Ohrhörer ihres Sprechfunkgerätes knackte es. »Alles in Ordnung?«, fragte Apollinaire.
»Na klar, und bei Ihnen?«
»Ein Müllwagen ist vorbeigefahren. Und Jugendliche auf Motorrollern. Meine Schutzweste scheuert am Kragen. Es gibt hier Stechmücken. Das nächste Mal nehme ich ein Spray mit.«
»Bleiben Sie tapfer, und jetzt Funkstille.«
Isabelles Zuversicht war im Schwinden. Die Einladung zum Eis wurde immer wahrscheinlicher.

Wieder knackte es im Ohr. Apollinaire sprach so leise, dass man ihn kaum verstehen konnte.
»Eine einzelne Person, schwarzer Peugeot, getönte Scheiben, parkt auf der Straße … Steigt aus. Scheiße. Hat eine Strumpfmaske über dem Kopf. Athletisch, ist eindeutig ein Mann. Maschinenpistole über der Schulter, Schusswaffe in der Hand …« Apollinaires Flüsterstimme verstummte.
Isabelle nickte zufrieden. Der Fisch hatte angebissen, ihr Plan war aufgegangen. Wenigstens bis jetzt. Sie entsicherte ihre Waffe. Einen anderen Weg gab es nicht, er musste hier vorbeikommen. Und zwar bald, sehr bald.
Wieder knackte es im Ohr.
»Ein zweites Auto. Es hält hinter dem Peugeot. Moment, es fährt wieder los. Falscher Alarm.«
Jetzt sah Isabelle den Mann mit der Strumpfmaske kommen. Er eilte tief gebückt den Weg hinunter, den Blick nach vorne gerichtet. In der einen Hand hielt er eine Pistole, mit der anderen fixierte er die Maschinenpistole am Körper. Sie passte den richtigen Moment ab. Dann zog sie am Seil, das sie quer über den staubigen Weg gelegt und auf der anderen Seite in Hüfthöhe an einen Baum gebunden hatte. Das gespannte Seil schnellte dem Mann genau zwischen seine Beine. Er kam zu Fall, überschlug sich, die Maschinenpistole flog davon, aus der Pistole löste sich ein Schuss. Isabelle steckte ihre Waffe in die Schutzweste. Schon war sie bei ihm. Sie trat ihm kräftig auf die Hand mit der Pistole und bog ihm den anderen Arm auf den Rücken. Aber der Mann war besser, als sie dachte. Dabei hatte sie gelernt, ihren Gegner nie zu unterschätzen. Jedenfalls schaffte er es, sich mit einer schnellen Drehung aus der Umklammerung zu befreien. Isabelle rutschte aus. Der Mann kam auf die Beine. Bevor er seine Pistole auf sie richten konnte,

rammte sie ihm eine Ferse in die Weichteile. Dann ein Handkantenschlag, der aber nicht exakt an der vorgesehenen Stelle landete. Isabelle schoss durch den Kopf, dass sie schon mal besser war, entschieden besser. Der Angreifer rollte über die Schulter ab und sprang auf. Eines war klar, das war ein Profi, einer mit einer soliden Kampfausbildung. Er rotierte um die eigene Achse und versuchte einen Sidekick mit dem gestreckten Bein. Aber so eingerostet war sie nun doch nicht, als dass sie dieser Taekwondo-Klassiker treffen konnte. Dennoch wollte sie jetzt Schluss machen. Sie ging auf Distanz und zog ihre Waffe aus der Weste. Ihr Gegner hatte seine Pistole verloren. Sie lag einige Meter von ihm entfernt auf dem Weg. Und seine Maschinenpistole befand sich irgendwo unter den Büschen.

»*Haut les mains!* Hände hoch! Stopp, keine Bewegung!«

Aus dem Augenwinkel sah sie, wie Apollinaire herbeigestürzt kam, mit seinem Schnellfeuergewehr im Anschlag, welches beim Rennen allerdings bedenklich hin und her schlenkerte.

Verdammt, warum hielt er sich nicht an ihre Anweisungen. Der Mann mit der Strumpfmaske reagierte schnell. Mit einem Hechtsprung erreichte er seine Pistole. Dabei nutzte er die Situation, dass er sich genau zwischen ihr und Apollinaire befand. Beide konnten sie nicht schießen, ohne sich gegenseitig zu gefährden. Apollinaire sowieso nicht, denn mit seinen Feuerstößen würde er alles durchsieben – und die Büsche entlauben.

Isabelle hoffte, dass …

Egal, was sie hoffte, es kam anders. Der Maskenmann wirbelte herum und schlug Apollinaire das Gewehr aus der Hand. Dass sich dabei kein Schuss löste, lag wohl daran, dass ihr Assistent vergessen hatte, es zu entsichern. Er

packte Apollinaire und bohrte ihm seine Pistole gegen die Schläfe.
Sie selbst hatte am Boden kniend ihre Waffe im Anschlag und den Angreifer im Visier. Das war genau die Lage, in die man nie geraten wollte. Eine klassische Pattsituation. In Trainingsprogrammen der Spezialkommandos wurde sie immer wieder durchgespielt. Die Optionen waren begrenzt, die Risiken offensichtlich. Apollinaires Leben lag ihr am Herzen. Sie hielt die Luft an.
Ihr Schuss traf den Mann mit der Strumpfmaske mitten in die Stirn. Aufgrund des Schalldämpfers war nur ein dumpfes Plopp zu hören.
Ungläubig sah Apollinaire, wie der Angreifer neben ihm zu Boden sank.

Es war still, fast unwirklich still. Isabelle stand langsam auf. Apollinaire tat das Gegenteil, er setzte sich auf den Boden. Sie steckte ihre Pistole in die Weste und ging auf ihn zu. Sie musste sich beherrschen, um ihm keine Standpauke zu halten. Er hätte nicht kommen dürfen, er hatte seine Anweisungen.
»Ich hab den Schuss gehört«, sagte er mit schwacher Stimme. »Ich dachte, Sie wären in Gefahr. Da war es doch meine verdammte Pflicht, einzugreifen. War es doch, oder?«
Sie nahm ihn an der Schulter und beruhigte ihn.
»Alles gut. Wie auch immer, es ist vorbei.«
Er blickte auf den leblosen Körper. Offenbar traute er sich nicht, ihm die Strumpfmaske vom Kopf zu ziehen.
Es hatte keine Eile, aber Isabelle wollte endlich wissen, ob sie den Mann kannte. Sie beugte sich zu ihm hinunter, zögerte nur einen Moment, dann nahm sie ihm die Maske ab.

Apollinaire wich entsetzt zurück. »O nein, das kann nicht sein.«
»Hätte ich auch nicht gedacht«, sagte sie leise.
»Parpin!«
»Lieutenant Parpin!«
»Er war immer so nett.«
»Ich hab erst gestern mit ihm gesprochen. Er hat mir von seiner Verlobten erzählt.«
»Ich versteh es nicht.«
»Ich schon«, sagte Isabelle. Sie brauchte eine Weile, bevor sie weitersprach. »Es gab schon lange den Verdacht, dass es bei der *Police nationale* eine undichte Stelle geben müsse. Das weiß ich von Balancourt. Sogar Bastian hat es in einem Protokoll vermerkt. Deshalb sei es nie gelungen, Nabulione zu überführen. Er wurde zuvor immer gewarnt. Jetzt wissen wir, von wem.«
»Demnach war es Parpin«, kombinierte Apollinaire, »der auf Nabuliones Yacht gewesen war. Bastian hat gesehen, wie er von Bord ging, und hat ihn natürlich erkannt.«
»Sie haben sich gegenseitig erkannt. Es passt alles zusammen. Parpin kannte Bastians Ferienwohnung in der *Marina Baie des Anges.* Er hatte die Fähigkeit, einen Selbstmord vorzutäuschen. Er wusste von Bastians Krebserkrankung. Und was Lily betrifft, ich habe ihn per Zufall in Toulon am Hafen getroffen und einen bevorstehenden wichtigen Termin erwähnt. Daraufhin hat er wohl seiner hübschen Verlobten *adieu* gesagt und mich per GPS in meinem Polizeifahrzeug verfolgt. Er brauchte keinen Hacker, als Polizist hatte er Zugriff auf meine Daten.«
»Er hat Sie zu Lily verfolgt«, setzte Apollinaire den Gedanken fort, den Isabelle am liebsten für immer verdrängt hätte. »Und weil ihn Lily in Saint-Tropez gesehen hatte,

musste er auch sie umbringen. Möglichst schnell, damit sie Ihnen nicht zu viel erzählen konnte.«

Isabelle schluckte. »So wird es gewesen sein. Er hat es wieder perfekt arrangiert. Weil er vom gesuchten Sexualstraftäter wusste und seine Vorgehensweise kannte, war es leicht, den Verdacht in die falsche Richtung zu lenken.«

»Richeloin hat's geglaubt.«

»Nicht nur er. Da fällt mir ein, dass Parpin als Erster am Tatort in Le Pradet eingetroffen ist.«

»Den Weg musste er nicht lange suchen, er kannte ihn ja.«

Isabelle erinnerte sich, dass sich Parpin für seine vergessenen Latexhandschuhe entschuldigt hatte und wie ihm die Kapuze seines Schutzanzugs vom Kopf gerutscht war. Damit war klar, dass man von ihm DNA-Spuren am Tatort finden würde. Clever, sehr clever.

»Parpin war bei fast all meinen Unterredungen mit Richeloin dabei gewesen«, sagte sie, »er wusste über alles Bescheid.«

»Er hat auch erfahren, dass Sie sich nach Nabulione erkundigt haben.«

»Auf diese Weise wusste der Korse von meinem bevorstehenden Besuch.«

»Es passt alles zusammen.«

»Wie immer. Ist ganz einfach, wenn man's weiß.«

Apollinaire sah Parpins Leichnam ergriffen an. »Weil ich's verbockt habe, kann er es nicht mehr gestehen.«

Sie sah auf das kleine, hässliche Loch in der Stirn. Wo Apollinaire recht hatte, da hatte er recht.

Isabelle überlegte, dass sie lange genug geredet hatten. Es wurde Zeit, die nötigen Schritte zu veranlassen. Sie nahm ihr *portable* und rief in Toulon an. Richeloin war sofort am Apparat.

Ob sie sich mit dem ominösen Informanten getroffen habe, fragte er nach der knappen Begrüßung. Er lachte. Ob sie jetzt wisse, welches Klopapier Parpin verwendet habe.
Das Lachen blieb ihm im Halse stecken, als ihn Isabelle mit knappen Worten ins Bild setzte. Richeloin verschlug es die Sprache. Er schnappte nach Luft. Wollte es erst nicht glauben. Dann bat er Isabelle inständig, keine andere Polizeibehörde hinzuziehen, auch nicht die Kollegen vom Kommissariat in Saint-Tropez. In dieser Tragödie wolle er die Lufthoheit behalten. Und er ließ sich die genauen Koordinaten geben. Er selbst werde sofort mit dem Hubschrauber starten und die Mannschaft von unterwegs zusammentrommeln. Die ersten Fahrzeuge führen in fünf Minuten los. Sie könne davon ausgehen, dass alles zu ihrer vollen Zufriedenheit erledigt werde. Dann legte er schwer atmend auf.
Hatte sie gerade richtig gehört? Zu ihrer vollen Zufriedenheit? Den Capitaine schien es wirklich voll erwischt zu haben. Und ihm flatterten die Nerven. Einer seiner Männer, noch dazu sein engster Vertrauter, hatte ganz offenbar für den korsischen Drogenboss Nabulione gearbeitet, hatte mit Bastian den Polizeichef von Toulon ermordet und wenig später Lily Larouche. So jedenfalls die Indizienlage. Eine andere Erklärung gab es nicht. Er hatte versucht, mit Isabelle eine Kommissarin der *Police nationale* und Sonderermittlerin des Innenministeriums zu ermorden. Mit Apollinaire hatte er einem Kollegen die Pistole an den Kopf gesetzt. Sie ahnte, was in Richeloin vorging. Zum Beispiel, dass er fortwährend ihre Arbeit behindert hatte. Zu ihrer vollen Zufriedenheit? Warum nicht gleich? Ist doch so einfach.

43

Isabelle war müde und erschöpft, als sie abends endlich auf ihrer Terrasse saß. Gleichzeitig war sie hellwach und konzentriert. Sie dachte über den scheinbaren Widerspruch nach. Ihr Körper war müde, ihr Geist war wach. Oder umgekehrt? Sie goss sich ein Glas Wein ein und zündete sich eine Zigarette an, das musste sein. Dann legte sie die Beine hoch, ließ den Wein im Glas kreisen und sah dem Rauch hinterher. Sie war alles andere als glücklich, vielmehr schwermütig und niedergeschlagen. Zwar war ihr Plan aufgegangen, und Bastians mutmaßlicher Mörder, der wohl auch Lily auf dem Gewissen hatte, war ins Netz gegangen. Sie sollte sich also freuen. Aber sie hatte den Mann erschossen! Das war zwar keine neue Erfahrung für sie, denn in ihrem früheren Leben hatte es ähnliche Situationen gegeben. Sie sollte also damit umgehen können, es emotional verkraften. Aber dem war nicht so. Spielte es eine Rolle, dass sie Parpin gekannt und sogar sympathisch gefunden hatte? Wohl schon, doch das war nicht entscheidend. Sie stellte sich immer wieder und wieder die Frage, was schiefgelaufen war. Den entscheidenden Fehler hatte Apollinaire gemacht, er hatte seine Position verlassen und völlig konfus ins Geschehen eingegriffen. Als er schließlich Parpins Pistole am Kopf hatte, war ihr keine Wahl geblieben.

Sie nahm einen tiefen Schluck aus dem Weinglas. In der entscheidenden Sekunde hatte sie nicht daran gedacht, dass sie beim Schießen aus der Übung war. Es hätte auch ganz

anders ausgehen können. Sie wagte nicht, sich das auszumalen.
Parpin war tot. Hätte sie es vermeiden können? Etwa durch den Einsatz weiterer Polizeikräfte? Eben nicht, denn dann hätte Parpin davon erfahren und wäre nicht gekommen.
Ihr Telefon klingelte. Clodine war dran. Sie fragte, ob sie sich zu einem späten Abendessen treffen wollten. Isabelle hatte keinen Hunger. Außerdem wollte sie allein sein.
Später erreichte sie eine Nachricht von Rouven. Er teilte ihr mit, dass er einen Matisse ersteigert habe. Und dass er jetzt liebend gerne mit ihr darauf anstoßen würde. Er konnte nicht wissen, dass ihr nicht danach zumute war. Außerdem lag der Atlantik zwischen ihnen und sechs Stunden Zeitunterschied.
Es war schon dunkel, aber eigentlich zu früh, um ins Bett zu gehen. Sie ging ins Bad, durchwühlte ihren Apothekenkasten und fand die Schachtel mit den Schlaftabletten. Eine halbe Stunde später machte sie die Fensterläden zu und verkroch sich unter der Bettdecke.

Es gab gute und schlechte Nächte. Und es gab solche, aus denen man aufwachte und erst mal keine Erinnerung hatte. In ihrem Fall lag das an den eingenommenen Benzodiazepinen. Entsprechend brauchte sie eine längere Anlaufzeit, um sich im Hier und Jetzt zurechtzufinden – und das Gestern zurück ins Gedächtnis zu rufen. Nach einigen Tassen Kaffee fühlte sie sich langsam in der Lage, wieder am Leben teilzunehmen. Und es war ausgerechnet ein Anruf von Capitaine Richeloin, der ihr half, alles in einem besseren Licht zu sehen. Er teilte ihr nämlich mit, dass man in Parpins Wohnung große Mengen Rauschgift gefunden habe, kiloweise in Folie verpackt, bereit zur Auslieferung. Auf seinem privaten *portable* seien unzählige Telefonate mit Nabulione gespeichert. Im Handschuhfach seines Autos habe man exakt jenes Narkosemittel gefunden, das bei Lily nachgewiesen werden konnte – und das vermutlich auch bei Bastian zum Einsatz gekommen war. Außerdem sei er im Besitz eines Nachschlüssels zu Bastians Wohnung in der *Marina Baie des Anges* gewesen. Die Beweislast sei also erdrückend. Richeloin sagte, dass er es immer noch nicht glauben könne, denn Parpin sei eine Person seines Vertrauens gewesen. Aber der tote Lieutenant sei wohl sehr viel mehr in Nabuliones Drogengeschäfte verstrickt gewesen, als man sich das vorstellen könne. Einfach unfassbar, *absolument incroyable!*

Nach dem Gespräch fühlte sie sich ungleich besser. Immerhin waren jetzt alle Zweifel ausgeräumt. Es hatte sich genau so zugetragen, wie sie es vermutet hatte. Parpin konnte es nicht gestehen, aber das war auch nicht mehr nötig.

Auf dem Weg ins Kommissariat legte sie beim *Café des Arts* einen Stopp ein, um sich ein ungewöhnlich reichhaltiges Frühstück servieren zu lassen: Croissant, Baguette mit Schinken und Käse, ein Rührei … Sie hatte Hunger, richtig Hunger. Dazu ein *jus d'orange,* ein frisch ausgepresster Orangensaft, und *café au lait*.

Die Bedienung sah sie sorgenvoll an. Wahrscheinlich dachte sie, dass Isabelle schwanger war. Oder geistesgestört.

Im Büro angekommen, traf sie einen Apollinaire an, dem man ansah, dass er letzte Nacht kein Auge zugemacht hatte. Er war in einem Zustand der Auflösung begriffen. Äußerlich und innerlich.

Isabelle beschloss, ihm keine Vorwürfe zu machen, jedenfalls nicht heute, denn die machte er sich schon selber. Ihr war klar, dass er nach dem Schuss, den Parpin beim Sturz versehentlich ausgelöst hatte, losgerannt war, um ihr beizustehen. Er hatte es zweifellos gut gemeint. Aber das war keine hinreichende Entschuldigung.
Sie berichtete ihm von Richeloins Anruf. Er schüttelte immer wieder ungläubig den Kopf. Er habe nie gedacht, dass man sich so in einem Menschen täuschen könne.
Isabelle dachte, dass auch sie sich in Parpin getäuscht hatte. Aber im Unterschied zu Apollinaire war ihr bewusst, dass Menschen ganz anders sein konnten, als es den Anschein machte. Jedenfalls sollte Apollinaire die Erkenntnis helfen, dass mit Parpin nicht einfach ein korrupter Polizist zu Tode gekommen war, sondern ein skrupelloser Krimineller und zweifacher Mörder.

Isabelle setzte sich an ihren Schreibtisch und blätterte durch die Regionalzeitung. Es wunderte sie nicht, dass im *Var-Matin* nichts von den gestrigen Ereignissen zu lesen war. Es würde sie nicht überraschen, wenn auch in den nächsten Tagen nichts berichtet werden sollte. Richeloin war sicher nicht daran gelegen. Aber das sollte nicht sein. Die *Police nationale* durfte so etwas nicht vertuschen. Falls es dazu kommen sollte, würde sie mit Balancourt darüber reden.

Apropos Balancourt. Wo blieb sein Anruf? Dafür meldete sich Thierry. Natürlich ahnte er nichts von den aktuellen Ereignissen. Wahrscheinlich dachte er, dass sie ihre Zeit mit Boulespielen verbrachte, mit Clodine beim Plaudern im Bistro, mit Schwimmen im Meer – und mit Rouven auf Vernissagen. Sie verschwieg ihm, dass Rouven längst abgereist war. Auch dass seine Yacht Saint-Tropez verlassen hatte und auf dem Weg an die Costa Smeralda war. Thierry kündigte an, dass er übermorgen komme und sie abends zu sich nach Hause einladen wolle. Er werde was aus den Markthallen in Paris mitbringen und kochen. Außerdem habe er ihr was mitzuteilen.

Mitzuteilen? Das klang spannend. Stellte sich die Frage, ob sie umgekehrt auch ihm was mitzuteilen hatte. Darüber musste sie noch nachdenken.

Ihr fiel ein, dass sie Apollinaire was fragen wollte.

»Wie war das mit dem zweiten Auto?«

Er drehte sich zu ihr. »Welches zweite Auto? Ach so, der falsche Alarm. Tut mir leid, ich hätte Sie nicht in Ihrer Konzentration stören dürfen.«

»Doch, doch, das war in Ordnung. Hätte ja sein können, dass Parpin Verstärkung bekommt.«

»War aber nicht so, glücklicherweise, *heureusement!* Wahrscheinlich hat nur jemand geschaut, ob es da hinunter zum Strand geht.«

»Ja, vermutlich. Können Sie sich an den Fahrzeugtyp erinnern?«

»Das war so ein englischer Geländewagen …« Apollinaire schnippte mit den Fingern.

»Ein Landrover?«, half sie ihm auf die Sprünge.

»Richtig, ein weißer Landrover. Ist aber wie gesagt gleich weitergefahren.«

»Können Sie sich zufällig an das Kennzeichen erinnern? Haben Sie den Fahrer gesehen?«

»Negativ. Weder noch. Ist aber nicht wichtig, oder?«

»Nein, ist es nicht. Was mich aber trotzdem interessiert: Könnte es sein, dass der Fahrer Sie bemerkt hat?«

Apollinaire dachte nach. »Könnte sein, glaube ich aber nicht.«

Es war ihr klar, dass sie nicht länger auf Balancourts Anruf warten durfte. Sie war in der Pflicht, sich bei ihm zu melden.
»Hallo, *chérie,* es wird höchste Zeit«, bekam sie denn auch als Begrüßung zu hören.
»*Bonjour,* Maurice. Nachdem du sicher schon alles weißt, sah ich keinen Grund zur Eile.«
Er lachte. »Nun, ich weiß, dass du dir wieder mal einen Orden verdient hättest. Aber weil du den Plunder nicht magst, wirst du keinen bekommen.«
»Das ist sehr rücksichtsvoll. Bist du mit dem Ergebnis zufrieden?«
Er hustete. »Natürlich nicht. Aber ich hab so was Ähnliches befürchtet. Deshalb hab ich ja dich auf den Fall angesetzt. Doch es hätte wirklich kein Lieutenant der *Police nationale* sein müssen, nein, wirklich nicht.«
»Ich musste ihn leider erschießen.«
»Ist mir bekannt. Kleines Missgeschick, aber gut getroffen, mitten in die Stirn.«
»Ich bin nicht stolz darauf.«
»Bastian würde es gefallen. Er hielt es mit dem Alten Testament: Wie du mir, so ich dir. Dass du seinen Mörder liquidiert hast, wäre bestimmt in seinem Sinne.«
»Du bist ein Zyniker.«
»Solltest du doch wissen. Aber ich habe ein gutes Herz. Deshalb freut mich, dass deinem Apollinaire nichts passiert ist.«
»Was ist mit mir?«
Von Balancourt war ein hustendes Lachen zu hören. »Dass dir nichts passiert ist, ist natürlich auch erfreulich. Was ich

dich fragen wollte: Hast du jetzt endlich genug von der Provence? Diese ewige Sonne muss dir doch langsam auf den Geist gehen. Außerdem scheint sie manchen Menschen den Verstand aus dem Kopf zu brennen. Ich könnte dich gut in Paris brauchen.«

Jetzt war es an ihr zu lachen. »Aber ich will nicht.«

»Du bist ausgesprochen starrsinnig. Vielleicht ist es besser, wenn ich dir nie mehr einen Sonderauftrag gebe. Dann wird's dir so langweilig, dass du es dir anders überlegst.«

»Glaube ich nicht. Außerdem habe ich noch reichlich verstaubte Akten von Fällen, die nie aufgeklärt wurden. Das reicht mir völlig.«

»Wir werden sehen. Übrigens bereitet Richeloin für morgen eine Pressekonferenz vor …«

»Ach ja? Finde ich gut.«

»Willst du daran teilnehmen? Du bist eigentlich die wichtigste Person.«

»Bitte nicht. Halt mich da raus.«

»Einverstanden. Aber wundere dich nicht, wenn Richeloin dann die Lorbeeren erntet.«

»Ist mir egal.«

»Er wird dich dafür lieben.«

»Gleich lieben? Du kannst einen vielleicht erschrecken. Übrigens …« Isabelle hielt inne und überlegte, ob sie es aussprechen sollte.

»Übrigens was?«

»Richeloin soll die Pressekonferenz auf übermorgen verschieben.«

»Warum denn das?«

»Musst du einen Grund angeben?«

»Nein, natürlich nicht.«

»Na also. Ich wünsch dir noch einen schönen Tag. Und rauch nicht so viele Zigarren!«
»Churchill wurde neunzig Jahre alt.«
»Er war Engländer.«
»Na bitte, wir Franzosen sind grundsätzlich härter im Nehmen.«

Isabelle lächelte noch leise vor sich hin, als ihr Apollinaire einen Zettel reichte.
»Hier, wir haben ihn, Noah.«
»Der Matrose von Nabuliones Yacht? Ich wollte gerade nach ihm fragen.«
»Der Taxifahrer hat ihn zum Bahnhof gebracht. Er wollte zu seiner Mutter nach Fréjus. Sie hat dort ein *chambre d'hôtes,* ein Gästehaus mit Blick aufs Meer. Noah hat ihm einige Visitenkarten gegeben. Falls er mal Fahrgäste hätte, die eine charmante Unterkunft suchten.«
»Da haben wir ja Glück gehabt.«
»Aber jetzt brauchen wir ihn nicht mehr. Ist ja alles aufgeklärt, oder?«
Isabelle betrachtete den Zettel mit der Adresse in Fréjus.
»Trotzdem würde ich mich gerne mal mit ihm unterhalten. Fréjus ist ja nicht weit. Ich denke, ich fahr nachher hin. Vielleicht erwisch ich ihn, bevor er auf einer anderen Yacht anheuert.«
»Soll ich mal anrufen und fragen, ob er überhaupt da ist?«
»Besser nicht, wir wollen ihn nicht erschrecken. Aber Sie könnten mir einen anderen Gefallen tun.«
»Immer zu Diensten.«
»Bitte deaktivieren Sie den GPS-Tracker in unserem Polizeiwagen. Besser noch, Sie bauen ihn aus und schmeißen ihn weg.«

Apollinaire grinste. »Wir könnten ihn einer wilden Ziege an den Hals binden. Das ergäbe ein interessantes Wegprofil.«

Die nächste halbe Stunde verbrachte sie mit Recherchen im Internet. Bald fand sie, was sie wissen wollte – und noch ein bisschen mehr. Dann druckte sie ein Foto aus, faltete es zusammen und steckte es ein. Weil Apollinaire noch mit dem Auto beschäftigt war, klickte sie sich aus purer Neugier zur Kunstauktion von Sotheby's in New York. Gleich sprang sie die Überschrift an, dass bei der Versteigerung eines Matisse aus dem Jahr 1911 ein Rekordpreis erzielt wurde. Der berühmte Sammler Rouven Mardrinac habe für seine *Fondation* den Zuschlag bekommen. Das Bild stamme ursprünglich aus dem Nachlass des Modeschöpfers Yves Saint Laurent. Sie schmunzelte. Auf diesen Matisse hatte er mit ihr anstoßen wollen? Wahrscheinlich mit Champagner. Das wäre bestimmt eine aufregende Nacht geworden.

44

Sie stand am Stadtrand von Fréjus vor einer hübschen Villa im klassischen provenzalischen Stil, mit ockergelben Außenmauern, an denen sich Efeu rankte, und blauen Fensterläden. Und einem kleinen Schild: *Chambre d'hôtes.* Sie war richtig. Den Wagen hatte sie um einige Ecken geparkt, obwohl sie sich im letzten Moment für ihren privaten Renault entschieden hatte. Aber man brauchte kein GPS, um ein Polizeiauto zu erkennen. Die letzten Meter war sie zu Fuß gegangen. Auf ihr Läuten machte eine nette Frau auf. Isabelle fragte nach Noah.

Das sei ihr Sohn, erklärte sie. Er müsse gleich auftauchen, er sei gerade Zigaretten holen. Ob sie hereinkommen und im Haus auf ihn warten wolle, fragte sie. Sie könne eisgekühlten Tee anbieten oder gerne auch ein Gläschen Wein. Sie blinzelte fröhlich. Oder auch zwei.

Isabelle nahm die Einladung an. Eisgekühlter Tee. Noahs Mutter fragte nicht, was sie von ihrem Sohn wolle. Sie war einfach freundlich und zudem redselig. Schnell wusste Isabelle, dass Noahs Eltern geschieden waren, seine Mutter hier aus Fréjus stammte, sein Vater ein Korse war, der jetzt wieder in Bastia lebte, seinem Geburtsort.

Das, dachte Isabelle, erklärte, wie Noah auf Nabuliones Yacht gekommen war. Ganz ohne korsisches Blut wäre das wohl kaum möglich gewesen.

Noah war ein junger Mann, braun gebrannt, mit von der Sonne und dem Meerwasser ausgebleichten Haaren. Man konnte sich ihn gut an Deck einer Yacht vorstellen. Auf dem muskulösen Oberarm hatte er den korsischen *tête de maure* tätowiert, den Mohrenkopf mit dem weißen Stirnband.

Isabelle hatte den Eindruck, dass er wusste, wer sie war. Jedenfalls schien er sich nicht über ihren Besuch zu freuen. Sie wollte ihm ihren Ausweis zeigen, er wollte ihn nicht sehen.

»Ich weiß, wer Sie sind«, sagte er. »Ich hab Sie an Bord gehen sehen. Commissaire Bonnet von der *Police nationale*. Nabulione hatte uns Ihr Kommen angekündigt.«

Isabelle schmunzelte. Jetzt hatte sie schon die erste Information erhalten, ohne überhaupt danach zu fragen. Der korsische Drogenboss wusste also, dass sie kommen würde. Parpin war ein zuverlässiger Informant gewesen.

»Um es gleich zu sagen, ich bin nicht wegen Ihnen hier, auch nicht wegen Nabulione. Sie können also völlig unbesorgt sein.«

»Sie werden von mir sowieso nichts erfahren«, sagte er ruhig und nicht unfreundlich. »Ich werde keine einzige Frage beantworten. Nabulione würde mich umbringen. Außerdem war ich nur ein einfacher Matrose. Ich weiß von nichts. Ich werde Ihnen gleich einen Weg durch den Garten zeigen. Hoffentlich hat sie niemand kommen sehen. Meine Mutter hätte sie besser nicht hereingelassen.«

»Ich möchte nur, dass Sie drei bis viermal ja oder nein sagen, es reicht auch, wenn Sie nur mit dem Kopf nicken, dann bin ich weg.«

Er sah sie skeptisch an. »Einfach ja oder nein, nichts weiter?«

»Genau, nichts weiter.«

»Und wenn nicht?«
»Dann würden Sie mich zwingen, Ihnen Schwierigkeiten zu machen. Zunächst würde ich Sie in Handschellen zur Polizei bringen lassen, und zwar so auffällig, dass es Nabulione garantiert mitbekommt. Dann würde ich Sie nach zwei Tagen Untersuchungshaft wieder freilassen, Sie herzlich umarmen und mich ausdrücklich für Ihre Kooperationsbereitschaft bedanken. Auch davon würde Nabulione erfahren. Im Anschluss könnte ich Ihnen nur noch wünschen, dass Sie lebend davonkommen.«
Er wirkte betroffen. »Das würden Sie tun?«
»Unter Garantie.«
»Dann schießen Sie los. Aber anschließend müssen Sie wirklich gehen.«
Sie zeigte ihm einen vorbereiteten Zettel.
»Frage eins: Waren Sie am Abend dieses Tages auf Nabuliones Yacht in Saint-Tropez?«
Er dachte eine Weile nach, wohl nicht, weil er es nicht wusste, sondern weil er überlegte, ob er das Spiel wirklich mitspielen sollte.
Schließlich nickte er.
»Frage zwei: Nabulione hatte Besuch von einem gewissen Parpin. Falls Sie seinen Namen nicht kennen: So hat er ausgesehen.« Sie zeigte ihm ein Foto.
»War das die Frage?«
»Nein, das war eine Feststellung. Aber Sie können sie gerne bestätigen.«
Er nickte.
»Ich will wissen, ob er alleine oder zu zweit war?«
»Wie soll ich darauf mit Ja oder Nein antworten?«
Sie lächelte. »Sie haben recht, ich muss die Frage anders stellen: War Parpin alleine?«

Diesmal ging es schneller. Noah schüttelte den Kopf.
»Letzte Frage: War es diese Person?«
Sie zeigte ihm das Foto, das sie im Kommissariat ausgedruckt hatte.
Er musste nur einen kurzen Blick auf das Bild werfen, dann nickte er.
»Ganz sicher?«
»Ganz sicher«, bestätigte Noah. »So, und jetzt zeige ich Ihnen den Weg durch den Garten. Sie waren nie hier, ich will Sie nie wieder sehen.«
Im Gehen fragte sie ihn doch noch was. »Aber mehr Besucher waren es nicht, nur die beiden, richtig?«
»Sie haben Ihr Konto überzogen«, stellte er fest und öffnete in der Hecke eine versteckte Tür. »Der Weg führt in eine Seitenstraße. Bitte stellen Sie sicher, dass Sie nicht gesehen werden. Das ist wirklich wichtig.«
»Ich bin extra mit meinem Privatauto gekommen.«
»Gut so.«
Er reichte ihr zum Abschied die Hand.
»Es waren nur zwei. *Adieu*, Madame.«

45

Auf der Rückfahrt von Fréjus nach Fragolin war Isabelle in Gedanken überall, aber nicht auf der Straße. Prompt übersah sie ein *contrôle de vitesse* und wurde mit überhöhter Geschwindigkeit geblitzt. Das hatte sie nun davon, dass sie aus ermittlungstaktischen Erwägungen ihren Privatwagen genommen hatte. Einige Kilometer weiter antwortete sie auf eine Textnachricht, was auch nicht erlaubt war. Rouven lud sie nach Sardinien auf die Dora Maar ein. In drei Tagen treffe er in Porto Cervo ein. Die Costa Smeralda sei ein Traum und die Farbe des Wassers tatsächlich smaragdgrün, das müsse man gesehen haben. Sie bedankte sich für die liebe Idee, bat um Bedenkzeit und drückte auf Senden. Sekunden später fragte sie sich, warum sie nicht gleich und mit aller Entschiedenheit abgesagt hatte. Morgen Abend kam Thierry zurück. Wie konnte sie da in Erwägung ziehen, zwei Tage später nach Sardinien zu fliegen?

Hinter Sainte-Maxime stand sie im Stau. Das war ihre eigene Blödheit, sie hätte eine andere Strecke wählen können. Zu spät, in der entgegengesetzten Richtung war auch alles dicht.

Es kam ihr nicht ungelegen, dass Estelle anrief. Da verging die Zeit schneller. Obwohl es noch keine offizielle Verlautbarung gegeben hatte, wusste Estelle über alles Bescheid. Sie sagte, dass sie es noch immer nicht glauben könne, dass Parpin ihren Mann umgebracht habe … Sie schluchzte und weinte. Isabelle versuchte sie zu trösten. Dann war Estelle wieder bei klarer Stimme. Es sei gut für sie, meinte sie, jetzt endlich Gewissheit zu haben. Sie müsse sich nicht mehr mit Vorwürfen quälen, Bastians psychische Probleme nicht erkannt und ihm nicht geholfen zu haben. Trotzdem könne sie es nicht verstehen. Sie habe Parpin gut gekannt, der sei immer nett gewesen und habe einen ehrlichen Eindruck gemacht. Parpin – der Mörder ihres Mannes. Einfach unvorstellbar.

Fast hätte Isabelle aus Versehen Lily erwähnt. Sie biss sich im letzten Moment auf die Unterlippe. Für Bastians Witwe war so schon alles schlimm genug. Estelle fragte, ob Isabelle morgen Mittag Zeit habe. Ihr Bruder Eric habe sie zum Mittagessen in sein Haus eingeladen. Er habe sie gebeten, Isabelle zu fragen, ob sie dazukommen wolle. Er würde sich sehr freuen. Bei der Gelegenheit könne sie sich seine Sammlung von Bildern junger Künstler anschauen.

Sie erinnerte sich an ihr gemeinsames Gespräch mit Rouven auf der Vernissage in Cannes. Dem großen Mardrinac hätte er seine Sammlung sicher viel lieber gezeigt.

Isabelle bedankte sich für die Einladung, erklärte aber, dass sie nicht könne, und bat Estelle, in ihrem Namen bei Eric abzusagen. Es tue ihr leid, aber man werde sich sicher bald sehen.

Der Stau löste sich auf. Sie überholte einige Autos. Endlich konnte sie abbiegen und dem täglich wiederkehrenden Verkehrschaos auf der Küstenstraße entfliehen. Nichts wie weg hier. Ab ins Hinterland des *Massif des Maures,* in die Hügel und Berge, in die Wälder von Kastanien und Eichen, dorthin, wo die Welt weniger verrückt schien – auch wenn das womöglich eine Illusion war.

Im Kommissariat angelangt, berichtete sie Apollinaire von ihrem Besuch bei Noah. Aber sie erzählte ihm nicht alles. Sie wollte erst mal selbst damit klarkommen. Außerdem gab es keinen Grund zur Eile. Später griff sie zum Telefon und sprach mit Richeloin. Der gab sich immer noch so sanft wie ein Lamm, aber sie glaubte nicht an die Nachhaltigkeit einer solchen Wesensveränderung. Anschließend führte sie ein langes Gespräch mit Balancourt in Paris. Dass nachher Staatsanwalt Fabré anrief, traf sich gut. Mit ihm wollte sie sowieso reden – aber nicht über den Juwelier Rousseff.

Zum Abendessen traf sie sich mit Clodine im Bistro *Chez Jacques*. Sie wollte ihr nicht schon wieder einen Korb geben. Außerdem ließ sie sich gerne auf andere Gedanken bringen. Ihre eigenen waren wenig dazu angetan, sie fröhlich zu stimmen.

46

Den nächsten Tag begann Isabelle ganz entspannt. Sie frühstückte gemütlich auf ihrer Terrasse und las Zeitung. Noch immer nichts über Parpin. Eigentlich logisch, schließlich hatte es noch keine Pressekonferenz gegeben – und sie selbst hatte diese um vierundzwanzig Stunden verschoben.

Thierry rief an, um sie zu informieren, welchen TGV er heute von Paris nehmen wolle. Sie sagte, dass sie ihn leider nicht am Bahnhof in Toulon abholen könne. Aber zum Abendessen sei sie pünktlich bei ihm. Versprochen. Sie freue sich darauf.

Rouven teilte ihr per SMS mit, dass sie nach Sardinien im Privatjet eines Freundes mitfliegen könne. So viel war klar: Das würde sie auf keinen Fall tun!

Im Büro stellte sie fest, dass auch Apollinaire etwas zur Ruhe gekommen war. Er sah nicht mehr ganz so derangiert aus und erzählte ihr von seiner tunesischen Freundin Shayana, die ihn gestern Abend mit selbst zubereitetem Couscous verwöhnt habe, nach einem alten Rezept der Familie. Nur habe sie in Fragolin leider kein Kamelfleisch bekommen.

Sie führte diverse Telefonate, die einige Zeit in Anspruch nahmen. Apollinaire hörte fassungslos zu. Danach musste sie ihm nichts mehr erklären, er hatte alles verstanden. Wieder mal schüttelte er besorgt den Kopf. *C'est dangereux!* Gefährlich? Nicht wirklich.

Es war gegen vier Uhr nachmittags, als Isabelle in *La Californie,* einem noblen Wohnviertel oberhalb von Cannes, bei einer modernen Villa vorfuhr, die hier zwar nicht die größte oder spektakulärste war, aber dennoch Eindruck machte.
Sie stieg aus und warf einen Blick auf ein Schild neben dem Eingang: *Gardé par Moreau Securities.* Bewacht von Erics Firma? Nun, das war keine Überraschung, schließlich war das sein Haus.
Unter einem Carport parkten mehrere Autos. Estelles war nicht darunter, sie war wohl schon gefahren. Wahrscheinlich zu ihrer Ferienwohnung in der nicht so weit entfernten *Marina Baie des Anges.* Gut so.
Bevor Isabelle auf den Klingelknopf drücken konnte, wurde sie bereits von Eric angesprochen.
»*Bonjour,* Madame, welche Überraschung.«
Der Lautsprecher war so gut, dass sie den Eindruck hatte, Estelles Bruder stünde direkt neben ihr. An der Wand war eine kugelförmige Überwachungskamera montiert. Sie machte ein freundliches Gesicht und erwiderte seine Begrüßung.
»Ich weiß, dass ich für die Einladung zum Mittagessen zu spät komme«, sagte sie. »Darf ich trotzdem reinkommen?«
»Mit dem größten Vergnügen. Leider ist Estelle schon weg.«
Die große Eingangstür schwang elektrisch auf. Die Halle hatte einen Boden aus weißem Marmor. Der Hausherr kam ihr mit einem Lächeln und ausgebreiteten Armen entgegen.
»Ich freue mich, dass Sie es trotzdem noch geschafft haben, bei mir vorbeizuschauen.« Er deutete auf einige großfor-

matige Gemälde an den Wänden. »Alles junge Künstler aus der Region«, sagte er. »Wir haben ja auf der Vernissage mit Monsieur Mardrinac über meine kleine, bescheidene Sammelleidenschaft gesprochen. Schade, dass er keine Zeit mehr hatte, mich hätte seine Meinung interessiert.«
»Sie wissen, dass er nach New York musste?«
»Ich wusste es nicht, aber ich hab's in der Zeitung gelesen. Sein Matisse war ja nicht gerade ein Schnäppchen.«
Eric führte sie in einen Salon, der auf der einen Seite in einen Glaspavillon überging, von dem man einen schönen Blick auf die Gartenanlage hatte, in der einige Skulpturen und Plastiken standen.
Sie deutete auf eine langgestreckte Figur aus Bronze.
»Sagen Sie bloß, das ist ein Giacometti?«
Er lachte. »Schön wär's, aber das ist eine Replik.«
»Dieser Miró ist echt, oder?«
»Sie sind ja eine Kennerin, mein Kompliment.«
»Na ja, ein Miró ist nicht so schwer zu identifizieren. Also?«
»Ob der Miró echt ist? Sie haben mich ertappt, da habe ich mich zu einem Original hinreißen lassen. Mir gefallen die Farben, sie sind so fröhlich und lebensbejahend. Darf ich Ihnen was zu trinken anbieten?«
»Nein, vielen Dank. Können wir uns da vorne hinsetzen? Ich möchte mit Ihnen was besprechen.«
»Aber natürlich, sehr gerne.«
Sie nahmen in zwei Sesseln Platz.
»Geht es um meine Schwester Estelle?«, fragte er. »Ich mache mir große Sorgen um sie. Schlimm genug, dass ihr Mann umgebracht wurde, aber dass es mit Parpin ausgerechnet jemand getan hat, den sie gut kannte, den sie sogar gemocht hat, das ist für sie schwer zu begreifen.«

»Das ist für uns alle schwer zu begreifen, für Sie doch sicher auch?«
»Aber natürlich. Als ich davon erfahren habe …«
»Von wem eigentlich?«
»Ich hab immer noch viele Freunde bei der *Police nationale* aus der Zeit, als ich noch selber dort war. Außerdem hat's mir Estelle erzählt. Ich darf Ihnen übrigens ein Kompliment aussprechen. Sie haben bei den Ermittlungen fantastische Arbeit geleistet. Ich bin froh, dass Ihnen bei Parpins Ergreifung nichts passiert ist.«
»Sie kannten sich gut, oder?«, fragte sie.
»René Parpin und ich? Nun ja, früher schon. Doch in der letzten Zeit hatten wir kaum noch Kontakt.«
»Sie waren zusammen auf der Polizeischule.«
»Das stimmt, aber das ist nun wirklich lange her.«
»Und er war der Taufpate Ihres ersten Kindes.«
Eric Moreau lächelte. Ihr kam vor, etwas verkrampft.
»Sie sind gut informiert. Meine Tochter ist sechzehn Jahre alt, auch das ist also eine Weile her.«
»Warum legen Sie eigentlich so großen Wert darauf, dass Ihre Freundschaft zu Parpin schon so lange zurückliegt?«
»Erstens, weil es stimmt, und zweitens, weil es ein ganz schön beschissenes Gefühl ist, wenn ein alter Freund den eigenen Schwager umbringt.«
Sie fand, dass das eine gute Antwort war. Und doch konnte sie ihm nicht glauben. Sie fragte sich, was es brachte, länger um den heißen Brei herumzureden.
»Wo waren Sie eigentlich gestern Nachmittag?«, fragte sie unvermittelt.
»Wie bitte? Wo ich gestern Nachmittag war? Ist das Ihre Frage?«
»Eine einfache Frage.«

»Lassen Sie mich überlegen. Ich glaube, ich war in meinem Büro und habe gearbeitet.«
»Sie glauben? Könnte es nicht sein, dass Sie stattdessen mit Ihrem weißen Landrover, der neben Ihrem Porsche vor Ihrem Haus steht, just zur Tatzeit zum Ort des Geschehens gefahren sind?«
Sie beobachtete ihn genau. Eric Moreau war ein alter Profi, und er war mit allen Wassern gewaschen. Dennoch zwinkerte er kurz mit den Augen.
»Wie kommen Sie denn auf diese absurde Idee?«
»Weil Sie von meinem Assistenten Sous-Brigadier Apollinaire Eustache in Ihrem Auto gesehen wurden«, bluffte sie. »Sie sind kurz stehen geblieben und dann weitergefahren.«
»Das kann nicht sein.« Eric schüttelte langsam den Kopf. Sie konnte förmlich sehen, wie sich seine Gedanken überschlugen. »Jetzt fällt mir ein«, sagte er, »dass ich doch nicht die ganze Zeit im Büro war. Ich bin zum Club 55 an die Plage de Pampelonne gefahren, um eine Freundin zu treffen.«
»Eine Freundin?«
Er zog eine Grimasse. »Deshalb wollte ich es nicht sagen. Meine Frau ist gerade mit den Kindern im Urlaub. Sie verstehen?«
»Wie heißt ihre Freundin?«
»Juliette. Aber sie hat mich versetzt, sie war nicht da, dann bin ich wieder zurückgefahren. Jetzt möchte ich aber endlich wissen, was diese blöden Fragen sollen?«
Isabelle zog eine Augenbraue nach oben. »Es ist nicht klug, mir zu unterstellen, ich würde blöde Fragen stellen.«
»Pardon, war nicht so gemeint.«
Isabelle rieb sich nachdenklich die Wange. »Es fällt mir nicht leicht«, sagte sie nach einer Weile. »Erst verliert

Estelle ihren Ehemann, und jetzt muss ich ihr auch noch den Bruder wegnehmen. Das ist tragisch.«
Auf seiner Stirn bildeten sich steile Falten. »Was wollen Sie damit andeuten?«
»Dass ich Sie jetzt festnehme, das will ich andeuten.«
Er sprang auf. »Sind Sie verrückt geworden? Sie können mich doch nicht festnehmen, weil ich an die Plage de Pampelonne gefahren bin.«
Sie blieb scheinbar entspannt in ihrem Sessel sitzen.
»Machen Sie sich nicht lächerlich. Sie wissen genau, warum ich Sie festnehme. Weil Sie mit Ihrem alten Kumpel Parpin gemeinsame Sache gemacht haben, weil Sie mit Nabulione in Drogengeschäfte verwickelt sind, weil Sie an der Ermordung von Enzo Bastian beteiligt waren, weil Sie einen Schlüssel zum Apartment in der *Marina Baie des Anges* haben, weil Sie von Lily Larouche erfahren haben, weil …«
Isabelle musste Luft holen.
Eric sah sie mit starren Augen an.
»… weil Ihre Firma *Moreau Securities* seit Jahren rote Zahlen schreibt und Sie sich trotzdem einen luxuriösen Lebensstil erlauben«, fuhr sie mit dem Stakkato ihrer Anschuldigungen fort, »weil Sie sich dieses Haus und den Miró im Garten überhaupt nicht leisten können.«
»Sind Sie fertig?«, fragte Eric mit gefährlich leiser Stimme.
»Nein, noch lange nicht, aber ich will mich kurzfassen. Es gibt einen Zeugen, der Sie in Saint-Tropez mit Parpin auf Nabuliones Yacht gesehen hat. Und ich weiß, dass Sie beim Verlassen von Bastian und Lily beobachtet wurden.«
»Sie wissen erstaunlich viel«, sagte Eric. »Und da haben Sie den Mut, hier einfach mutterseelenallein reinzuspazieren, um mir das alles an den Kopf zu werfen.«

»Vielleicht bin ich nicht allein?«
Sein Grinsen war jetzt nicht mehr sympathisch, es war niederträchtig und bösartig. Er deutete auf einen Monitor an der Wand, der ständig das Bild wechselte.
»Schon vergessen? Ich habe eine Sicherheitsfirma. Mein Haus wird rundherum von Kameras überwacht. Da ist niemand. Nur die Katze vom Nachbarn.«
»Wenn das so ist, können Sie ja alles zugeben. Sozusagen unter vier Augen.«
»Warum sollte ich?«
»Um mir eine Freude zu machen.«
Er lachte schrill. »Warum denn das? Ich glaube, Sie ticken nicht richtig. Ich will mir Ihre gequirlte Scheiße nicht länger anhören.«
»Fällt Ihnen auf, wie sich Ihre Sprache verändert? Sie stehen unter Stress, unter gehörigem Stress.«
Erics Augen geisterten wie wild hin und her.
»Ist Ihnen klar, was Sie gerade tun? Sie zwingen mich, folgenschwere Entscheidungen zu treffen.«
»Verstehe ich nicht. Wenn Sie unschuldig sind, können Sie doch einfach mitkommen. Alles wird sich aufklären, und ich steh blöd da. Kein Grund, sich aufzuregen.«
Isabelle schlug die Beine übereinander und lächelte. Sie spürte, dass sie ihn mit ihrer Gelassenheit in den Wahnsinn trieb.
»Mit dem Tod von Lily habe ich nichts zu tun, das hat sich dieser Idiot von Parpin selber ausgedacht.«
Na also, jetzt verlor er doch die Contenance. Wenn die Technik funktionierte, hörte das auch der Staatsanwalt. Und nicht nur er.
»Das glaube ich Ihnen sogar«, sagte sie. »Aber bei Bastian haben Sie selber mit Hand angelegt, richtig?«

»Enzo, dieses Schwein, hat Estelle mit einer Nutte betrogen. Dafür alleine hätte ich ihn umbringen können.«
»Was Sie zur Tatzeit überhaupt nicht wissen konnten. Übrigens war Lily keine Nutte.«
»Sie haben ja seltsame Moralvorstellungen.«
»Sie wollen mir doch nicht ernsthaft mit Moral kommen?«
Er ging zur Bar und tat so, als ob er sich einen Whisky eingießen wollte. Plötzlich hielt er eine Pistole in der Hand und richtete sie auf Isabelle.
Sie rang sich ein Lächeln ab. »Falls Sie in Erwägung ziehen sollten, mich zu erschießen, kann ich davon nur abraten. Das Beweismaterial ist unterwegs nach Toulon. Ich bin alleine gekommen, weil ich Estelle sehr schätze. Ich möchte …«
»Fick dich!«
»Ich möchte Ihnen Gelegenheit geben«, fuhr sie ungerührt fort, »mit Ihrer Schwester zu telefonieren, um ihr alles zu beichten und um Verzeihung zu bitten. Dann muss ich Sie leider mitnehmen und dem Untersuchungsrichter vorführen.«
»Glauben Sie im Ernst, dass ich so einfach mitgehe?«, schrie er. »Schau ich so aus?«
»Doch, das denke ich. Sie sind ein kluger Mann.«
»Ich bin noch viel klüger, als Sie denken. Weil es beim Strafmaß keine Rolle spielt, werde ich Sie nun doch erschießen. Einfach so, weil ich mich anschließend besser fühle. Dann werde ich mich ins Ausland absetzen. Ich habe vorgesorgt und Rücklagen gebildet. Während Sie eingeäschert oder in einer Holzkiste mit Erde zugeschüttet werden, liege ich auf einem Liegestuhl in der Sonne und trinke einen Caipirinha.«
Isabelle nickte. »Gutes Konzept, geht leider an der Realität vorbei.«

Eric hob die Pistole. »Das werden wir gleich sehen.«
»Sofort fallen lassen!«, befahl eine Stimme hinter ihm. Sie gehörte Capitaine Richeloin.
Eric sah verwundert, dass plötzlich aus mehreren Richtungen rote Laserstrahlen auf ihn gerichtet waren. Einer, der aus dem Garten kam, tanzte direkt vor seinen Augen.
Isabelle ging davon aus, dass er sehr genau wusste, was das zu bedeuten hatte. Scharfschützen eines Sonderkommandos der *Police nationale* hatten ihn im Visier. Er hatte ausgespielt.
Eric begann am ganzen Körper zu zittern. Er ließ die Pistole fallen und hob langsam die Hände.
»Wie kann das sein?«, stammelte er mit Blick auf den Überwachungsmonitor an der Wand.
»Ihr System taugt nichts«, sagte Richeloin lapidar. »Das lässt sich leichter manipulieren als die Wasserspülung auf meinem Klo.«
Isabelle hob die Pistole auf. Eric sah schrecklich aus, aber sie war weit davon entfernt, Mitleid zu empfinden. Nicht mit ihm, doch mit Estelle, das schon, und zwar umso mehr. Sie würde sich um sie kümmern. Sie würde alles dafür tun, dass es in diesem Fall nicht doch noch zu einem Selbstmord kommen würde – zu einem echten, keinem vorgetäuschten.

FIN

Es roch nach Thymian, nach frisch angebratenen Zwiebeln und Rosmarin. Ein Hauch von Knoblauch wehte ihr aus der Küche entgegen. Isabelle lag barfuß in einer Hängematte und schaukelte langsam hin und her. Sie hörte Thierry singen. Wie üblich traf er keinen Ton. Aber es gefiel ihr, sie hatte es vermisst.

Nach einer Weile kam er mit zwei Gläsern auf die Terrasse. Champagner! Nein, nicht schon wieder. Für einen kurzen Moment blitzten Erinnerungen auf, an Cannes, an eine Vernissage und an eine Hotelsuite. Das war nicht fair. Sie wollte nicht daran denken, vor allem nicht heute, nicht an diesem Abend.

Thierry hob das Glas, um mit ihr anzustoßen. Auf ihr Wiedersehen. Und auf ihren Fall, von dem er nicht viel wusste, nur dass sie ihn vor einigen Stunden erfolgreich abgeschlossen hatte. Und darauf, dass er eine Entscheidung getroffen habe.

Etwas viel auf einmal. Das mit der Entscheidung klang dramatisch. Aber sie blieb völlig entkrampft. Der heutige Tag war aufregend genug gewesen. Jetzt konnte sie nichts mehr aus der Ruhe bringen. Der Champagner schmeckte fein. Auf dem Tisch brannten Kerzen. Am Himmel funkelten die Sterne. Ihr fiel der Name von Bastians Schiff ein: *La vie est dure*. Ja, das Leben konnte hart sein. So wie am heutigen Nachmittag. Aber oftmals war es auch genau das Gegenteil, einfach schön und entspannt. Man musste es nur zulassen. Eigentlich hatte sie das von Thierry gelernt.

Er sah sie erwartungsvoll an. Sie wusste nicht, warum. Er hatte eine Entscheidung getroffen, also sollte er endlich damit rausrücken.

»Ich hab in Paris hingeschmissen«, sagte er voller Stolz, »und komm zurück nach Fragolin.«

Sie dachte, dass dieser Entschluss überfällig war. Ein Mann seiner Intelligenz hätte schneller merken müssen, wo er hingehörte.

»Ich gratuliere.«

»Freust du dich?«

Was sollte sie darauf sagen? Warum stellte er eine solche Frage? Früher hätte er das nicht gemacht. Ob sie sich freute? Na klar. Einerseits. Andererseits spielte sie mit dem Gedanken, nach Sardinien zu fliegen. Das wiederum würde *ihn* nicht freuen. Sie atmete tief durch. Auch sie musste eine Entscheidung treffen. Aber nicht heute Abend.

Sie hob das Glas und lächelte.

»Natürlich freue ich mich. *Santé!*«

PIERRE MARTIN

Madame le Commissaire

und der verschwundene Engländer

KRIMINALROMAN

Isabelle Bonnet, hochdekorierte Leiterin einer geheimen Spezialeinheit in Paris, wäre bei einem Sprengstoffattentat fast ums Leben gekommen. Um sich zu erholen, reist sie in ihren beschaulichen Geburtstort Fragolin im Hinterland der Côte d'Azur. Doch aus der ersehnten Ruhe wird nichts: In einer Villa wird eine halbnackte Frauenleiche gefunden, und der Hausherr, ein mysteriöser Engländer, ist spurlos verschwunden. Isabelle Bonnet lässt sich überreden, den Fall zu übernehmen – was bei den Kollegen vor Ort nicht gerade Begeisterung auslöst …

KNAUR

PIERRE MARTIN

Madame le Commissaire

und die späte Rache

EIN PROVENCE-KRIMI

Der Duft von Lavendel, die Sonne und liebenswerte Nachbarn – kein Wunder, dass sich die Kommissarin Isabelle Bonnet gegen die große Karriere in Paris entschieden hat und lieber im beschaulichen Dörfchen Fragolin geblieben ist. Doch hinter der Idylle lauert auch hier das Verbrechen. Erst stolpert Isabelle am Strand von Pampelonne über eine nackte Männerleiche. Dann stößt ihr Assistent, der schrullige Apollinaire, auf einen nie aufgeklärten Mord in der Vergangenheit. Bald entdeckt sie Gemeinsamkeiten, die alle übersehen …

KNAUR

MICHAEL BÖCKLER

Sterben wie Gott in Frankreich

EIN WEIN-ROMAN

In der Provence wird ein Weinhändler mit einer Flasche Lafite-Rothschild erschlagen, und das Mitglied einer exklusiven Weinbruderschaft ertrinkt in einem Teich. Als sich die mysteriösen Vorfälle häufen, ist es aus mit dem faulen Leben, das der Weinkenner und Psychologe Hippolyt Hermanus doch so liebt. Begleitet von Valérie, die sich Hals über Kopf in ihn verliebt hat, macht er sich auf die Jagd nach den Schuldigen – quer durch Frankreich …

»Süffig wie ein guter Tropfen.« *Frau im Spiegel*

KNAUR